Emma Hamberg
Für Wunder ist es nie zu spät

PIPER

Zu diesem Buch

Eigentlich klingt es wie ein Traum: Zusammen mit ihrem Mann
Pelle ist Maja in ein altes Schloss gezogen, romantisch auf einer
schwedischen Insel gelegen. Beide sind Bildhauer, doch während
er auf Hjortholmen geniale Kunstwerke schafft, vermisst sie ihre
frühere Kreativität und fühlt sich zu allem Überfluss von Pelle
nicht mehr begehrt. So kann es doch nicht weitergehen! Eines
Tages kommt ihr die Idee, eine Schwimmschule für Erwachsene
zu gründen. Sie hofft auf neue Inspiration, auf interessante Kontakte – und vielleicht will sie ihren erfolgreichen Mann ein kleines bisschen provozieren. Bald treffen die ersten Schwimmschüler ein. Da ist der schüchterne Jens, dem es so schwerfällt, mit
Frauen zu flirten. Die Journalistin Karin hingegen ist nach außen
cool und selbstbewusst, doch in ihr versteckt sich ein verletzli-
cher Kern. Und der junge Alex sieht aus wie ein erfolgreicher
Frauenheld – dabei ist er noch Jungfrau. Zwei turbulente Som-
merwochen lang stellen die Schwimmschüler nicht nur das
Schloss auf den Kopf, sondern auch die Beziehung zwischen
Pelle und Maja. Zum Glück ist es für Wunder nie zu spät ...

Emma Hamberg, geboren 1971 im schwedischen Vänersborg, hat
mehrere Kinder- und Jugendbücher geschrieben sowie als Co-
miczeichnerin und für Rundfunk und Fernsehen gearbeitet. Sie
lebt mit ihrem Mann und drei Töchtern in einem Vorort von
Stockholm. In Schweden wurde »Für Wunder ist es nie zu spät«
zu einem großen Erfolg.

Emma Hamberg

Für Wunder
ist es nie zu spät

Roman

Aus dem Schwedischen von
Susanne Dahmann

Piper München Zürich

Mehr über unsere Autoren und Bücher:
www.piper.de

Deutsche Erstausgabe
1. Auflage Januar 2012
2. Auflage Februar 2012
© 2010 Emma Hamberg
Titel der schwedischen Originalausgabe:
»Baddaren«, Piratförlaget, Stockholm 2010
© der deutschsprachigen Ausgabe:
2012 Piper Verlag GmbH, München
Umschlagkonzept: semper smile, München
Umschlaggestaltung: Cornelia Niere, München
Umschlagfoto: Per Magnus Persson / Johnér Bildbyrå AB / Getty Images
Satz: Kösel, Krugzell
Papier: Munken Print von Arctic Paper Munkedals AB, Schweden
Druck und Bindung: CPI – Clausen & Bosse, Leck
Printed in Germany   ISBN 978-3-492-27266-7

Für Ditte, Nåmi und Saga, meine geliebten Kinder, die draußen auf dem großen, offenen, spannenden Meer des Lebens unterwegs sind. Habt keine Angst, denn wenn ihr mal müde werden solltet, gibt es immer Schwimmwesten. Und ich bin eine dieser Schwimmwesten, versprochen.

In Liebe,
Mama

I

Eigentlich ist doch alles perfekt.

Maja sinkt noch tiefer in den durchgesessenen Diwan. Sie zieht die Decke fester um den Körper, lässt aber die eine Hand herausschauen, in der sie eine kleine Lakritzpfeife hält, an der sie lutscht.

Wie alt mag der Diwan sein? Hundertfünfzig Jahre? Der glänzende Goldstoff, in den Affen mit kleinen roten Jäckchen und Pillboxhüten eingestickt sind, wirkt ziemlich abgewetzt. Der Diwan befand sich schon im Schloss, als sie hier einzogen. Als Pelle das Schloss, den Garten, den Pool, die Orangerie, das Labyrinth, den Steinbruch – genauer gesagt, die ganze verdammte Insel kaufte. Hjortholmen.

Dieser Gabriel Burenstam, der sich vor dreihundert Jahren auf der kleinen Insel mitten im Vänersee ein romantisches Sommerschloss baute, der wusste, was er tat. Ein Schlösschen mit nur fünfundzwanzig Zimmern. Na ja, für den Sommer wollte man eben nur etwas ganz Einfaches haben. Es ist rosa, mit Marmorsäulen, bestimmt durch irgendeine Italienreise inspiriert. Das ganze Gebäude wirkt leicht und luftig. Keine schweren Farben, kein schweres Tuch. Die hellen Säle mit den ewig langen Fensterreihen waren seinerzeit bestimmt voller Gefühle und Dienstboten, Bälle und Geplauder. Heute herrscht fast überall gähnende Leere.

Der Garten hingegen, der ist alles andere als minimalistisch oder leer. Der ist der absolute Wahnsinn. Fünf Meter hohe Birnenspaliere ziehen sich wie knotige Kandelaber an den Schlosswänden entlang. Sie tragen immer noch Früchte, und obwohl sich fünfzig Jahre lang niemand um die Bäume gekümmert hat, zergehen die Birnen von der Sorte Doyenné du

Comice wie Butterkaramell auf der Zunge. Ein Apfelhain mit Åkerö, Astrakan, Gyllenkrok, Sävstaholm und Melonenäpfeln. Kletterrosen, Buschrosen, doppelblütige rote Pfingstrosen, blauvioletter Eisenhut, verschiedene Fliedersorten, Rhododendren und im mannstiefen Teich alle möglichen Arten von Seerosen. Walnussbäume, die immer noch Nüsse tragen, weiße Maulbeerbäume, riesige Thujen und Douglastannen.

In einiger Entfernung vom Schloss lässt sich sogar ein Arboretum erahnen. Eine Baumsammlung. Die sieht aus wie ein ganz normales Stückchen Laubwald, abgesehen davon, dass alle Bäume von unterschiedlicher Sorte sind. Aber das kann ohnehin nur ein geschultes Auge erkennen.

Die Orangerie, die früher mal stattlich war, ist jetzt ziemlich verfallen. Der Wein rankt wild durch Fenster und Türen. Als könnte er sich nicht entscheiden, ob er lieber draußen oder drinnen wäre. Bestimmt an die zwanzig verschiedene Traubensorten mäandern da vor sich hin.

Und natürlich das Labyrinth aus Hainbuche, durch das sich die Frauen und Männer jener Zeit in raschelnden Sommerkleidern jagten. Wo sie sich heimlich küssten oder einfach nur eine Weile allein spazieren gingen, um die Zeit auf der Insel herumzubringen. Jetzt kann man kaum mehr erkennen, dass diese Ansammlung von Gestrüpp früher mal ein Labyrinth war.

Hinter dem Schloss liegt der Pool. Ein Kunstwerk aus Mosaik: an den Innenwänden Seejungfrauen, Delfine, Schiffe und kleine Fische, die aussehen, als wären sie lebendig. Man glaubt fast, sie würden sich bewegen. Auf dem Grund des Beckens, unter den vielen Blättern, befindet sich ein Kompass. Ein großer, schimmernder Kompass, der alle Himmelsrichtungen des Lebens und der Erde anzeigt. Nur, wie gesagt, man kann ihn momentan nicht sehen. Dafür sieht man die Rutsche, die von Gabriel Burenstams ehemaligem Schlafgemach direkt in den Pool führt. Er musste sich einfach nur aus dem Bett erheben, die Schlafmütze abwerfen und sich ins

Schwimmbecken stürzen. Hallihallo und guten Morgen, werte Untertanen! Und platsch.

Ja, die Oberschicht hat schon immer verstanden, sich zu amüsieren. Damals noch viel mehr als heute. Eine Rutsche vom Schlafzimmerfenster in den Pool! Das sollte eigentlich jeder haben, hat aber nicht jeder. Nur Maja und Pelle. Die haben sogar ein eigenes Sommerschloss. Eine eigene Insel mit seinerzeit eigens ausgesetzten Damhirschen, die der »Hirschinsel« ihren Namen gaben, und mit glücklichen Seeadlern, die Hjortholmen niemals verlassen, sondern Generation um Generation dort leben. Ein verfallenes Paradies.

»Und jetzt ein kleiner Vormittagstee«, sagt Maja zum Eisbärenfell. Ein riesiger Kopf mit scharfen Zähnen, die gleichzeitig lächeln und nach ihr schnappen, und zusammengekniffenen Augen. Majas Bärenhöhle, so nennt Pelle ihr Atelier. Das Problem ist nur, dass dieser Bär platt, tot und stumm ist. Eigentlich der perfekte Name. Wie ein Jingle für ihre eigene Künstlerschaft. Komm und kauf Majas Kunst, lass dich verführen – sie ist platt, tot und stumm!

Vom Diwan kann man sich nur schwer erheben. Noch ein paar Minuten, dann ist Teatime. Maja lässt ihren Hintern auf dem Diwan, die Füße auf dem Eisbären und sieht durch die riesigen Atelierfenster, die großzügig das stille Frühjahrsgluckern des Vänersees vor ihr ausbreiten. Das Eis ist mittlerweile geschmolzen. Kürzlich sind die Hechte wieder zum Leben erwacht und wagen sich vom Grund des Sees herauf. Bald fangen sie an zu spielen. Spielen. Was für ein schönes Wort für »sich paaren«. Können wir heute Nachmittag nicht ein bisschen spielen, du und ich?

Hier draußen auf der Insel wird zu wenig gespielt. Zumindest, was die Menschen betrifft.

Majas Kopf sinkt tiefer in das schwere Goldkissen, sie schüttelt die Decke ab. Die Sonne wärmt ihr so schön das Gesicht. Wie wäre es mit ein bisschen Powernapping vor dem Tee? Sie ist zwar erst vor ein paar Stunden aufgewacht, aber was macht

das schon, wenn Maja den Tag verpennt? Hier auf dem Golddiwan in der Frühjahrssonne? Das ist vollkommen unerheb-
lich. Sie lässt die Augenlider geschlossen, das Gezwitscher der
Vögel entschwebt, es wird still und dunkel.

Maja schläft, während der Bär sie anglotzt, bedrohlich und
freundlich zugleich.

2

»Was meinst du, sollen wir den Tee draußen nehmen?«
Pelle schaltet den Wasserkocher ein, öffnet den alten Eckschrank und sucht zwei Teetassen aus. Geschenke einer Künstlerfreundin von Gotland. Schöne Tassen mit einer glatten Oberfläche. Sonnig gelb mit kleinen grünen Spritzern.

Maja streckt ihren gerade erwachten Körper, zieht die Jacke über die Schultern, fühlt sich verfroren, aber nickt zustimmend. Gerne draußen, gute Idee. Vielleicht wird sie dann wacher. Ein paar italienische Mandelkekse, vielleicht ein Gläschen Amaretto dazu, ja, das wäre schön.

Teetassen, Likörgläser, eine Teekanne. Die hohen Küchenschränke, die Pelle selbst gebaut hat, klappen auf und zu, ein paar Decken werden eingepackt, die Füße in die alten Holzschuhe geschoben, Pelle nimmt seine weichen marokkanischen Lederpantoffeln, und dann nichts wie raus. Der Frühjahrskies knirscht unter den Füßen.

Dann sitzen sie vor dem Schloss. Die Vögel zwitschern eifrig, Pelle wippt mit dem rechten Lederpantoffelfuß, und die kleinen Knospen blitzen schon hervor. Pelle streicht sich das halblange, lockige Haar nach hinten. Mitten auf dem Kopf fängt es an, schütter zu werden, aber ansonsten ist es noch relativ füllig. Aber stumpf. Ach, was hatte er für tolles Haar, als sie sich kennenlernten! Wie Gold, dick und mit unglaublich schönen Korkenzieherlocken. Lebendig, nicht so wie jetzt.

Pelle stellt die Teetasse auf dem Tisch ab, den er selbst aus Granit gehauen hat. So ein stabiler Tisch wird alles überleben. Eines Tages, nach dem letzten Krieg, wenn die Erde ein völlig leerer Planet ist, wird es nur noch zwei Dinge dort geben: Kakerlaken und Pelles Granittisch.

Er fährt sich wieder mit den Fingern durch das glanzlose Haar. Maja weist sich selbst zurecht, weil sie innerlich auf Pelle herumhackt und so unglaublich undankbar ist. Pelle ist ein guter Ehemann. Wirklich! Aber er fängt an, alt zu werden. Dreißig Jahre älter als Maja ist er. Verdammt, ist doch klar, dass man mit vierundsechzig stumpfes Haar hat! Klar kriegt man Falten und wird schneller müde. Und vergisst manchmal Sachen.

Aber Moment mal! Wer von ihnen fährt eigentlich volles Tempo und arbeitet den ganzen Tag, manchmal sogar nachts? Nicht Maja. Die schläft auf ihrem Diwan, während Pelle rund um die Uhr arbeitet.

Er hat immer noch schöne Hände. Langgliedrige, starke, geschickte Finger, die jedes Material mit Leben füllen können. Hände, die zweihundert Kilo Stein ins Atelier schleppen und dann mit einem einfachen Hammer und einem Meißel den Stein in Gefühle, Gott und Liebe verwandeln können. Gute Sache.

Vierundsechzig Jahre ist er, aber in vielerlei Hinsicht immer noch wie ein Kind. Viel naiver, als Maja es je war. Wie letzten Sommer, als er unten an der Südspitze der Insel eine ungeheure Menge blauen Ton fand. Er rief, bis er heiser war: Maja, Maja, Maaajaaa! Wollte, dass sie kam, dass sie zusammen was Lustiges mit dem Ton anfingen. Eigentlich wäre sie viel lieber liegen geblieben, hätte Lakritz gegessen und gelesen, aber es fiel ihr schwer, Nein zu sagen, wo er doch so überglücklich war. Sie formten Seehunde, dicke Seehunde in Lebensgröße, die auf den Klippen herumlagen und sich ausruhten. Am nächsten Tag waren sie weg, der Regen hatte sie zurück in den Vänersee gespült. Vielleicht waren sie aber auch lebendig geworden und davongeschwommen? Das zumindest war Pelles Überzeugung.

Ach, was hatte sie sich damals in ihn verliebt! Als der berühmte Bildhauer Pelle Hannix vor den Studenten stand und erzählte, wie er arbeitete, überlegte und sich inspirieren ließ.

Die ganze Klasse bekam Lust, gleich loszulegen und zu schaffen, schaffen, schaffen oder sich voller Glückseligkeit in seine Arme zu werfen. Maja entschied sich für Letzteres.

Erst neunzehn Jahre alt war sie damals. Die Jüngste in der Klasse, begabt und etwas anstrengend. »Anstrengend stur«, pflegte Pelle sie zu nennen. Wunderbar anstrengend stur, sowohl was die Kunst, als auch was die Liebe anging. Pelle war schließlich verheirateter Vater von vier Kindern, als er da vor der Klasse an der Kunstakademie stand und so schön inspirierend wirkte. Vielleicht nicht unbedingt glücklich verheiratet, aber zumindest ein fünfzigjähriger Mann mit einem Familienleben. Maja hingegen war jung, Single, lebte in einer Einzimmerwohnung mit Untermietvertrag, kaputten Heizkörpern, Geschirrspülwanne in der Dusche und Kochplatte im Schrank.

Aber trotzdem standen sie schließlich voreinander, Gesicht an Gesicht. In der frostigen Dezemberdunkelheit, als der Schnee wie wolkige Bauernmalerei um sie herum niedersank. Vor dem weihnachtlich geschmückten Grandhotel am Strandvägen. Sie hatten soeben einen betrunkenen Kunstprofessor per Taxi wegbefördert. Der Mann war sternhagelvoll gewesen, nachdem er sich auf dem alljährlichen Weihnachtsfest der Stockholmer Kunstakademie mit Unmengen von Wein hatte volllaufen lassen. Anschließend hatte er sich mit Rotweinlippen daran gemacht, jedes Lebewesen in seiner Umgebung anzubaggern, weshalb Pelle und Maja ihn von den höhnisch lachenden Studenten wegschaffen mussten. Doch im Suff hatte der Professor plötzlich eine Fahrstuhlphobie entwickelt. »Nein, nicht mit dem Fahrstuhl!«, hatte er gerufen. Na gut, also mussten Pelle und Maja hundert Kilo schwankenden Kunstprofessor unendlich viele Treppen runterbugsieren und ihm ein Taxi rufen.

Als der volltrunkene Herr im Auto festgeschnallt und auf dem Weg nach Hause war, blieben Pelle und Maja übrig. Erst lachten sie über den betrunkenen Professor. Sie lachten ein bisschen zu lange, denn so wahnsinnig lustig war es auch wieder nicht, aber irgendwie gab es nicht viel mehr, worüber sie hätten reden können. Dann wurde es still. Nur noch ihre Nasenspitzen, die weiße Wolken ausstießen. Zwischen ihnen ein ganzes Leben. Maja, begabt und ein ungezügeltes Versprechen, Pelle, etabliert und eine erfüllte Hoffnung.

Pelle kam sich vor wie ein kleiner Schuljunge. Maja hatte die Zügel in der Hand, sie wollte ihn. Und sie sagte es laut, und sie flüsterte es. Dass sie ihn schon seit Monaten wolle, dass sie zusammengehörten, und zwar für immer, dass sie es einfach wisse. Pelle hatte gar nicht so weit gedacht, ganz und gar nicht. Aber als sie vor ihm stand mit ihren langen, glatten Haaren, die von den Schneeflocken ganz weiß wurden, und mit ihrem Mund, auf dem der Lippenstift etwas verrutscht war, mit diesen kräftigen kohlschwarzen Augenbrauen und dem Herzen, das sich ganz weit öffnete, da nahm er ihren Kuss entgegen. Vielleicht dachte er ganz kurz an seine Frau und die Kinder. Doch dann verschwanden sie wie kalte Schneeflocken auf warmem Asphalt. Sie schmolzen weg, und er schmolz dahin. Hin zu Maja.

»Wie läuft's? Du wolltest doch heute ein paar Skizzen machen, von dem ...«

»Was?«

Maja wird etwas zu schnell von einem verschneiten Stockholm in einen frühlingsfeuchten Schlossgarten versetzt.

»Nee, da ist nichts draus geworden. Ich bin eingeschlafen. Ich weiß nicht. Irgendwie bin ich so ... verdammt uninspiriert. Ich will gar nichts. Einfach nur schlafen. Oder vielleicht nicht schlafen, sondern eher ...«

»Eher was?«

Abhauen, will Maja sagen. Mich in ein Boot setzen und abhauen.

»Eher was ganz anderes machen. Zumindest für eine Weile. Damit ich wieder in Gang komme. Oder was meinst du?«

»Das solltest du unbedingt tun! Also, als ich in den Sieb-zigern in Paris gearbeitet habe, du weißt schon, das war dieses Inkamonument in Bronze, da hatte ich genau dieses Gefühl. Einfach mal ... Obwohl, nein, das war eine Blockade. Oder nicht direkt eine Blockade, aber es lief zäh irgendwie. Und da bin ich in dieses kleine Bistro geraten und ...«

»Ich weiß. Das hast du schon mal erzählt. Du hast eine Menge Leute kennengelernt und massenhaft Ideen gekriegt und hast den ganzen Grundgedanken des Monuments total verändert, und ja, dann wurdest du weltberühmt.«

»Was soll denn dieser höhnische Tonfall?«

»Ich bin gar nicht höhnisch, ich habe das nur alles schon mal gehört. Sei nicht so empfindlich.«

Maja taucht ihren Mandelkeks in den Amaretto und lässt ihn ein wenig aufweichen. Dann steckt sie ihn in den Mund. Eine Idee zu süß, aber erträglich.

Pelle zündet sich einen Zigarillo an und wippt mit dem Fuß.

»Entschuldige. Ich weiß. Ich werde langsam senil.«

»Nein, ich muss mich entschuldigen. Ich war nämlich schon höhnisch. Es ist einfach nur ... Ich werde niemals so sein wie du! Ich habe nicht deine Qualitäten. Du bist wie ... du *bist* Kunst. Durch und durch. Ich bin ... Ich weiß nicht, was ich bin. Ich habe einfach nur eine Meise. Weißt du, ich mache eine Installation über Nord- und Südkorea. Mal ehrlich, wen interessiert das? Mal abgesehen von mir und den Leuten, die da wohnen. Und die waren ja noch nicht mal in Mariestad, um sich meine Ausstellung anzusehen, denn wahrscheinlich waren sie vollauf damit beschäftigt, in Korea zu leben. Was habe ich mir nur dabei gedacht?«

»Aber es war doch eine schöne Ausstellung. Wichtig.«

»Ja, ich weiß, dass du das findest. Du hast ja auch alle Expo-nate gekauft ...«

»Da ist schon wieder dieser höhnische Tonfall. Ich mein-te ...«

»... es nur gut. Ich weiß. Aber ich frage mich, was zum Teufel *ich* damit gemeint habe. Ich mache alles unnötig schwer. Was Einfaches sollte ich machen, was man leicht verstehen kann. Oder vielleicht was ganz anderes.«

Eine kleine Bachstelze lässt sich am Rand des Granittisches nieder. Nickt ein wenig, wackelt mit dem Hintern, betrachtet fragend die Mandelkekse. Maja bricht ein Stückchen ab und wirft es dem Vogel hin, der erst furchtbar erschrickt und weghüpft, dann aber begreift.

Die Sonne wärmt wirklich. Dabei ist es erst April. Der Garten beginnt sich zu rühren, fleht stumm um Hilfe, aber Pelle und Maja haben keinen Nerv, sich damit auseinanderzusetzen. Im Mai schleppen sie die zehn französischen Kaffeehausstühle raus und stellen sie um den Granittisch, hängen ein paar Hängematten auf – und das war's. Sie haben es nicht einmal fertiggebracht, den Pool ordentlich zu reinigen. Im Vänersee zu baden ist doch wunderbar genug. So süßes, weiches Wasser.

Maja wirft der Bachstelze noch einen Krümel zu. Legt ihre glatte, knubbelige Hand auf Pelles schöne, leicht runzlige. Sein Zigarillo duftet gut, nach Pelle. Zigarillo und Zitrone.

»Und du? Wie läuft's da drinnen?«

»Ach ja, ganz gut. Es wird … groß. Haha, was soll ich sagen? Ich weiß es nicht genau. Aber es wird schon gut. Fällt mir momentan etwas schwer, darüber zu sprechen. Bin mitten im Schaffensprozess.«

»Sonst willst du doch immer über deine Arbeit reden?«

»Schon, aber … Ich weiß nicht, momentan will ich halt nicht. Aber es wird gut … bestimmt. Es wird groß.«

»Groß? Wie meinst du das? Riesig oder im Sinne von unsterblich?«

»Ich weiß nicht genau … Sieh mal, wie schön! Sie ist trächtig! Die kleine Hanna!«

Pelle zeigt auf ein Rudel Damhirsche, das am Seeufer steht und trinkt. Hanna, eines der Damtiere, hat einen deutlich sichtbaren Kugelbauch. Noch zwei Monate, dann werden auf der ganzen Insel kleine Bambis herumlaufen. Für Hanna ist es das erste Mal, obwohl sie nicht mehr blutjung ist. Aber am Ende hat es sich doch noch ergeben. Ist doch gut, dass ihre Eierstöcke schließlich zum Einsatz gekommen sind.

»Wie schön. Sie ist hübsch. Vielleicht sollte ich sie abzeichnen. Alles so schön einfach. Keine Hintergedanken, keine Sperenzien. Nur Hanna mit einem kleinen Bambi im Bauch.«

»Probier das doch mal! Hauptsache, du bleibst dran. Das könnte schön werden. Manchmal ist es so entspannend, an etwas zu arbeiten, was einfach nur schön ist und nicht mehr.«

Ja, ja. Jetzt wird Maja ihre schöne Teetasse abspülen, in ihr schönes Atelier gehen und ein schönes, trächtiges Damtier zeichnen. Ja, genau das wird sie tun. Bestimmt wird das schön. Total schön.

3

Ohrenschmaus, eine alte Platte des Pianisten Lars Roos: »I just called to say I love you«.

Maja liegt mit einem großen Block auf dem Schoß auf ihrem Golddiwan und zeichnet Damwild. Versucht, den leeren, ängstlichen Blick der Tiere einzufangen. Auf ihrem alten Plattenspieler haut der gute alte Lars besonders kitschige Versionen von alten und neuen Klassikern in die Tasten.

Nein, sie hat die Platte nicht selbst gekauft. Die befand sich schon in der Schlossbibliothek, als sie einzogen, zusammen mit einigen anderen Leckerbissen und natürlich vielen weiteren Ohrenschmausplatten von Onkel Lars. Vielleicht wurden die ja aufgelegt, als das Schloss noch für Feste, Hochzeiten und Kurse gemietet werden konnte. Da konnte man ein bisschen tanzen und lachen. Nichts, was störte, nichts, was Angst machte, nur schöne und nette Sachen.

Maja versucht, das richtige kommerzielle Fingerspitzengefühl zu entwickeln. Lars Roos beherrscht das. Hier wird Geld verdient. Klingeling, klingeling. Was kommt bei den Leuten an? Maja zeichnet weiter. Die Damtiere haben so süße Hintern, weiß, wollig und dann der kleine wippende Schwanz.

Lars spielt weiter, als wäre nichts.

Das Damtier bekommt einen niedlichen kleinen Schwanz. Oder nein, das sieht langweilig aus, Maja radiert ein wenig und zeichnet stattdessen einen kleinen Stringtanga ... mit Spitze. Dazu bekommt das arme Tier ängstlich glotzende Augen. Nee, verdammt.

Maja kaut auf dem Bleistift herum und denkt nach. Gerade spielt Lars eine besonders schmalzige Version von »Just the way you are«. Genau wie du bist. Genau wie ich bin. Aber wie bin ich? Ob Lars Roos wohl über so etwas nachdenkt? Wie er ist? Auch egal.

Maja pfeffert den Zeichenblock auf den Boden. Alles völlig sinnlos. Sie verlässt den warmen Diwan und schlurft zum großen Atelierfenster, die Decke um den Körper gewickelt. Draußen dämmert es. Im Raum ist es kühler und auf den breiten Dielen sogar richtig kalt. Einen halben Meter sind sie breit und weich wie Samt von all den Leuten, die auf ihnen herumgerannt sind, -gestanden und -getanzt haben.

Fünf Meter lichte Raumhöhe. Ganz oben hängt ein großer fliegender Pelle. Den hat Maja zu ihrem fünfundzwanzigsten Geburtstag bekommen, ihren ganz privaten Schutzengel. Ein nackter Pelle in Lebensgröße mit riesigen Flügeln, kleinem Penis und einem Heiligenschein, der nicht schief sitzt, sondern ganz korrekt.

Staffeleien, Pinsel, Dosen, Stoffe, Schrott, alte Stühle, Stahlrohre, Kupferdrähte, Kleider, Overalls, Fotos, Zeitungsausschnitte, Plunder. Das Atelier ist unordentlich.

Draußen hat sich der Himmel rosa gefärbt und der Vänersee dunkellila. Am Ufer kann Maja den Bären erahnen. Früher stand da ein Stein, der lediglich an einen Bären erinnerte, der auf den Hinterbeinen stand. Eines Abends holte Pelle Hammer und Meißel und watete ins Wasser hinaus. Dann fing er an, einen Bären aus dem Stein zu schlagen. Einen fast zwei Meter hohen Bären, der mit sehnsuchtsvollem Blick dasteht und in den Sonnenuntergang starrt. In manchen Jahren reicht ihm das Wasser nur bis zu den Knien, in anderen bis zu den Schultern. Aber man hat immer den Eindruck, als würde er sich woandershin sehnen. Als würde er darauf warten, abgeholt zu werden.

Ihr Blick wandert zum Pool, der unter einem Bett trockener Blätter ruht. Generationen von Laub. Ein wahres Familiengrab. Maja liebt es zu schwimmen, sie war auch mal richtig gut darin. Ein paar Jahre lang war sie sogar Schwimmlehrerin. Abends, um ein bisschen Geld zu verdienen. Tagsüber studieren und mit Pelle flirten. Abends Kindern das Schwimmen beibringen. Das war nicht schwierig und außerdem ziemlich sinnvoll. Man weiß, warum man da ist: um Kindern das Schwimmen beizubringen. Sie kamen zu ihr, waren ein wenig ängstlich, aber doch gespannt, mit ihren kleinen rosa Badeanzügen, den Lücken zwischen den Vorderzähnen und lustigen Badekappen. Und alle hielten sich an Maja, vertrauten ihr voll und ganz. Schließlich konnte sie im Gegensatz zu ihnen schwimmen. Eine klare und wichtige Aufgabe, die Leben retten kann. Kindern das Schwimmen beibringen, sie zu lehren, das Leben voll auszukosten. Was ist im Vergleich dazu schon Kunst? Wobei Kunst schon auch Leben retten kann.

Der Laubpool ist hübsch. Fünfunddreißig Meter lang. Vielleicht fünfzehn Meter breit. Am Astrakan-Apfelbaum einen Meter tief und hinten bei den Melonenäpfeln zwei Meter.

Maja setzt sich auf den kühlen Holzfußboden. Es knarrt unter ihrem Hintern. Sie lehnt sich an einen der Pfeiler. Am Sockel liegt eine alte Zigarette. Von wem könnte die sein? Vielleicht von Channa? Die war vor ungefähr einem Monat zu Besuch. Hat die ganze Zeit geraucht und ununterbrochen geredet. Als Gastgeschenk hatte sie Teetassen dabei, die etwas zu schön waren, und ein kleines Bild, das nicht schön war, aber dafür ziemlich krass.

Maja steckt die trockene Zigarette in den Mund und geht zum Schweißgerät. Das Gas voll aufgedreht, und schon fängt die Zigarette Feuer. Jetzt kriegt die Sache Schwung.

Hustend raucht Maja, während sie in ihren vielen Sachen herumsucht, ob sich noch etwas Interessantes findet. Wenn sie wollte, könnte sie einfach aus ihrem Atelier hinausgehen, durch die Bibliothek und den Wohnsalon und in die Küche, die Tür zur Speisekammer öffnen und einen der wahnsinnig tollen Weine holen, aber das will sie nicht. Sie will keinen wahnsinnig tollen, exklusiven Wein, den Pelle wer weiß wo geordert hat. Sie will Spaß. In einer Schublade mit alten Flaschen liegt eine ungeöffnete Colaflasche. Das muss reichen. Cola ist cool.

Die Fluppe im Mundwinkel, die Cola in der Hand und jetzt ab die Post mit Lars Roos. Maja setzt sich wieder ans Fenster, mit einer Kiste Lakritzpfeifen unter dem Arm. Wenn man auf einer Insel wohnt, heißt es bunkern. Ein letzter Zug an der Zigarette, igitt, nicht besonders lecker. Sie drückt sie in einem alten ausgewaschenen Joghurtbecher aus und steckt sich stattdessen eine Lakritzpfeife in den Mund.

Ihr Blick konzentriert sich voll und ganz auf den Pool. Sie sieht, wie er langsam von der Dunkelheit ertränkt wird. Das Rosa ist vom Himmel verschwunden, jetzt kommt das Schwarz. Schon bald kann sie das Schwimmbecken nicht mehr sehen, sondern nur noch ihr eigenes Spiegelbild im Fenster. Maja. Mit einer Cola und einer Lakritzpfeife. Und da ist noch der Pool.

Ach, verdammt, sie muss ein bisschen Ordnung schaffen in ihrem Kopf. Maja holt Papier und Stift, kaut ein paar Sekunden auf dem Stift herum und notiert schnell ein paar Punkte:

1. *Die Lust am Schaffen wiederfinden*
2. *Vielleicht auch ein bisschen Geld damit verdienen*
3. *Mehr spielen*
4. *Spüren, dass ich mein Leben lebe*
5. *Scheiß drauf*

Der letzte Punkt ist vielleicht nicht sonderlich gut durchdacht. Aber die anderen. Das ist genau, was sie will.

Maja faltet das Stück Papier zusammen und steckt es in die Tasche. Dann stellt sie sich wie der Bär hin und starrt in Richtung Horizont.

4

»Sollen wir ein paar Leute einladen? In einigen Wochen ist unser Hochzeitstag, da könnten wir doch die Party des Jahres steigen lassen, oder? Pugh, Channa und ich können den anderen Bescheid sagen, dann machen wir Musik. Mit Tanzen und so, wäre das nicht super? Was meinst du?«

Pelle nimmt eifrig einen großen Schluck vom Wein und sieht fast so aus, als würde er jetzt sofort aufstehen und alle anrufen. Maja stochert in der sahnigen Senfsoße.

Kaninchen im Brotmantel mit Senfsoße. Pelle hat sich Mühe gegeben, er merkt, dass es Maja nicht gut geht. Dass es momentan nicht gut läuft bei ihr. Aber ein gebackenes Kaninchen sollte einen doch aufheitern!

»Also, ein Fest ist nicht das, was ich brauche. Ist natürlich eine schöne Idee, aber das meine ich nicht.«

Pelle sinkt wieder auf den Stuhl zurück. Er muss ja nicht sofort telefonieren. Okay. Der Speisesaal ist groß, genauer gesagt: riesig. Meist essen sie in dem gemütlichen Frühstückszimmer, einem süßen Kämmerchen hinter der Küche. Doch heute Abend hat Pelle sich Mühe gegeben. Hat Kaninchen im Brotmantel gebacken, hat alle Kandelaber im Saal mit Kerzen bestückt und sie angezündet und ein weißes gestärktes Tuch aus dem alten Leinenvorrat des Schlosses (durch den sie sich langsam, aber sicher ohne größere Ehrfurcht hindurcharbeiten) über den rosa lackierten Esstisch gelegt (der sich erst nach dem Lackieren als ein sehr elegantes Stück des Tischlermeisters Wahlgren von ca. 1850 entpuppte, dumm gelaufen).

Immerhin haben sie den gigantischen altdeutschen Kristalllüster nicht mit Spraylack bearbeitet. Er hängt nach wie vor mit einem Hauch von letztem Selbstbewusstsein über dem knallrosa Tisch. Das Rosa harmoniert seltsamerweise mit den Wandmalereien: romantisierende Bilder von Bauern, die im Gras spielen, Trauben direkt von der Rebe essen, sich auf dem Blumenbett lieben, Heu ernten und Brot brechen. Wie schön muss es für die Reichen gewesen sein, mit dieser Sichtweise auf ihre Untertanen ihr Gewissen beruhigen zu können.

Pelles große Sammlung von Jazzplatten befindet sich im Speisesaal, und die Trompete von Miles Davis schwingt sich zwischen den Wänden des Salons mit den bäuerlichen Spielen hindurch und landet direkt in der Senfsoße. Plopp.

»Ich möchte echt nicht undankbar wirken, das weißt du. Aber ich fühle mich hier so eingesperrt ...«

»Aber du wolltest doch ... ich habe dich andauernd gefragt, und du hast gesagt ...«

»Du musst dich nicht verteidigen, ich gebe dir keine Schuld.«

»Aber es gefällt dir doch auch, oder?«

»Klar gefällt es mir ... Aber jetzt rede ich grade mal von dem, was nicht gut ist, okay?«

»Du musst doch nicht das Gefühl haben, eingesperrt zu sein, du hast die Freiheit, ganz genau das zu machen, was du willst. Reisen oder hierbleiben.«

»Es geht doch nicht nur um diese Insel, Pelle ... Oder ich weiß nicht. Eigentlich kam mir alles richtig toll vor. Woher zum Teufel sollte ich wissen, dass ich ... dass ich nicht würde arbeiten können! Dass ich dieses Atelier einfach nur wie ein Gefängnis empfinden würde. Ich sitz da und quäl mich rum, verdammt. Und gleichzeitig höre ich, wie du im Saal nebenan mit Leidenschaft Meisterwerke schaffst. So hatte ich mir das nicht vorgestellt. Du ahnst gar nicht, wie es sich anfühlt, ich zu sein, während dir immer nur zugejubelt wird.«

Maja spürt einen Kloß im Bauch, diesen Heulkloß. Verdammt, jetzt bloß nicht weinen, das wäre so jämmerlich. Sie reibt sich intensiv die Augen, um die Tränen zurückzuhalten.

Pelle lehnt sich mit verschränkten Armen leicht gekränkt auf dem Stuhl zurück.

»Es jubeln überhaupt nicht alle.«

Maja springt sofort drauf an, hört auf, sich die Augen zu reiben.

»Richtig, entschuldige, nur *fast* alle jubeln. Andauernd rufen Leute an und wollen was von dir. Pelle Hannix, bitte, nur eine kleine Statue, bitte, Pelle, komm doch und halt einen Vortrag in New York, nur ganz kurz, bitte, bitte. Und wer ruft mich an?«

»Es rufen auch Leute für dich an, gestern erst deine Freundin E…«

»Du kapierst gar nichts, oder?«

»Doch, doch, ich wollte nur sagen, dass die Leute dich auch mögen und …«

»Mögen ist etwas völlig anderes. Das weißt du. Ich will arbeiten! Eigenes Geld verdienen. Nicht herumsitzen und von dir Taschengeld kriegen, das ist doch unwürdig.«

»Du kriegst kein Taschengeld. Wir teilen alles! Wir sind verheiratet. Was mir gehört, gehört auch dir, ich stelle keine Forderungen an dich.«

»Genau das ist doch der Punkt! Niemand stellt Forderungen an mich, niemand verlangt etwas von mir. Ich kann in meinem verdammten Atelier sitzen und den ganzen Tag lang Damwild im Gegenlicht zeichnen oder schlafen, das interessiert niemanden. Interessierst du dich dafür? Kommst du manchmal rüber und schaust dir an, was ich mache?«

Pelle streckt sich gequält und seufzt theatralisch.

»Nein, aber du bittest mich auch nicht darum.«

Maja beißt die Zähne zusammen und reibt sich die Augen.

»*Bitten*? Muss ich dich *bitten* zu kommen, bin ich so verdammt uninteressant, oder was?«

»Du kommst doch auch nie rüber und siehst dir meine Projekte an.«

Maja steht auf und fuchtelt wütend mit den Armen.

»Es dreht sich doch alles nur um deine Projekte! Es sind deine Skulpturen, deine Karriere, deine fetten Vorschüsse, über die wir reden, deine Ausstellungen. Na ja, stimmt, das, woran du gerade arbeitest, habe ich noch nicht gesehen, aber nur, weil ich es nicht anschauen *darf!* Außerdem reden wir jetzt grade mal nicht von dir, sondern von mir.«

Maja atmet etwas ruhiger, setzt sich wieder und wischt eine Träne weg, die es trotz eifrigen Reibens auf ihre Wange geschafft hat.

»All das ... mein Leben. Ich weiß, dass ich es selbst gewählt habe, aber es fühlt sich an, als würde ich ... als würde ich dein Leben leben. Deine Träume. In einem Schloss wohnen! Meine Güte, wenn meine Einkünfte der Maßstab wären, dann würden wir in einer Bruchbude ohne Strom leben. Verstehst du? Das hier bin nicht ich! Du bist ein Schloss. Ich bin ... eine Hütte mit Plumpsklo. Und das Klo stinkt, das sag ich dir.«

Pelle hört zu, streckt seine Hand zu Majas hinüber, versucht ihre Fingerspitzen zu streicheln, aber sie zieht ihre Hand schnell weg. Also nimmt Pelle stattdessen einen Schluck von seinem Wein.

»Was soll ich denn tun? Ich habe doch alles getan! Ich habe versucht, deine Werke bei verschiedenen Galerien unterzubringen, ich habe deine Kunst gekauft, ich habe meine Kontakte für dich eingesetzt, ich habe alles getan!«

»Klar hast du viel für mich getan. Aber nur das, was für dich ohnehin nicht sonderlich schwierig ist. Es ist ja wohl kein Problem für dich, einen alten Galeristenfreund anzurufen und zu sagen: Hallo, darf Maja mal vorbeikommen und ihre Sachen bei dir ausstellen? Ciao, Bussi, echt cool. Aber hast du schon mal was für mich aufgegeben? Wirklich etwas geopfert?«

Pelle reagiert schnell und verletzt. »Meine Frau und meine Kinder vielleicht?«

»Ach so, darüber reden wir jetzt also! Eure Ehe war doch mausetot! Deine Kinder waren fast erwachsen! Mein Gott, Mona hatte eine Woche später einen neuen Mann, glaubst du allen Ernstes, den hat sie so schnell gefunden? Oder hatte sie ihn vielleicht schon, ehe wir beide uns kennenlernten? Was?«

»Ja, ja. Aber ich habe durchaus Dinge für dich aufgegeben!«

»Sag, welche!«

»Ich habe ... Meine Freunde ...«

»Deine Freunde? Soll das ein Witz sein?«

»Na gut, das stimmt vielleicht nicht ganz ... Was soll das, warum muss ich denn unbedingt irgendwelche Opfer bringen? Was hast du denn aufgegeben, wenn wir schon dabei sind?«

»*Meine* Freunde. Die sehe ich jetzt fast gar nicht mehr. Sie wohnen nach wie vor in Stockholm und haben Kinder und Jobs, die können nicht einfach auf eine verdammte Insel in Västergötland kommen so wie deine alten erfolgreichen Künstlerfreunde. Und meine Arbeit, die habe ich auch geopfert. Vor vier Jahren gehörte ich noch zum Dinokollektiv. Verdammt, was waren wir gut. Wir haben richtig große Sachen gemacht. Aber die habe ich aufgegeben, weil ich mit dir zusammen sein wollte.«

»Ihr habt doch gar nichts verkauft, Dino und du.«

Maja lacht kalt und zeigt mit einer wütend zitternden Hand auf Pelle.

»Siehst du! Da ist es wieder! Geld! Ha, und du sagst zu mir: ›Arbeite einfach drauflos, fühl dich ganz frei!‹ Aber ich weiß es doch, du und alle anderen auch, ihr denkt doch, wenn man kein Geld verdient, dann ist man nichts. Ganz egal, wie gut die Sachen sind, die man macht. Und richtig, Dino hat nichts verdient, aber wir waren auf einem guten Weg. Und jetzt verdienen sie richtig gut und stellen jede Menge aus.«

Pelle hebt abwehrend die Hände. »Ja. Okay. Du hast diese Sache geopfert und bist mit mir gegangen. Aber das hast du getan, weil du es *wolltest*. Für diese Entscheidung kannst du nicht mich verantwortlich machen.«

Es ist eine Weile still. Maja saugt an ihrer Unterlippe und denkt nach.

»Mein Selbstwertgefühl. Das habe ich auch geopfert. Oder verloren.«

»Und du meinst, das sei meine Schuld?«

»Nicht deine Schuld. Aber es hat mit dir zu tun. Mit uns. Würdest du denn deine Arbeit für mich opfern? Und mit mir gehen?«

»Natürlich würde ich das.«

»Die Antwort kam jetzt aber ein bisschen schnell. Denk noch mal nach. Und dann antworte richtig.«

»Maja, jetzt mach mal halblang. Was willst du denn hören? Was? Verrat es mir, dann sage ich es.«

»Ach, Scheiße!«

Maja feuert das Besteck auf den Teller, dass die Senfsoße nur so spritzt. Sie bekommt einen entwürdigenden Fleck auf der Wange, den sie mit dem Pulloverärmel abwischt.

Wie immer trägt sie Pelles Klamotten. Schlurft in seinen großen, zerschlissenen Jeans herum, seinen weiten, verwaschenen T-Shirts und einem riesigen gestrickten Pullover. Aber die Unterhose gehört ihr. Sie denkt an die Unterhose. Die gehört auf jeden Fall ihr. Und die Strümpfe! Sie sieht auf ihre Füße hinunter. Nein, da sitzen Pelles große Wollsocken. Sie muss anfangen, ihre eigenen Kleider zu tragen. Wütend reißt sie sich die Wollsocken runter und schleudert sie mit solchem Schwung davon, dass sie über den glänzenden Fußboden sausen.

Pelles sonst so breite Schultern sacken unter dem Maurerhemd wie müde Tulpen zusammen. Ein tiefer Seufzer und ein leerer Blick, dann nimmt er sein Etui mit den Zigarillos aus der Brusttasche, erhebt sich schwerfällig vom Tisch, schiebt seine nackten Füße in die Pantoffeln und tritt an eines der großen Fenster. Vorsichtig öffnet er den Haken, macht das Fenster weit auf und lehnt sich hinaus. Denkt schweigend nach. Zündet den Zigarillo an, bläst den Rauch hinaus und sieht zu dem Bären, der sich wegsehnt.

Schnell wird es kalt im Saal, vom Vänersee weht ein rauer

Wind. Die Flammen in den Kandelabern und im Kristalllüster flattern unruhig. Pelle raucht. Maja atmet.

»Ich brauche einen Job. Das ist einfach so. Einen Job mit Gehalt«, sagt Maja irgendwann.

»Verstehe.«

»Und ich muss das selbst auf die Reihe kriegen.«

»Okay.«

»Ich will erwachsen werden. Ich *bin* erwachsen.«

»Okay.«

Pelle raucht und hat Maja den Rücken zugekehrt. Sieht in die Dunkelheit hinaus. Langsam fängt Maja an, den Tisch abzudecken. Pelle hasst Konflikte, er vermeidet sie um jeden Preis. Lieber bereitet er drei Stunden lang ein Kaninchen zu, als fünf Minuten zu streiten. Warum können nicht immer alle fröhlich sein? Warum muss alles so kompliziert sein? Und warum muss Maja so verdammt anstrengend sein? Maja sieht ihm an, was er gerade denkt. Ein Röntgenblick in sein Gehirn. Wie er sich nach Ruhe und Frieden sehnt, nach Kaninchen im Brotmantel mit Senfsoße und angenehmen Gesprächen.

Maja klappert beim Abdecken absichtlich etwas lauter, damit Pelle sich vielleicht umdreht und sieht, dass sie für dieses Mal das Kriegsbeil begräbt. Klapper, klapper. Vielleicht schickt er ihr ja einen Blick zu, der sagt: Alles wieder in Ordnung. Aber Pelle dreht sich nicht um. Maja schlägt die Gläser ein klein wenig aneinander.

»Ich gehe jetzt schlafen. Danke für das leckere Essen. Du hast alles wunderschön hergerichtet. Ich bin eine undankbare und garstige kleine Frau.«

Sieh nur! Jetzt dreht er sich um. Jetzt, jetzt, jetzt! Ja, genau. Pelle zerdrückt den letzten kleinen Stummel des Zigarillos am Fensterrahmen und schnippt ihn in den Apfelhain hinunter. Er betrachtet Maja, die in seinen viel zu großen Klamotten dasteht, barfuß und mit Haaren, die noch immer wirr vom Schlafen sind. Pelle breitet seine zuverlässigen Bildhauerarme aus. Maja lächelt, stellt die Teller auf den Tisch zurück, geht langsam hinüber und gleitet in seine nach Zigarillo duftende, warme Umarmung. Er schiebt seine Finger in ihre Haarnester und versucht, sie zärtlich zu glätten. Das geht nicht gut, er bleibt hängen.

»Du machst immer alles so kompliziert, Maja.«

Maja beißt sich auf die Lippe, um nichts Schnippisches zu erwidern. Zum Beispiel, was er denn eigentlich mit kompliziert meine, ob es der Wunsch sei, sich wichtig zu fühlen? Ein Teil des Lebens von anderen Menschen sein zu wollen, ein kleines Rädchen? Heißt das, kompliziert zu sein? Ja, dann ist sie wirklich kompliziert.

Aber diesen Gedanken behält sie für sich. Sie tut so, als sei sie unkompliziert, legt ihren Kopf auf Pelles zuverlässige, breite Brust und lässt ihn ihr Haar auskämmen. Das ist doch immerhin was.

5

Am Hintern ist ihr kalt, aber ihr Gesicht fühlt sich warm an. Maja sitzt auf einer Klippe, auf ihrem Schoß liegt ein großer Zeichenblock. Sie schielt zu den Damhirschen hinüber, die aus dem See trinken, und zu den zwei Tieren, die direkt neben ihr stehen. Völlig furchtlos. Glotzen nur und fragen, ob sie noch was von ihrem Knäckebrot bekommen. Sie sind schon ein bisschen anstrengend. Betteln und glotzen ihr über die Schulter. Ignorieren und locken gleichzeitig.

Es gibt wirklich viel zu viele Damhirsche auf der Insel, es müssen welche abgeschossen werden, auch wenn das so entsetzlich traurig ist. Hat nicht vor einer Weile so ein Typ angerufen und davon geredet, er würde den Bestand regulieren wollen, wann wollte der noch kommen?

Maja studiert die weißen Hintern der Damhirsche und die dunkelbraunen Winterfelle, aus denen sich schon große Büschel lösen. Skizziert sie auf ihrem Block. Verwischt die Ränder mit dem Finger. Sieht wieder hoch. Still. Plötzlich sehen auch die Tiere auf, tun teilnahmslos. Ihre Nasenflügel beben, sie trippeln ein wenig vor und zurück.

Motorengeräusch? Ein Motorboot. Maja tut es den Damhirschen nach, sie hebt den Blick zum weit entfernten Festland. Ahnt einen kleinen roten Außenborder auf dem Weg zur Insel. Josefin. Ja, genau, heute ist Donnerstag. Herrlich, das bedeutet Nachschub an Marshmallow-Autos.

Die Damhirsche treten geräuschvoll den Rückzug an, um dann gleichgültig zum Arboretum der Insel zu spazieren. Maja schlägt den Block zu, schiebt Stifte und Radiergummi in die Taschen des großen Regenmantels und steht dann auf, um nach Josefin Ausschau zu halten, die auf die Insel zutuckert.

Sie winken einander fröhlich zu, Maja hält die Hand über die Augen, um sich vor der brennenden Frühjahrssonne zu schützen. Das Wasser glitzert. Es ist fast wie ein sprühendes Augustglitzern, obwohl doch erst April ist. Vorsichtig watet Maja ein Stück weit in den See hinein.

Josefin steht in ihrem Boot, das voller Einkaufstüten ist, und hat ein breites Lächeln aufgelegt. Jetzt ist sie ganz nah. Maja wartet darauf, einen Tampen oder dergleichen zugeworfen zu bekommen, aber Josefin steuert direkt auf das Ufer zu und gleitet bis zu Majas Gummistiefeln. Gewandt steigt sie über die Reling, packt das Boot und zieht es noch ein Stück weiter zum Ufer hinauf. Nachdem sie kurz verschnauft hat, umarmt sie Maja flüchtig. Sie riecht nach Shampoo und Regenjacke.

»Ah, du sitzt hier und zeichnest. Läuft's gut?«

»Nein, ganz und gar nicht.« Maja muss über ihre eigene öde Antwort lachen.

Josefin strahlt. Sonnenverbrannt, glatt, jung, stark, weiße Zähne, ein paar kleine Sommersprossen auf der Nase und dann das nussbraune Haar. Wie ein junges Damtier. Josefin kommt einmal die Woche und bringt Essen, Zeitungen, Filme, Zigarillos und alles, was sonst so gebraucht wird auf dem Schloss. Natürlich besitzen Maja und Pelle auch ein eigenes Boot, mit dem sie zum Festland hinüberfahren können, aber sie vertrauen Josefin mehr als sich selbst, und deshalb lassen sie sie in jedem Fall kommen. Sicherheitshalber. Damit sie nicht wie die Schiffbrüchigen auf dieser gottverlassenen Insel sitzen und verhungern. Josefin hat ein Boot, das alles kann. Und vor allem: eine Seele, die alles kann.

Während sie in ihrem Boot herumwühlt, sagt sie in ihrem klangvollen Västgöta-Dialekt: »Also, mal sehen, was ich hier für euch habe … drei Tüten Lebensmittel … Leider hatten sie keine Austern.«

»Wie schön. Ich hasse Austern. Pelle will die immer.«

»Aber sie hatten schöne Muscheln, also hab ich zwei Kilo davon gekauft.«

Stolz hält sie ein Netz mit prächtigen Muscheln hoch, das Maja in Empfang nimmt.

»Okay. Prima.«

»Und noch irgendwas gab es nicht, ansonsten hab ich alles gekriegt. Weißwein, Petersilie, Knoblauch, Mehl, Hefe, Kalbshack, Milch … Ja, und wenn ihr frischen Barsch kaufen wollt, dann sollt ihr direkt beim Fischhändler anrufen, die kommen dann her mit den Fischen, alles andere ist zu kompliziert. Oder ihr angelt selbst! Wäre das nicht was?«

»Vielleicht, haha.«

Maja nimmt die Tüten entgegen, die Josefin ihr reicht.

»Und ich hab eine neue Sorte Himbeerjoghurt gekauft, ich weiß ja, dass du auf süße Sachen stehst. Und hier sind die Tageszeitungen. In der Bücherei habe ich die Filme ausgeliehen, von denen du gesprochen hast. Hier.«

Maja nimmt Zeitungen und Filme in Empfang und schiebt sie in die Lebensmitteltüten.

»Gut, und dann noch die Zementsäcke. Die sind richtig schwer. Sollen wir sie einfach hier auf den Hügel legen, oder soll ich sie zum Steg bringen? Von wo kann man sie am leichtesten wegtragen?«

»Von hier, denke ich. Dann muss man nur den Pfad hinauf.«

Maja zeigt auf den kleinen Trampelpfad, der sich zwischen den Laubbäumen hindurch zum Schloss schlängelt, das rosa auf dem Hügel thront. Josefin nimmt einen Sack und hievt ihn auf die Steinklippe. Dann noch einen und einen dritten.

»Ihr solltet von hier zum Schloss Gleise bauen. So wie die vom Steinbruch im Wald.«

Josefin spricht atemlos, während sie mit den Säcken kämpft. Der Steinbruch. Der geheimnisvolle Berghügel, der ein paar Hundert Meter weiter im Tannenwäldchen liegt. Ein Loch, aus dem man vor dreihundert Jahren den Granit holte, auf den das ganze Schloss gegründet ist. Über die Gleise schickte man die Steinblöcke in Loren vom Steinbruch zum Schloss. Pelle hatte die Insel dank dieses Steinbruchs entdeckt und sich sofort in sie verliebt. Damals arbeitete er viel mit Granit und bekam auf diesem Weg so viel Material, wie er nur wollte, das er über die Schienen direkt ins Atelier transportieren konnte.

Gleise vom Lastensteg zum Schloss, keine dumme Idee. Maja weiß nicht recht, wo sie zupacken soll, also bleibt sie stehen und schaut Josefin beim Arbeiten zu.

»So! Braucht ihr sonst noch Hilfe? Irgendwelche Maschinen, die repariert werden müssen, ein Fest, bei dem gespült werden muss, oder so?«

»Nein, im Moment wüsste ich nichts. Aber bald werden wir wohl Hilfe beim Laubharken benötigen.«

»Klar, kein Problem. Am Wochenende kann ich kommen. Samstag?«

»Ja, Samstag ist super.«

»Habt ihr immer noch dieselben mickrigen Rechen wie voriges Jahr?«

»Ja.«

»Okay. Dann kaufe ich neue und setze sie mit auf die Rechnung.«

»Klingt gut.«

Josefin schiebt das Boot ins freie Wasser hinaus. Es gleitet, als hätte es Butter unterm Kiel. Maja fällt plötzlich ein, dass sie eine schlechte Gastgeberin ist.

»Warte mal, willst du vielleicht einen Kaffee oder so?«

»Nein danke. Ich muss rüber nach Klinten und roden. Aber nächstes Mal gern! Zeichne lieber weiter, Maja. Und wenn ihr im Sommer einen Job habt, egal was es ist, dann freu ich mich, nur dass du es weißt!«

Josefin hüpft elegant ins Boot und hat den Motor binnen Sekunden gestartet. Geschickt setzt sie zurück, winkt und verschwindet mit ihrer unerschöpflichen Energie hinaus auf den See.

Vor drei Jahren, als sie hierher zogen, fanden sie Josefin durch eine Anzeige im Lokalblatt. Damals war sie erst achtzehn. Immer direkt. Sagt Ja und Nein mit derselben absoluten Sicherheit. Ganz einfach ein kleiner Schatz.

Maja wühlt die ganzen Lebensmittel durch, die Josefin ihnen gebracht hat, und entdeckt schließlich die »Göteborgs-Posten« von gestern und eine Tüte mit Marshmallow-Autos, die sie sofort aufreißt. Ah, dieser süße, wunderbare Duft. Sie steckt die Nase tief in die Tüte und schnuppert an den Schaumautos wie ein Weinkenner an seinem Wein. Schön. Dann hält sie die Nase wieder in die Sonne und lässt sich mit den süßen Dingern im Mund und den Blick auf die Schlagzeilen der Tageszeitung geheftet auf der Klippe nieder.

Aha. Ein großer Test der neuesten Motorradmodelle der Saison. Aha. Schwimmkurse für Erwachsene ausgebucht. Sie liest weiter. »Bald ist wieder Sommer ... besonders wichtig, dass Erwachsene schwimmen können ... in den letzten Jahren sind die Unfälle durch Ertrinken sprunghaft angestiegen ... Immer mehr Erwachsene wollen schwimmen lernen, aber es gibt nur wenige Kurse, und die sind schnell ausgebucht. Frauen mit Migrationshintergrund sind am stärksten betroffen ...«

Maja schiebt sich fünf Autos in den Mund und saugt ein wenig daran. Schwimmkurse für Erwachsene werden benötigt. Sie schiebt fünf weitere Autos nach. Saugt nicht mehr dran, kaut nur und schluckt.

6

»Alex?«
»Hm...«

»Alex? Es ist gleich halb zwölf. Gott, ist das stickig hier drin, ich mach mal ein bisschen auf...«

Annika ruckt ein paarmal am Rollo, aber es reagiert nicht. Sie zieht fester, etwas nach rechts, etwas nach links. Plötzlich kommt Leben in das Ding, und es schnurrt nach oben, dass es nur so knallt. Alex öffnet seine Augen einen Spalt, dann fallen sie wieder zu. Mit geübten Griffen macht Annika ein bisschen Ordnung auf dem Fensterbrett, räumt alte Coladosen weg, eine Sporthose, die auf Abwege geraten ist, ein Deo, eine Flasche Aftershave und einen fast toten Kaktus, und jetzt: auf mit dem Fenster! Herein mit den neuen, frischen Düften. Die saubere Luft strömt ein, während Annika ein paar benutzte Gläser und Teller vom Schreibtisch nimmt.

»Papa und ich gehen mit Krümel spazieren, wir sehen uns dann heute Nachmittag.«

»Hm...«

»Und Robin hat noch mal angerufen. Du musst jetzt für den Segeltörn in Griechenland fest zusagen, offenbar kriegt er sonst kein Boot. Oder wie auch immer. Ruf Robin so bald wie möglich an.«

»Hm... Mama, mach das Fenster zu...«

»Auf gar keinen Fall. Steh jetzt auf. Hast du heute kein Training?«

»Was? Nee, erst heute Abend...«

»Okay. Wir gehen jetzt.«

»Was? Wohin geht ihr?«

»Na, spazieren mit Krümel.«

»Ach so, jaja, schon klar ...«

Annika macht das Fenster noch ein bisschen weiter auf, winkt und geht mit dem klappernden Geschirr aus dem Zimmer.

Alex dreht sich noch einmal um. Das Bett ist immer noch so verführerisch warm und gemütlich. Die Sonne scheint durchs Fenster. Wandert von Pokal zu Pokal und bringt sie zum Leuchten, dann über die Kiste voller Sportklamotten, die Fußballzeitungen, DVD-Spiele, den Computer, die Kleiderhaufen, die Schienbeinschoner und den Fernseher, bis sie schließlich bei Alex ankommt. Der kneift die Augen zusammen und lässt die Strahlen durch die Lider scheinen, wodurch sich die Welt hellrot färbt.

Es ist halb zwölf, und es ist Samstag. Noch eine Stunde, bis sein Job beginnt. Er wird Außenborder, Schwimmwesten, Henri-Lloyd-Jacken, Wasserski, Tampen und vielleicht auch ein Schiff verkaufen. Wenn er Glück hat. Der erste Samstag im Mai ist ein super Zeitpunkt für alle, die Maritimes verkaufen.

Alex öffnet die Augen, reibt sich das Gesicht und setzt sich schwankend auf. Streckt den ganzen Körper durch und fühlt, wie er nach und nach zum Leben erwacht. Es knirscht und quietscht darin, wie bei einer Maschine, die sich selbst in Gang bringen soll. So, jetzt ist sein Körper bereit aufzustehen.

Er rückt die Boxershorts zurecht, schiebt die Sporttasche unters Bett und wirft ein paar Klamotten auf den Schreibtisch. Jetzt ist der Fußboden fast frei. Dann legt er sich auf den weichen Teppich und startet mit seinen täglichen Situps. Hundertfünfzig Stück. Nicht mehr und nicht weniger. Und genau vierzig Liegestütze. Jeden Morgen. Falls er der Sache etwas mehr Schwung geben will, macht er ein paar davon mit Händeklatschen zwischendurch.

Alex schnuppert unter den Achseln. Alles in Ordnung, er hat gestern Abend, kurz bevor er ins Bett gegangen ist, noch geduscht. Da reichen ein paar schnelle Wischer mit dem Deo.

Jetzt ein T-Shirt übergezogen und dazu ein paar coole übergroße Helly-Hansen-Shorts, ein bisschen Haarwachs und ein kurzer Blick in den Spiegel. Doch, er sieht gut aus. Ein letzter Griff in die Haare, damit alles gleichmäßig nach hinten gekämmt ist. Seine Schwester meint ja, er sollte sich Strähnchen färben. Soll er das machen? Oder wirkt das total schwul? Er betrachtet eingehend sein Haar. Kämmt es mit den Fingern nach hinten. Nimmt es hoch, drückt es wieder runter, fährt mit den Fingern durch. Strähnchen? Vielleicht.

Alex schiebt die Füße in ein Paar Flipflops und geht in die Küche. Er macht sich ein großes Glas Kakao und ein paar Scheiben Brot mit Streichkäse, blättert in einer alten Pokerzeitschrift und checkt sein Handy. Gustav will wissen, ob er heute Abend dabei ist, wenn sie im Strandbad grillen. Na ja … Magda fragt auch, ob er heute Abend mit zum Strandbad und zum Grillen kommt. Larsson erinnert ihn an das Zusatztraining um zwanzig Uhr. Also kein Grillen. Alex hat sowieso keine Lust. Mit einem Haufen Leute rumsitzen, die sich nur besaufen und dann nach jemandem suchen, mit dem sie Scheiß bauen können. Das stört Alex. Er weiß nicht genau, warum, aber es ist eben so. Dieser Teenagerkram stört ihn einfach. Verdammt, sie sind doch schon über achtzehn! Warum muss man so viel saufen? Offenbar, damit man sich traut zu vögeln. Oder damit man sich traut, herumzugrölen und sich zu prügeln.

Alex antwortet, dass er leider zum Training muss.

Wie lange wird er sich noch mit dem Training rausreden können? Nein, leider hab ich morgen ein Spiel, nein, ich kann heute nicht feiern, ich schaff es wahrscheinlich nicht, darf nicht. Hilfe. Einmal hat er sich richtig zugesoffen. In der Achten, eine halbe Flasche Wodka. Und dann hat er leider auf die neuen Nikes von Lisa gekotzt. Voll peinlich. Vor dem Kotzen hat er noch versucht, mit Tova rumzumachen, er erinnert sich nicht mehr genau, aber er war wohl echt nervig, hat sie an die Brust gefasst und so. Ganz schön mies. Hinterher haben alle in der Schule davon geredet. Wie besoffen er gewesen sei und wie er gekotzt habe.

Komischerweise war das irgendwie auch ein gutes Gefühl. Als hätte er kurz vor dem Abpfiff das entscheidende Tor reingeköpft. Aber gleichzeitig ein fieses Gefühl. Auf den Rücken geklopft zu werden dafür, dass man jemanden vollgekotzt hat. Total gestört eigentlich.

Alex schiebt sich ein halbes Brot in den Mund, kaut, dass die Krümel fliegen, und spült alles mit Kakao runter. Nach dieser Sache damals hat er nie wieder was getrunken. Vier Jahre lang. Vier Jahre immer neue Ausreden und jede Menge Training. Da herrscht wenigstens Klarheit. Als Sechser kann man nichts anderes machen, als vor dem Kasten alles sauber zu halten. Stark sein, furchtlos und den Ball auf Abstand halten. Wenn du das hinkriegst, bist du erfolgreich, und alle sind zufrieden.

Wenn doch nur alles so einfach wäre. Hör zu, Alex, gib einfach dein Bestes, dann sind alle zufrieden! Geh auf eine Party, sei lustig und tanz ein bisschen, dann sind alle zufrieden. Du musst niemandem auf seine neuen Nikes kotzen, um dazuzugehören. Du musst nicht der beste Freund aller Zeiten sein, um ein bisschen geküsst zu werden. Du kannst nett und zuverlässig sein. That's good enough. Gib einfach nur dein Bestes, Alex!

Aber so ist es ja nie. Immer ist irgendwas verkehrt. Blablabla, du bist zu nett. Blablabla, du bist ja andauernd im Training. Blablabla, du bist ja voll der Langweiler, mach dich doch mal locker. Mann, bist du schüchtern oder was? Blablabla.

Beim Fußball, Bandy und Tennis dagegen ist es so schön einfach. Gib dein Bestes, und du bekommst Applaus.

Er spült sein Kakaoglas nachlässig aus, und dann fällt ihm ein, dass der Körper ja auch Vitamine braucht. Also macht er den Kühlschrank auf und entdeckt eine Tomate, die er sich reinschiebt. Alles klar. Jetzt muss er Robin anrufen. Wegen der Segelgeschichte. Da wird er im Leben nicht mitfahren können. Was hat er sich bloß dabei gedacht?

7

Karin knöpft ihren schwarzen Frühjahrsmantel auf. Ein schwarzer Frühjahrsmantel. Klingt nicht besonders fröhlich. Aber Karin trägt immer Schwarz. Frühling, Sommer, Herbst und Winter. Fröhlich oder traurig, Hütte oder Schloss. Schwarze hohe Stiefel, enge schwarzblaue Jeans, schwarzes Blüschen und ein schwarzer Frühjahrsmantel. Sündhaft teuer war der. Sie hat ihn entdeckt, als sie das letzte Mal in Berlin war, er hing in einer kleinen Boutique und schrie: Karin, bitte kauf mich!

Es macht Spaß, anderen davon zu erzählen. Danke für das Kompliment, den hab ich mir übrigens in Berlin gekauft. Klingt ziemlich oberflächlich und albern. Das ist Karin voll und ganz bewusst. Dass es mies ist, so anzugeben. Aber tief innen drin fühlt es sich gut an, zeigen zu können, dass sie herumkommt, dass sie nach Berlin fährt, dass sie sich teure und schicke Frühjahrsmäntel leisten kann, dass sie ein spannendes Leben führt, dass alles gut läuft. Manchmal ist sie noch peinlicher. Zum Beispiel, wenn sie erzählt, dass sie den Frühjahrsmantel entdeckt hat, als sie gerade in Berlin war, um ein paar Freunde zu besuchen, die in einem Künstlerkollektiv leben. Und dann fragt ihr Gegenüber neugierig nach diesen Freunden, und Karin erzählt weiter, dass sie in einer alten Villa aus dem 19. Jahrhundert im Ostteil der Stadt wohnen. Sie ist längst keine Bruchbude mehr, sondern ein Haus, das von Kreativität und großartiger Kunst nur so überschäumt. Karin wird von ihrer eigenen Erzählung mitgerissen. Das fühlt sich alles so toll an, als wäre das alles wahr. Sie sieht die gemeinsamen Abendessen vor sich, gute Weine, nicht enden wollende Gespräche, vielleicht eine heiße Liebesgeschichte mit einem

Mann, der irgendeinem Rockmusiker ziemlich ähnlich sieht (aber frisch gewaschen ist), ungestüme Küsse in dämmrigen Clubs, lautes Gelächter, das auf den Boulevards widerhallt.

Denn eigentlich ist sie in Berlin allein unterwegs. Besucht Ausstellungen, sieht ein paar Theaterstücke und geht shoppen, ohne das mit jemandem zu teilen. Sie ist fast immer allein. Nicht nur in Berlin.

Davon weiß keiner was. Karin verleugnet ihr Alleinsein, sie schiebt sehr feine Vorhänge zwischen die Einsamkeit und all die aufregenden Jobs, die sie hat. Wenn sie auf der Seite mit den aufregenden Jobs steht und davon spricht, dann ahnt man die Einsamkeit nicht, die hinter dem Vorhang lauert.

Obwohl. Sie ist nicht wirklich einsam. Sie hat schon Freunde. Oder Kollegen. Mit denen sie sich das Büro teilt. Sie gehen zusammen Mittag essen und Kaffee trinken, und manchmal ist auch ein Abendessen drin. Und sie hat Simone, ihre wunderbare Tochter. Das sagen alle. Aber die ist erwachsen. Zwanzig Jahre alt und geht auf die Schauspielschule, wohnt mit ihrem Freund zusammen und scheint ein großes Bedürfnis zu haben, allein zu sein. Die Nabelschnur zu kappen. Und das ist doch nur natürlich. Vollkommen natürlich.

Karin klappert mit ihren Stiefeln die Götgatan entlang zum Medborgarplatsen. Sie Sonne brennt stur vom Himmel, auf sie und den schwarzen Frühjahrsmantel aus Berlin. Es wird warm. Karin knöpft den Mantel auf und lässt die Schöße wie kleine schwarze Flügel hinter sich herflattern. Das rote Seidenfutter glänzt. Sie sieht gut aus, wie sie da durch den angesagtesten Stadtteil Stockholms geht. Das braune Haar ist dick, glänzend und gut geschnitten, die Augenbrauen perfekt gezupft, und der dunkle pflaumenfarbene Lippenstift sitzt korrekt – bei ihr wird man vergeblich nach Lippenstiftflecken auf den Zähnen suchen.

Die perfekte Frau schlendert routiniert in die Söderhallarna, die modernen Markthallen. Blumen verbreiten einen angenehmen Duft, von der Decke hängen geräucherte Lammschinken, Obst, das sanft aus Dampfdüsen befeuchtet wird, Bonbons in Spitztüten, Tees in hübschen Päckchen, frisches Brot und gestopfte Lammwürste. Karin kauft ein fertiges Abendessen für eine Person: ein Hacksteak, eine Kelle Kartoffelbrei und einen Löffel Erbsen, dazu eine Flasche Pinot noir. Was vom Wein übrig bleibt, kann sie zum Kochen verwenden.

8

»Das heißt, du fährst nächsten Dienstag nach Kopenhagen?«
»Genau.«
»Und dir ist klar, dass dann auch das herzförmige Frühlingsscharbockskraut mitmuss, oder? Und vergiss nicht die zusätzliche Kiste Kobralilien! Und diesen Mittwoch steht doch diese Ausstellung in Östersund an, die wollten Darjeeling-Bananen. Bitte doch Sanna, sie raufzubringen, dann kannst du so lange alles andere hier versorgen.«
»Ja.«
»Diese Woche müssen wir wahrscheinlich morgens und abends von Hand wässern. Und da wären noch die Etiketten, die müssen wir nachdrucken, und ...«
Jens geht vorsichtig durch die engen Reihen von winterharten Stauden. Die Sonne scheint durch das hohe Dach des Gewächshauses, neben ihm geht sein Assistent Staffan und notiert alles, was gemacht werden muss.
»Was machen wir mit den Bananen, ist es für die im Transporter nicht zu kühl?«
Jens bleibt stehen und denkt über Staffans Frage nach.
»Ach, das geht schon. Etwas Kälte können sie ab. Wann war noch mal der Termin im Botanischen Garten?«
»Um zwei sollst du dort sein.«
»Okay, dann gehe ich jetzt mal unter die Dusche.«
»Mach das, ich kümmere mich um die Etiketten.«
Jens lässt den Blick ein letztes Mal über das Gewächshaus schweifen und nickt stumm.
»Ich übernehme die Etiketten und das Wässern, versprochen. Das schaff ich schon. Du kannst duschen gehen.«
»Klar, und ich bin heute Abend ja wieder da.«

Sie stehen schweigend da und atmen den Duft von all den knospenden Perennen ein. Jens sieht Staffan fragend an.

»Ich bin ein bisschen nervig, oder?«

Staffan grinst. »Aber nur ein bisschen.«

Jens geht zum Ausgang und lacht sein heiseres, etwas zu lautes Lachen. Ein ansteckendes Lachen, das ihm leichtfällt. Es kommt so automatisch wie ein »Autsch!« nach einem Tritt vors Schienbein. Er denkt an etwas, das nur ein kleines bisschen lustig ist, und dann kommt das Lachen wie von allein. Und jetzt merkt er, dass er selbst komisch wirkt. Ein bisschen verschroben. Es ist ja auch selten dämlich, jemandem, der seit Jahren in seinem Gewächshaus arbeitet, zu erklären, wie die Pflanzen gehegt und gepflegt werden müssen.

Der schwerfällige Hofhund Baby kommt angewackelt und erbettelt eine letzte Umarmung. Er drückt seinen riesigen Kopf gegen Jens' Bauch und schiebt sich beharrlich an ihn heran. Jens umarmt den Leonberger und streicht ihm über das lange Fell. Sie setzen sich nebeneinander, Jens mit dem Arm um Babys breiten Rücken, Kopf an Kopf, den Blick auf die Gewächshäuser gerichtet. Wie drei große Raumstationen hocken sie mitten im Tal. Bei zwei von ihnen sind die Dächer eingeklappt, damit die Sonne all die winterharten Stauden wärmen kann, die da drinnen wachsen und ausschlagen.

Schön ist es hier im kleinen Björkdalen, vierzig Kilometer von Duvköping entfernt. Vierzig Kilometer von allem entfernt, was Leuten normalerweise wichtig ist, weit weg von billigen Supermärkten, Fußgängerzonen, Videotheken, Würstchenbuden, Bars und Versicherungsmaklern. Wenn man Jens fragt, dann lebt er vierzig Kilometer von nichts Besonderem entfernt. Aber dafür ganz nah bei allem, was *ihm* wichtig ist: Birkenwald, Tiere, Wiesen, kleine Höfe, Elchjagd und frische eisenreiche Binnenseen.

Jens ist im Haus seiner Eltern geboren, und zwar nicht, weil seine Mutter von Hausgeburten überzeugt gewesen wäre, sondern weil er so schnell kam. Als es an jenem Sommermorgen vor fast dreiundvierzig Jahren so weit war, schaffte Mutter Gun es nicht weiter als bis in die Diele. Dort, zwischen Gummistiefeln, Arbeitsoveralls und Schutzhandschuhen kam Jens auf die Welt. Grünäugig, schwarz gelockt und heiser.

So ist er immer noch, nur ein bisschen größer. Genau genommen ein ziemliches Stück größer. Aber das lockige Haar steht immer noch wirr um seinen Kopf, und die Augen leuchten grün unter den dicken Brauen, die zu einer einzigen zusammenwachsen würden, wenn nicht Mutter Gun sich ab und zu ein Herz fassen und ein paar Haare auszupfen würde, sodass wieder zwei daraus werden.

»Jens! Ich koche gerade Tomatensuppe, soll ich ein bisschen mehr machen? Dann kannst du eine Portion mit zum Botanischen Garten nehmen, du weißt doch, sie liebt meine Tomatensuppe.«

Gun steckt den grau gelockten Kopf aus dem offenen Küchenfenster.

»Hör mal, ich kann doch wohl nicht mit Tomatensuppe zu Ylva kommen.«

»Natürlich kannst du das! Bring ihr Suppe mit, dann erinnert sie sich besonders gut an dich, und vielleicht verabredet ihr euch mal und ...«

»Mama. Ylva ist verheiratet.«

»Ist sie nicht, sie hat nur einen Lebensgefährten.«

»Aber sie hat einen Mann. Lass es.«

»Schaffst du es noch, mit uns Mittag zu essen? Außerdem habe ich Honig geschleudert, davon könntest du auch was mitnehmen.«

»Jetzt soll ich auch noch Honig mitnehmen, oder was?«

»Und vielleicht eine Kiste Gurken, wir haben tonnenweise davon. Wie heißt noch die junge neue Gartenbaumeisterin im Botanischen Garten? Katja? Vielleicht möchte sie ein paar Gurken.«

»Ich weiß nicht. Sieht das nicht ein bisschen komisch aus?«

»Es ist eher komisch, wenn man nichts mitbringt, wenn man zu Besuch kommt.«

»Besuch? Ich gehe doch nur zu einer Sitzung.«

»Aber jeder freut sich über Gurken und Honig. Soll ich noch ein bisschen Milchreis einpacken? Den könnte diese Katja als Snack zwischendurch essen.«

»Was?«

»Haha, das war jetzt ein Witz, Junge.«

Jens lacht sein heiseres Lachen. Jetzt noch schnell unter die Dusche, ehe er zum Botanischen Garten fährt.

Das Haus von Jens liegt auf dem Hügel neben dem Einfamilienhaus mit der hässlichen weißen Klinkerfassade von Mutter Gun und Vater Svein. In den Sechzigerjahren haben sie einen der alten Höfe abgerissen und ein für damalige Begriffe schickes neues Haus hingestellt. Alles in Kiefer. Decke, Wände, Möbel. Kiefer, Kiefer, Kiefer. Und im Keller einen riesigen Backofen, damit Gun für ihre Familie Brot backen konnte.

Aber das alte Häuschen auf dem Hügel durfte bleiben, zumindest die Außenschale. Es sieht so gewöhnlich aus, eine kleine rote Hütte, aber wenn man die quietschende Verandatür öffnet, dann öffnet man zugleich die Tür zu Jens' Welt. Alle Wände sind weg, auch die obere Etage. Alles offen, grün, große Bilder mit handgemalten Orchideen, massenhaft Blumentöpfe mit überbordenden Pflanzen, ein schöner großer Sessel, ein kleiner Fernseher. Von den Balken an der Decke baumelt eine Hängematte, eine schmale Stiege führt zu dem winzigen Schlafboden, eine Spiegeltür lädt ins Badezimmer ein. Klein, aber grün, warm und einladend wie ein feuchter Dschungel. Und Bücher. Überall Bücher über Stauden. Neue Bücher, alte Bücher. Bücher mit Texten, Bücher mit schönen Bildern.

Jens zieht seine erdverschmierten Arbeitskleider aus und legt sie sorgfältig in den Wäschekorb. Holt ein sauberes Handtuch aus dem Schrank, legt es auf den Klodeckel und steigt in die Dusche. Sanft und gründlich seift er seinen Körper ein. Atmet den Duft von Lavendel ein. Er neigt den Kopf, lässt das warme Wasser den Rücken entlangfließen und umarmt sich selbst.

9

Pelle putzt sich die Pantoffeln ein wenig nachlässig ab und marschiert mit großen Schritten durch die Diele und schräg durch den Speisesaal. Während er die Bibliothek durchquert, mustert er neugierig das schwere Paket, das er auf dem Arm hat. Schließlich öffnet er die Flügeltür, die in hellem Pistaziengrün gehalten ist, und betritt Majas Atelier.

Der alte Plattenspieler sondert »Tropical summer« von Agnetha Fältskog ab. Maja schlummert auf dem Affendiwan. Pelle klopft sanft an den Türrahmen und räuspert sich. Verschlafen schaut Maja hoch und blinzelt.

»Oje, ich bin wohl eingeschlafen. Wie spät ist es?«

»Gleich zwei. Josefin war eben hier.«

»Heute?«

»Ja. Offenbar was Wichtiges, hat sie gesagt. Was du bestellt hast. Hier.« Pelle geht sachte über die knarrenden Dielen zu Maja und legt ihr das schwere und harte Paket in den Schoß.

Das Paket. Es ist gekommen. Die Anleitungen zu Majas neuem Leben.

»Was ist das?«

Pelle lässt sich in einer der tiefen Fensternischen nieder und angelt einen Zigarillo aus der Brusttasche. Er öffnet das Fenster mit einem Ruck, zündet den Zigarillo an, nimmt einen tiefen Zug, pflückt sich etwas Tabak von der Zunge und betrachtet derweil Maja, die so erwartungsvoll wie ein Kind an seinem Geburtstag mit dem Paket auf dem Schoß dasitzt.

»Das ist der Anfang ... von etwas ganz Neuem.«

Pelle zieht die Augenbrauen hoch, krempelt die fleckigen Ärmel des Leinenhemds auf, nimmt noch einen Zug und bläst den Rauch aus dem Fenster.

»Wie das?«

»Ich habe das Gefühl, dass ich es ... selbst versuchen muss. Eigenes Geld verdienen und ... was Wichtiges tun.«

»Aber du musst nicht wegen mir ...«

»Es geht hier nicht um dich, Pelle. Es geht um mich! Verdammt, in diesem Atelier funktioniert es eben nicht für mich. Ich liege den ganzen Tag auf diesem Diwan und schlafe. Und höre dir zu, wie du im hinteren Saal lärmst und arbeitest. Das ist die reinste Folter. Ich hab das Gefühl, als müsste ich mal aufwachen. Mich von diesem Diwan erheben und was tun.«

»Okay.«

»Und deshalb habe ich mir einen Sommerjob organisiert.«

Maja fängt an, das Klebeband aufzureißen.

»Hier!«

Pelle wirft ihr eine kleine Schere zu, die auf dem Eisbärenfell zu ihren Füßen landet. Eifrig schneidet Maja das Klebeband auf, öffnet den Karton und nimmt die Bücher heraus. Pelle lächelt ihr vom Fenster aufmunternd zu und bläst den Rauch über den Pool.

»Bücher. Herrlich. Also, ich habe dir ja schon von diesem Sommer in Paris erzählt, damals habe ich Kafkas ›Prozess‹ gelesen. Das hat mein ganzes Leben verändert. Ich habe den nächsten Zug nach Hause genommen und mit meinem Vater aufgeräumt. Und dann hat es, lass mich mal nachrechnen, genau zehn Jahre gedauert, ehe ich wieder mit ihm gesprochen habe.«

»Das ist aber nicht Kafka. Das sind Schwimmbücher.«

»Schwimmbücher?«

»Ja.«

»Schwimmende Bücher? Wie soll denn das gehen? Jetzt begreife ich gerade nichts.«

»Nein, ich werde schwimmen lernen. Oder besser gesagt, ich werde lernen, wie man anderen das Schwimmen beibringt. Ich werde eine Schwimmschule aufmachen. Für Erwachsene.«

10

Es ist ein strahlend schöner Frühlingsabend. Die Sonne scheint, die Vögel zwitschern aus reiner Freude, das Gras ist so grün, dass niemand es mehr aufhalten kann, und unten am Hunnebostrand bei Duvköping findet ein großes Fest mit einem Lagerfeuer statt. Alle sind da. Na ja, nicht wirklich alle. Alex nicht. Er liegt mit nacktem Oberkörper auf dem Bett und spielt Internetpoker.

Wenn er wollte, könnte er bis morgen früh um vier am Strand herumspringen. Aber er will nicht. Er kann nicht. Denn er weiß, wie das läuft.

1. *Alle saufen. Das ist eklig.*
2. *Alle werden mit allen rummachen. Das ist auch eklig.*
3. *Alle werden nachts besoffen schwimmen gehen. Und das geht gar nicht.*

Alex würde sterben, wenn er nachts schwimmen ginge. Weil er nicht schwimmen kann. Weil dann alle besoffen wären und niemand merken würde, wenn Alex anfängt, mit den Armen zu fuchteln und um Hilfe zu rufen. Selbst wenn sie ihn fuchteln sähen, würden sie sich nicht darum scheren, denn Alex muss doch schwimmen können. Er, der krasse Sportstyp. Klar kann der schwimmen.

Nein, gar nichts ist klar. Alex kann nicht schwimmen. Und ausgerechnet Alex soll Ende des Sommers mit auf einen Segeltörn nach Griechenland fahren.

Eigentlich der totale Traum. Für diese Reise macht Alex den Wochenendjob. Für diese Reise hat Alex sich durch den ganzen Scheißherbst, den Scheißwinter und den Scheißfrühling gearbeitet. Um mit einem Zweimaster übers Mittelmeer kreuzen zu können. Um mit geschlossenen Augen auf dem Vorschiff zu liegen, den Wind in den Haaren zu fühlen, richtig braun zu werden ...

Verdammt, hatte der eben ein Full House? Alex hatte mit seiner Straße alles gesetzt. Fuck. Wütend knallt er den Laptop zu. Trinkt den Rest Kakao aus und sieht nach, ob noch ein Stück Schokolade von der Tafel übrig ist, aber die Packung ist leer. Neben dem Stanniolpapier liegt die Anzeige, die seine Mutter in der Zeitung gefunden hat. Eine hässliche Anzeige mit komischen bunten Illus. Wenn er nicht komplett panisch wäre, würde er so was niemals anschauen. Aber jetzt. Jetzt sehen die Dinge gerade anders aus. Jetzt ist es so, dass Alex verdammt noch mal bis August schwimmen können muss. So ist es einfach.

»Sind Sie erwachsen und würden gern schwimmen lernen? Lernen Sie es bei mir. Zwei Wochen Intensivkurs in wunderbarer Umgebung auf Hjortholmen, einer Insel direkt vor Duvköping. Sie verfügen über ein eigenes Zimmer in dem traumhaft schönen Sommerschloss. Frühstück, Mittag- und Abendessen (Zutaten rein biologisch) werden im Schlosspark eingenommen, geschwommen wird in dem alten Mosaik-Pool hinter dem Schloss. Sie lernen schwimmen und machen gleichzeitig eine ganzheitliche Erfahrung für Körper und Seele in einer inspirierenden Umgebung.«

Verdammte Scheiße, soll er jetzt etwa bei so einer Seniorenfreizeit mitmachen? Er will doch einfach nur schwimmen lernen, muss er denn dafür in einem alten Schloss wohnen? Und teuer ist es auch noch. Höllisch teuer. Ja, ja, Mama hat gesagt, sie zahlt ... Aber auf einer Insel? Zwei Wochen lang? Das klingt echt öde. Obwohl. Zumindest wird wohl kaum jemand da sein, den er kennt. Und er wird garantiert schwimmen lernen.

Denn das Schwimmen wird die Hauptsache sein, und es wird ihn nichts anderes ablenken. Mal abgesehen von irgendwelchen Omas, die sich Biogurken reinziehen. Bio? Ist das dasselbe wie vegetarisch? Zwei Wochen kein Fleisch, oder was? Nur Spargel und irgendwelche verdammten Nüsse? Das geht nicht, er braucht Fleisch! Das muss Mama noch mal checken. Wenn es Fleisch gibt, fährt er hin.

II

»Stammst du nicht aus diesem kleinen Kaff in Västergötland, aus Duvköping?«

»Doch. Aber es ist ewig her, seit ich ...«

»Also, ich sage dir, dann habe ich einen echt guten Auftrag für dich, warte kurz!«

Maggan, verantwortlich für die Sonntagsbeilage von »Dagens Nyheter«, schwingt ihre breiten Hüften durch die Redaktion und ruft mit ihrer lauten, unerschütterlichen Stimme: »Wo haben wir noch gleich die Anzeige von dieser Insel?«

Jemand erwidert etwas und wedelt mit einem Zettel, Maggan verschwindet in die Richtung und bahnt sich einen Weg durch belagerte Schreibtische, Bücherregale und leer gefressene Obstschalen.

Karin bleibt sitzen, ihren schwarzen Berlinmantel über den Knien, die glänzende Seidenbluse lässig am Hals geöffnet, sodass man die schöne Silberkette in der Halskuhle ruhen sieht. Was für eine Insel? Was für ein Auftrag? Karin hat fünf DIN-A4-Seiten mit bahnbrechenden Erkenntnissen über Henrik Schyffert für die Interviewserie, von der Maggan so eindringlich gesprochen hat. Es ist Karin sogar gelungen, einen Termin mit diesem komplizierten Typen auszumachen, und jetzt redet Maggan von irgendeiner Insel. Karin will nicht auf irgendeine Insel, sie will nach Bromma und Henrik Schyffert interviewen und ...

»Hier!«

Maggan wirft ihr eine kleine Anzeige auf den Schreibtisch. Karin beäugt sie skeptisch. Aquarellfarben in Türkis, Korallenrot und Taubenblau, die zu einem einladenden Meer verschmelzen. Hinter dichtem Grün erahnt man ein rosa Schloss.

Das Grün verschmilzt mit dem Meer. Handgeschrieben. Wie ein kleines Stück Kunst, ein zartes Gemälde mitten zwischen all den anderen schreienden Kontaktanzeigen.

»Sind Sie erwachsen und würden gern schwimmen lernen? Lernen Sie es bei mir. Zwei Wochen Intensivkurs in wunderbarer Umgebung auf Hjortholmen, einer Insel direkt vor Duvköping. Sie verfügen über ein eigenes Zimmer in dem traumhaft schönen Sommerschloss. Frühstück, Mittag- und Abendessen (Zutaten rein biologisch) werden im Schlosspark eingenommen, geschwommen wird in dem alten Mosaik-Pool hinter dem Schloss. Sie lernen schwimmen und machen gleichzeitig eine ganzheitliche Erfahrung für Körper und Seele in einer inspirierenden Umgebung.«

»Diese Insel liegt doch in der Nähe von Duvköping?«

Maggan sieht Karin mit ihrem durchdringenden Blick an.

»Ganz genau, ein Stück draußen im Vänersee.«

»Und du kannst doch nicht schwimmen, oder? War das nicht so?«

»Aber was ...«

»Ich weiß noch, wie wir mal dieses Kick-off-Meeting auf Hasseludden hatten, und du wolltest nicht im Pool baden, sondern nur am Rand liegen, weil du nicht schwimmen kannst.«

»Schon, aber ...«

»Und auf Hjortholmen gibt es eine Schwimmschule für Erwachsene! Es ist dasselbe Schloss, in dem der Bildhauer Pelle Hannix wohnt und arbeitet. Wäre doch elegant, drei Fliegen mit einer Klappe zu schlagen. Du machst eine fette Story über die Insel, das Schloss, das Essen und die Schwimmschule, und dabei lernst du natürlich schwimmen. Und außerdem kannst du ein großes Porträt über Pelle Hannix machen, für unsere Porträtserie. Es wären sogar zwei Aufträge.«

»Und was ist mit der ganzen Zeit, die ich in diesen Schyffert-Auftrag gesteckt habe? Soll das einfach ...«

»Kein Problem. Åsa! Kennst du Henrik Schyffert irgendwie persönlich?«

Ein blondes Ding in gepunkteter Bluse antwortet von einem weiter entfernten Tisch: »Nein, aber ich kenne Erik Haag.«

»Na, dann ist es gar kein Problem. Dann übergeben wir Åsa den Schyffert. Super.«

»Aber ich weiß gar nicht, ob ich nach Hjortholmen fahren will. Das ist mitten im Sommer, und es ist mir echt ein bisschen unangenehm, dass ...«

»Karin. Das hier sind zwei echte Superjobs. Das wird wie im Urlaub, ein bezahlter Schwimmkurs und gleichzeitig arbeiten. Außerdem könnte das niemand besser als du. Ich kann doch niemanden hinschicken, der schon schwimmen kann, oder? Und genau dieses Gefühl brauche ich, deine schönen Beschreibungen von der Insel, denn da kommt ja sonst niemand hin, das ist ja alles total privat. Aber ich will auch deine Erfahrung, wie es ist, als Erwachsener schwimmen zu lernen. Geht das klar?«

»Okay. Geht klar.«

Verdammte elende Scheiße aber auch.

12

Sag nicht Nein, sag vielleicht, vielleicht, vielleicht. Eines Tages dann sind wir zu zweit, zu zweit, zu zweit.«

Jens lehnt an der Umrandung der Tanzfläche, hört der Coverband zu und nippt an seinem Leichtbier. Sieht die Tanzpaare vorbeiwirbeln. Nun ja, vielleicht wirbeln nicht alle, die meisten stolpern, schwanken, stürzen, trampeln und schlittern vorbei. Der Duft von blumigen Parfüms, Schnupftabak und Schweiß folgt ihnen wie eine schwere Wolke.

Das Hemd kneift ein wenig am Hals, Jens hat es bis oben hin zugeknöpft, und das ist er einfach nicht gewohnt. Aber er wollte sich ein bisschen schick machen, mit Schlips und so. Und jetzt steht er da mit Hemd, Weste, Krawatte und kommt sich vor wie ein Clown. Ein Clown, der im Zirkuspublikum sitzt, aber nicht mitspielen darf. Er darf nur zuschauen, in seiner grellbunten Perücke und der roten Nase.

Zu schüchtern, um jemanden aufzufordern. Zu hässlich, um aufgefordert zu werden. Da kann er genauso gut nach Hause gehen. Er stellt das halb ausgetrunkene Glas weg, überquert unter Entschuldigungen die Tanzfläche und spaziert dann an den Menschengrüppchen vorbei durch den Park zu seinem Auto.

Die Nacht ist hell, das Lachen laut, und die Tanzcombo singt, so gut sie kann. Der Kies knirscht unter seinen Füßen, ein paar Leute grüßen ihn mit einem »Wie jetzt? Schon nach Hause?«, und Jens winkt zurück und behauptet, er müsse noch die Bananenpflanzen gießen. Im Vorübergehen nimmt er sich eine Gratiszeitung aus einem Ständer, bedankt sich beim Parkwächter und öffnet die Tür von seinem Pick-up.

Da drinnen ist es still, man hört die Combo kaum noch, das

erwartungsfrohe Gemurmel ist weg, kein Lachen von der Schießbude, nur Stille. Jens reißt sich den Schlips runter, knöpft Weste und Hemd auf und fährt sich mit der Hand durchs Haar, bis die Locken sich wieder frei bewegen können. Auf dem Beifahrersitz liegt eine halbe Zimtschnecke. Jens beißt ein Stück ab und blättert in der Gratiszeitung. Anfang Juni Kulturnacht, Anfang Juli Musikfestival für Lokaltalente, Modenschau, Erntedankfest, Autobingo und …

Was ist das denn? Jens macht das Licht an und kneift die Augen zusammen. Eine Schwimmschule. Für Erwachsene. Auf Hjortholmen. Hjortholmen …

Aufmerksam liest Jens die Anzeige. Dann legt er einen Kick-start mit dem Pick-up hin und fährt durch die Frühsommer-nacht nach Hause.

13

»Verdammt, in den Zimmern sollten natürlich frische Blumen stehen!«

Maja greift sich ein Paar Arbeitshandschuhe, schlüpft in ihre Holzschuhe, klappert über den Kies im Hof und schlendert dann hinunter zu den alten verwachsenen Rosenbüschen. Rosen in verschiedenen Rotschattierungen, vom hellsten Rosa bis zum dunkelsten Ochsenblutrot. Und höllisch viele Dornen und Schlingen. Autsch.

Maja schiebt sich durch die Dornen, und es gelingt ihr, drei Sträuße zu pflücken. Drei Sträuße. Drei Personen haben sich zum Schwimmkurs angemeldet. Alexander, Karin und Jens. Das hatte Maja sich ganz anders vorgestellt. Frauen mit spannend klingenden persischen Namen, Soosaneh, Zinath, Parvaneh, Laleh. Mindestens zwanzig Gäste und das Haus voller Leute. Magische Nächte mit Erzählungen aus fernen Ländern. Neue Gedanken, Inspiration. Aber es sind nur drei.

Ursprünglich hatten sich fünfzehn angemeldet. Doch dann wurde die ganze Welt von einer Art Panik ergriffen, und aus jeder Zeitung und jeder Fernsehsendung ertönte die Angst vor Finanzkrisen und Kündigungen und Hypotheken, die niemals würden bezahlt werden können. Und zwölf Leute sagten den Schwimmkurs ab. Lieber mit Geld in der Tasche ertrinken als arm wie eine Kirchenmaus herumschwimmen.

Die Frauen mit Migrationshintergrund haben natürlich nichts von sich hören lassen. Kein Wunder. Die können sich nicht leisten, so viel Geld hinzulegen, um sich in einem dämlichen Schloss das Schwimmen beibringen zu lassen, wenn sie das in ihrem Schwimmbad vor Ort umsonst kriegen.

Maja muss über ihre eigene Dummheit lachen. Was hat sie

sich nur dabei gedacht? Dieser romantisch verblasene Quatsch, dass sich ihr völlig neue Welten hinter den Burkas erschließen würden. Für viertausendfünfhundert Kronen die Woche. Inklusive Bioessen und fair gehandeltem Kaffee. Könnte es sein, dass solche Dinge auf der Prioritätenliste eines politischen Flüchtlings nicht ganz oben stehen? Vielleicht ist es einem einfach scheißegal, ob die Zucchini biodynamisch angebaut wurden, wenn man gerade vor Krieg und Unterdrückung geflohen ist. Wie bitte, hier im Flüchtlingslager wird gerade ein Teller Suppe ausgeteilt? Ist die denn auch bio? Nicht? Ach, vielen Dank, dann verzichte ich. Sagen Sie doch bitte Bescheid, wenn Sie biologisch angebauten Mais verteilen.

Maja ist plötzlich ein bisschen peinlich berührt. Sie schließt die Augen und atmet die Schlafzimmerdüfte der Rosen ein.

Immerhin kommen drei Personen. Drei Menschen, die ihre Furcht überwinden und endlich schwimmen lernen wollen. Zwei Wochen lang werden sie mit ihr, Pelle und Josefin hier auf Hjortholmen wohnen. Bei so wenigen Teilnehmern wird für jeden Einzelnen mehr Zeit im Pool herausspringen. Die werden die reinsten Seehunde werden in der Zeit. Dann kann sich das mit dem tollen Schwimmkurs herumsprechen, und im nächsten Jahr werden es vielleicht zwanzig Gäste. Eine ihrer Schülerinnen wird offenbar einen Artikel für »Dagens Nyheter« schreiben, der wohl allerdings hauptsächlich von Pelle handeln wird. Wie immer, es dreht sich meist um Pelle.

Jetzt keine Bitterkeit, Maja. Schluck deine Medizin. Brav schlucken. Das ist doch großartig, kostenlose Werbung, was willst du mehr?

Maja wird ihr Bestes geben. Diese drei Gäste sollen die Wochen auf Hjortholmen nie vergessen. Maja läuft wieder zum Schloss hinauf, überall ist es knochentrocken. Seit Anfang Juni kein Tropfen Regen. Eine einzige ausgedehnte Hitze. So unendlich heiß. Tropisch geradezu. Nie unter zwanzig Grad. Nicht einmal morgens früh, nicht im Wasser, nicht in der Vorratskammer. Manchmal wacht Maja mitten in der Nacht in ihren verschwitzten Laken auf, steht auf und öffnet die hohen Fenster zum Wasser hin, doch sie erntet nicht den kleinsten kühlen Luftzug. Nur noch mehr Wärme.

Es müsste dringend mal regnen. Maja zieht die Holzschuhe aus und läuft barfuß in die Küche. Sie holt drei schöne mundgeblasene Gläser aus dem Schrank, Wasser rein, dann die Blumen, noch etwas zurechtzupfen. Jetzt wird es langsam knapp, in zwei Stunden kommen sie. Um vier Uhr. Josefin wird sie am Marktplatz in Duvköping einsammeln und dann per Boot zur Insel bringen. Mit richtig guten Schwimmwesten, versteht sich. Es kann ziemlich unangenehm sein, Boot fahren zu müssen, wenn man nicht schwimmen kann.

Josefin ist ein Fels in der Brandung, vier Tage lang hat sie Brot gebacken und jede Menge Himbeeren gesammelt, aus denen sie Saft gekocht hat. Sie hat Listen geschrieben, eingekauft, eingekocht und sogar Fleisch zerlegt, das sie an Haken ins Kühlhaus gehängt hat. Maja hatte alle Hände voll zu tun, den Pool zu reinigen. Von Hand. Das hat ein paar Wochen in Anspruch genommen. Jetzt glänzt er. Die Mosaiken leuchten, als wären sie gestern erst verlegt worden, das Wasser ist rein und frisch, und der Kompass auf dem Boden des Pools ist deutlich zu sehen.

Nun fühlt es sich so an, als wäre alles genauso, wie es sein sollte. Pelle hat sich in seinem Atelier eingeschlossen und arbeitet eifrig. Josefin kocht, spült, putzt, macht Betten und scheint absolut unermüdlich. Maja hat alle Bücher durchgeblättert, mit anderen Schwimmlehrern geredet, mit Pelle und Josefin als Versuchskaninchen geübt, sich selbst davon überzeugt, dass sie diese Sache schaffen wird, hat sich in Form geschwommen, sich noch ein wenig überzeugt, Schwimmutensilien und teure Schwimmwesten gekauft, drei schöne Zimmer mit Blick aufs Wasser ausgesucht. Jeder kriegt ein verschnörkeltes Himmelbett und …

Und sie ist nervös. Schrecklich nervös. Was hat sie nur getan? Eine Schwimmschule für Erwachsene gegründet? Und das, wo sie bisher doch nur mit kleinen Kindern geschwommen ist. Aber jetzt kommen erwachsene Menschen mit himmelhohen Erwartungen, die damit rechnen, in zwei Wochen schwimmen zu können. Die erwarten, dass sie, Maja, ihnen beibringen wird, wie man sich treiben lässt, die Zehen vom Fußboden hebt und hinaus ins Unbekannte schwimmt. Was, wenn das nicht funktioniert? Was, wenn ihr das nicht gelingt?

Nein! Jetzt wird hier nicht rumgesessen und alles noch mal durchgekaut. Dafür ist es zu spät. Natürlich wird hier geschwommen! Maja kontrolliert ein letztes Mal, ob die Schränke der Gäste sauber sind. Ja, sie riechen gut nach Seife. Einen der Schränke in Jens' Zimmer hat sie nicht mehr geschafft, aber das macht nichts, den größten hat sie auf jeden Fall geputzt.

Die Putzaktion war die reinste Milbenhölle. Alte Kleider, Staub, alte Kleider, Staub, alte Kleider, diverse Schichten, und alle Klamotten hingen sicher seit hundert Jahren da. Mindestens. Die hat nie jemand rausgenommen, gelüftet oder darin getanzt. Die sind am Ende des Sommers 1887 in den Schrank gewandert, und seitdem hängen sie da. Jahr um Jahr. Menschenfeindliche Korsetts, kiloschwere Unterröcke, hochgeschlossene, hauchdünne Sommerkleider, weiße Sommeranzüge, Krawatten, ein paar hohe Zylinder in Schachteln, riesige Damenhüte mit sich wölbenden Pfauenfedern. Locker fallende Morgenröcke und eine ganze Kiste mit verschiedenen Monokeln und Brillen.

Im obersten Stockwerk hat Maja ein kleineres Zimmer gefunden, wo sie alle Kleider abgelegt oder, besser gesagt, hineingeworfen hat. Das ganze Schloss ist voller Kleider, Hüte und Krimskrams. Rein in die alte Mädchenkammer mit dem ganzen Plunder, damit die Gäste genügend Schrankfächer zur Verfügung haben.

Die Zimmer sind sauber und schön. Maja ist schmutzig und hässlich. Pelle ist noch schmutziger. Noch knapp zwei Stunden. Alles muss perfekt sein.

Sauber geschrubbt stehen sie auf dem Lastensteg und spä-
hen aufs Wasser hinaus. Pelle in seiner üblichen Leinenhose, einem großen orangefarbenen Hemd, seinem geblümten Schal und den marokkanischen Pantoffeln. Das frisch
gewaschene, gekräuselte Haar wird vom Wind nach hinten ge-
weht, er hält seine große Hand vor die Augen, um sich vor dem
Sonnenlicht zu schützen. Maja steht neben ihm, auch sie hat
frisch gewaschene und gekämmte Haare. Sie hat sich wirklich
Mühe gegeben. Sich mehrmals umgezogen. Erst wollte sie ein
Kleid anziehen. Nein. Dann hat sie einen geblümten Rock und
eine Bluse anprobiert. Nein. Das fühlte sich alles so ausstaf-
fiert an, als hätte Maja versucht, sich als verlässliche Schwimmlehrerin zu verkleiden. Am Ende hat sie es so gemacht wie
immer. Hat Pelles alte Jeans und eines seiner großen Hemden
über ihren schmalen, kleinen Körper gezogen. Einen Körper,
der wütend aussieht. Sehnig, mager und wütend. Brüste, die
nicht der Rede wert sind. Sie ist barfuß. Immerhin hat sie
schöne Füße. Das kann sie selbst sehen. Braun und kräftig
sind sie. Nur gut, wenn die mal Gelegenheit bekommen, sich
zu zeigen.

Da kommt das Boot! Josefin winkt Pelle und Maja auf dem
Steg fröhlich zu. Ganz hinten im Boot sind drei weitere Köpfe
zu sehen. Jetzt kommen sie. Jetzt. Nein. Dreh um und schick
sie alle wieder nach Hause. Das Ganze war eine richtig blöde
Idee. Oder nicht? Also gut, bring sie her. Jetzt kommen sie.
Okay.

Maja schwitzt, und Pelle fängt an, auf dem Steg herumzu-
stapfen, will Tampen in Empfang nehmen und Knoten schlagen. Die beiden wuseln umeinander herum und lachen zu
laut, und Josefin lässt sie einfach in ihrer Nervosität tanzen,
während sie ruhig an Land springt und festmacht.

»Willkommen auf Hjortholmen. Herzlich willkommen, ich
kann die Tasche da nehmen. Geben Sie mir ruhig die Hand.«

Pelle lässt sein selbstverständliches, tiefes Lachen ertönen.
Streckt Hände aus, trägt Taschen, übernimmt. Bekommt von

Jens eine Kiste Gurken und einen Eimer Honig, vielen Dank, selbst gemacht? Herrlich!

»Ja, dann folgen Sie mal einfach dem Weg rauf zum Schloss, da können wir etwas Kühles trinken und uns unterhalten. Nur zu. Schön, dass Sie da sind.«

Pelle packt mit starken Händen Taschen, Tüten und kleine Handtaschen und klappert mit seinen Pantoffeln zum Schloss hinauf. Josefin, Alexander und Jens folgen ihm. Maja bleibt mit einem ihrer Gäste zurück. Patienten? Nein, wie nennt man sie? Schüler! Schüler heißt es. Nein, Gast ist besser.

»Gott, ist das schön!«

Karin steht ganz still auf dem Steg, öffnet einen Knopf ihrer schwarzen Bluse, dreht die Haare zu einem schwarzen Dutt und starrt zum Schloss hinauf, das mit seinem großen Korpus vom Himmel Besitz ergreift.

»Ja, es ist schön hier. Wir fühlen uns wohl.«

Wir fühlen uns wohl? Was war das denn? Pelle fühlt sich wohl. Ich fühle mich nicht wohl. Gott, was für ein langweiliger, vorhersehbarer Satz. Wir fühlen uns wohl.

»Ja, das verstehe ich. Das verstehe ich wirklich.«

Karin macht noch einen Knopf auf und schüttelt mit der Hand ein wenig Luft in ihre Bluse. Es ist wirklich heiß.

»Wie lange wohnen Sie hier schon?«

»Seit vier Jahren. Und Sie? Wo wohnen Sie?«

»In Stockholm. Auf Söder. Aber ich stamme von hier. Bin in Duvköping geboren.«

»Wirklich? Aber Sie sprechen gar keinen Dialekt.«

»Nein, den habe ich mir ganz schnell abgewöhnt, er ist ja auch nicht sonderlich ... elegant. Aber wenn ich will, kann ich ihn noch rauskramen. Ich habe hier mit meinen Eltern gewohnt und bin auch in Duvköping zur Schule gegangen. Dann bin ich nach Stockholm gezogen, und, ja, jetzt wohne ich da. Und fühle mich wohl.«

»Wohnen Ihre Eltern noch hier?«

»Meine Güte, ist das schön hier! Sie müssen wissen, vorigen

Sommer war ich mit ein paar Freunden in Berlin, und da gibt es ein paar Kilometer nördlich der Stadt ein kleines Schloss, und das hier ist fast eine Kopie von dem Schloss dort. Oder vielleicht ist es ja umgekehrt? Und ich habe gehört, dass der Garten großartig sein soll.«

»War. Er war großartig. Jetzt ist er ein einziges Gestrüpp.«

»Aha. Verstehe. Es muss schwer sein, eine ganze Insel zu versorgen.«

»Das geht gar nicht. Der Garten war schon schlecht gepflegt, als wir hierherzogen, und jetzt hat alles ungehindert wuchern dürfen. Sehen Sie die Bäume dahinten, das ist so ein Arboretum ...«

»Richtig, davon habe ich gelesen.«

»Und früher war zwischen den Bäumen Freiraum, kein Gestrüpp, nichts, sondern nur schöner Rasen und dazu all die Bäume. Aber jetzt kann man das arme Arboretum kaum noch erkennen.«

»Ich weiß noch, dass diese Insel im Schulunterricht vorgekommen ist. In Biologie, wegen all der Pflanzen. Es wird spannend sein, das alles mal zu sehen.«

»Kommen Sie, lassen Sie uns raufgehen.«

Maja streckt den einen Arm aus und lässt Karin vorbei. Behände bewegt sich Karin vorwärts. Sportlich und cool, so wie Maja es nie werden wird. Ihres Stils und ihrer selbst so sicher, sie strahlt Selbstvertrauen aus. Die enge schwarze Bluse, die über jeden Zweifel erhaben absolut perfekt sitzt. Und schwarze, schmal geschnittene Jeans, die unterhalb des Knies enden. Ohne dabei blöd auszusehen. Schwarze, schlichte Sandalen, der Silberschmuck, das dunkle, glänzende Haar. Ein kleiner, fester Po. Eine Körperhaltung wie eine Tänzerin.

Majas Haltung ähnelt der eines alten Mannes. Und ihr eigener Hintern ist breit und platt. Von der Seite sieht man das kaum, aber von hinten breitet er sich aus wie ein riesiger Schmetterling. Ein großer hautfarbener Schmetterling. Maja

lacht still in sich hinein und muss an einen großen Haut-
schmetterling denken, der in die Wolken flattert.

Pelle ist schon in Fahrt, er steht auf dem Kiesplatz, und die
Gäste scharen sich wie beeindruckte Vogeljunge um ihn
herum. Sogar der Halbwüchsige sperrt den Schnabel auf. Es
wird vom Schloss erzählt. Pelle gestikuliert, spricht von Prin-
zessinnen, von Adligen, Festen, Bauherren, von der Rutsche,
von Möbeln, schwarz verhüllten spukenden Damen, vom Garten, dem Vänersee und dem Essen. Er redet und redet, alle lauschen, nicken, lachen, summen, lassen sich verführen. Josefin
kommt mit einem Tablett voller kalter Getränke, alle probieren, ach, wie lecker, lauschen weiter.

Maja nimmt sich ein Glas, lehnt sich an die warme Schlosswand und tut so, als würde sie auch zuhören. Lacht an den
richtigen Stellen, betrachtet aber hauptsächlich ihre Schüler-
Gäste. Mit denen sie zusammen sein wird. Mit denen sie fast
nackt sein wird, die sie kennenlernen wird.

Jens sieht ein wenig verkleidet aus. Genauso wie Maja vorhin. Als würde er sonst niemals so gut gebügelte, in der Taille
etwas zu gut festgezurrte Khakihosen und ein feines Hemd
tragen. Sieht alles sehr gebügelt und wohlgeordnet aus. Er
muss eine Frau haben, die ihn versorgt. Oder nein, er hat keine
Frau … Er ist schwul. Er wirkt ziemlich schwul. Zwar nicht
tuntig, aber … Wie ein untuntiger Schwuler. Vielleicht hatte er
sein Coming-out noch nicht. Die Frisur ist wild. Eine dunkle,
dichte Haarmähne mit Locken, die wirr um den Kopf herum-
stehen. Und dann die schwarzen, ebenso dicken Augenbrauen,
die ein Eigenleben zu führen scheinen. Grüne Augen, starke
Arme, etwas hängende Schultern, Arbeitshände mit braunen
Fingern. Als ob er in den letzten zehn Jahren damit in der Erde
gegraben hätte. Er steht mit den Händen hinter dem Rücken
da und hört sehr interessiert zu. Tritt ein wenig von einem Fuß
auf den anderen. Nervös. Ja, er scheint nervös zu sein.

Alexander. Maja nimmt einen großen Schluck von dem eiskalten Himbeersaft mit Champagner. Ein Jugendlicher. Was

weiß sie eigentlich über die Teenies von heute? Nichts. Beim Wort Teenager muss sie an Handys und eine Menge Kabel denken, an DVD-Spiele, ein undurchschaubares Schulsystem, seltsame Drogen und Jeans mit Klempnerdekolleté. Dieser junge Mann hier sieht genauso aus. Ein ganz normaler junger Mann. Eigentlich noch ein Junge. Seine Shorts sind viel zu groß und haben sich schon weit über den Hintern runtergearbeitet. Meine Güte, das sieht doch total gestört aus. Dann noch lieber die sorgsam hochgezogene Khakihose von Jens. Oder?

Alexander ist braun gebrannt, durchtrainiert, die Frisur sorgfältig gestylt, wahrscheinlich blondiert. Braune Augen, er sieht selbstbewusst aus. Wie ist der bloß hierhergekommen? Warum kann so ein Junge nicht schwimmen? Gerade checkt er sein Handy, tippt schnell eine SMS.

Karin ist wahnsinnig interessiert. Fragt, lacht, hat sich schon vorab informiert. Erzählt Anekdoten über das Schloss, die Pelle offenbar nicht kannte. Hübsch auf diese intellektuelle Art, die man nur in einer Großstadt findet. Ihre Kleider haben keine sichtbaren Logos, aber man sieht trotzdem, dass sie teuer waren. Auch die Frisur. Die hat Zeit und Geld gekostet. Jetzt sagt sie etwas auf Deutsch. Warum denn das?

Pelle lacht laut. Jens lächelt ein wenig unsicher, und Alexander hat anscheinend gerade eine SMS gekriegt.

»Jetzt gibt's Torte!«

Josefin klatscht in die Hände und zeigt auf Pelles Granittisch, den sie mit altem Geschirr, einem steif gemangelten Tischtuch, Sahnegießer, Rosen in verschiedenen Vasen und einer riesigen Erdbeertorte wunderschön gedeckt hat.

Pelle ist jetzt richtig in Schwung. Gerade will er aufstehen und eine alte Laute holen, um ein paar klassische Melodien aus den Glanzzeiten des Schlosses zu spielen, als Maja ihm einen scharfen Blick zuwirft. Sofort setzt er sich wieder, lacht etwas peinlich berührt und prostet Maja mit seiner Kaffeetasse zu.

Maja räuspert sich. »Also, erst einmal herzlich willkommen alle miteinander. Bei mir. Und bei Pelle. Ich schlage vor, dass wir uns duzen, denn wir wollen schließlich gemeinsam schwimmen lernen. Es gibt ebenso viele verschiedene Gründe, nicht schwimmen zu können, wie es Menschen gibt. So. Und jetzt wüsste ich gern, warum ihr hier seid und was ihr … Obwohl, vielleicht erzähle ich erst einmal von mir. Wie ihr wisst, heiße ich Maja, und ich wohne hier mit meinem Mann Pelle, den ihr ja schon ziemlich gut kennengelernt habt. So was kann er wirklich.«

Alle lachen höflich.

»Ich bin Künstlerin. Eigentlich. Aber in den nächsten Wochen bin ich in erster Linie eure … Schwimmlehrerin. Aber dazu später mehr.«

Maja denkt nach, während die anderen noch von der Erdbeertorte essen. Mit geübten Händen zieht Maja ihr langes Haar über die Schulter nach vorn und beginnt, einen Zopf zu flechten. Eine alte Angewohnheit aus der Oberstufe. Wenn du nicht weiterweißt, dann fang an, um dein Leben zu flechten.

»Ich bin vierunddreißig Jahre alt und durchlebe gerade eine Art künstlerische Krise. Um ehrlich zu sein, läuft alles ziemlich zäh gerade. Deshalb habe ich die Schwimmschule gegründet, um etwas anderes, etwas Sinnvolles zu tun. Ich bin mit drei Schwestern in einem Akademikerhaushalt in Enskede vor den Toren Stockholms aufgewachsen. Und ich war noch ziemlich jung, als ich auf die Kunstakademie und dort mit meinem Mann zusammengekommen bin.«

Maja zeigt mit der Hand auf Pelle, alle lachen.

»Ich bin schlecht im Kochen, aber gut im Tischdecken. Meine Stärken sind, dass ich ehrlich bin … und sehr empfindsam. Das ist manchmal ganz gut. Zu meinen Schwächen gehört, dass ich ziemlich schnell beleidigt sein kann. Das war's in aller Kürze über mich. Karin? Willst du von dir erzählen?«

»Wo fange ich denn am besten an …«

»Es muss nicht perfekt sein, leg einfach los, dann wird es schon.«

»Okay. Ich heiße Karin, und ich arbeite freiberuflich als Kulturjournalistin. Derzeit vor allem für ›Dagens Nyheter‹, aber ich mache auch eine Menge fürs Fernsehen. Ich werde einen Artikel über die Gegend hier und die Schwimmschule für die Sonntagsbeilage von ›DN‹ schreiben. Aber ihr müsst euch keine Sorgen machen, ich werde mich auf meine eigenen Erlebnisse und auf das Schloss konzentrieren und über niemanden sonst schreiben. Halt, doch, natürlich werde ich Pelle zu seiner Kunst befragen, aber dann ist Schluss. Ich bin dreiundvierzig und liebe meine Arbeit. Berlin liebe ich auch und fahre, sooft es geht, hin. Ich habe eine wunderbare Tochter, die zwanzig ist. Sie geht auf die Schauspielschule und ist sehr begabt ...«

Schweigen.

»Deine Stärken und Schwächen? Fällt dir da was ein?«

»Meine Stärke ist sicher meine Sturheit. Und die Schwäche ... Ich habe eine Schwäche für schöne Schuhe, haha. Aber sonst, na ja, wenn ich ehrlich bin, habe ich manchmal ganz schöne Vorurteile. Gegenüber Leuten, die nie Musik hören oder lesen und so. Aber das ist natürlich mein Problem und nicht ihres.«

»Warum bist du hier?«

»Tja. Ich habe als Kind einfach nie schwimmen gelernt. Meine Eltern hatten keine Zeit, und wir hatten kein Sommerhaus, und irgendwie waren wir nie am Wasser. Es gibt also kein Trauma oder so, sondern es ist einfach nicht passiert. Aber als ich diese Anzeige gesehen habe, da habe ich richtig Lust gekriegt, außerdem komme ich ja aus der Gegend hier. Ja, und dann ...«

»Gut, Karin!«

Gut, Karin. Maja findet, sie klingt wie das Klischee einer Therapeutin.

»Willst du weitermachen?«

Maja nickt Jens zu, der aussieht, als fühle er sich unwohl. Er verschränkt seine Hände auf dem Tisch, und auf seinen Wangen sind rote Flecken.

»Ich weiß nicht, ob ich das kann … Ich bin nicht gut in so was.«

»Wie wäre es, wenn ich dir Fragen stelle? Ist das okay?«

Maja versucht, so großzügig wie möglich zu lächeln. Wie eine Psychotherapeutin.

»Ja, das wäre besser.«

»Okay. Wo arbeitest du?«

»Ich züchte winterharte Stauden, und zwar in großem Stil. Ich verkaufe sie weiter an botanische Gärten und Gemeinden und so weiter.«

»Hast du Familie?«

»Ich wohne allein. Aber meine Eltern haben ein Haus ganz in der Nähe.«

»Du kommst aus Västergötland, oder? Dein Dialekt verrät dich.«

»Ich wohne nur wenige Kilometer von Duvköping entfernt, also ganz in der Nähe.«

»Stärken, Schwächen? Ist das schwer, oder fällt dir was ein?«

»Fällt mir schon schwer, über mich zu reden. Aber ich bin geduldig, das schon. Und sorgfältig. Das muss man sein, wenn man mit Perennen arbeitet, das ist der Fachbegriff für Stauden. Da darf man weder schlampig sein noch Stress machen. Und ich bin schüchtern, aber das ist wohl eher eine Schwäche. Reden und mich zeigen, das fällt mir schwer. Und ich kann nicht schwimmen, weil … Tja, ich kann es einfach nicht.«

»Das genügt, ich will dich nicht weiter quälen. Aber ich bin schon neugierig auf die ganzen Stauden. Von denen musst du später noch erzählen!«

Maja lacht Jens an, der das Lachen verlegen erwidert. Erleichtert faltet er seine Hände auseinander und wischt sie an den gut gebügelten Hosen ab.

»Alexander?«

Alexander reckt sich und versucht entspannt zu gähnen, aber es wirkt nicht sonderlich überzeugend.

»Ja, also … ich heiß Alex und bin neunzehn. Bin gerade mit der Schule fertig und arbeite in einem Laden für Bootszubehör und alles, was mit Segeln zu tun hat. Der Laden liegt am Hafen in Duvköping, kennt ihr ja vielleicht. Äh, verdammt, ich weiß nicht, was ich sagen soll. Ich mach gern Sport. Kann man hier auf der Insel irgendwo joggen?«

»Ich weiß nicht, ob man hier joggen kann, aber es gibt einen kleinen Weg, der einmal um die Insel führt. Das geht sicher. Das heißt, du arbeitest jetzt in diesem Segelladen?«

»Ja. Aber da will ich ja nicht den Rest meines Lebens bleiben. Ich will zur Küstenwache oder Maschinist werden oder so. Weiß nicht so recht. Kann ich noch ein Stück Torte haben?«

»Na klar, nimm dir.«

Alex nimmt sich noch ein großes Stück und legt es auf seinen Teller aus hauchdünnem Porzellan.

»Stärken und Schwächen?«

»Ich bin stark. Also, rein körperlich. Und ich bin ausdauernd. Außerdem bin ich ein echter Morgenmuffel. Mama kann stundenlang rufen, ehe ich mal hochkomme. Das ist ganz schön nervig. Aber ich bin auch nett.«

»Und warum bist du hier?«

»Ich will im Spätsommer an einem Segeltörn durch die griechischen Inseln teilnehmen, und dazu muss ich schwimmen können. Als ich klein war, hatte ich voll die Ekzeme am ganzen Körper, deshalb durfte ich nicht baden, und die sind erst verschwunden, als ich zwölf war. Und da war es dann ein bisschen peinlich, zum Schwimmunterricht zu gehen.«

»Verstehe. Na, das ist doch super! Ihr seid alle ausdauernd, neugierig, stark und sorgfältig. Das wird ganz wunderbar laufen hier. Und wie schön, dass du ein Morgenmuffel bist, Alex, das bin ich nämlich auch.«

Wieder lachen alle höflich, obwohl das eigentlich gar nicht so witzig war. Maja macht Anstalten, sich zu erheben.

»Jetzt zeigen wir euch die Zimmer, dann könnt ihr euch vor dem Abendessen noch ein wenig einrichten.«

»Was ist mit Pelle? Erzählt er nichts von sich?« Karin zeigt auf Pelle.

»Tut mir leid. Leg los, Pelle.«

Pelle nimmt einen letzten Zug von dem Zigarillo, drückt ihn auf der Sohle seines Pantoffels aus und legt den Stummel auf seinen Kuchenteller.

»Pelle Hannix. Bin über dreißig Jahre älter als meine schöne Frau. Wir haben uns wie gesagt kennengelernt, als ich ihr Professor an der Kunstakademie war. Und das ist ... Wie lange ist das her, Maja?«

»Na ja, so fünfzehn Jahre ungefähr.«

»Danke! Gut, und ich bin Bildhauer. Mein Atelier liegt hier im Schloss, genau wie Majas. Im Moment arbeite ich an einer Skulptur für einen Platz in München. Das Ganze ist noch ein bisschen geheim, deshalb könnt ihr mein Atelier momentan leider nicht besichtigen. Ansonsten seid ihr da jederzeit willkommen. Ich genieße das Leben. Kochen ist etwas Wunderbares! An einem der Abende werde ich euch zum Essen einladen, ansonsten ist Josefin fürs Kulinarische verantwortlich. Ich finde, Josefin hat einen ordentlichen Applaus verdient!«

Alle applaudieren. Klatsch, klatsch. Josefin verneigt sich.

»Ich liebe die Kunst! Die Kunst, die allem innewohnt. Und das ist sowohl meine Stärke als auch meine Schwäche. Aber ich bin kreativ und offen, das ist mein Plus im Leben. Außerdem kann ich sehr konzentriert arbeiten. Und ich bin meinen erwachsenen Kindern ein schlechter Vater. Das ist meine größte Schwäche. Manchmal liege ich nachts wach und denke darüber nach, dass ich sie im Stich gelassen habe. Immer nur gearbeitet habe und ... Ach, aber das will ich jetzt nicht länger auswalzen. Und jetzt soll Josefin noch ein paar Worte über sich sagen!«

Josefin räumt den Tisch ab. Stapelt Geschirr und wirft den gierigen Bachstelzen, die ein Stückchen weiter bettelnd umherstolzieren, ein paar Kuchenkrümel zu.

»Ich heiße Josefin. Ich hasse es, still zu sitzen und in der

Gegend rumzuglotzen. Ich brauche immer ein bisschen Action. Ihr müsst also kein Mitleid mit mir haben, weil ich hier den Laden schmeiße, das macht mir Spaß, und außerdem krieg ich gutes Geld dafür. Und jetzt geh ich spülen! Ach ja, Alex, ich weiß, wo du joggen kannst, komm nachher zu mir, dann zeige ich es dir.«

Alle stehen auf, als Pelle in die Hände klatscht.

»Ach ja! Eine Sache habe ich noch vergessen! Inzwischen ist es schon eine kleine Tradition, dass ich, nein, ich meine wir, Maja und ich, jedes Jahr am selben Datum ein paar Freunde einladen und hier im Schloss einen kleinen Maskenball veranstalten. Dieses Jahr fällt der Termin auf den nächsten Samstag, und wir hoffen natürlich, dass ihr dabei seid. Das wollte ich nur noch sagen.«

Maja wirft Pelle einen erstaunten und gekränkten Blick zu. Was sollte das denn? Er wollte doch den Termin für den Maskenball verlegen!

14

Rumms! Alex lässt die Sporttasche auf den Fußboden krachen. Komische Wände mit Bilderrahmen, die irgendwie direkt auf die Wand gemalt sind. Sehen brutal alt aus und sind es wahrscheinlich auch. Und in den gemalten Rahmen kleine Zeichnungen, die mit Nadeln direkt auf die Wand gesteckt wurden. Alex geht zu einem der Bilder und betrachtet es. Ein paar nackte Tussen in Perücken, die Obst essen. Na ja.

Kein Fernseher auf dem Zimmer. Natürlich. Aber das macht nichts, er hat schließlich seinen Laptop dabei. Hier lernt er todsicher innerhalb von drei Tagen schwimmen, denn was anderes kann man hier ja gar nicht machen. Schwimmen, joggen, schlafen, schwimmen, joggen, schlafen und essen. Noch ein paar Stunden bis zum Abendessen. Seufz.

Die anderen laufen wahrscheinlich gerade im Schloss rum und schwärmen von irgendwelchen Stoffen aus dem 13. Jahrhundert. Voll spannend. Alex tippt die Rosen in der hauchdünnen Vase an, die von seinem etwas ungestümen Angriff bedrohlich zu wackeln beginnt. Er schafft es gerade noch, sie aufzufangen, ehe sie auf den Fußboden knallt. Etwas verschreckt lässt er sich auf dem Bett nieder.

Eigentlich scheinen die alle ganz in Ordnung zu sein. Dieser Jens sagt keinen Mucks. Und eine abartig hässliche Hose hat der an, die muss ja krass wehtun im Arsch, die scheuert bestimmt wie blöd in der Ritze. Und dann diese Karin. Irgendwie voll der Snob. Lacht immer so künstlich. Vor allem über alles, was Pelle sagt. »Und dann ist dieser Prinz die Rutsche runtergeflitzt, direkt in den Pool hinein.« Hahaha! Wie kann man so laut darüber lachen, dass ein alter Sack auf einer Rutsche in einen Pool saust? Das macht doch jedes Kind im Schwimmbad. Irgendwie hat sie was Nervöses, diese Karin. Pelle dagegen ist schon echt cool. Maja scheint auch cool zu sein, aber ein bisschen nervös. Und was hatte die denn für Klamotten an? Die waren ja mindestens fünf Größen zu groß für sie. Aber das Schloss ist echt hübsch und verdammt groß.

Alex lehnt sich zurück und fällt aufs Bett. Er blickt zu dem duftigen Betthimmel hinauf und atmet tief durch. Zwei Stunden. Soll er einen Film anschauen oder joggen gehen? Nein, er muss laufen.

Alex zerrt seine Sportsachen aus der Tasche.

Karin gießt sich etwas Weißwein in das mundgeblasene Zahnputzglas. Dann sitzt sie an dem sauber gescheuerten Schreibtisch mit dem wohlriechenden Rosenstrauß, durch das Fenster weht eine sanfte Brise, und unter den Füßen spürt sie breite Holzdielen. Es ist schön, unglaublich schön. Handgemalte Tapeten aus der Mitte des 18. Jahrhunderts mit ockergelben Eichenblättern, die sanft durch die Luft schaukeln. Ein paar wuchtige Porträts in schwülstigen Goldrahmen. Vorsichtig linst Karin hinter eines der Bilder und stellt fest, dass die Tapete dahinter aufhört. Sie lacht leise in sich hinein. Selbst reiche Leute sparen an irgendwelchen Stellen, teure Tapeten hinter den riesigen Gemälden bringen ja nichts.

Sogar der Kachelofen ist mit Eichenblättern dekoriert, diese hier sind grün. Sie nippt am Wein. Er fühlt sich wie Balsam an, sanfter Balsam, der die Kehle hinunterrinnt und im Magen landet. Ihre Bluse hat sie auf das protzige breite und hohe Bett geworfen. Sie sitzt im BH am offenen Fenster und lässt ihre Brüste über den See schauen. Noch einen Schluck. Ein bisschen nachschenken.

Vielleicht kann es hier doch ganz gut werden. Trotz … trotz allem. Pelle ist perfekt, das Schloss ist perfekt. Und diese immerfröhliche Josefin, die das Essen kochen wird, die ist auch perfekt. Aber was zum Teufel macht Jens hier?

Jens Fredman. An den hat sie seit … schon ewig nicht mehr

gedacht. Den hatte sie aus ihrer Erinnerung gestrichen. Aber er ist immer noch derselbe. Ganz genau derselbe. Karin kippt den Rest des Weines in einem einzigen Schluck herunter.

Schön, aus den Klamotten rauszukommen. Jetzt haben alle gesehen, dass er auch normal gekleidet sein kann und dass er nicht komisch ist. Jens wandert feierlich im Arboretum der Insel umher. Jetzt trägt er seine üblichen Arbeitskleider, auf die er nicht aufpassen muss. Seine verwaschenen Tischlerhosen, ein altes T-Shirt mit weitem Halsausschnitt, nichts, was eng sitzt, und dazu Turnschuhe. Ausgelatscht, zerschlissen und genau nach seinen Füßen geformt.

Er holt tief Luft. Atmet aus, ein, aus. Es duftet paradiesisch. Die Bäume stehen ganz still, kein Blättchen rührt sich in der stillen Nachmittagshitze. Trauerweide, Eberesche, Schwarzerle, Grauerle, Haselnuss, Ulme, Stieleiche, Traubenkirsche, Salweide, Moorbirke. Überall verschiedenste Sorten Laubbäume. Jens reibt ein Blatt zwischen seinen sonnenverbrannten Fingerspitzen. Saugt den Duft ein, steckt das Blatt in die Tasche.

Karin. Er hat sie sofort wiedererkannt. Schon als er sich dem Marktplatz näherte, hat er sie erkannt. Inzwischen trägt sie schicke Kleider, ist elegant und schön. Und eine gut genähte Ledertasche hat sie auch dabei. Aber ihre Füße, die ein bisschen nach innen zeigen, die gibt es immer noch. Die kann sie nicht verbergen, ganz gleich, wie viel teure Kleidung sie am Leib hat.

Erst hat er erwogen, einfach kehrtzumachen und mit dem Bus wieder nach Hause zu fahren. Aber das hat er dann doch nicht getan. Er ist herumgegangen, immer wieder im Kreis, und hat sich dann ein Stück entfernt auf eine Parkbank gesetzt. Er hat so getan, als würde er sie nicht erkennen und als hätte er nicht begriffen, dass sie mit demselben Ziel unterwegs wären. Aber sie konnte früher schon nicht schwimmen, hat es nie gelernt, da war ja wohl offensichtlich, dass sie hergekommen war, um am selben Kurs teilzunehmen wie er. Sie hat ihn auch erkannt, das hat er gesehen, und natürlich sah sie erstaunt aus. Aber es schien, als hätten sie beide beschlossen, sich auszuschweigen. Trockenschwimmen und schweigen.

»Das war doch ein nettes Abendessen, oder?«

Pelle kriecht dicht zu Maja ins Bett. Streicht mit seinen alten, groben Händen über Majas Oberarme. In seinen Augen glitzert es.

»Klar, dass du das findest.«

Maja nimmt ein Buch und fängt an, zerstreut darin herumzublättern.

»Wie meinst du das?«

»Immer redest nur du. Als wären es deine Gäste und dein Kurs und ...«

Blätter, blätter.

»Ich bin einfach nur nett! Ist das jetzt auch verkehrt? Darf man nicht nett sein?«

»Doch, aber ... Merkst du nicht selbst, dass du immer alles an dich reißt? Und ich sitze stumm da, genau wie Alexander und Jens. Karin und du, ihr habt als Einzige die ganze Zeit geredet.«

»Aber es waren doch interessante Gespräche!«

»Das fandet ihr, ja. Glaubst du, Alexander fand es sonderlich interessant, über die politischen Filme von Fassbinder in den Siebzigerjahren zu reden?«

»Warum nicht?«

»Weißt du, was für Filme er mag?«

»Nö.«

»›Die Simpsons‹.«

»Woher weißt du das?«

»Ich habe die Stimmen von Homer und Marge aus seinem Zimmer gehört.«

»Homer und Marge?«

75

»Ja, das sind zwei Zeichentrickfiguren aus der Fernsehserie.«

»Ach, das ist Zeichentrick? Wie interessant! Japanisch?«

»Scheißegal, ich wollte nur sagen, du kannst nicht die ganze
Zeit nur von dir und deinen Sachen reden, vielleicht musst du
auch mal andere was fragen.«

»Wenn dir das so wichtig ist, warum hast du es denn nicht
selbst gemacht?«

»Weil ich keine Chance hatte! Jens, Alexander und ich saßen
wie drei Statisten rum. Als würdet ihr beiden eine aufregende
Fernsehshow über Fassbinder moderieren, und wir wären das
Studiopublikum. Und außerdem, das mit dem Maskenball, da
wolltest du doch mit Channa reden und den Termin verlegen!
Warum hast du das nicht getan?«

»Weil ... weil ich dachte, es wäre vielleicht lustig für deine
Gäste, mal so einen Ball mitzuerleben.«

»Da musst du aber vorher *mich* fragen. Das sind *mein* Kurs
und *meine* Schüler. Vielleicht stört sie das, wenn jede Menge
Leute herkommen und feiern und sich verkleiden. Hast du
daran gar nicht gedacht?«

»Wie kann es stören, im Rahmen eines solchen Kurses ein
bisschen Spaß zu haben? Aber ihr müsst ja nicht mitmachen,
wir können den Maskenball allein machen, das ist gar kein
Problem.«

»Manchmal frage ich mich wirklich, was du dir dabei denkst.
Ob du überhaupt irgendwas denkst.«

Majas Buch rutscht auf den Boden. Sie legt sich mit dem
Kopf aufs Kissen, die Arme über der nackten Brust verschränkt. Pelle rückt von ihr weg und legt sich auf seine Seite
des Bettes.

»Du mäkelst immer an mir herum. Immer. Was ich auch
mache, es ist immer falsch. Ich rede zu wenig, ich rede zu viel,
ich arbeite zu viel, ich arbeite zu wenig. Wohne in der Stadt,
wohne hier ... Und jetzt kommt diese Karin, und es stellt sich
heraus, dass wir die gleichen Interessen in Sachen Film haben.

Du hättest uns doch einfach reden lassen können und dich derweil mit Jens über etwas anderes unterhalten. Wer hindert dich daran?«

»Ich weiß nicht. Du nimmst ... so viel Raum ein! Die ganze Zeit. Du bist wie drei Alleinunterhalter gleichzeitig! Da ist einfach kein Platz mehr für uns andere!«

Pelle setzt sich verärgert im Bett auf.

»Jetzt will ich dir mal was sagen. *Du* bist es, die hier so viel Raum einnimmt. Diese ganze Sache, dass du mit deiner Arbeit nicht in Gang kommst, zum Beispiel. Meine Güte, wie lange höre ich mir das schon an! Das ganze Jahr wahrscheinlich, ach, eigentlich, seit wir hierhergezogen sind, verdammte Scheiße! Ein ewiges Gejammer. Huuh, ich kann nicht, ich schaff's nicht, es geht nicht ... Aber fragst du mich mal? Was? Fragst du mich je, wie es mir geht?«

»Wie geht es dir?«

Pelle seufzt und fixiert den Blick aufs Fenster.

»Nicht jetzt! Das musst du wann anders fragen.«

Eine Weile ist Stille. Wütendes schnelles Atmen. Auch Maja seufzt.

»Ich bin eben so verdammt unzufrieden.«

»Ja, danke, das ist mir auch schon aufgefallen. Glaubst du denn, ich wäre zufrieden?«

»Wann zum Beispiel haben wir das letzte Mal miteinander geschlafen?«

Wütend zappelt Pelle mit den Beinen, dass das ganze Bett wackelt.

»Ach, das müssen wir jetzt auch noch verhandeln, oder was?«

»Du willst ja sowieso nie darüber reden, dann können wir es genauso gut jetzt machen.«

»Nein, das können wir nicht, denn jetzt reden wir über andere Sachen. Du vermengst alles.«

»Vielleicht hängt ja auch alles zusammen! Wenn du ... wenn du mich etwas mehr begehren würdest, dann würde ich vielleicht auch mehr aushalten. Dann würde ich mir hier vielleicht nicht so schrecklich einsam vorkommen!«

»Aber ich will dich doch! Und ich tue alles für dich! Ich koche, ich versorge dich, ich höre dir zu, ich bete dich an. Ich liebe dich! Das musst du doch merken!«

»Doch, das schon. Aber du begehrst mich nicht. Immer bin ich es, die die Initiative ergreift. Du streichelst mir die Wange, du umarmst mich, das geht alles gut. Aber wenn die Kleider fallen, dann verkriechst du dich.«

Wieder Schweigen. Maja sieht Pelle eindringlich an, sie wartet auf irgendeine Antwort. Pelle sinkt tiefer ins Bett und zieht die Decke fest um sich.

»Ich habe ganz ehrlich keinen Nerv, jetzt darüber zu reden. Du siehst immer nur alles, was du *nicht* hast, und an dem, was du hast, gehst du wie blind vorbei.«

Maja reißt sich die Decke runter, kniet sich aufs Bett und beugt sich zu Pelle vor.

»Blind? Ich sehe ganz klar! Ich sehe, wie charmant du bist und offen gegenüber allem und jedem, aber wenn es um Sex geht, machst du total dicht! Das geht jetzt schon fast ein Jahr so. Es fühlt sich an, als gäbe es gar keine Nähe zwischen uns. Wenn du das mal zugeben würdest, wäre alles viel einfacher, dann könnten wir einander helfen, aber jetzt fuchtelst du einfach nur mit den Armen herum und versuchst, dich rauszureden.«

»Maja. Ich kann das jetzt nicht. Ich will nicht.«

»Ja, drück dich nur. Tu das. Schlaf gut. Wo du doch so müde bist.«

»Schlaf gut.«

Pelle dreht sich mit einem gekränkten Grunzen um. Maja versucht, eine Weile lang ruhig zu atmen, dann streckt sie die Beine aus und rutscht wieder unter die Decke. Die Arme verschränkt, die Fingerspitzen fest in die Haut gegraben. Steif wie ein Stock liegt sie da. Starrt durch das Schlafzimmerfenster in die helle Sommernacht hinaus.

Das Zimmer ist in Rosa und Mintgrün gehalten, sogar die Fenstersprossen sind rosa gestrichen. Als Eva de la Mårdlind das Zimmer vor dreihundert Jahren einrichten ließ, hatte sie ein japanisches Liebesnest im Sinn. Über allen drei Doppeltüren sind Abbildungen von sich liebenden Paaren in gewagten Stellungen. Zärtlichkeiten, Küsse, erigierte Geschlechtsteile, Brüste, die liebkost werden, und Geschlechter, die nicht genug bekommen können. Schlichtweg Porno. Und dann all diese rosa und grünen Farben, die im Raum wiederaufgenommen wurden. Friedlich, romantisch, spannend, erotisch. Genau deshalb hat Maja dieses Zimmer zum Schlafzimmer auserkoren: um darin zu lieben. Aber die Leidenschaft tobt nur auf den Wänden, im Bett ist es kalt. So verdammt kalt.

Maja versucht, ruhig zu atmen. Ein, aus, ein, aus. Sie blickt verstohlen zu Pelle hinüber, der auf der anderen Seite des Bettes liegt und ruhig zu atmen versucht. Eigentlich will sie ihn berühren, ihre Hand ausstrecken und ihm übers Haar streichen. Seine großzügige Art, die ausladenden Gesten, die laute Stimme. Sie liebt das alles. Auch. Aber ... Sie hasst es auch. Maja denkt an den Zettel, den sie in die glänzende kleine rote Schachtel unter dem Bett getan hat.

1. *Die Lust am Schaffen wiederfinden*
2. *Vielleicht auch ein bisschen Geld damit verdienen*
3. *Mehr spielen*
4. *Spüren, dass ich mein Leben lebe*
5. *Scheiß drauf*

Im Moment riecht das Leben ein wenig nach Nummer fünf. Wo sind nur die anderen vier geblieben?

15

Maja holt alle Schwimmbretter und Schwimmgürtel aus einem der kleinen Badehäuschen des Schlosses. Eigentlich sind es keine Badehäuschen, sondern eher kleine rosa verputzte Märchenhäuschen voller Krimskrams aus verschiedenen Jahrhunderten. Die Schwimmhilfen hatte sie oberhalb eines zusammenklappbaren Tanzbodens verstaut. Vielleicht sollte sie den Tanzboden zum Abschluss des Schwimmkurses mal aus der Mottenkiste holen? Immerhin würde es aufgehen, und sie wären zwei Tanzpaare, allerdings mit völlig unpassenden Persönlichkeiten. Ach nein, der Tanzboden kann ruhig noch ein paar Jahrhunderte weiterschlummern.

Die Sonne knallt wie immer brutal vom Himmel. Maja schlendert im Bikini mit den Schwimmhilfen im Arm zum Schloss. Sie ist müde. Niemand hat heute Nacht richtig geschlafen. Sie nicht. Pelle nicht. Sie haben nur Seite an Seite dagelegen und so getan, als würden sie schwer atmen und tief schlafen. Gegen drei Uhr hat Maja das So-tun-als-ob aufgegeben und ist im Schloss herumgegeistert, um zur Ruhe zu kommen. Aus Alexanders Zimmer waren die Geräusche einer testosterongeschwängerten Verfolgungsjagd zu vernehmen, in Karins Schlafzimmer piepten Handys, während die Dielen vom Auf- und Ablaufen knarrten. Und vom Garten aus sah Maja, dass Jens am Fenster saß. Er hatte die beiden Flügel geöffnet und schaute schweigend aufs Wasser.

Das ganze Schloss war wach. Nirgends herrschte Ruhe, außer in Josefins Zimmer, wo es still und friedlich war.

Maja legt die Schwimmhilfen am Pool ab und testet mit einer Zehe das Wasser. Lauwarm, dank tropischer Nächte und Hitzewelle. Der Pool hat Körpertemperatur.

Von der Vorderseite des Schlosses hört man die Gäste frühstücken. Besteck und klapperndes Geschirr, hungrige Münder, die frische Brötchen genießen, mit selbst gemachter Himbeer- und Pfirsichmarmelade, Walderdbeeren in Schwedenmilch und blauen säuerlichen Trauben aus der Orangerie.

Maja schlendert auf das Geklapper und das ruhige Gemurmel zu. »Kannst du mir mal das reichen ... Danke, ach, ist das lecker ... Nur ein kleines Stück, bitte.« Maja legt ihr breitestes Lächeln auf.

»Guten Morgen allerseits. Habt ihr gut geschlafen?«

»Ja!«, antworten alle Lügenbolde wie aus einem Mund.

Eine halbe Stunde später stehen alle startbereit am Pool.

»Okay, jetzt kommt ein erstes Vorschwimmen. Das ist nichts Schlimmes oder Aufregendes, sondern nur für mich, damit ich weiß, wo ich euch einzuordnen habe. Ich mache mir Notizen auf diesem Zettel. Es gibt drei Kategorien. Null, eins und zwei. Null heißt, dass man gar nicht schwimmen kann. Bei eins kann man mit unterschiedlichen Techniken an die zehn Meter schwimmen, und bei zwei schwimmt man so gut, dass man seine Zeit wirklich woanders als in diesem Schwimmkurs verbringen sollte. Und je nachdem, ob ihr den Kopf unter Wasser tauchen könnt, gibt es ein Kreuz in der Spalte Wassergewöhnung. Wollt ihr euch mal reinwagen? Im rechten Teil des Pools könnt ihr überall stehen, und wenn ihr euch trotzdem unsicher fühlt, könnt ihr immer ein Schwimmbrett zur Hilfe nehmen. Bitte schön!«

Alex ist als Erster drin. Er setzt sich ohne größere Furcht an den Beckenrand und lässt sich ins Wasser gleiten. Seine großen, auffällig gemusterten Badeshorts treiben wie kleine Hügel um ihn herum, und Maja muss lachen. Alex sieht erst sie an, dann seine Shorts und muss auch kichern.

Dann Karin. Sie zögert. Steigt auf die Badeleiter und scheint es sich mitten im Hineinklettern plötzlich anders zu überlegen. Maja reicht ihr schnell ein Schwimmbrett. Und schon ist auch sie im Wasser. In ihrem schwarzen, gut geschnittenen Badeanzug und der glatten, leicht gebräunten Haut, auf der der wunderschöne Silberschmuck ruht. Ein unruhiger Blick. Diese Unruhe war gestern noch nicht da, aber Maja hat sie schon beim Frühstück gespürt. Angst vorm Schwimmen? Angst vor etwas anderem? Karin versucht, sicher zu wirken, hat das Schwimmbrett aber so fest umklammert, dass die Knöchel an den Händen ganz weiß werden.

Jens mit der klassischen Arbeiterbräune: bis zur Mitte des Oberarms tiefbraun gebrannte Arme. Dann weiß, weißer geht's nicht. Gesicht und Hals knallbraun, dazu ein weißer Oberkörper, der übrigens ziemlich behaart ist. Fast auf dem ganzen Körper ein schwarzer, dicker Pelz. Sehnig und ausdauernd wirkt er. Und dann die lockige Haarmähne. Jens scheint nicht richtig zu wissen, wie er es anstellen soll. Erst sieht es so aus, als wolle er ins Wasser springen, dann besinnt er sich, um am Ende die Badeleiter zu nehmen. Im Wasser angekommen, greift er sich erst einmal ein Schwimmbrett. Karin wirft ihm einen Blick zu. Irgendwas stimmt nicht mit ihr. Was nur?

»Gut! Alexander, du scheinst schon auf Kurs zu sein. Fang einfach mal an. Bleib ausschließlich in dem Teil, in dem du stehen kannst. Versuch ein bisschen zu schwimmen, damit ich sehen kann, was du schon kannst.«

»Nenn mich bitte Alex, das fühlt sich mehr nach mir an.«

»Okay.«

»Außerdem kann ich doch nicht schwimmen.«

»Probier es trotzdem.«

»Okay.«

Alex bleibt einen Moment still stehen, wie um Kraft zu schöpfen. Karin und Jens halten sich mit ihren Schwimmbrettern am Rand fest. Da wirft Alex sich mit voller Kraft nach vorn. Er wedelt mit Armen und Beinen und erzeugt einen wahren Seegang. Aus reiner Kraft kommt er ein paar Meter vorwärts, doch dann ist Schluss, und er stellt sich hin, wischt sich das Wasser vom Gesicht und lacht Maja verlegen an.

»Haha, ich bin wirklich voll der Versager.«

»Da habe ich schon Schlimmeres gesehen, glaub mir. Okay. Wir kreuzen bei dir mal die Null an. Aber du bist mutig, und du hältst den Kopf unter Wasser, du wirst in zwei Wochen locker von hier losschwimmen. Jens?«

Alex klettert aus dem Pool und setzt sich an den Beckenrand. Er fährt sich mit den Fingern durchs blondierte Haar. Karin hält ihr Schwimmbrett umklammert. Und Jens fängt an zu schwimmen. Doch, es geht voran, aber es sieht ziemlich merkwürdig aus. Die Arme sind in Ordnung, aber mit den Beinen dreht und windet er sich und kommt in keinen richtigen Rhythmus. Aber es geht voran, und zwar ziemlich flott. Alex klatscht spontan in die Hände. Karin schaut in eine andere Richtung, und Maja hält den Daumen hoch.

»Du kriegst eine Eins, Jens. Du kommst voran, aber längere Strecken würdest du nicht schaffen. Nicht mit dem Beinschlag. Aber wenn wir daran arbeiten, wirst du es schaffen, denn du treibst ja! Das ist die halbe Miete. Okay, Karin, jetzt schauen wir mal bei dir.«

Karin hat die Finger krampfhaft in ihr Schwimmbrett gekrallt. Alle Sicherheit und Coolness sind verschwunden, von Stil, Raffinesse und Anmut keine Spur mehr. Da unten im Becken steht ein kleines, blasses Mädchen, das gleich anfangen wird zu weinen. Maja setzt sich an den Rand und legt eine Hand auf Karins Schulter.

»Soll ich dir helfen?«

»Nein. Es geht schon. Ich habe nur ... Ja, es war ein bisschen viel heute Nacht, ich habe einen Anruf bekommen, und ... Kann ich nicht lieber morgen vorschwimmen?«

»Natürlich kannst du das, aber ich denke, wo du schon im Wasser bist, machen wir es jetzt. Wenn du willst, komme ich rein und stehe neben dir und halte dich ein wenig unter dem Bauch. Soll ich das?«

»Mann, da komme ich mir blöd vor.«

»Ganz und gar nicht. Ich komme rein.«

Maja gleitet geschmeidig neben Karin. »Hier kannst du stehen. Wenn du nicht mehr treibst, musst du nur den Fuß runtersetzen. Es kann nichts passieren. Ich bin direkt neben dir.«

Alle schweigen und sehen zu Karin. Und plötzlich lässt sie los. Sie löst die Füße vom Boden und rollt sich ins Wasser. Sofort sinkt sie ab. Maja packt sie um die Taille und zieht sie hoch.

»Okay, wir fangen ganz entspannt an, Karin, und zwar alle an Land. Wie war es, mit dem Kopf unterzutauchen?«

»Schrecklich.«

Maja sieht, wie ihre Schüler in der heißen Sonne schwitzen. Sie liegen auf ihren Schwimmbrettern in der Wiese und schwimmen mit den Beinen. Schwimmen und schwimmen. Maja nimmt ihre Beine und hilft ihnen, einen gewissen Rhythmus in die Bewegung zu bekommen. Das ist nicht leicht. Karin liegt mit dem Kopf auf dem Boden. Ist sie konzentriert? Oder vielleicht eher … Sie versteckt sich. Alex starrt stur vor sich hin und lässt die Beine vor- und zurückschwimmen, vor und zurück. Unermüdlich. Jens geht es etwas ruhiger an, aber er macht sehr schöne Bewegungen. Wenn man bedenkt, dass er im Wasser so chaotisch geschwommen ist, verwundert es einen, dass er an Land extrem gute Schwimmzüge macht, nachgerade perfekt. Von der Vorderseite des Schlosses ertönt das Essensglöckchen. Klingeling, klingeling.

»Wie bist auf die Sache mit den Perennen gekommen?«

Maja nimmt einen großen Bissen vom Bücklingssalat. Jens wischt sich vornehm den Mund mit der Leinenserviette ab und nimmt einen vorsichtigen Schluck von dem eiskalten Bier.

»Ich bin auf einem Bauernhof groß geworden, daher die Neigung zur Natur. Aber ich habe mich mehr für Pflanzen interessiert, schon als Neunjähriger hatte ich ein eigenes Gewächshaus, aber da ging es mehr um Gemüse für Mama und so.«

Er strahlt! Genau in dem Moment, als er von dem Gewächshaus erzählt hat, ist irgendwas mit seinen grünen Augen passiert, sie haben einen ganz neuen Schimmer bekommen. Stark! Maja hört konzentriert zu.

»Und dann hab ich von der Sache mit den Perennen erfahren, nämlich dass sie billiger zu ziehen sind als Topfpflanzen, weil sie in Gewächshäusern leben können, die man nicht heizen muss. Also wurden es Perennen.«

»Aber wie konntest du dir als kleines Kind all diese Pflanzen leisten? Und die Zeit? Woher hast du die Zeit genommen?«

Maja schiebt den Teller von sich und trinkt ihr Bier direkt aus der Flasche. Jens räuspert sich.

»Ich habe von meinem gesparten Taschengeld Kälber gekauft, die ich dann aufgezogen und mit Gewinn verkauft habe, wenn sie geschlechtsreif waren. So habe ich das Geld verdient. Mit dreizehn habe ich angefangen, auf dem Markt Stauden zu verkaufen, da habe ich auch Geld reingekriegt. Vor fünfzehn Jahren habe ich meinen Eltern den Hof abgekauft, und jetzt habe ich drei große Gewächshäuser voller Perennen.«

»Was ist denn überhaupt eine Perenne?«

Alex sieht ein bisschen peinlich berührt aus.

»Das ist eine mehrjährige Kulturpflanze, die sich im Winter zurückzieht und im Sommer wieder aufblüht. Das ist die reinste Zauberei. Jeden Winter fahre ich in die kühlen Bergregionen von Indien oder Tibet, und da finde ich absolut einzigartige Perennen, die auch hier in Schweden überleben, denn wir haben ein ähnliches Klima.«

»Cool. Aber muss man nicht in Tibet von allem, was man isst, kotzen?« Alex nimmt sich noch ein Brot und schmiert dick Butter drauf.

»Nicht von allem, aber von ziemlich viel. Ich habe phantastische Bananenpflanzen vom Himalaja, Darjeeling-Bananen, die würden dir gefallen, Alex.«

»Ja, wäre cool, so eine zu Hause zu haben, voll krass.«

Sie sitzen im Speisesaal. Draußen ist es zu heiß, und die Sonne brennt genau auf Pelles Granittisch herunter. Aber drinnen im Saal ist es schön kühl. Pelle ist noch in seinem Atelier. Da drinnen hämmert und schleift er. Natürlich muss er arbeiten, aber vielleicht muss er auch einfach beleidigt sein. Soll er ruhig. Er kann da drinnen in seinem verdammten Atelier so beleidigt sein, wie er will. Maja reckt sich und sieht Alex an.

»Und du?«

»Was?«

»Wie ist dein Leben?«

»Mein Leben? Das läuft gut. Oder was meinst du?«

»Na ja, was machst du so? Irgendwelche Hobbys?«

Hobbys. Großer Gott! Hobbys. Was glaubst du denn, wie alt er ist? Acht Jahre?

»Ich habe keine richtigen Hobbys, aber ich treibe viel Sport. Bandy, Basketball, Joggen, Kicken. Alles mit Bällen macht mir Spaß.«

»Hast du eine Freundin oder so?«

»Freundin? Nein, nicht direkt. Oder nein, hab ich wohl nicht. Nein.«

»Und du, Karin? Bist du verheiratet?«

»Nicht mehr. Ich habe mit meinem Exmann eine Tochter, vielleicht kennt ihr ihn. Ale Björg.«

»Ale Björg?«

»Ja, ein bekannter norwegischer Musiker.«

»Nein, leider ...«

»Doch, den kenn ich, der macht saugute Musik!«

Alex lacht breit. Karins Miene hellt sich auf, aber da winkt Alex schon ab.

»Nee, war nur ein Witz, keine Ahnung, wer der Typ ist.«

»Jedenfalls waren wir viele Jahre verheiratet, aber vor zehn Jahren oder so haben wir uns getrennt. In gegenseitigem Einvernehmen, wir sind immer noch Freunde, es war das, was man eine ›gelungene Scheidung‹ nennt. Und du, Jens? Hast du jemanden, mal abgesehen von deinen Stauden?«

Was ist nur los mit dieser Frau, warum sieht sie immer so verdammt schlecht gelaunt aus? Der arme Jens wird ganz nervös, und das, wo er gerade ein bisschen lockerer geworden war! Maja versucht, Jens so freundlich und nett wie möglich zuzulächeln, um Karins harten Tonfall auszugleichen.

Jens antwortet, den Blick auf den Tisch gerichtet: »Nein, das ist irgendwie schwierig. Die Perennen nehmen fast alle Zeit in Anspruch. Ich habe schon manchmal überlegt, ob ich mit dem Züchten aufhören soll, aber dann kommt der Frühling, und dann kann ich sie doch nicht eingehen lassen, da muss ich mich um sie kümmern. Es gibt nicht viele Menschen, die eine Leidenschaft für diese Pflanzen haben. Und falls ich mal jemanden kennenlernen sollte, der nicht diese Leidenschaft hat, dann muss diese Person wenigstens akzeptieren, dass ich nun mal so bin. Ist alles ein wenig kompliziert.«

Josefin kommt herein. Sie hat aus Spaß ein altes Servierkleid mit einer weißen Haube angezogen, das sie in irgendeiner Abseite gefunden hat. Flott räumt sie den Tisch ab, die anderen sitzen schweigend da und winden sich ein wenig. Maja steht auf.

»Und ich bin seit hundert Jahren mit Pelle zusammen, aber ich sage euch, man kann sich auch, wenn man zu zweit ist, recht einsam fühlen, da gibt es keine Garantie. Vielleicht ist es tatsächlich eine ganz schöne Sache, mit Perennen zusammenzuleben. Die machen im Sommer Party, und im Winter schlafen sie. Klingt doch optimal, oder?«

Oje, jetzt wissen die anderen am Tisch nicht, ob sie lachen oder ernst bleiben sollen. Alex sieht Maja an.

»Wie? Du fühlst dich einsam, obwohl du mit ihm zusammen bist?«

»Na ja, da habe ich vielleicht ein bisschen übertrieben. Aber es kann durchaus so sein, dass man das Gefühl hat, nicht so gesehen zu werden, wie man es sich wünscht, oder dass man Erwartungen an den anderen stellt, die der nicht richtig erfüllen kann, solche Dinge. Beziehung ist keine leichte Sache.«

Alex blickt sie unverwandt an. Sie sieht, wie er nachdenkt und dass es da drinnen in dem blondierten Kopf rundgeht. Es ist ihr ein bisschen peinlich.

»So, jetzt könnt ihr ein paar Stunden lang machen, was ihr wollt, dann kommt unsere Nachmittagsschicht mit noch mehr Beinarbeit!«

16

Jens wandert in dem Labyrinth aus Hainbuchen herum. Er beugt sich hinunter, betrachtet eine kleine Pflanze, bricht einen Steckling ab. Was für eine traumhafte Insel. Hier gibt es Pflanzen, die seit Langem aus der schwedischen Flora verschwunden sind. Rosen, die er bisher nur in Büchern gesehen hat, Birnensorten, die keiner mehr anpflanzt, Perennen, die gut zweihundert Jahre auf dem Buckel haben.

Jens lässt sich auf einer alten gusseisernen Bank nieder und sitzt in Badehose und aufgeknöpftem Hemd da. Er schließt die Augen, wackelt ein wenig mit den Zehen, blinzelt ...

»Aber ich will nicht hinfahren. Es ist mir egal, ob er stirbt. Ich kann das nicht. Was soll das heißen, für mein eigenes Bestes? Was wissen Sie schon von meinem eigenen Besten? Kennen wir uns? Nein, genau.«

Wieder Stille. Jens sieht sich um. Es ist niemand da.

Das war Karins Stimme. Die erkennt er, da würde er sich nie täuschen. Sie hat geweint. Jetzt hört man nur noch ein Schluchzen. Irgendwo in dem System aus verwirrenden Gängen sitzt sie ganz allein und schluchzt herzzerreißend. Und es ist ihr egal, ob jemand stirbt.

Jens steht auf. Setzt sich wieder, steht auf, marschiert im Kies auf und ab, fährt sich mit der Hand durchs Haar, setzt sich wieder hin. Alles ist so schwierig. Soll er sie suchen? Würde sie das wollen? Nein, bestimmt nicht. Das würde sie am allerwenigsten auf der ganzen Welt wollen. Jens setzt sich wieder. Hört die rasselnden Atemzüge. Nein, so geht es nicht. Er steht wieder auf.

Ganz egal, er kann doch nicht einfach dasitzen und zuhören. Plötzlich hört er gar kein Schluchzen mehr, dann wie-

89

der ist es ganz nah. Haben die vielleicht, um es besonders kompliziert zu machen, Geräuschtunnel in das Gängesystem eingebaut? Und verdammt, jetzt hat er vergessen, wo er hereingekommen ist. Wie soll er je wieder hinausfinden? Mist.

Das Labyrinth ist im Laufe der Jahre sehr hoch gewachsen, drei Meter hohe Hainbuchen ragen zum Himmel auf, Jens biegt rechts ab, dann links, geradeaus, wieder rechts – und da sitzt sie. Karin. Nur im Badeanzug, direkt auf dem Kies, mit hängendem Kopf. Das Handy liegt auf der Erde. Jens räuspert sich.

»Hallo.«

Karin sieht auf, ohne seinen Gruß zu erwidern. Lässt den Kopf wieder fallen. Jens macht ein paar vorsichtige Schritte und setzt sich in ungefähr einem Meter Abstand von Karin hin.

»Verdammt, Jens, was machst du eigentlich hier?«

»Ich bin nur ein bisschen rumspaziert und habe mich an diesem Labyrinth erfreut und ...«

»Ach was, du weißt genau, was ich meine. *Hier im Schwimmkurs!*«

»Schwimmen lernen ...«

»Jetzt hör doch auf. Versuch bloß nicht, mich zu verarschen, ja?«

»Was ist passiert?«

»Ja verdammt, was glaubst du denn?«

»Ich dachte nur ...«

»Bist du eigentlich total bescheuert? Warum solltest du sonst hier sein? Perennen. Ja, das hätte man sich ja denken können.«

»Du siehst gut aus. Du hast schöne Kleider und schöne Haare. Superschön. Wirklich.«

»Erstaunt dich das, oder was?«

»Ich fand dich schon immer schön.«

»Ja, danke, das weiß ich. Dass du das fandest.«

Jens verstummt und denkt nach. Karins Handy klingelt wieder.

»Nein, ich werde nicht rangehen«, sagt sie. »Und rede über diese Sache hier gefälligst nicht mit den anderen. Du hältst die Klappe, klar?«

»Okay.«

Karin lässt den Kopf wieder hängen. Das Handy klingelt pausenlos. Jens weiß nicht so recht, was er tun soll.

»Du weißt ja … na ja … trotz allem kannst du mit mir reden, wenn du es brauchst.«

»Natürlich weiß ich das, verdammt. Jetzt komm bloß nicht an und gib hier den Psychologen.«

»So habe ich das nicht gemeint.«

»Was meinst du dann, Jens? Das wüsste ich wirklich gern. Ich komme hierher, um schwimmen zu lernen und eine tolle Reportage über diese Insel und Pelle zu machen. Aber du? Warum bist du hier? Was? Ich hätte niemals hierherfahren sollen. Ich wusste es. *Ich wusste es!*«

Das Handy hört auf zu klingeln. Jens steht auf und klopft vorsichtig seine Badehose ab.

»Ich lass dich ja schon in Ruhe.«

Alex joggt auf der Stelle, um in Gang zu kommen. Auf und ab, vor und zurück, Arme strecken. Dann nimmt er die schöne Strecke, die am Schloss beginnt, erst durch die Wiesen führt und dann am Wasser entlang. Josefin hat ihm den Weg erklärt. Die Runde ist ungefähr zehn Kilometer lang.

Sowie er ein bisschen vom Schloss entfernt ist, zieht er sein Shirt aus und läuft mit nacktem Oberkörper. Zwei Fliegen mit einer Klappe: Laufen und gleichzeitig ein Sonnenbad nehmen. Nie eine Gelegenheit zum Braunwerden auslassen.

Alex entspannt sich. Schön, mal was zu machen, was er wirklich kann, und nicht nur mit den anderen Typen auf dem Boden zu liegen und die Beine vor- und zurückkreisen zu lassen. Er wird schnell schwimmen lernen, das wird höchstens eine Woche brauchen. Dann kann er wieder weg. Bücklingsalat. Puh, war das eklig. Aber die Stullen waren gut.

Die anderen waren heute irgendwie komisch drauf. Von Pelle sieht man keine Spur, und dann Maja, die behauptet, einsam zu sein, obwohl sie einen Mann hat ... Und diese Karin, gestern noch so wahnsinnig weltgewandt und arrogant freundlich, war heute das übelste Wrack. Und schließlich der Typ mit den seltsamen Haaren. Jens. Eigentlich ein ganz netter Kerl. Lacht total sympathisch. Scheint okay zu sein ...

Alex hat gestern eine SMS von Daniella gekriegt. Die hatte ihn ganz offen angegraben, wollte in der Schule immer auf seinem Schoß sitzen und, wenn sie besoffen war, mit ihm rummachen. Betrunkene Chicks, pfui Teufel, das geht gar nicht. Das geht so was von überhaupt nicht.

Irgendwie ist das alles so kompliziert. Denn wenn sie besoffen sind, dann sind sie unheimlich scharf und wollen, dass man mit ihnen nach Hause geht und mit ihnen schläft und so. Aber wenn sie nüchtern sind, passiert gar nichts, auch wenn man selbst scharf ist. Nur besoffene Tussen wollen Sex, nüchterne wollen nicht.

Er selbst trinkt ja nie. Und poppen tut er übrigens auch nicht. Kein einziges Mal bisher. Nicht mal ein halbes Mal. Verdammte Zwickmühle. Vielleicht sollte er sich mal richtig volllaufen lassen, dann Daniella anrufen und endlich mal die Sache erledigen. Er könnte sie doch hierherlocken. Hier gibt es todsicher genug Alkohol, und dann können sie oben in seinem Zimmer poppen, das würde ihr sicher gefallen, ist doch ein echtes Tussenzimmer.

Alex rennt weiter, immer schneller. Plötzlich stolpert er fast über ein Eisenbahngleis. Mitten im Wald? Scheißegal. Er rennt am Gleis entlang. Sieht sich selbst mit einem Mädchen, mit ihr schlafen. Alle glauben, dass er es schon getan hat, er sieht schließlich aus wie einer, der es schon oft getan hat. Wie einer, der genau weiß, wie man es macht, wie man rummacht und poppt und ... verdammt.

Schneller, Alex, schneller. Nee, er traut sich gar nichts. Er traut sich nicht, sich mal lächerlich zu machen, traut sich nicht, immer noch Jungfrau zu sein, er traut sich nicht zu trinken, traut sich nicht zu vögeln, traut sich nicht, in der Gruppe dabei zu sein. Er rennt immer schneller, denn das traut er sich. Niemand rennt schneller, ist ausdauernder als er. Er ist schon ein ganz schöner Fake.

Maja klopft zum vierten Mal an die Tür. Von drinnen ertönen die Lieder der Uraltband »Nationalteatern«, die Pelle auf volle Lautstärke gedreht hat. Er hört sich an, wie seine alten Kumpel ihre alternativen Songs von damals singen. Wahrscheinlich ergeht er sich in angemoosten Erinnerungen an Saufgelage, Feste, Frauen, die keine Anforderungen stellen, dankbare Frauen, nette Frauen, seine Exfrau, seine Kinder, Maja, wie sie früher war, ungefährlich und dankbar. Klopf, klopf, *klopf, klopf, klopf, klopf!*

Keine Antwort. Neuer Song. »Aber nur, wenn meine Geliebte wartet«. Die kraftvolle, kompromisslose Stimme von Totta Näslund, immer den Tränen nahe, dringt aus dem Atelier. Maja hört auf zu klopfen und steht jetzt ganz still an die kühle Steinwand gelehnt. Sie schließt die Augen und hört zu. Hört richtig zu.

Wenn der Tag heute nicht eine endlose Landstraße wäre
und heut Nacht nicht ein wilder und verschlungener Pfad
und das Morgen uns nicht so unendlich weit vorkäme,
dann wäre Einsamkeit ein Wort, das es nicht gibt.

Aber nur, wenn meine Geliebte wartet
und wenn ich ihr Herz sanft pochen hör,
nur wenn sie hier dicht neben mir läge,
könnte ich der werden, der ich gestern war.

Maja wischt sich die Tränen mit dem Handrücken ab und geht hinauf, um zu sehen, ob einer der Gäste vielleicht frische Handtücher braucht. Obwohl das eigentlich Josefins Aufgabe ist.

17

Wenigstens war Pelle beim Abendessen dabei. Und da war er wieder so charmant und nett und hat Geschichten erzählt, über die alle gelacht oder gestaunt haben. Und er hat Platten aufgelegt, und tatsächlich, in dem Song spielt Pelle Schlagzeug, und Pelle hat wirklich zusammen mit dem großen Kim Larsen, dem dänischen Bob Dylan, das »Rocktöpfern« erfunden. Dabei saßen sie jeder an einer Töpferscheibe, im Hintergrund hatten sie extrem laute Rockmusik laufen, natürlich die Platten von Larsens eigener Band »Gasolin'«, und dann haben sie drauflosgetöpfert, völlig ohne Ziel und Plan. Pelle hat sogar eine ganze Ausstellung mit seinen rockgetöpferten Objekten gemacht, und Karin kreischt begeistert, dass sie das unbedingt in dem Artikel erwähnen muss. Vielleicht kann sie sogar mit Kim Larsen Kontakt aufnehmen und einen Kommentar von ihm dazu kriegen. Klar, Pelle hat Kims Mailadresse, dürfte gar kein Problem sein.

Und dann wurde Wein nachgeschenkt, und Karin und Pelle wurden immer angeheiterter, und Jens ging schlafen, und Alex ging schlafen, und Maja blieb sitzen und betrachtete ihren Mann und Karin, die überhaupt nicht aufhören wollte, von Pelle zu reden.

Es war schon ein komisches Gefühl, sich nach dieser Vorstellung neben einen völlig schweigenden Mann zu legen. Maja versuchte, sich ihm zu nähern und zu sagen, komm, lass uns drüber reden, oder lass uns miteinander schlafen und einfach alles vergessen. Fühlst du dich jetzt unter Druck gesetzt? Das musst du nicht, kein Problem, wie kannst du dich überhaupt von etwas unter Druck gesetzt fühlen, das doch einfach nur schön ist? Und was willst du denn mit noch einer Frau, wenn du sie doch kaum anfasst, oder hättest du etwa Lust, wenn Karin hier liegen würde und nicht ich? Das hättest du? Und ja, dann war der Streit wieder in Gang, und sie lagen stocksteif nebeneinander und taten so, als würden sie schlafen, während Maja auf all die japanischen Paare starrte, die an den Wänden Sex hatten.

Also wanderte Maja eine weitere Nacht durchs Haus. Aus Karins Zimmer hörte sie Schritte, auf und ab, Gemurmel, Schluchzen und Stille.

Jens schien sich unruhig im Bett herumzuwälzen. Nein, der schlief ganz sicher nicht. Wahrscheinlich versuchte er es, doch in der Hauptsache drehte er sich nur von einer Seite auf die andere und seufzte tief. So tief, wie nur einer seufzen kann, der wach ist, aber viel lieber schlafen würde.

Und … und was war da aus dem Zimmer von Alex zu vernehmen? Maja stand ganz dicht an der Tür. Lauschte angestrengt. Was in aller Welt … War das ein Stöhnen? Tatsächlich! Lag der da in ihren gemangelten Laken und holte sich einen runter? Sofort machte sie kehrt, mein Gott, das ist seine Privatsache, lass ihn doch in Ruhe. Leise schlich sie zur Treppe, machte einen ersten Schritt, aber … Dann drehte sie doch um, schlich ebenso leise wieder zurück und drückte das Ohr an die hohe Tür. Leise kleine Stöhner von drinnen.

Woran er wohl dachte? Welche Phantasien flossen ihm jetzt gerade durchs Gehirn, während er in dem grasgrünen Himmelbett lag, auf dem Nachttisch drei rosafarbene Rosen in einer kleinen Vase? Maja blieb stehen. Sie atmete kaum und horchte auf das nach innen gewandte Stöhnen aus dem Jungenzimmer. Hörte nicht auf ihr eigenes Gehirn, das vorsichtig darauf hinwies, wie gestört und höchst integritätsverletzend es ist, an den Türen onanierender Menschen zu lauschen. Nein, trotz dieses Wissens blieb sie in einer Art inspirierter Anspannung stehen. Worüber er wohl phantasierte?

Mit dieser Frage im Körper schloss Maja sich in ihr Atelier ein. Holte Bleistifte und Papier heraus. Zeichnete fieberhaft. Phantasien. Billige, schäbige pornografische Phantasien. Und als die Phantasien ausgeschöpft waren, ging sie zu nackten Frauen über, die auf Pferden und Hirschen ritten oder auf Seeadlern umherflogen. Und während der Flugkünste der Pornodamen auf den Seeadlern schlief sie irgendwann ein. Auf ihrem Affendiwan.

»Wie lange müssen wir diese Beinschläge üben?«

Karin, die auf dem Bauch liegt und, so gut es geht, mit den Beinen schwimmt, reißt Maja aus ihren Betrachtungen.

»Leider kommt es in erster Linie auf die Beine an. Erst wenn der Beinschlag richtig gut sitzt, kann man anfangen zu schwimmen. Die Arme sind hauptsächlich dazu da, um zu lenken und dafür zu sorgen, dass man oben bleibt, aber auf die Beine kommt es an. Ihr solltet den Beinschlag auch abends vor dem Einschlafen noch mal üben. Fünfzig Beinschläge im Bett, ehe ihr euch richtig unter die Decke kuschelt, danach schläft man auch besser ein.«

Alle schwimmen weiter, platt auf der Erde und das Kinn auf die Arme gestützt. Alex setzt sich auf und wischt sich den Schweiß von der Stirn.

»Ich will es im Wasser probieren.«

»Glaub mir, du bist noch nicht so weit.«

»Aber ich will. Ich spüre, dass ich es kann.«

»Du bist kräftig, Alex, aber die Beinschläge sitzen noch nicht richtig, du bist ein wenig zu steif.«

Alex sieht enttäuscht aus. Der Arme, er erinnert sie an einen Kühlschrank. Breit und kantig und steif. Er hat so viele Muskeln und ist gleichzeitig so wenig geschmeidig.

»Aber klar, wenn du es probieren willst, dann los.«

Maja erhebt sich aus ihrem Liegestuhl, legt die Sonnenbrille ab und zieht sich ihr Top aus. Alex ist schon im Pool, er hüpft auf und nieder, um sich in Form zu bringen. Das wäre doch gelacht, jetzt kann er schwimmen. Er wird diese drögen Typen hier überraschen, indem er einfach mal zur anderen Seite und wieder zurück schwimmt. Das kann ja wohl nicht so schwer sein. Es ist ganz schön unwürdig, die ganze Zeit an Land zu liegen und mit den Knien auf der Erde herumzurutschen.

Er spürt das Wasser kaum am Körper. Im Pool sind es ebenso wie an Land dreißig Grad. Man wechselt nur die Verpackung: Luft gegen Wasser. Maja stellt sich direkt neben Alexander und beobachtet seinen unbändigen Eifer. Sie sieht, wie gern er es ihr und den anderen zeigen würde. Karin und Jens haben mit den Beinübungen aufgehört und sich an den Beckenrand gesetzt. Sie trinken die eiskalte Rote-Bete-Limonade, die Josefin ihnen hingestellt hat. Das Eis in den Gläsern klirrt.

»Ich bin so weit!« Alex lächelt erwartungsfroh.

»Also, Alex, so richtig gefällt mir das nicht, aber ... Es gefällt mir, dass du einfach loslegst. Schwimm nur! Vielleicht geht es ja!«

Alex holt tief Luft. Die Eiswürfel klirren, Jens und Karin nippen an ihren Drinks. Dann springt er hinein. Es geht vorwärts. Er ist kräftig. Mit bloßer Kraft kann man schon recht schnell vorwärts kommen. Aber nur kurz. Zehn Meter, dann sinkt man ab. Alex zappelt und wirft sich herum und fuchtelt mit den Armen herum und bleibt auf halbem Weg im Pool stehen. Er richtet sich auf und streicht das nasse Haar zurück.

»Es hätte mich wirklich gewundert, wenn du das geschafft hättest, Alex. Schließlich hast du erst gestern angefangen zu üben. Das braucht Zeit. Und es ist eine zähe Angelegenheit.«

»Verdammt! An Land kann ich alles!«

»Ja, aber im Wasser sind die Bedingungen andere. Und ehrlich gesagt, du hast die Kraft und den Willen, keine Frage. Aber du bist so ... wenig geschmeidig. Es ist, als könntest du deinen Körper nicht locker lassen. Wenn du das lernst, dann wirst du auch schwimmen können. Momentan vertraust noch ausschließlich auf deine körperliche Kraft, aber das bringt nichts,

wenn der Körper nicht auch mal loslassen und nur treiben und
mitschwimmen kann.«

»Ach so ...«

»Heute Nachmittag werden wir Entspannungsübungen
machen!«

»Echt?«

»Na klar! Komm nach der Kaffeepause in mein Atelier, dann
üben wir.«

»Was ist mit Karin und Jens?«

»Nee, nur du und ich. Ich werde schon noch rauskriegen,
was die beiden brauchen und woran es bei ihnen hapert, aber
du musst entspannen und lernen, geschmeidig zu sein!«

Na also, da klingt sie doch schon wie eine richtige Lehrerin.
Eine, die weiß, was sie tut, und die ein Ziel hat. Professionell.
Wie eine Lehrerin, die sich für ihren Kurs bezahlen lässt und
für das Geld auch etwas bietet.

18

Alex schaut sich verwirrt um, während Maja Stühle, Staffeleien und den zierlichen Diwan an die Wand schiebt.

»Soll ich mit anfassen?«

»Nein, nein, nicht nötig, ich will nur auf dem Boden etwas Platz schaffen, kein Problem.«

»Wie viel Zeug du hast!«

»Ja, hier im Atelier sammele ich alles.«

»Warum?«

»Tja, vielleicht werde ich es irgendwann einmal brauchen. Vielleicht kann ich es zerstören und etwas Neues daraus schaffen. Oder ich berühre es und bekomme neue Bilder im Kopf, so ungefähr.«

Alex beugt sich hinunter und blättert zerstreut in den Papieren auf dem Fußboden. Erst sieht er neugierig hin, um in der nächsten Sekunde die Blätter fallen zu lassen, aufzustehen und nervös ein paar Pinsel in einer Dose zu inspizieren. Maja sieht ihn fragend an. Moment mal ...

Nein, nein, nein! Das waren die Pornozeichnungen der vergangenen Nacht. Und natürlich entsteht sofort eine total versaute Stimmung ... Maja versucht, so entspannt wie möglich zu lächeln.

»Ach, das sind nur ein paar Skizzen, die ich heute Nacht gemacht habe. Ich konnte nicht schlafen und bin deshalb ein bisschen herumgelaufen und ... Na ja, und dann hab ich gezeichnet, aber mehr so aus Spaß, wobei die Skizzen gar nicht so witzig geworden sind ... Na ja, man muss es halt mal ausprobieren.«

»Schon okay. Du musst nichts erklären. Aber sie sind echt cool. Also ich meine, cool gemacht, du zeichnest gut!«

»Danke. Zeichnest du auch?«

»Ich? Nein, nein … haha, das kannst du vergessen, in so was bin ich echt mies. Alle Sachen wie Zeichnen und Nähen und so. Ich begreife einfach nicht, wie man das anstellt.«

Maja kickt ein paar kleinere Sachen beiseite, bis der Fußboden völlig frei ist. An den Wänden stehen ihr ganzer Kram und die Möbel, nur an der Fensterwand ist Platz. Alle Fenster stehen weit offen und lassen die sanfte Nachmittagsbrise vom Vänersee herein. Von den Birnenspalieren, die an den Außenwänden ranken, sind die summenden Hummeln zu hören. Alex steht immer noch da und zupft nervös an irgendwelchen Pinseln herum. Maja klopft ihm auf die Schulter.

»Ich dachte, wir fangen mal mit einer Totalentspannung an. Leg dich auf den Fußboden.«

»Einfach hinlegen?«

»Genau. So!«

Maja legt sich auf die breiten Dielen. Streckt Arme und Beine so aus, dass sie wie ein Kreuz daliegt. Alex macht es ihr nach. Der Raum ist groß, und sie haben genug Platz.

»Okay, Alex. Jetzt liegen wir ganz still da. Und du probierst mal, deinen Körper zu spüren. Einfach hinspüren. Du hörst doch die Hummeln draußen, oder?«

Alex nickt.

»Horch auf sie. Konzentrier dich auf sie. Lass dieses Summen zu deinen Gedanken werden, und versuch, alle Energie darauf zu verwenden, deinen Körper zu spüren. Die Schwere… die Muskeln … die Haut …«

Alex schließt die Augen. Versucht, diesen verdammten Hummeln zu lauschen. Summ, summ, summ. Was sind das nur für Zeichnungen, die sie da gemacht hat. Das ist doch der reinste Porno! Ausgerechnet Maja, die so unsexy aussieht. Krass mager, keine richtigen Brüste und auch keinen Hintern. Und dazu die langen, dünnen Haare. Nicht gerade das, was man sich unter einer scharfen Pornobraut vorstellt. Aber warum zeichnet sie mitten in der Nacht solche Sachen? Warum hat sie nicht bei Pelle gelegen und geschlafen? Und verdammt, was hat der gestern rumgelabert – er und Karin haben in einer Tour von lauter Leuten gequatscht, die kein Schwein kennt. Und dann hat er von diesem Rocktöpfern erzählt, wie er mit irgendeinem dänischen Rockopa rumgesessen und gegrölt und getöpfert hat. Total krank, eigentlich, und ...

»Spürst du deinen Körper? Hast du die Gedanken losgelassen? Lass sie los, Alex.«

Maja liegt mit geschlossenen Augen da und hört keine einzige Hummel. Sie sieht Pelle und Karin vor sich, wie sie zusammensitzen und wie Karin Pelle interviewt. Sie stellt interessante Fragen, wirft ihm Blicke zu, schmeichelt ihm mit ihrem ganzen Wesen. Es ist einfach so, dass Pelle Frauen anzieht, vor allem solche Frauen, die Kultur, Kunst und Seelenabenteuer lieben und schon immer von so einem künstlerischen Leben geträumt haben. Diese Frauen wollen ihn, denn er ist die Personifikation dieses Lebens.

Und Karin ist schön, wirklich schön. Wie eine kleine, geheimnisvolle Französin beim Spazierengehen. Trippel, trappel, trippel. Alles sitzt richtig, alle Gedanken sind richtig, der Geschmack ist richtig, und dann diese kühle Eleganz. Dass sie sich schier ins Hemd macht, wenn sie in den Pool soll, das steht auf einem anderen Blatt. Diese Seite bekommt Pelle nicht zu sehen. Nein, diese Seite kriegt nur Maja ab. Und wenn es ans Abendessen geht, dann ist nicht Maja das Ziel der vielen interessanten Fragen oder Blicke. Nicht Maja, sondern ... Jetzt hör schon auf, Maja! Halt mal den Ball flach. Spür deinen Körper, entspann dich, schließ die Augen.

Maja macht ein Auge auf und schielt zu Alex hinüber. Ihre verstohlenen Blicke begegnen sich. Zwei geöffnete Augen betrachten einander. Maja fängt an zu lachen. Alex grinst zurück. Er liegt noch auf dem Boden, Maja setzt sich auf.

»Du hast wohl zu viel Energie, was?«

»Ja, könnte sein.«

Maja sieht schweigend aus dem Fenster.

»Dann tanzen wir stattdessen!«

Alex sieht schreckensbleich aus. »Nie im Leben!«

»Aha! Dann werden wir jetzt genau das machen! Empfindliche Stellen sind dafür da, dass man sie drückt!«

»Neiiin ...«

Alex hält sich die Hände vor die Augen und jault. Alles, aber bitte nicht tanzen. Ganz egal. Er kann tagelang Hummeln lauschen und sich so entspannen, dass es ihn nachher fast nicht mehr gibt. Aber nicht tanzen. Nicht tanzen. Er liegt immer noch auf dem Boden und hält sich die Augen zu.

»Welche Musik magst du?«

Maja beugt sich über den Kasten mit alten Platten und blättert. Alex antwortet nicht, er liegt nur da und lacht verlegen.

»Das soll wohl ein Witz sein! Nicht tanzen, bitte.«

»Ich mache keine Witze, mein Lieber.«

Maja blättert. Ob es hier etwas für einen jungen Mann gibt? Das Beste von Lasse Holm? Diana Ross, die Platten von Lars Roos. Orup. Orup! Ob das wohl funktioniert? Wann ist die erschienen? 1987? Wie alt kann Alex da gewesen sein? Nein! Da war er noch gar nicht geboren. Verdammte Scheiße. Maja hebt den Plattenarm und legt ihn auf die Rille. Es raspelt los. »Lieber lass ich mich von Wölfen jagen.«

»Auf geht's, Alex, jetzt legen wir los! Vergiss die Hummeln!«

Maja streckt Alex ihre Hände hin und zieht ihn hoch. Er steht ganz still da. Maja fängt an zu tanzen. Sie tanzt besonders wild, damit Alex sich nicht so blöd vorkommt und ganz genauso tanzen kann, wie er möchte. Ganz egal, er wird in keinem Fall schlechter tanzen als sie. Sie wiegt die Hüften, neigt den Kopf, lässt die Haare fliegen, wenn sie sich dreht. Sie lacht. Alex lacht auch. Sie nimmt wieder seine Hände, schwingt seine Arme hin und her, die wie totes Fleisch an ihm herunterhängen. Aber Alex steht reglos da, lacht verlegen und schüttelt nur den Kopf.

Nie im Leben, denkt er. Nie im ganzen verdammten Leben.

Lieber lass ich mich von Wölfen jagen, als hier und jetzt zu tanzen. Er sieht Maja an, die sich alle Mühe gibt, um ihn mitzureißen.

»Du musst, Alex! Mach die Augen zu und leg einfach los! Ich werde nicht aufgeben, dass du es nur weißt. Du wirst tanzen. Und wenn ich die ganze Nacht kämpfen muss, klar?«

Maja hüpft im Saal herum, sie stampft mit den Füßen, klatscht in die Hände, schreit und wirbelt. Sie wird nicht aufgeben, das ist Alex klar. Diesen Raum wird er nicht verlassen können, ehe er zumindest probiert hat zu tanzen. Plötzlich kommt er sich blöd vor, still dazustehen und Maja bei ihrem verrückten Tanz zuzuschauen. Alex beginnt, die Füße zu bewegen. Wie im Sportunterricht in der Grundschule. Den einen Fuß vor, den anderen Fuß zurück, den einen Fuß vor, den anderen Fuß zurück. Echt total albern. Dann stehen sie da, einander gegenüber. Alex mit Füßen, die die ganze Zeit vor- und zurückwandern. Und Maja, die rumhüpft, als wäre sie so eine durchgeknallte Animateurin aus dem Fitnessstudio. Alex sieht verstohlen zu seiner Schwimmlehrerin mit ihrem voll hässlichen und total abgefahrenen Tanz.

Egal. Verdammt. *Scheißegal!*

Alex schließt die Augen. Und dann fängt er an sich zu bewegen. Er spürt, dass es nicht gut aussieht. Es ist nicht im Takt, es sieht nicht gut aus, es ist nicht geschmeidig. Es ist hässlich. Aber er schließt die Augen, dann muss er es schon mal nicht anschauen. Die Musik dröhnt. Er kann hören, wie Maja herumstampft und mitsingt. Und Orup dröhnt: »Bist du bereit? Ich bin bereit!«

Nein, Alex ist nicht bereit. Er öffnet die Augen und sieht sich selbst, sieht seine peinlichen Tanzschritte, seine Bewegungen, die nicht das Geringste mit der Musik zu tun haben. Er kann das nicht, er kann nicht tanzen. Er kann die Augen nicht schließen und auf seinen Körper lauschen. Aber laufen kann er. Schneller, schneller und immer noch schneller. Also macht Alex das, was er kann. Er joggt im Raum auf und ab. Von Wand zu Wand. Während Maja ganz in sich versunken ist und wie eine Zentrifuge im Atelier rotiert.

Jens sitzt an der äußersten Spitze der Insel. Ein schmaler Pier aus Naturstein erstreckt sich geradewegs ins Wasser. Weiße, glatt geschliffene Steine, die sich an den Füßen ganz weich anfühlen. Auf dem letzten Stein des Piers sitzt Jens und schaut in eine Tüte. Er holt ein paar von den Stecklingen heraus, riecht an ihnen, wickelt jeden einzeln in ein Plastiktütchen.

Nicht einmal auf dem äußersten Ende des Piers ist es kühl, es gibt zurzeit einfach keine kühle Luft, sondern nur diese elende Hitze. Jens zieht das Hemd aus und schüttelt die Sportschuhe ab. Gott, ist ihm warm. Aber das Wasser sieht verlockend aus. Jens blickt sich aufmerksam um, doch da ist niemand. Das Einzige, was er sehen kann, ist das wunderschöne Arboretum, dessen Bäume sich sanft in der Brise wiegen, und ein paar Damhirsche, die mit halb geschlossenen Augen wiederkäuen.

Jens erhebt sich und zieht Hose und Unterwäsche aus. Nackt geht er auf den angenehm glatten Steinen herum und zum Wasser hinunter. Es raschelt im Gebüsch, ist da jemand? Jens erstarrt mitten in der Bewegung und starrt in den Wald. Da kommt ein Kaninchen herausgehüpft und schnuppert mit zitternder Nase. Freundlich lächelt Jens dem Kaninchen zu, das ängstlich wieder zwischen den Bäumen verschwindet.

Dann tritt er ans Wasser und lässt sich routiniert hineingleiten. Er spürt, wie das süße, weiche Wasser des Vänersees seinen Körper liebkost. Dann schwimmt er. Taucht unter, lässt die Haare plitschnass werden und krault dann ruhig und kräftig hinaus in das ein klein wenig kühlere Wasser.

»Das war ja wie damals, als Channa, Pugh, Mads und ich aus Spaß eine kleine Garagenband gegründet haben. Ich hab immer so nebenbei Schlagzeug gespielt, das war auf Gotland, irgendwann Anfang der Achtziger ... Meine Familie und ich, wir wohnten damals dort … Was haben wir gerockt! Mads war ein bisschen lockerer als sonst, weil das nicht sein übliches Publikum war, und Channa, tja, die ist ja immer ziemlich locker. Hast du sie mal kennengelernt?«

»Vor zehn Jahren oder so hab ich sie mal für eine Fernsehserie zum Thema Frauenpower interviewt, ich mochte sie total. Und wie ging es dann weiter? Du hast dich von deiner Frau getrennt, als du Maja kennengelernt hast?«

»Ja. Genau, so war es.«

»Und wie war das? Wie hast du deine neue Liebe mit deiner Tätigkeit als Künstler und mit deiner Rolle als Vater vereinbart? Schließlich hattest du vorher eine Frau, die dir ziemlich den Rücken frei gehalten hat, oder täusche ich mich da?«

»Nein, da täuschst du dich nicht. Meine Exfrau hat viel für mich gemacht, wirklich. Sie hat sich um die Kinder gekümmert, während ich kaum wusste, in welche Klasse sie gerade gingen, aber nicht, weil mich das nicht interessiert hätte! Das war es nicht, aber ich war wohl … ziemlich mit mir selbst beschäftigt oder mit meiner Arbeit. Ich glaube, ich habe es einfach so gut gemacht, wie ich konnte. Nach der Scheidung haben die Kinder bei meiner Exfrau gewohnt. Das war sicher am besten so. Ich habe alles zurückgelassen, musst du wissen. Meine Frau hat unsere große Wohnung gekriegt, die ganze Kunst, alles. Ich bin einfach gegangen. Mit völlig leeren Händen. Bin zu Maja in ihr kleines Zimmer in der Tavastgatan gezogen, wo wir auf einer Matratze geschlafen haben. Aber ich fühlte mich frei. Irgendwie war es schön, alles Unnötige, das ich besaß, wegzugeben und nur Maja und eine Matratze zu haben. Meine Kinder fanden es bei uns wahrscheinlich nicht so toll. Sie waren Teenager, fast so alt wie Maja, die haben sich zu Hause schon wohler gefühlt.«

»Habt ihr heute einen guten Kontakt?«

»Doch, schon. Ziemlich gut, glaube ich.«

»Sind sie auch künstlerisch begabt? So wie du?«

»Nein, überhaupt nicht. Bei allen vieren herrscht ziemlich

viel Ruhe und Ordnung. Einer ist sogar Chef von irgendeiner Bank geworden, der ist wirklich das schwarze Schaf der Familie. Ach, ehe ich es vergesse, Channa kommt auch zum Maskenball, da wirst du sie und die anderen treffen, das wird bestimmt nett. Ach ja, da fällt mir noch was ein! Warte einen Moment.«

Pelle steht vom Granittisch auf, schiebt die nackten Füße in die marokkanischen Pantoffeln und geht mit erwartungsvollen Schritten in die Küche, wo Josefin laut herumhantiert. Karin hört, wie er begeistert vom Maskenball erzählt und von seinem Plan, ein ganzes Schwein zu grillen, und dass man es rechtzeitig bestellen müsse und ob Josefin dafür sorgen könne. Vielleicht könnte man ja den Tanzboden aufbauen? Und Josefin sagt, kein Problem, wie cool, das machen wir, ist ja noch ein bisschen Zeit bis dahin.

Orups Lied liegt wie ein Teppich über dem Schlossgarten. Es handelt davon, was seine Mutter zu ihm gesagt hat, dass er nämlich keine Frau wegen ihrer Schönheit heiraten soll. Karin muss lachen. Hier sitzt sie und interviewt Pelle Hannix, den mit Abstand erfolgreichsten Bildhauer Schwedens, auf einer betörenden Insel mitten im Vänersee und hört Orup.

»So, das hätten wir geklärt! Auf diesem Maskenball muss es immer gegrilltes Schwein geben, und darum muss man sich rechtzeitig kümmern. Prost!«

Pelle füllt Karins Glas mit Roséwein, und sie stoßen an. Er hat durchaus Stil, auf diese etwas abgerissene Art. Sie spürt, wie er alle Aufmerksamkeit auf sie richtet. Er schaut auf ihre Hände, wenn sie so gestikuliert, dass alle ihre Silberarmreifen klappern. Karin flirtet. Natürlich, ein lässiges So-ganz-nebenbei-Flirten. Sie weiß ganz genau, wie sie das anstellen muss, wie sie schauen, lachen und fragen muss. Sie streckt sich, als würde sie von einem spontanen Gähnen überrascht, dabei weiß sie, dass sie sich genau wie eine kleine Katze reckt, wobei der Bauch unter dem Shirt nur zu erahnen ist, die Brüste leicht zusammengedrückt werden und die Augen scheinbar teilnahmslos aussehen. Es ist so einfach, einen Mann zu verführen, sie sind so leicht zu fangen und anzulocken, aber leben kann man nicht mit ihnen. Da fängt es an zu knirschen. Was vorher so wunderbar charmant war, wird plötzlich gefährlich. Oje, willst du wirklich schon wieder Wein zum Essen trinken? Oje, willst du wirklich die Schuhe mit diesen hohen Absätzen anziehen? Oje, oje. Karin nimmt einen großen Schluck Wein.

»Woran arbeitest du gerade?«

»Eine Auftragsarbeit aus Deutschland. Die wollen für einen Platz in München eine große Skulptur, die Leben ausstrahlen soll. Ich weiß nicht ...«

»Gibt es schon etwas, was man sich mal anschauen könnte?«

»Nein. Bisher durfte es noch niemand anschauen, nicht einmal Maja. Ich weiß nicht ... Doch, es wird schon gut, es ist nur ... es fällt mir ein wenig schwer. Ach, scheißegal! Channa und die anderen kommen, wir werden gegrilltes Schwein essen, das wird herrlich. Prost, Karin! Und wie schön, dass du hier bist, du bist wie ein erfrischender, freundlicher Sommerblumenstrauß. Ich mag dich!«

»Dito!«

19

Alex hat seinen Kopf auf dem des Eisbären abgelegt. Maja liegt auf dem Diwan. Die Hummeln summen. Orup durfte wieder in seine Plattenhülle kriechen und schnarcht jetzt süß zwischen den anderen Oldiescheiben.

»Vielleicht könnten wir etwas ... Afrikanisches ausprobieren! Das ist so weit von gewöhnlichem Tanz entfernt, dass es überhaupt nicht peinlich werden kann.«

»Afrikanisch? Was soll das heißen, irgendeinen Kannibalentanz oder was?«

»So in der Art.«

»Ich kann nicht tanzen. Das hast du doch selbst gesehen! Ich bin gejoggt!«

»Joggen kann aber als eine Art Tanz durchgehen, alles eine Sache der Perspektive.«

»Ja, ja, sehr freundlich ...«

Stille. Alex kratzt sich am Bauch.

»Warum bist du mit Pelle einsam?«

»Was?«

»Ich musste an das denken, was du gestern gesagt hast, dass du einsam bist, obwohl du verheiratet bist, das habe ich nicht ganz verstanden.«

Maja denkt nach. »Ich komme mir zusammen mit Pelle einsamer vor, als wenn ich wirklich allein bin«, sagt sie dann. »Weil er mich nicht begreift. Irgendwie erreichen wir einander nicht ... Er ist die ganze Zeit bei mir, immer in der Nähe, aber wenn wir reden, dann hört er nicht, was ich sage, er missversteht mich, kriegt alles in den falschen Hals. Wenn er die Wahl hat, versteht er mich immer falsch. Und ich begreife ihn wahrscheinlich auch nicht. Vielleicht höre ich nicht so gut zu. Also liegen wir nebeneinander, und keiner redet, und dann ... dann fühle ich mich einsam. Und er wohl auch. Ich will ihm nicht allein die Schuld zuschieben.«

»Ich bin auch einsam.«

Alex dreht sich herum, liegt seitlich auf dem Fell, streicht sich über den durchtrainierten Bauch und sieht aus dem Fenster, durch das die Nachmittagssonne hereinströmt. Irgendwie sieht er apart aus in seinen groß gemusterten Shorts, dem eng anliegenden Shirt und dem blondierten Haar, so auf dem Atelierfußboden. Und dann der Körper. Ein Körper, der nicht zwischen Terpentin und Tempera passt. Maja legt den Arm unter den Kopf und sieht Alex direkt in die Augen.

»Inwiefern bist du einsam? Hast du keine Freunde, oder sind es deine Eltern, oder was?«

»Nein, ich habe ja Freunde. Und Mama und Papa sind echt klasse. Aber irgendwie glauben alle, ich wäre etwas anderes ...« Alex seufzt tief und wechselt wieder die Stellung. Er lacht. »Warum rede ich eigentlich mit dir darüber?«

»Du hast angefangen, du hast nach mir und Pelle gefragt.«

»Komisch. Warum habe ich das nur gemacht?«

»Wahrscheinlich hat es dich beschäftigt. Das ist ja auch in Ordnung. Und jetzt erzähl.«

»Ich weiß nicht. Irgendwie ist es doch total peinlich, wenn man ... Also, ich habe das noch nie jemandem gesagt. Weiß nicht, warum ...«

»Vielleicht willst du ja jetzt darüber reden?«

»Nein, eigentlich nicht.«

»Aber vielleicht hast du das Gefühl, ist doch eh total egal, wenn die Alte hier etwas von meinem Mist erfährt, wir werden uns sowieso nie wiedersehen, und die wirkt ja selbst ein bisschen gestört ...«

»Haha, genau, das ist die Antwort! So ist es. Aber erst musst du was erzählen. Ein Geheimnis.«

»Ich?«

»Ja. Sonst trau ich mich nicht. Und du kannst ganz locker

bleiben, denn ich bin schließlich nur ein voll peinlicher Sportstyp, der gerade erst volljährig ist, und mich wirst du bestimmt
nicht wiedersehen, wenn dieser Kurs erst mal vorbei ist, oder?«

»Okay, da könntest du recht haben. Ein Geheimnis …«

Alex liegt auf dem Eisbärenfell und sieht Maja an. Maja kaut
auf den Fingernägeln, zupft an ihren Haaren, kaut wieder ein
bisschen, senkt den Blick schüchtern auf die breiten Dielen.

»Also. Pelle will nicht mit mir schlafen.«

Stille.

»Was? Warum denn das nicht?«

»Keine Ahnung. Er versucht, sich auf alle möglichen Arten
rauszureden, aber er will einfach nicht. Das ist … entwürdi-
gend. Und einsam.«

»Und wie lange will er schon nicht?«

»Lange. Bestimmt schon ein paar Jahre. Wir haben trotzdem miteinander geschlafen, aber es hat sich immer so angefühlt, als hätte ich ihn genötigt. Und jetzt ist das letzte Mal
schon fast ein halbes Jahr her. Ich will nicht … zurückgewiesen werden.«

»Er ist doch schon alt. Vielleicht wollen alte Leute ja nicht
mehr.«

»Ich weiß es nicht. Er will nicht darüber sprechen. Vielleicht
ist es das Alter, aber das glaube ich eigentlich nicht.«

»Kauf ihm Viagra!«

»Haha, Viagra. Funktioniert das wirklich?«

»Aber hallo! Ein paar Kumpel von mir haben es genommen,
und die hatten mehrere Tage lang einen Dauerständer. Wie sie
es auch probiert haben, sie haben den Schwanz nicht mehr
runtergekriegt. Am Ende mussten sie ihn am Oberschenkel
festkleben. Mit Gaffer-Tape. Stell dir mal die Schmerzen vor,
als sie das Tape hinterher abreißen mussten. Höllisch, sage ich
dir.«

Maja lacht. »Vielleicht sollte ich das mal ausprobieren.
Wenn das das Problem ist. Und du? Was ist dein Geheimnis?«

Alex schaut ins Fell und zupft an dem weißen Pelz.

»Ich bin noch Jungfrau. Ich bin neunzehn Jahre alt und habe noch nie mit jemandem geschlafen.«

»Weil es keine Gelegenheit gab, oder warum?«

»Es gibt ständig Gelegenheiten, aber ich trau mich nicht. Ich weiß nicht, warum, aber ich glaub, ich hab Angst. Und irgendwie sind diese Mädels nicht wirklich mein Ding. Dabei sind das echt leckere Girls, sag ich dir. Keine Ahnung. Ich weiß einfach nicht, was ich mit ihnen anstellen soll. Und alle glauben, ich sei total erfahren, und wenn wir dann wirklich mal daliegen würden, dann wäre ich der übelste Flop.«

»Aber vielleicht wärst du das gar nicht.«

»Doch, natürlich! Ich befinde mich ungefähr auf dem Stand eines Dreizehnjährigen! Ich weiß nichts, ich war noch nicht einmal im Slip eines Mädchens. Die ganze Zeit drücke ich mich nur, denke mir Ausreden aus. Ich bin echt ein bisschen gestört im Kopf, das ist es! Und bald werden die aus meiner Clique die Nase voll haben von mir, das merke ich ja jetzt schon. Es ist kein bisschen cool, mich zu fragen, ob ich mit auf eine Party gehe, denn ich drücke mich ja immer. Und es ist auch kein bisschen cool, mich anzubaggern, denn ich will nicht. Ich mache vielleicht ein bisschen rum, aber dann ziehe ich ab.«

»Vielleicht sind es die falschen Mädchen.«

»Nein, es sind genau die Mädchen, die alle haben wollen.«

»Aber du willst sie vielleicht nicht haben.«

»Warum nicht?«

»Weil sie für dich vielleicht nicht die Richtigen sind. Vielleicht bist du ja nicht der, der du glaubst zu sein. Vielleicht versuchst du, du selbst zu sein, bist aber jemand anders? Wenn es nun so wäre?«

»Was? Dass ich ein anderer bin?«

»Du bist du. Aber es kann schwierig sein, herauszufinden, wer man ist und was man eigentlich will. Vielleicht stehst du ja auf Jungs?«

»Soll das heißen, dass ich schwul bin, oder was?«

Alex setzt einen verletzten Gesichtsausdruck auf, dem Maja mit einem sanften Lächeln begegnet.

»Ja. Hast du daran schon mal gedacht?«

»Ich bin aber nicht schwul.«

»Hast du es ausprobiert?«

»Nein, verdammt, natürlich nicht.«

Jetzt setzt Alex sich auf, streckt den Rücken durch und beißt die Zähne aufeinander angesichts der Schande, der er hier ausgesetzt wird.

»Letzte Nacht hast du dir einen runtergeholt. Oder?«

Jetzt geht die Schande in etwas anderes über. Ein absolut peinliches, erniedrigendes Gefühl rauscht durch seine Adern.

»Woher willst du das denn wissen?«

»Ich wandere nachts umher. Wenn ich mich einsam fühle. Und da habe ich zufällig gehört, also, das war keine Absicht, aber ich bin an deiner Tür vorbeigekommen und ... Ja, ich hab ein bisschen was gehört. Aber ich bin gleich weitergegangen, also nicht, dass du denkst, ich hätte dagestanden und gelauscht oder so.«

Alex wechselt die Stellung, legt sich auf den Bauch und drückt das Gesicht ins Fell. Am besten den Kopf in den Sand stecken, wie ein Strauß, dann gibt es einen nicht mehr. Maja versucht die Stimmung ein wenig aufzulockern und stupst Alex freundlich mit dem Fuß am Bein.

»Woran hast du denn dabei gedacht?«

Alex spricht mit dem Kopf im Eisbärenfell.

»Das weiß ich doch nicht mehr. Scheiße, das hier ist echt oberpeinlich.«

»Kein bisschen. Es ist interessant! Aber ich bin ziemlich sicher, dass du dich erinnerst, woran du gedacht hast. Das, was du rausholst, wenn du allein bist, das bist du. Mach heute Abend mal den Test. Phantasiere einfach, worüber du willst. Und check dann mal ab, was das nötige Kribbeln verursacht. Probier es mal. Und probier auch aus, an Jungs zu denken. Versprochen?«

»Nein, igitt.«

»Doch. Probier mal!«

Alex lacht, den Kopf noch immer ins Eisbärenfell gebohrt. Scheiße, wie peinlich. Er sieht auf, rot im Gesicht und mit weißen Haaren um den Mund.

»Aber dann kriegst du auch eine Aufgabe!«

»Natürlich. Just give me one!«

Alex rollt herum, setzt sich auf und zupft die weißen Eisbärenhaare um den Mund herum weg. Dann legt er seine Arme um die Knie und betrachtet Maja. Sieht ihre ernsten Augen und diese energischen Augenbrauen. Das lange, glatte Haar, das auf diesem komischen Affensofa ausgebreitet liegt. Ihre zu großen Kleider. Die ganze Zeit trägt sie Männerklamotten. Riesige Jeans, Monstershirts und dann dieser schmale, kleine Körper darin. Alex sieht sie, er sieht, wie sie einfach nur daliegt und auf eine Aufgabe wartet, die er ihr geben wird, was immer er will. Er lacht ein wenig vor sich hin.

»Verdammt, das ist doch total krank.«

»Sag.«

»Nein, ich lass mir was anderes einfallen.«

»Nein, sag.«

»Okay. Kannst du nicht an mich denken, wenn ... Nein, verdammt, vergiss es.«

Alex lässt sich nach vorn fallen und verbirgt sein Gesicht wieder im Eisbärenfell.

»Doch, sag! Wann soll ich an dich denken?«

»Wenn du ... Na ja, kannst du nicht versuchen, an mich zu denken, wenn du ... dich selber streichelst, oder was sagt man da.«

»Du willst, dass ich beim Onanieren an dich denke?«

»Boah, klingt das blöd. Ja, aber mehr um rauszukriegen, ob es funktioniert. Also, ob ich dafür tauge. Nee, die Idee ist bekloppt, vergiss es. Ich bin so peinlich!«

»Du willst also, dass ich mir dich vorstelle, mich selbst streichle und sehe, ob das klappt?«

»So in der Art. Das ist doch alles total *krank* hier!«

»Okay.«

Eine Weile ist es still, dann taucht das rote Gesicht von Alex aus dem Fell auf.

»Aber du musst ehrlich sein! Du musst auch sagen, wenn es nicht geklappt hat!«

»Natürlich. Und du musst mir auch ehrlich sagen, woran du gedacht hast.«

»Und ich muss ausprobieren, dabei an Jungs zu denken.«

»Unbedingt.«

Maja steht auf und reicht Alex die Hand, damit er sich vom Bärenfell erheben kann.

»So, und jetzt zurück zum Pool und zum Beinschlag!«

20

Alex, Jens, Karin und Maja liegen in der Nachmittagssonne und ruhen sich aus. Die Natursteine um den Pool herum sind lauwarm von der Sonne, und die Blaubeerkekse, die Josefin zusammen mit der eiskalten Zitronenlimonade bringt, sind knusprig süß. Maja macht sich Notizen auf ihrem Block, während die anderen still daliegen und nur die Kekse und die schwache Brise vom Vänersee genießen. Plötzlich sieht Maja auf.

»Jens, du warst heute richtig, richtig gut. Wie schön! Wenn du daliegst und übst, sehen deine Beinschläge ziemlich exakt aus, und ich denke, dass wir es morgen im Becken probieren werden. Kannst du dir das vorstellen?«

»Na klar.«

Jens strahlt. Das dunkle Haar kringelt sich um die Stirn.

»Und Karin, du bist wirklich eine Kämpferin. Ich sehe, dass es dir schwerfällt, aber wenn wir morgen die Schwimmhilfen dazunehmen, dann könntest du vielleicht auch ein bisschen im Wasser probieren. Du kannst dich auch an der Stange festhalten und im flachen Wasser bleiben, damit du dich ganz sicher fühlst. Was meinst du?«

»Ich weiß nicht recht. Sollte ich nicht lieber weiter an Land üben?«

»Ich glaube, du musst jetzt anfangen, im Wasser zu üben. Du kriegst die Schwimmhilfe, die Stange und das flache Wasser. Und ich kann immer neben dir stehen.«

»Na gut. Ja, das geht dann schon.«

Karin nimmt einen großen Schluck von der Limonade. Die Kekse rührt sie nicht an. Maja hat schon bemerkt, dass sie keine Süßigkeiten isst. Vielleicht denkt sie an ihre Figur. Ja, an die zu denken lohnt sich durchaus. Aber ins Wasser will der schöne Körper nicht. Maja spürt, dass Karins ganzes Wesen dagegen ankämpft, wie sie steif lächelt und nur so tut, als wäre sie entspannt. So tut, als hätte sie keine Angst. Sie tut nur so.

»Und Alex …«

Alex lacht. Ihre Blicke begegnen sich. Sie grinsen einander an. Was ist da heute Nachmittag nach dem Tanzen eigentlich passiert? Hat sie wirklich einem pickeligen Teenager von ihrem nicht existenten Sexleben erzählt? Dieses versteckte, schamvolle Geheimnis, das sie niemandem gegenüber erwähnt hat? Das sie unter den Teppich kehren wollte? Und was hat er eigentlich gesagt? Dass sie sich heute Abend selbst befriedigen und dabei an ihn denken soll! Maja lacht laut vor sich hin. Alex grinst zurück. Ja, verdammt, was ist da nur passiert? Wahrscheinlich hatten sie einen kollektiven Sonnenstich.

»Alex. Du weißt ja, was deine Aufgabe ist.«

Beide lachen laut los. Jens lächelt auch ein wenig, weiß aber nicht richtig, warum.

»Du musst noch an deiner Geschmeidigkeit arbeiten, wollte ich sagen. Was hast du denn gedacht?«

»Nein, nein, genau daran habe ich gedacht. Natürlich.«

»Okay. Damit ist es genug für heute! In einer knappen Stunde gibt es Abendessen!«

Karin macht die Weinflasche auf. Schraubverschluss. Zuerst überlegt sie, einen Schluck direkt aus der Flasche zu nehmen, doch dann reißt sie sich zusammen und holt das schöne mundgeblasene Glas vom Nachttisch. Sie schenkt sich einen anständigen Schwung von dem Weißwein ein und stellt auf ihrem iPod ein Lied von Ane Brun ein. Dann holt sie den Nagellack aus ihrer kleinen schwarzen, sauteuren Kosmetiktasche und begutachtet ihre Zehen. Doch, die könnten eine Auffrischung gebrauchen, definitiv.

Karin schiebt den Stuhl ans offene Fenster, stellt die Füße auf die Fensterbank und beginnt die Nägel zu lackieren. Von draußen hört sie, wie Josefin den Pool säubert und sich derweil mit Pelle unterhält, der sich eine Arbeitspause gönnt.

Mit sicherer Hand verteilt sie den Nagellack auf den Fußnägeln.

Sie haben nicht wieder angerufen. Sie haben aufgehört. Aufgegeben. Seitdem hat sich in ihrem Innern alles ein wenig beruhigt. Aber die Angst lauert noch ganz nah. Gestern Nacht konnte sie sich nicht hinlegen. Wenn sie lag, dann war es, als würde ihre Atmung aussetzen. Die Luft kam nicht heraus. Das war die Angst. Sie musste wieder hoch. Also wanderte sie im Zimmer herum, saß eine Stunde in dem roten Samtsessel und massierte mit den Händen nervös ihren Hals, während sie die großen Bilder an den Wänden betrachtete. Zwei riesenhafte Ölgemälde, die Porträts von zwei Frauen, die sie selbstbewusst ansahen. Feste Blicke. Vielleicht Mutter und Tochter? Schmuck, Hochsteckfrisuren, ein kleiner Hund mit vorstehenden Augen auf dem Arm, im Hintergrund des Bildes von der älteren Frau war das Schloss zu sehen, in dem Karin sich gerade aufhielt.

Aber sie konnte keine Ruhe finden. Einen Moment lang hatte sie erwogen, selbst anzurufen und zu fragen, ob er inzwischen gestorben war. Ob er weg ist. Aber was, wenn nicht? Wenn er immer noch atmet und nach ihr ruft. Kaaarin ... Kaarin ...

Karin versucht, ihn wegzuzappen. Sie versucht, die Fernbedienung des Gehirns zu drücken und zu einem lustigeren Programm zu wechseln. Bloß keine gefühlsduseligen Dokumentationen mehr auf dem Vierten. Her mit Paulchen Panther! Mit Clowns und Tamtam. Her mit irgendeinem spannenden Kulturprogramm über die Kreativität in Tijuana. Den Sender wechseln, einfach nur drücken. Sie hat es zur Expertin darin gebracht, das Programm zu wechseln. Tagsüber geht das sehr gut, aber nachts ist es fast unmöglich. Da hat die Fernbedienung keinen Saft mehr, hört nicht auf ihre Kommandos, sondern schaltet immer den üblichen Mist ein.

So, die Fußnägel sind fertig! Dunkel Mahagonifarben. Die dürfen jetzt in der Fensternische trocknen. Karin angelt das Handy aus ihrer Handtasche, die auf dem Fußboden steht. Keine Nachrichten, keine neuen SMS. Nichts. Sie versucht, ihre Tochter anzurufen. Niemand geht ran. Sie versucht, ihren Exmann anzurufen. Er geht ran.

»Ah, hallo, was gibt's? Ist irgendwas mit Simone?«

»Nein.«

»Warum rufst du dann an?«

Ich weiß nicht. Vielleicht weil ich so verdammt einsam bin. Weil ein paar Kilometer entfernt von mir der Tod liegt und meinen Namen schreit, und ich kann nicht hinfahren. Schaffe es einfach nicht. Weil ich viel zu allein viel zu große Schlucke vom Wein nehme. Weil ich mich nicht scheiden lassen wollte. Weil ich es grässlich finde, dass du in deinem Leben einfach mit deiner neuen schönen Schauspielerin weitergegangen bist. Weil ich manchmal nicht atmen kann. Weil ich einen perfekten Körper habe, den niemand anfasst. Eine kaputte Seele in dem perfekten Körper. Eine Seele, die keiner heilen kann oder will. Eine Seele, die man nicht zeigen kann, weil sie so verdammt hässlich ist. So verdammt feige. Vielleicht rufe ich an, weil ich meiner Kindheit so nahe bin. Meiner alten Schule, meinem alten Zuhause, meinen alten Freunden. Vielleicht rufe ich an, weil ich meinte, dass es gehen würde, dass es nicht wehtun würde, dass ich vielleicht sogar darüber würde reden können, es abstauben und als das würde betrachten können, was es ist.

Aber ich kann nichts abstauben. Ich kann nicht einmal atmen. Ich kann nicht mal an Land schwimmen. Ich kann in meinem Bett nicht schlafen. Ich kann mir nur die Nägel lackieren und mit dem Mann meiner Schwimmlehrerin flirten. Deshalb rufe ich dich an.

Das alles denkt Karin, nachdem ihr Exmann schon vor Ewigkeiten aufgelegt hat.

»Und die Kobralilien? Sind die so weit? ... Okay. Gut, gut. Und die vom Botanischen Garten haben ihre Sachen ... Super. Der Lieferschein? Ist mitgekommen ... Doch, mir geht's gut. Der Kurs ist super. Wirklich. Ja, gleich gibt es Abendessen. Oje, dann musst du dich beeilen, ruf an, wenn was ist, was auch immer. Ja, tschüs. Mach's gut.«

Jens reibt sich nach der kalten Dusche mit dem Handtuch ab. Dann steht er nackt mitten im Zimmer, streckt die Arme aus und versucht von selbst zu trocknen. Sein Zimmer ist groß, ein echter Saal. Riesige Flügeltüren, sicher vier Meter hoch und zwei Meter breit. Über der Tür Goldornamente, die sich weiter zur Decke hin ziehen. Ein riesiger Kristalllüster mit sicher fünfzig Wachskerzen drin, ein wunderschöner Schreibtisch mit protzigen Löwentatzen und ein Spiegel. Der Spiegel ist mehrere Meter hoch, hat einen pompösen goldenen Rahmen, und ganz oben flattern zwei Engel, die einander krampfhaft festhalten, als würden sie sonst herunterfallen. Unter der Decke schweben gemalte Frauen, Männer und Tiere vor einem unruhigen dunklen Himmel.

Jens stellt sich vor den Spiegel. Oje. Zu Hause hat er keine Ganzkörperspiegel. Er will keine. Warum sollte er auch? Wozu sollten die gut sein? Um das Missratene in seiner ganzen Pracht zu bewundern? Er war schon immer hässlich. Diese Haare, die niemals glatt liegen, die Augenbrauen, die niemals Ruhe geben. Und dann der Mund. Groß und plump. Wie ein Clown sieht er aus. Ein haariger Clown. Jens dreht sich um und versucht, sich von hinten anzuschauen. Seine behaarten Pobacken. Welche Frau will schon behaarte Pobacken? Nicht mal Männer wollen das. Wahrscheinlich sind Hunde die Einzigen, die behaarte Hintern bevorzugen.

Jens sieht sich selbst in die Augen.

Was stimmt eigentlich nicht mit dir? Ja, ich rede mit dir.

Was ist dein Problem? Ja, genau du. Warum hast du niemanden, mit dem du zusammenleben kannst? Schau dir doch nur deine Nachbarn zu Hause an. Alle haben jemanden! Sogar Staffan in Kvarna hat eine Frau abbekommen. Und das, obwohl er nicht ganz dicht ist. Und obwohl er ein Schlägertyp ist, der die Menschen misshandelt, die ihn lieben. Du schlägst nie. Du bist immer nett. Aber keiner will dich.

Jens wendet sich vom Spiegel ab, nimmt das Handtuch und trocknet sich ein letztes Mal ab. Was ist er nur für ein Idiot. Kein Wunder, dass ihn niemand will.

Noch nackt öffnet er einen der Schränke, die voller alter Geheimnisse sind. Im Dunkel riecht es nach feuchten Textilien. Jens schaut die Kleider durch. Jede Menge Anzüge und Hemden. Mit Halskrausen, einer Art doppeltem Aufschlag, mit massenhaft Knöpfen oder mit gar keinen Knöpfen und zum Schnüren, Hüte, Hosen, Reithosen, eine blaue Soldatenmontur … Jens taucht tiefer in den Schrank ein, entdeckt Pelze, Jacken, Fuchspelzmützen.

Er schleift ein paar der Sachen heraus und wirft sie auf das breite Bett. Vorsichtig zieht er eines der Hemden über den Kopf. Viele lose Bänder und Stoffstücke. Er begreift nicht so richtig, wie das zusammenhalten soll, aber es scheint, als müssen man etwas um den Hals binden. Dann steigt er in eine schwarze hochgeschnittene Hose, die ihm fast bis zum Brustkorb reicht. Weiße Weste, knöpf, knöpf, knöpf, und dazu ein schwarzer Gehrock. Jens baut sich vorm Spiegel auf und versucht, das Hemd richtig hinzukriegen. Aha, der ganze lose Stoff soll eine Halskrause darstellen.

Es klopft!

Jens sieht sich selbst in voller Montur und weiß nicht, wie er all die Sachen wieder ausziehen soll, ehe derjenige, der da klopft, ihn für tot erklärt.

»Moment, ich komme!«

Jens fummelt mit all den Kordeln und Krausen herum, und ach, ist doch egal. Er öffnet die Tür. Draußen steht Maja.

»Oh. Wow!«

Maja grinst breit und ist drauf und dran zu applaudieren. Verlegen sieht Jens zu Boden.

»Ach, ich hab die Sachen im Schrank gefunden, aber ich hänge sie sofort zurück, ich wollte gar nicht ...«

»Du siehst aus wie Mr. Darcy! Aber ganz genau!«

»Wie wer?«

Jens sieht auf.

»Mr. Darcy! Der Held in einem alten Märchen, könnte man sagen. Du siehst supergut aus!«

»Was? Nee, ich wollte nur ...«

Peinlich berührt zupft Jens an der Halskrause, er weiß nicht recht, wohin mit sich.

Maja fährt fort: »Wir sitzen unten und wollten grade anfangen zu essen, und ich wollte nur nachsehen, ob du auch kommst oder ob du vielleicht schläfst oder so.«

»Ich esse gern mit, ich ziehe mich nur eben um.«

»Nein! Komm so, wie du bist! Das könnte die ganze Vorstellung ein wenig in Schwung bringen. Komm genauso, wie du bist, komm einfach jetzt gleich. Du siehst gut aus, Jens!«

»Nein, wirklich nicht.«

Jens klingt bestimmt und fast böse.

»Doch, das tust du. Komm schon.«

Maja nimmt Jens an der Hand und versucht ihn aus dem Zimmer zu ziehen.

»Nein. Ich will nicht!«

Jens muss die Stimme erheben. Das fühlt sich nicht gut an, er will sich wirklich nicht lächerlich machen und sich vor allen anderen zeigen. Wie ein Kind, das sich verkleidet hat. Ein Affe im Smoking. Nein.

»Ich will nicht. Ich habe keinen Hunger.«

Maja spürt den Ernst in Jens' Stimme, lässt seine Hand los, hört auf zu lachen.

»Natürlich wirst du mit uns zu Abend essen.«

»Nein, ich bin müde, ich muss schlafen.«

»Bist du sicher? Ich wollte dich nicht kränken, du siehst wirklich gut aus, es war nicht so gemeint, wie du ...«

»Ich bin müde, wir sehen uns morgen, grüß die anderen.«

Jens schließt die Tür ein wenig zu heftig.

21

Jens bleibt vor Karins Zimmer stehen. Es ist früher Morgen, die Sonne scheint grell, genau wie an allen anderen Tagen, und der Tau kann kaum aufsteigen, da ist er schon verdunstet und lässt die Pflanzen trocken und dürstend zurück.

Karin weint. Jens kann es genau hören. Er hört, wie sie da drinnen auf der Bettkante sitzt, die Hand vor den Mund gepresst, und versucht, alles zurückzuhalten, aber es platzt heraus, zwischen den verkrampften Fingern hindurch. Er kann nachgerade fühlen, wie die Tränen ihre glatten Wangen nur so herunterlaufen. Jens klopft vorsichtig. Das Weinen verstummt, aber es wird nicht geöffnet. Jens klopft noch einmal ebenso vorsichtig, bekommt aber keine Antwort. Er macht die Tür trotzdem auf. Und da sitzt sie auf dem Bett, die eine Hand auf den Mund gepresst, die andere hält eine Flasche Wein. Ihr Gesicht ist aufgequollen und schwammig. Sie sagt nichts.

Jens betritt das Zimmer, schließt die Tür leise hinter sich und setzt sich geschmeidig auf die breiten Holzdielen, das Handtuch auf dem Schoß. Karin nimmt einen großen Schluck aus der Flasche, packt eine Ecke vom Laken und versucht, sich damit die Tränen aus dem Gesicht zu wischen, aber es kommen immer neue nach.

»So weit sollte es nicht kommen. Sonst bin ich nicht so. Es ist für mich nämlich alles ziemlich gut gelaufen, weißt du.«

»Ich weiß.«

»Weißt du, wo ich wohne? In einer total coolen Wohnung, direkt neben Björn Ranelid.«

»Aha. Wer ist das?«

»Wer das ist? Das ist ein verdammt guter Schriftsteller, und ziemlich bekannt.«

»Ist er nett?«

»Total nett. Ich habe mit ihm und seiner Frau schon zusammen zu Abend gegessen. Mehrmals.«

Jens nickt. Er weiß nicht recht, was er sagen soll. Karin richtet sich auf und redet weiter.

»Mein Mann war ein superguter Mann. Ach, Scheiße, das ist doch nur peinlich, hier zu sitzen und zu erklären, warum ...«

»Schon in Ordnung, Karin.«

»Aber verdammt noch mal, was machst du eigentlich hier? Du kannst doch schwimmen! Du warst der Beste in der Klasse und der Schnellste. Niemand hat dich geschlagen. Doch, haben sie doch, aber zumindest nicht im Schwimmen.«

Karin lacht trocken zu Jens hinüber, der schweigend nickt.

»Was haben sie dich geschlagen. Oje, oje, oje ... Einmal hast du in die Hose gemacht, erinnerst du dich? Die Hose war total nass. Weißt du noch?«

»Ja.«

»Wie haben sie dich doch gleich genannt? Erinnerst du dich?«

»Nichts.«

»Ja, genau. Nichts. Sie haben dich Nichts genannt. ›Sollen wir Nichts erschrecken? Wollen wir sehen, was Nichts heute für hässliche Kleider anhat?‹«

Karin nimmt einen Schluck aus der Flasche und wischt sich den Mund mit dem Zipfel des Lakens ab. Jens steht auf und rückt die Shorts zurecht.

»Warum musst du so gemein sein?«

»Muss ich das? Muss ich nicht. Aber vielleicht will ich es ja.«

Jens räuspert sich und schaut Karin tief in die blutunterlaufenen Augen.

»Weißt du was, das hier muss ich mir nicht bieten lassen. Ich bin erwachsen, und wie es mir damals ergangen ist, das habe ich ... Das habe ich hinter mir gelassen. Es ist vorbei. Und ich bin zu dir niemals gemein gewesen. Im Gegenteil. Du bist zu mir nach Hause gekommen und hast meine Dusche benutzt, wenn du dich eingesaut hattest. Du durftest hinten auf meinem Fahrrad fahren und mit uns zu Abend essen, wenn du hungrig warst. Ich war immer für dich da. Bis du abgehauen bist. Und dann hast du diese Briefe geschrieben, weil du dachtest … Aber das hier, das muss ich mir wirklich nicht antun. Das ist unter meiner Würde.«

Jens macht die protzige Flügeltür auf, geht hinaus und schließt die Tür leise hinter sich. Sein Herz rast. Der Schweiß rinnt ihm an den Seiten hinunter. Nein, das ist unter seiner Würde. Das geht einfach nicht. Nicht das hier. Er muss nach Hause. Muss hier weg.

»Karin scheint heute krank zu sein, irgendwas mit dem Magen. Josefin ist oben und sieht nach ihr, aber wir anderen machen unbeirrt weiter! Oder? Jens, heute sollten wir probieren, im Wasser zu schwimmen, oder?«

Jens sitzt in den etwas sehr weit hoch gezogenen Shorts da und betrachtet seine Hände. Dreht und wendet sie, aber lässt den Blick nicht von ihnen.

»Jens?«

»Ich glaube, mir geht es auch nicht so gut.«

»Ehrlich? Es war doch wohl nichts mit dem Essen gestern? Obwohl, du hast ja gar nichts gegessen. Vielleicht liegt es daran? Hast du auch Probleme mit dem Magen, Alex?«

Alex schüttelt den Kopf.

»Dann leg dich doch ein wenig hin und ruh dich aus, Jens, und heute Nachmittag sehen wir, ob es dir besser geht. Wir können auch dann erst weitermachen, das ist kein Problem. Alex und ich haben genug Dinge, an denen wir üben müssen, das macht also nichts. Und ich bin eine Nachteule, ich trainiere auch gern heute Abend mit dir, das wird sicher nett. Okay?«

Jens steht auf, schiebt die Füße in die Sandalen, faltet das Handtuch zusammen und geht ganz vorsichtig über den Kies auf die geöffneten Türen des Speisesaals zu.

Maja ruft hinter ihm her: »Sag Josefin Bescheid, falls du etwas brauchst! Ich komme nachher mal vorbei und sehe nach dir!«

Kaum erkennbar nickt Jens, um dann in den Speisesaal zu verschwinden. Maja sieht Alex nachdenklich an.

»Er wirkt traurig. Findest du nicht auch? Er sah fast so aus, als würde er gleich in Tränen ausbrechen.«

»Hm, vielleicht ...«

»Habe ich etwas falsch gemacht? Habe ich euch zu sehr unter Druck gesetzt? Was meinst du?«

»Unter Druck gesetzt? Wohl kaum.«

»Das fühlt sich irgendwie nicht gut an.«

»Ach was, die haben nur ein bisschen Magenprobleme, du kannst heute Nachmittag mit ihnen üben. Ist doch kein Thema.«

»Du hast recht. Ich bin einfach so furchtbar empfindlich. Und Jens ... der sah wirklich niedergeschlagen aus.«

»Es ist alles in Ordnung, ganz bestimmt.«

Alex zieht die Sonnenbrille von der Stirn in die Augen und lehnt sich im Liegestuhl zurück. Maja rückt ihren alten Strohhut zurecht. Ein kurzes Schweigen entsteht, während beide auf den glänzenden großen See blicken.

»Und, Alex? Hast du gestern deine Hausaufgaben gemacht?«

Alex lacht peinlich berührt. Trotz der Sonnenbräune erblühen seine Wangen in zartem Rot. Kichernd dreht er sich auf die Seite, schiebt die Sonnenbrille hoch und blinzelt Maja an.

»Also, ich weiß ja nicht, was ich gestern alles zu dir gesagt habe, und ...«

»Es war alles vollkommen in Ordnung, was du gesagt hast, Alex.«

»Sicher?«

»Absolut sicher. Und, wie ist es gelaufen? Erzähl!«

»Ich bin jedenfalls nicht schwul.«

»Hast du es auch richtig probiert?«

»Mir ist nicht mal was Gutes einfallen, woran ich hätte den-

ken können, und dann habe ich eine Sache ausprobiert, aber ...
Nee, igitt. Das hat nicht funktioniert.«

»Hast du denn was gefunden, das funktioniert?«

Alex bleibt eine Weile schweigend auf seinen Ellenbogen gestützt sitzen und spürt die heißen Strahlen der Sonne.

»Das will ich nicht erzählen.«

»Wieso nicht?«

»Weil ich nicht will. Jedenfalls nicht jetzt. Aber ich weiß nicht, ob es eine Lösung war, es wurde alles nur noch ... seltsamer.«

Maja sieht Alex an und grinst breit. »Klingt spannend!«

»Nein, eigentlich gar nicht. Kein bisschen spannend. Und du? Hast du ...«

»Yes.«

»Und?«

»Es hat geklappt.«

Maja zieht den Hut über die Augen und kichert. Neugierig piekt Alex sie in den Fuß.

»Jetzt sag schon!«

»Nee, ich habe keine Einzelheiten versprochen. Aber es hat funktioniert, das genügt doch, oder?«

»Okay. Es hat also funktioniert? Hast du wirklich an mich gedacht?«

»Ja, und ...«

»Guten Morgen!«

Pelle kommt aus dem Speisesaal, an den Armen getrockneter Mörtel, an den Beinen weite, fleckige Khakihosen und darüber einen bestickten Kaftan aus Leinen, der bis zu den Knien reicht. Sonnengebräunt, das grau gesprenkelte Haar zu einem Knoten gedreht, spaziert er heraus. In den Händen trägt er einen kleinen Teller mit Frühstücksbrötchen und Erdbeeren und eine große Tasse Kaffee. Er lässt sich auf der ramponierten, sonnenwarmen Holzbank am Pool nieder, nimmt einen Schluck vom Kaffee und sieht sich um.

»Wo ist Karin?«

»Sie hatte Bauchschmerzen. Jens auch. Deshalb sind nur Alex und ich hier.«

»Ach wirklich, sie hatte Bauchschmerzen? Hat sie vielleicht etwas Falsches gegessen?«

»Vielleicht. Josefin sieht nach ihnen.«

»Gut, gut. Alex! Wie läuft es für dich? Erzähl!«

Pelle nimmt einen kräftigen Bissen von seinem Brötchen. Alex setzt die Brille ab und richtet sich im Liegestuhl auf. Er zieht die Beine an und legt die Arme darauf.

»Doch. Es läuft ziemlich gut. Ich habe ein paar Übungen aufbekommen, mit denen ich trainiert habe. Ich sollte wohl lernen, etwas mehr lockerzulassen.«

»Daran werden wir heute weiterarbeiten, zumal die anderen gerade nicht dabei sind.«

Pelle hört zu und schiebt sich den Rest vom Brötchen in den Mund, leckt die Finger einen nach dem anderen ab und fegt sich ein paar Krümel von den Hosen.

»Lockerlassen … Doch, das klingt nicht schlecht, definitiv. Ich muss den ganzen Tag im Atelier arbeiten. Josefin wird mir das Essen bringen, ich muss mich jetzt konzentrieren, die Sache muss bald fertig sein, es sind nur noch ein paar Wochen, und … Tja, es ist einfach noch nicht ganz fertig.«

Alex wischt sich ein paar Schweißtropfen von der Stirn.

»Was machst du denn?«

»Diese Sache jetzt hat hauptsächlich mit Mörtel zu tun, ich mauere eine Skulptur, könnte man sagen, aber ich habe auch mit Beton und Granit gearbeitet. Ja, ich habe in dieser Arbeit verschiedene Ausdrucksmöglichkeiten miteinander vermischt.«

»Aber wie sieht es aus?«

»Das ist ganz und gar Sache des Betrachters. Das kann für mich so aussehen und für dich ganz anders. Für mich stellt es vielleicht ein Gefühl der Wehmut dar, während es für dich einfach eine Frau ist, die am Herd steht und kocht. So unterschiedlich kann das sein.«

»Darf man sich das mal anschauen?«

»Nein. Noch nicht. Im Moment nicht. Bisher durfte nicht einmal Maja ins Atelier kommen.«

Maja wirft Pelle unter dem Sonnenhut einen Blick zu.

»So geheimnisvoll bist du bisher mit noch gar nichts gewesen.«

»Nein. Obwohl, geheimnisvoll ... ich muss es wohl einfach noch schützen.«

»Was auch immer, jedenfalls darf ich es nicht anschauen.«

»Nein, und jetzt muss ich los und arbeiten!«

Pelle schüttet den restlichen Kaffee in sich hinein und erhebt sich.

»Dann wünsche ich euch beiden heute gutes Gelingen. Mit dem Lockerlassen und allem. Wir sehen uns beim Abendessen. Ja ... also, bis dann.«

Pelle winkt träge mit seiner großen, groben Hand und flipflopt mit den marokkanischen Pantoffeln zum Speisesaal, wo schon geklappert wird und gute Gerüche aufsteigen. Josefin bereitet das Mittagessen vor.

Maja grinst Alex breit an.

»Was meinst du, sollen wir anfangen, ein wenig lockerzulassen?«

»Klingt gut.«

22

Ich blicke auf meine Füße, die in dem verführerischen Hainbuchenlabyrinth herumlaufen. Sie wandern begeistert durch den Kies. Alles ist still. Abgesehen vom Wiederkäuen hungriger Damhirsche und von einigen Möwen, die ihre Freunde rufen. Das hier ist das Paradies. Und mitten im Paradies wohnen Pelle und Maja Hannix und ...«

Grauslich. So verdammt schlecht. »Verführerisches Labyrinth«, was soll das denn sein? Scheißegal, was es ist. Karin drückt auf Delete.

Sie liegt, in eine flauschige Daunendecke versunken, auf dem großzügigen Doppelbett. Den Kopf hat sie auf die kühlen leinenbezogenen Kissen gebettet. Schön für den Kopf, der tut nämlich weh. Den Laptop hat sie auf dem Bauch liegen. Die leeren Weinflaschen hat sie in die Reisetasche gesteckt und ganz hinten im Schrank verstaut. Das Handy hat sie in ihre schwarze Acne-Jeans eingerollt und in die Fensternische gelegt. Heute Vormittag haben sie schon ein paarmal angerufen, die vom Krankenhaus. Karin kann das Klingeln nicht ertragen, sie kann es einfach nicht ertragen.

Jetzt ist sie geduscht und porentief rein. Sicher viermal hat sie sich die Zähne geputzt, hat mit Unmengen von Mundwasser gegurgelt und das Zimmer gelüftet. An Jens hat sie gedacht und an Papa.

Jens. »Nichts«. Genauso ein verdammtes Mobbingopfer wie sie selbst. Sie beide waren die hässlichsten, ekligsten und unbeliebtesten Kinder der Schule in Duvköping. Die Jungs haben mit Jens gemacht, was sie wollten, die Mädchen hatten freie Hand mit Karin. Na klar, spring nur drauf. Nichts und Pipi-Karin, die wehren sich sowieso nie. Die machen hinterher noch einen Knicks und einen Diener und putzen sich die Nase. Dann heulen sie heimlich und wischen sich auf dem Schulklo hinter verschlossener Tür das Blut aus dem Gesicht.

Jens war klein und mager wie eine Bohnenstange. Hätte er nicht diese Haare gehabt, dann hätte man ihn von der Seite kaum sehen können. Und dann die hässlichen Kleider, die seine Mutter ihm genäht hat. Seine nette, liebe Mutter, die ihrem Sohn Kleider nähte, Jeans, Hemden und sogar eine Jeansjacke. Die Jeansklamotten waren steif wie neue Segel.

Und Karin, die nicht einmal eine Mutter hatte. Na ja, eine Mutter hatte sie schon, aber eine, die eigentlich in die Klapse gehört hätte. Eine Mutter, die sich die Handgelenke aufritzt oder den ganzen Tag schläft und ihr Kind vergisst. Eine Mutter, die am Ende ins Irrenhaus gebracht wurde, weil man sie nicht frei herumlaufen lassen konnte. Und das Kind und sein Vater mussten allein klarkommen, was ihnen überhaupt nicht gelang. Papa hat nichts hingekriegt, und Karin hat alles gemacht. Die tüchtige Karin. Die kleine, tüchtige Karin, die sich selbst ins Bett brachte, sich selbst weckte, die ihre Kleider in altem Spülwasser wusch, wodurch sie noch schlimmer stanken als vorher, die sich andauernd in die Hose machte, die so allein war. So unendlich allein. In der Schule. Und auch zu Hause. Obwohl, nein, Papa war immer zu Hause, und seine Kumpel auch, und jede Menge Weiber gab es auch. Zu Hause war sie also tatsächlich niemals allein. Niemals allein, aber auch niemals in echter Gemeinschaft mit jemandem.

Sie hatte Jens. Auf dem Heimweg von der Schule versteckten sie sich manchmal unter der Brücke, damit niemand sie fand. Da lagen sie dicht beieinander, Jens in seinen steifen, selbstgenähten Jeansklamotten, Karin in ihren schmutzigen Spülwasserlumpen. Manchmal teilten sie sich eine Portion Weintrauben. Jens zog alles, wonach ihm war, in seinem Gewächshaus. Jeden Tag nahm er kleine Plastikdosen voller Beeren und Obst mit in die Schule. Manchmal durfte er sie selbst essen, manchmal klaute jemand anders sie ihm, aber oft genug wurden sie einfach in den Aschestaub des Fußballplatzes geworfen und kaputt getrampelt.

Es gab ihr Sicherheit, mit Jens unter der Brücke Weintrauben zu essen. Niemand kam vorbei, niemand sah sie, und die Trauben waren zuckersüß. Doch während sie mit Jens dasaß und seine Trauben aß, hasste sie ihn bisweilen. Dann hätte sie ihn am liebsten in die Fresse geschlagen, dass es nur so knallte. Peng.

Jens hatte sein Gewächshaus, seine Mutter und seinen Vater. Er hatte ein warmes Haus, Schweine, Kühe und einen großen Backofen im Keller, in dem jede Woche Brot gebacken wurde. Er bekam einen sauberen Schlafanzug, richtige Umarmungen, ehe er einschlief, und das Fenster wurde nachts einen Spalt aufgelassen, damit die Luft gut war.

Karin hatte einen Vater, der den Kühlschrank mit Bier anstatt mit Essen füllte, der seine Freunde zu Zigaretten einlud, anstatt Karin ein warmes Abendessen zu bieten. Es gab eine Wohnung und sogar ein eigenes Zimmer, aber schmutzige Bettwäsche und keinen Gutenachtkuss. Obwohl, doch, manchmal wurde sie wie verrückt geküsst, und zwar von allen, die da waren und feierten. Sie stanken nach Schweiß, Alkohol und Zigaretten, und die Frauen hatten immer viel zu viel Parfüm aufgelegt. Karin schloss meist die Tür hinter sich ab und las. Sie las sich weg, und sie las sich ruhig. Vor der Pubertät funktionierte das Lesen gut als Flucht.

Manchmal schaffte sie es zur Bibliothek und lieh sich Bücher aus, die sie immer zurückzubringen vergaß. Dann kamen Bescheide über Mahngebühren, und Papa wurde wütend, und die kleine Karin kriegte Angst. Manchmal war Papa nett. In seiner aufgedunsenen Brust mochte es ein Herz geben, aber das saß ziemlich tief drinnen. Und auf der Liste der Dinge und Personen, die Papa Kjell mit seiner Liebe bedenken wollte, stand Karin ganz unten. Ganz oben stand Alkohol, Alkohol und noch mal Alkohol, dann kamen die Saufkumpane und die Zigaretten, dann eventuelle Freundinnen, und irgendwann ganz am

Schluss kam Karin. Aber bis zum unteren Ende der Liste gelangte Papa nie, denn meist kam das ganze Unternehmen schon nach dem ersten oder dem zweiten Punkt zum Erliegen.

Karin hatte es verdammt eilig, von zu Hause auszuziehen, das Leben zu wechseln und nie wieder heimzukommen. Sie wollte niemals wieder den Vater, Duvköping oder auch einen einzigen Menschen aus dieser elenden Stadt sehen. Sie brauchte keine Zeugen ihrer traurigen Kindheit. Weg, weg, weg. Jemand Neues werden. Sich verwandeln. Ein Aschenputtel. Eine, auf die alle gespuckt haben und die jetzt endlich von dem magischen Zauberstab berührt wird und plötzlich in gläsernen Schuhen tanzt. Mit einem Prinzen, einem schönen Prinzen.

»Das Schloss liegt wie eine Fata Morgana im Vänersee. Wie eine rosa Torte, die aus dem Wasser aufgestiegen ist, um sich einen Überblick über ihre Besitztümer zu verschaffen. Hjortholmen. Seine Seele hier baumeln lassen zu dürfen ist nur wenigen vergönnt.«

Während Karin den Text noch einmal durchliest, hört sie, wie es aus ihrer zusammengerollten Jeans klingelt. Verdammte Scheiße. Im Moment fühlt sie rein gar nichts. Jetzt gilt es nur, diesen Artikel zu schreiben, so schnell wie möglich schwimmen zu lernen und dann zurück nach Stockholm zu fahren.

Jens packt seine Sachen zusammen. Er faltet die Hemden, die Jeans, die Unterhosen und legt sie sorgfältig aufeinander in die kleine Reisetasche. Auf keinen Fall, auf gar keinen Fall wird er hierbleiben und sich von Karin wie ein Stück Dreck behandeln lassen. Sie ist ganz genauso wie all die anderen, die zu vergessen er sich vorgenommen hat. Diese Leute sollen nicht mehr über ihn bestimmen. Und dann taucht *sie* auf. Schick und elegant und … geht einfach auf ihn los, als ob er gar nichts wäre. Nichts. Er hat sich selbst geschworen, dass er sich nur noch, und zwar ausschließlich, mit netten Menschen abgeben wird. Mit Menschen, die Rücksicht zeigen, die freundlich sind … Er sehnt sich nach Hause zu seinem Hof, zu seinen Perennen, seinen Arbeitskollegen, seiner Mutter, seinem Vater, seinem Hund. Nach seinem Leben.

Jens drückt ein letztes Mal auf die Kleidung, die guten Schuhe und den Kulturbeutel, dann klappt er den Deckel zu und verschließt die Tasche. Die Tränen laufen ihm über die Wangen. Schnell wischt er sie mit seiner rauen Hand ab. Nicht weinen, das ist sie nicht wert. Nicht verletzt sein. Sie ist es, die falsch ist, er ist richtig.

Er macht das Bett, sucht das Zimmer noch nach Müll ab, sorgt dafür, dass die alten Kleider, die er gestern hervorgeholt hat, wieder ordentlich im Schrank hängen, und dann geht er hinaus. Leise schleicht er durchs Haus, die breite Treppe mit den roten Samtstufen hinunter. Beim kleinen Frühstückszimmer horcht Jens angestrengt. Alex und Maja reden und lachen draußen am Pool, Josefin klappert in der Küche, und aus Pelles Atelier ist eine seltsame Musik zu erahnen.

Jens schleicht auf Zehenspitzen durchs Zimmer, öffnet die schön verzierte Glastür und tritt hinaus. Jetzt kann man Pelles Musik deutlicher hören. Jens landet genau vor seinem Atelier, nervös zieht er die Hosen noch ein wenig höher. Die riesigen Fenster zeigen nach Norden, und es wird fast unmöglich sein, unbemerkt an ihnen vorbeizukommen. Vorsichtig blickt er in den Saal hinein, doch der Vorhang ist zugezogen, und er kann nichts sehen. Und Pelle kann nicht hinausschauen.

Jens versucht, leise über den hartnäckig knirschenden Kies zu gehen, aus dem Fenster dröhnt Musik. Es ist diese dänische Rockband Gasolin', Pelles alte Freunde. Kim Larsen brüllt, spuckt und zischt, und drinnen schlägt und hämmert es. In der Mitte der Fensterpartie gibt es eine kleine Lücke. Eine winzige Lücke, aber groß genug, um hineinzublicken.

Jens schaut und ist fassungslos. Was macht Pelle da bloß? Und was hat er sich nur gedacht … Oder hat er am Ende gar nichts gedacht?

Jens versteht nicht viel von Kunst, aber eins weiß er, und

zwar, dass das hier niemals funktionieren wird. Auf wackligen Sandalenfüßen geht er weiter zum See hinunter.

»Ich habe mir gedacht, dass wir heute einen afrikanischen Tanz probieren könnten.«

»Haha, ja, das hast du schon gesagt.«

»Lach nur, mein Lieber, aber das ist sauschwer. Ein bisschen auf einem Pfad herumzujoggen ist nichts dagegen.«

»Okay, ich glaube dir.«

Alex erhebt sich und reckt seinen wohltrainierten, haarlosen Körper ... obwohl ... in den Achselhöhlen hat er doch Haare. Maja versucht so zu tun, als ob sie nicht hingeschaut hätte. Stattdessen redet sie beinahe manisch von diesem afrikanischen Tanz, über Rhythmen, Urkräfte, Lebensfeuer, Westafrika, bla, bla, bla. Und er hat auch Haare, die sich sanft zum Bauchnabel hochtasten, bis zu diesen Bauchmuskeln, über die Maja noch nie nachgedacht hat und die sie bisher auch nie sonderlich angemacht haben. Wer interessiert sich schon für Bauchmuskeln? Sie jedenfalls nicht. Herz- und Hirnmuskeln hingegen, die sind interessant. Bauchmuskeln zu betrachten, die sanft unter der goldbraunen Haut spielen, ist eigentlich auch nicht schlecht. Wie kriegt man wohl solche, und wie würde es sich anfühlen ...

»Was hast du gesagt? Was hat Sex mit diesem Tanz zu tun?«

»Sex?«

»Ja, du hast von diesem Typen aus Gambia gelabert, der dir irgendwas beigebracht hat, und dann hast du einfach Sex gesagt, und ich hab's nicht ganz kapiert ...«

»Ich habe Sex gesagt? Da musst du dich verhört haben. Der Typ heißt T-Rex, das habe ich gesagt.«

Maja. Was machst du denn? Was soll das geben? Sitzt du hier und starrst den von Angst verkrampften Bauch eines jungen Mannes an und fängst an, von Sex zu jammern? Peinlich. Falsch. Hör auf damit.

»Sollen wir loslegen?«

Maja springt übertrieben eilig aus dem Liegestuhl auf, rückt die Bikinihose zurecht und dreht die langen Haare zu einem Knoten. Alex wirft sich lässig das Handtuch über die Schulter und geht vor ihr in Richtung Atelier. Aber verdammt … verdammt … Maja sieht mit zusammengekniffenen Augen zum Steg hinunter. Da unten steht jemand. Mit einer Reisetasche. Zum Teufel, das ist Jens!

»Was hat er vor?«

Alex dreht sich um und sieht Maja fragend an, die zum Steg zeigt.

»Das ist Jens. Was macht der denn?«

»Sieht aus, als wollte er wegfahren.«

»Nein! Warte!«

Maja wirft ihre Holzschuhe ab und rennt über den Kies und dann weiter den Pfad hinunter, der zum Steg führt. Mit ihren langen Beinen wirkt sie wie eine Gazelle, die einen Berg hinunterläuft. Alex joggt hinterher. Maja winkt im Laufen mit großen Gesten.

»Jens! Hallo! Warte!«

Die Sonne brennt so heiß. Das Wasser liegt so unendlich still da. Jens sieht sie kommen und packt den Griff der Reisetasche fester. Maja kommt mit viel Fahrt auf den Steg gerauscht, sie atmet schwer, und der Schweiß läuft ihr die Schläfen hinunter.

»Wohin willst du?«, keucht sie.

Jens packt seine Tasche. »Nach Hause.«

Maja muss ein wenig verschnaufen. Sie holt ein paarmal richtig Luft, um ihren Atem zu beruhigen. Jens steht ganz still da.

»Entschuldige, aber das Rennen hat mich völlig außer Atem gebracht. Warum willst du nach Hause?«

»Ich … ich muss einfach.«

»Warum denn? Habe ich etwas falsch gemacht?«

Jetzt kommt auch Alex auf dem Steg an. Schweigend betrachtet er Maja und Jens. Nein, das ist nicht der richtige

Moment, um hinzugehen, deshalb legt er den Rückwärtsgang ein und setzt sich ein wenig entfernt von ihnen auf eine alte gusseiserne Bank. Er sieht, wie Maja ihre Hand auf Jens' Schulter legt und ihn ganz langsam streichelt. Wie sie fragt und zuhört und noch ein wenig streichelt.

Alex schließt die Augen. Verdammt. Was ist eigentlich los mit ihm? Er legt sich auf die Bank und sieht mit zusammengekniffenen Augen in die Sonne. Vom Steg sind schwach die Stimmen von Maja und Jens zu hören.

»Es ist also nicht meine Schuld? Also, ich habe noch nie mit Erwachsenen gearbeitet, immer nur mit Kindern, und ich kann verstehen, wenn dir das zu ...«

»Nein, nein, ich kann es nicht richtig sagen, aber ...«

»Das verstehe ich nicht. Du kannst nicht einfach wegfahren, ohne es zu erklären. Tu das nicht, bitte, wollte ich sagen. Wir können das bestimmt regeln. Komm, setz dich, setz dich mit mir hierher.«

Maja setzt sich auf die Kante des Stegs und klopft auf den leeren Platz neben sich. Streckt Jens den Arm hin. Sie will seine Hand in ihrer haben, ihn festhalten. Panik. Sie spürt die Panik kommen. Warum will er weg? Ist sie so schlecht, dass ihre Schüler sich ins erstbeste Boot werfen, nur um nach Hause zu kommen? Er darf nicht wegfahren. Darf nicht. Er soll hierbleiben!

»Ist da jemand anders in der Gruppe, mit dem es nicht geht?«

Schweigen.

»Ist es Alex?«

»Nein.«

»Ist es Pelle?«

»Nein.«

»Karin?«

Schweigen.

Mist. Jetzt geht es natürlich los, jetzt kommen sie! Jens blinzelt. Er will nicht. Er hasst das. Aber die Tränen kommen, drücken sich aus den zusammengekniffenen Augen hinaus und laufen warm die Wangen hinunter. Diese verdammten Tränen. Na toll. Und jetzt kommt auch noch der Rotz, läuft zwischen Nase und Mund hinunter. Jens macht die Augen nicht wieder auf. Er hält sie geschlossen und hofft, dass er vielleicht wenigstens diesmal einfach vom Erdboden verschluckt wird. Leinen los, vom Steg hochgeschwebt und weg. Die unsichtbaren Flügel ausbreiten und nach Hause fliegen. Genauso war es, als er klein war. Immer fing er an zu weinen, zu jeder passenden und unpassenden Gelegenheit. Was den anderen nur noch mehr Anlass gab, ihn zu hänseln ...

Da spürt er ihren Körper. Sie ist aufgestanden und hat ihre kräftigen Arme um seinen Rücken gelegt. Die Hände drücken seine Schultern ganz fest. Ihre Wange ist an seiner. Sie flüstert etwas. Er hört es nicht. Kneift nur das Gesicht zusammen. Auch die Ohren. Versucht zu schweben. Es geht nicht. Dann öffnet er den Mund, um etwas zu sagen, doch es kommen keine Worte, sondern nur ein Schluchzen. Majas Umarmung wird noch fester. Sie wird ihn nie loslassen. Jens lässt seine Tasche fallen, sie donnert auf den Steg und springt auf, die sorgsam gefalteten Hosen, Hemden und Unterhosen fallen heraus. Aber sie lässt nicht los. Also steht Jens mit offenem Mund da, Tränen und Rotz laufen, und er wird einfach umarmt.

Alex liegt mit geschlossenen Augen auf der Bank, und ihm fällt auf, dass er einen ganzen Tag lang nicht ein einziges Mal an sein Training gedacht hat. Und das ist sehr seltsam.

Karin steht am offenen Fenster und starrt zum Steg hinunter. Sie kann sehen, wie Maja Jens umarmt. Sie sieht seine offene Tasche, die auf dem Steg liegt, und alle Kleider, die herausgefallen sind. Etwas entfernt Alex, der sich auf der Bank ausruht. Sie sieht alles. Exakt alles.

Jens wird allen erzählt haben, wie Karin sich benommen hat. Dass sie jemanden getreten hat, der schon am Boden lag.

Dass sie alte Wunden aufgerissen und darin herumgewühlt hat. Dass ihr alles entglitten ist. Dass sie ... Nein.

Karin fasst sich an den Hals, da ist wieder der Angststau. Die Luft kann weder rein noch raus. Verwirrt läuft sie im Zimmer herum, sucht ihre Kleider zusammen. Dabei massiert ihre Hand die ganze Zeit den Hals.

Hier kann sie nicht bleiben. Wie könnte sie jemals wieder in dieses verdammte Schwimmbecken steigen und zu schwimmen versuchen, wenn jeder auf dieser Insel sie hasst? Wenn alle es wissen?

Und wie soll sie überhaupt jemals schwimmen lernen, sie traut sich ja nicht einmal zu atmen! Das Einzige, was sie kann, ist, mit geschlossenen Augen herumzulaufen und zu schreien.

Wütend und noch ziemlich verkatert saust Karin herum. Klappt ihre schönen Markenledertaschen auf, wirft die schönen und coolen Klamotten hinein, ihre perfekte Fassade, immer rein damit. Und dann zudrücken. Das Handy lässt sie in der Fensternische liegen, das kann sie mal gernhaben. So viel Zeit, so viel Geld, so verdammt viel Aufwand für all die verdammten schicken Sachen. Rein mit dem Zeug.

Karin bringt es nicht fertig, sich im Spiegel anzuschauen, sich zu schminken, sie kann nicht nachprüfen, ob ihr auf den Beinen Haare oder auf der Stirn Hörner gewachsen sind. Sie packt ihre exklusiven Edeltaschen und poltert aus dem Zimmer.

23

Josefin steht in der Küche und schneidet für das Mittagessen Champignons in Scheibchen. Den Knoblauch hat sie schon ganz dünn gehobelt, um ihn später zusammen mit den Pilzen anzubraten. Das werden richtig leckere Sandwiches. Sie pfeift und schneidet, pfeift und schneidet.

Das Bier steht im Kühlschrank. Richtig, sie wollte doch nach Karin und Jens sehen, denen es nicht so gut geht. Vielleicht sollte sie ihnen etwas kühlen Joghurt mitbringen. Ja, das wäre gut. Josefin wischt sich die Hände an der schwarzen Schürze ab, ein Fundstück in einem Schrank voller Arbeitskleidung für die vielen Mädchen, Haushälterinnen und Butler des Schlosses. Massenhaft Hüte, halbe und ganze Schürzen, Anzüge, Schlipse, Fliegen und lange Reihen von weißen Hemden, Röcken und Kleidern. Da musste sie sich nur was Passendes raussuchen.

Zur Feier des Tages trägt Josefin eine rote Bluse mit Falten an den Oberarmen und im Rücken, eine lange schwarze Schürze darüber und einen langen grauen Rock. Die rosa Haube ist in der Hitze etwas warm, aber sie hält die Haare gut aus dem Gesicht. Und die Kleider sind erstaunlich kühl. Dass ein langer Rock und eine zugeknöpfte Bluse einen weniger schwitzen lassen als ein Paar Shorts und ein T-Shirt, ist seltsam, aber wahr. Außerdem macht alles mehr Spaß mit diesen Kleidern. Es würde sich falsch anfühlen, in Jogginghosen in der großen schönen Küche zu stehen, nein, die Haube ist lustiger und praktischer.

Josefin gießt den Joghurt in Glasschälchen, legt ein paar frisch gepflückte Beeren obenauf und stellt sie zusammen mit zwei großen Gläsern Eiswasser auf das alte Silbertablett. Barfuß geht sie die große, breite Treppe hinauf und klopft an die Tür von Jens. Keine Antwort. Josefin ruft leise. Noch immer keine Antwort. Wahrscheinlich schläft er.

Vorsichtig stellt sie Wasserglas und Joghurt vor seiner Tür ab, um dann weiter zu Karins Zimmer zu gehen. Hier steht die Tür sperrangelweit offen. Josefin klopft an den Türrahmen und schaut ins Zimmer, das völlig auf den Kopf gestellt ist. Kissen und Decken liegen auf dem Fußboden verstreut, die Fenster sind weit geöffnet, aber trotzdem liegt ein beißender Geruch von altem abgestandenem Wein im Raum. In einer der Fensternischen liegen eine Hose und ein Handy. Josefin sieht sich um, nein, Karin ist nicht da. Seltsam. Sie stellt das Tablett auf der Marmorplatte des kleinen Schreibtischs ab, um die Hände frei zu haben.

Da klingelt das Handy auf dem Fensterbrett. Josefin schaut auf das Display. Es klingelt und klingelt. Und hört auf. Dann klingelt es wieder. Und hört auf. Und klingelt wieder. Es muss etwas Wichtiges sein. Josefin ruft nach Karin, keine Antwort. Nein, jetzt klingelt es schon wieder.

»Hallo, hier ist Josefin am Handy von Karin.«

»Hallo, mein Name ist Åsa Lundin aus der Klinik in Duvköping, ich würde gern mit Karin Björg sprechen.«

»Sie ist im Moment nicht da, kann ich etwas ausrichten?«

»Wir rufen im Auftrag ihres Vaters an. Er würde sie so gerne sehen. Die ganze Zeit bittet er uns, sie anzurufen, obwohl Frau Björg ja deutlich zeigt, dass sie das nicht will. Bitte grüßen Sie sie von ihrem Vater. Und falls sie es sich anders überlegt und von sich hören lassen will, dann sollte sie das schnell tun.«

»Okay.«

»Danke und auf Wiederhören.«

Josefin legt das Handy in die Fensternische zurück. Was hatte dieses Gespräch denn zu bedeuten? Und was passiert eigentlich gerade da unten auf dem Steg?

Maja steht da und hält Jens fest umarmt, während Karin ... Was bitte ist da los?

»Na, hast du der Frau Lehrerin jetzt genug gepetzt?«

Karin schmeißt ihre Taschen auf den Steg, ihre Haare sind zerzaust, und sie hat eine Fahne. Ihr Blick flackert.

Maja hält Jens immer noch umarmt, aber sie sieht Karin an.

»Ob er gepetzt hat? Was meinst du damit?«

»Was ich meine? Ganz ehrlich, ich habe keine Ahnung. Das Einzige, was ich weiß, ist, dass ich nach Hause muss, und zwar sofort. Denn das hier funktioniert nicht.«

Jens beugt sich hinab und fängt an, seine Kleidung vom Steg aufzusammeln, zusammenzufalten und wieder in die Tasche zu stopfen. Karin wirft ihm einen Blick zu.

»Bleib du nur hier, ich haue ab. Ruft man ein Bootstaxi, oder wie läuft das?«

»Jetzt warte mal. Hier fährt keiner irgendwohin. Was ist denn los? Karin?«

Maja versucht, Karin über den Arm zu streichen, aber die fährt zurück, als hätte Maja mit einer brennenden Fackel gewedelt.

»Das kann Jens dir sicher erklären. Ich fahre, er kann bleiben. Dann seid ihr die böse Hexe los. Oder, Jens? Das wird dann ganz ruhig und entspannt für dich. Für euch alle. Alex, hast du ein Handy? Kannst du mir ein Boot rufen?«

»Äh, ich weiß nicht, ich …«

Alex sitzt wie ein großes Fragezeichen auf der Bank, sieht zu Maja, erhebt sich, setzt sich wieder hin.

Karin steht stocksteif auf dem Steg, umgeben von ihren Taschen. Alle schweigen.

»Man braucht mehrere Stunden Vorlauf, wenn man ein Bootstaxi bestellt, und ich werde keinen von euch irgendwo hinfahren, ehe wir das hier nicht geklärt haben. Also müsst ihr hierbleiben, und wir reden. Wenn ihr danach fahren wollt, bitte schön.«

Maja sieht erst Jens, dann Karin an.

»Aber ich muss hier weg!« Jens lässt die Tasche los und streift sich die Sandalen von den Füßen. »Ich will nach Hause!«

Er reißt sich das Hemd vom Leib, schmeißt es auf den Steg, und dann springt er. Er nimmt Anlauf und springt vom Steg direkt ins Wasser. Karin beobachtet das ganz ruhig. Maja und Alex schreien panisch: »*Jens! Nein!*«

Maja zögert keine Sekunde, sie springt sofort hinterher, der Sonnenhut fliegt ihr im Sprung vom Kopf und platscht aufs Wasser, dann schwimmt sie schon. Irgendwie kommt Jens voran, sie begreift nicht, wie er das macht, aber er hat ein Tempo drauf, als ob er schwimmen könnte. Aber sie hat keine Zeit zum Nachdenken, sie muss ihn einfach zu packen kriegen, ihn retten, er darf nicht ertrinken. Wenn er ertrinken würde, wenn einer ihrer Schüler ertrinken würde! Mein Gott, guter, guter, guter Gott.

Karin setzt sich auf die Bank, nestelt eine Zigarette aus der Tasche, zündet sie an und nimmt einen tiefen Zug. Sie sieht Alex zu, der auf dem Steg auf und nieder hüpft und sich heiser schreit. Und Maja, die voller Panik schwimmt, schwimmt, schwimmt und versucht, Jens zu erreichen.

Will der nach Hause schwimmen, oder was? Karin schüttelt nur den Kopf und nimmt noch einen Zug.

»Aber verdammt! Er schwimmt ja! Maja, er schwimmt! *Maja!*«

Alex wedelt mit den Armen in Richtung Jens, der Maja längst hinter sich gelassen hat und mit sicheren Zügen davonschwimmt. Doch Majas Puls rast, und der Stress peitscht sie voran, weshalb sie fast nichts hört. Das Einzige, was sie sieht, aber nicht verstehen kann, ist, dass Jens tatsächlich schwimmt. Er krault. Schneller als sie und direkt aufs Festland zu.

Maja versucht hinterherzuschwimmen, er soll ihr nicht entkommen. Jens soll zurückkommen, das ist einfach so. Keiner büxt aus ihrer Schwimmschule aus, und schon gar nicht schwimmend. Wobei das vielleicht eigentlich ganz gut wäre, aber so fühlt es sich überhaupt nicht gut an. Das Wasser ist lauwarm, und Maja gibt Stoff. Hinter sich hört sie Alex vom Steg irgendwas rufen, aber Maja ist total fixiert auf das dunkle Haar ungefähr fünfzig Meter vor ihr. Der Herzschlag dröhnt ihr in den Ohren. Poch. Poch, poch. Schwimmen. Poch, poch, poch.

Jetzt hört sie Motorengeräusche. Ein Motorboot, das näher kommt. Maja dreht sich um. Josefin sitzt in Hemd, Schürze und Rock in dem kleinen Boot und tuckert auf Maja und Jens zu. Erst fährt sie zu Jens, geht in den Leerlauf, schaukelt in der Bugwelle. Maja sieht, wie sie mit ihm redet. Worüber reden sie? Josefin beugt sich vor, Jens hält sich an der Reling fest, sagt etwas ... Und dann nimmt er ihre Hand und lässt sich ins Boot ziehen. Gut gemacht, Josefin.

Maja strampelt im Wasser hin und her und wartet auf das Boot, das jetzt auf sie zutuckert.

Karin raucht nervös ihre Zigarette. Sie versucht sich mithilfe des Nikotins zu beruhigen, doch das wirkt bei ihr nicht mehr. Da sind stärkere Sachen angesagt. Der Puls rast, und das Herz hämmert.

»Er kann schwimmen.« Alex wendet sich erstaunt an Karin.

»Ich weiß.«

»Wie kannst du das wissen?«

»Weil ich ihn kenne.« Karin nimmt einen tiefen Zug von ihrer Zigarette.

»Aber, aber ... wie das denn?«

»Darüber reden wir wann anders.«

Alex hält sich die Hand über die Augen und sieht dem Boot hinterher. »Und was macht er hier, wenn er schon schwimmen kann?«

»Eine verdammt gute Frage. Ich denke, die solltest du ihm selber stellen.«

Es ist still, niemand sagt etwas. Alle tropfen, keuchen und schnaufen. Sie haben ihn an Land bekommen. Josefin hat ihn an Land bekommen.

»Josefin! Josefiiin! Hallo!«

Pelles Stimme schallt bis zum Steg herunter. Jetzt hat er aufgehört zu rufen. Stille. Nur Möwen und schweres Atmen sind zu hören. Tropfen und Herzschläge.

»Josefiiin!«

Ah, da ist es wieder. Jetzt kann Maja ihn oben stehen sehen. Die Haare zerzaust, eine Schürze aus Kunststoffgewebe umgebunden und völlig verdreckt steht er vor dem Schloss und schaut zu ihnen herab. Dann reißt er sich die Schürze runter und kommt schnell in Richtung Steg gelaufen. Auf dem Weg dreht er die wilden Haare zu einem Knoten und öffnet ein paar Knöpfe vom Hemd. Seine Augenbrauen sind gerunzelt, er wirkt beunruhigt.

»Was ist denn passiert? Maja?«

Pelle weiß nicht richtig, was er tun soll, irgendetwas liegt in der Luft, es riecht nach Streit, und das ist ein schwerer und anstrengender Geruch. Maja und Jens sind nass und bleich. Alex und Karin sitzen auf der Bank, während Josefin das Boot anständig festmacht.

»Jens, bist du ins Wasser gefallen? Oder habt ihr Schwimmen in Kleidern geübt?«

»Es ist meine Schuld.«

Karin zieht alle Blicke auf sich.

»Ich bin ein bisschen durchgeknallt. Entschuldigt.«

»Jetzt komm ich nicht mehr ganz mit.«

Pelle setzt sich auf die freie Seite neben Karin, legt ihr den schmutzigen Arm um die schmalen Schultern und lächelt milde.

»Wir sind alle ein bisschen durchgeknallt. Und ich bin der Verrückteste von allen. Aber wieso soll das deine Schuld sein?«

»Nein, nein, nein ...«

Karin schüttelt den Kopf und presst die Hände vor die Augen.

»Ich meine es genau so. Irgendwas in meinem Kopf ist nicht ganz in Ordnung.«

Karin verstummt. Starrt auf ihre Hände. Pelle umarmt ihre

Schultern, streichelt sie ein wenig, sieht fragend zu Maja, die ihre Hand auf Jens' Arm legt.

»Okay«, sagt sie. »Karin und Jens, ich habe keinen blassen Schimmer, was hier gerade abgeht, aber ich höre gerne zu. Ich will auf keinen Fall, dass ihr wegfahrt, ich will, dass ihr hierbleibt, eine schöne Zeit verbringt und schwimmen lernt. Wobei du das ehrlich gesagt nicht mehr unbedingt zu brauchen scheinst, Jens.«

Maja sieht Jens an, er erwidert ihren Blick.

»Warum bist du überhaupt hier, wenn du doch schon schwimmen kannst?«, fragt Alex von seiner Bank, erhält aber keine Antwort.

24

Pelle kippelt mit dem Stuhl und stößt Rauch aus, er hat Karins kleine Kopfhörer im Ohr, und sie spielt ihm ein Lied nach dem anderen auf ihrem iPod vor.

»Jetzt das hier!«

Pelle hört intensiv zu, nimmt einen Zug vom Zigarillo und lacht wiedererkennend.

»Ja! Ja, das Stück ist gut. Ach ... Nein, mach es nicht aus, warte ... ›Kleine, leichte Wolken sehe ich an deinem Himmel, an deinem Himmel, der so blau ...‹«

Karin nimmt einen Schluck vom Cognac, der ganz unten in dem großen Schwenker plätschert. Der Alkohol beruhigt. Jetzt ist sie ruhig, zumindest etwas ruhiger. Nicht mehr hysterisch. Jens ist ohne ein Wort in sein Zimmer gegangen und hat sich eingeschlossen. Doch, er hat »Entschuldigung« gesagt und ist dann einfach gegangen. Da hat sie begriffen, dass er kein Wort erzählt hat und dass jetzt nicht alle wissen, wie fies sie ist und wer sie in Wirklichkeit ist.

Somit war es leichter, zum Schloss zurückzugehen, die Taschen wieder auszupacken und noch einmal von vorn anzufangen. Sie muss den Artikel fertig schreiben, den Fotografen hierherkriegen und die Sache über die Bühne bringen, und jetzt wird sie das auch noch schaffen. Momentan ist in den Augen der anderen Jens der Verrückte, der einen Schwimmkurs besucht, obwohl er schwimmen kann, und der sich mit Klamotten in den See stürzt. Dass auch Karin mit gepackten Taschen auf dem Steg hockte, ist völlig in Vergessenheit geraten. Sie war sogar am Nachmittag beim Schwimmunterricht.

»Noch etwas Cognac?«

Pelle schenkt ihr nach. Sie sitzen zu zweit in dem riesigen

Speisesaal des Schlosses. Die Fenster zum Wasser und zum stillen Abend sind geöffnet. Drinnen in der Küche spült Josefin und hört Radio, und Karin genießt es, mit Pelle allein zu sein.

Josefin wirbelt in der Küche und trinkt eine Tasse Tee. Aus dem Radio in der Fensternische tönt Aerosmith: »'Cause I'd miss you baby, and I don't wanna miss a thing«.

Josefin lächelt Alex fröhlich an, der sich an dem runden Eichentisch niederlässt.

»Kann ich dir irgendwie helfen?«

»Nein, alles klar. Ich habe Tee, Aerosmith und alle Zeit der Welt, alles gut. Obwohl ... du könntest die Kartoffeln für das Mittagessen morgen schrubben und sie in den Topf dahinten legen.«

»Okay.«

Josefin wirft Alex einen Schrubbhandschuh hin, den er geschickt auffängt.

»Willst du?« Josefin nickt vielsagend in Richtung Teekanne.

»Nein, danke.«

»Okay.« Josefin dreht das Radio hoch. »Don't wanna close my eyes«, singt sie lauthals mit. »Don't wanna fall asleep, 'cause I'd miss you baby, and I don't want to miss a thing. 'Cause even when I dream of youuu, the sweetest dream will never dooo, 'cause I'd still miss you baby, and I don't wanna miss a thing ... Den Song mag ich total!«

Josefin schwingt die Hüften, während sie abspült. Schweigend schrubbt Alex die Kartoffeln. Schrubb, schrubb, schrubb. Er sitzt da mit einem Schmerz in der Brust. Er weiß nicht richtig, was das ist, es tut einfach nur weh. Maja ist mit Jens im zweiten Stockwerk. Nachdem sie zu Abend gegessen hatten, ist sie mit einem Teller Essen für ihn raufgegangen. Jetzt sind die beiden allein in seinem Zimmer. Wie kann einem so was wehtun? Wieso schert er sich überhaupt darum?

Moment mal. Er hat heute noch keine Liegestütze und Situps gemacht, er ist auch nicht gejoggt. Und nun kriegt er

148

Bauchschmerzen davon, dass seine olle Schwimmlehrerin zwei Etagen höher bei einem noch älteren behaarten Typen sitzt und ihm Abendessen bringt?

»Ich nehme doch etwas Tee.«

»Nur zu.«

Mit Gummihandschuhen an den Händen gießt Josefin den Tee in eine große getöpferte Tasse.

»'Cause I'd miss you baby, and I don't wanna miss a thing ...«

»Was ist das eigentlich für ein Sender, den du da hörst?«

»Weiß nicht genau, irgendeiner mit Rockmusik.«

»Was glaubst du eigentlich, warum Jens hier ist? Wo er doch schon schwimmen kann?«

»Bestimmt hat er einen guten Grund. Vielleicht wollte er einfach mal weg und Ferien machen.«

»Aber da fährt man doch nicht auf einen Schwimmkurs.«

»Vielleicht tut man ja genau das.«

»Aber warum kann er das nicht einfach sagen? Warum hat er geschwiegen, als ich ihn das da unten am Steg gefragt habe? Man muss sich doch nicht dafür schämen, dass man mal seine Ruhe will. Oder?«

»Frag ihn doch noch mal, wenn er sich ein wenig beruhigt hat. Prost.«

Josefin stößt mit ihrer Teetasse an die von Alex. Alex prostet ihr ebenfalls zu und denkt dabei, dass er wohl doch mal zu Jens raufgehen muss.

Jens sitzt in seinem karierten Flanellschlafanzug auf dem Bett. Er hat das Tablett auf dem Schoß und stochert ein wenig in den marinierten Kartoffeln und dem gegrillten Lachs herum. Seine Augenlider sind geschwollen. Maja sitzt ihm gegenüber auf dem Bett, an das gepolsterte Fußende gelehnt.

»Willst du drüber reden?«

Schweigend nimmt Jens einen Schluck Limonenwasser. Stochert noch ein wenig im Lachs und zuckt die Schultern.

»Dann kennt ihr euch schon von früher her?«

»Kann man so sagen. Wir waren Klassenkameraden.«

Maja hört schweigend zu. Jens stochert weiter im Essen.

»Magst du nicht mehr erzählen?«

»Nein, ich glaube nicht.«

»Aber magst du noch hierbleiben? In dem Kurs?«

Maja trinkt aus ihrer Teetasse, die sie mit beiden Händen umklammert hält.

»Aber ich kann ja schwimmen.«

»Stimmt, ich weiß. Und noch ziemlich gut dazu. Jens, warum bist du hergekommen?«

»Tja, weil ihr so eine unglaublich schöne Insel habt, und ich bin doch Gärtnermeister ...«

»Und?«

»Ich wollte die Pflanzen auf der Insel sehen. Vielleicht ein paar Stecklinge mitnehmen. Die Flora hier ist ziemlich berühmt, musst du wissen.«

»Aber dafür hättest du doch einfach nur anrufen müssen, Jens, du musst doch keinen teuren Kurs buchen, sondern hättest einfach kommen können. Das wäre doch nett gewesen. War es wirklich nur deswegen?«

»Nicht wirklich.«

»Du musst dich nicht schämen. Erzähl einfach.«

Jens schluckt. »Ich hatte vielleicht gehofft ... jemanden kennenzulernen.«

»Jemanden?«

»Ja, eine Frau vielleicht. Blöd. Superblöd. Das ist alles so peinlich.«

»Das ist überhaupt nicht peinlich! Das war sehr klug gedacht. Du bist ziemlich einsam, oder?«

»Ja und nein. Aber es fällt mir schwer, Frauen kennenzulernen. Ich bin schüchtern, und ich habe mit meiner Arbeit alle Hände voll zu tun.«

Maja denkt eine Weile nach.

»War irgendwas mit Karin? Wie soll ich sagen ... hast du dich um sie bemüht? Ist sie deshalb böse geworden?«

»Nein, nein! Überhaupt nicht. Karin hat … Karin hat es sehr schwer. Aber ich will nicht herumtratschen. Das kann sie selbst erzählen, wenn sie will. Nur sind wir nicht wirklich Freunde, und unter den Umständen ist es anstrengend, hier zu sein. Also werde ich morgen abreisen, dann kann sie weiter hierbleiben und schwimmen lernen. Das ist wichtig für sie.«

»Jens. Ich kann dir nicht erklären, warum, aber mein Bauch sagt mir, dass du besser hierbleiben solltest.«

»Ich weiß nicht …«

»Schlaf noch mal drüber. Triff jetzt noch keine Entscheidung. Du kannst auf der Insel bleiben, dir die Pflanzen anschauen, so viel du willst, es als Urlaub betrachten. Weinst du?«

Schnell wischt sich Jens über die Augen.

»Nein.«

»Doch, das tust du. Soll ich dich in den Arm nehmen?«

Maja nimmt das Tablett und stellt es auf den Fußboden. Dann legt sie sich neben Jens und umarmt ihn. Und Jens erwidert die Umarmung.

»Kennst du die Banane?«

»Die Banane? Glaub nicht.«

»Und Anette W.? Die mit dem Pony, der ihr bis in die Augen …«

»Nee, auch nicht.«

»Aber du hast bestimmt die Geschichte gehört, wie Anbagger-Arvid so sauer auf Stoffe war und ihn vermöbeln wollte? Jetzt diesen Sommer?«

»Nee, glaub nicht.«

»Also, Stoffe hing auf dem Marktplatz rum, es war Samstagabend, und wie üblich waren jede Menge Amischlitten unterwegs. Stoffe hing mit seinen Kumpels ab und war schon ein bisschen angeheitert, und da kommt Arvid mit seinem Bruder in einem Amischlitten angefahren und fängt an, Stress zu machen. Stoffe geht natürlich sofort die Düse, und er steht mucksmäuschenstill da und versucht, überhaupt nicht zu provozieren ...«

Josefin nimmt einen großen Schluck Tee und fährt fort.

»Arvid wird sauer und schreit: ›Bleib gefälligst stehen, wenn ich mit dir rede!‹ Dabei stand Stoffe ganz still da, nur Arvid hat nicht kapiert, dass er derjenige war, der sich bewegt hat. Er ist ja schließlich im Amischlitten um Stoffe herumgesaust. Ja, und dann hat Stoffe wohl auch noch Prügel bezogen, der Ärmste.«

Alex lacht. Sie haben versucht gemeinsame Bekannte in Duvköping zu finden, schließlich kommen sie aus derselben Stadt, sind fast gleich alt, Josefin ist nur wenige Jahre älter. Doch von den Typen, die Josefin aufzählt, hat Alex keine Ahnung. Er weiß, wer Fußball, Volleyball, Bandy spielt, die kennt er alle. Aber niemanden sonst.

Und wo steckt eigentlich Maja? Sollte sie nicht langsam zurückkommen? Sie ist sicher schon eine Stunde oben.

»Aber Hasse Tyllberg musst du doch kennen, oder?«

»Ich muss mal kurz aufs Klo.«

25

Karin schließt die Augen und bewegt sich zur Musik. Frank Zappas »Cosmik Debris« tönt durch ihren Körper und den ganzen Speisesaal. Sie hat ein breites Grinsen auf den Lippen und hört ihr eigenes Lachen. Ach, ist das schön mit ein bisschen Alkohol im Körper, so verdammt schön. Alle Angst ist weg, einfach abgeschwirrt, abgehauen, verschwunden.

Pelle geht barfuß auf den monströsen Rokokoschrank zu, der zwischen zwei Fenstern thront. Er macht den Schrank weit auf und holt seine guten Zigarren heraus. Karin tanzt weiter, sie lässt die Hüften kreisen, schwingt die Arme Richtung Decke, und ihre Füße streicheln die Fußbodendielen.

»Eine Zigarre, Karin?«

Pelle lächelt mit rosigen Wangen, in seiner Stirn haben sich die Haare in der heißen Abendluft gekräuselt. Karin schüttelt den Kopf, sie streicht Pelle über die Wange und tanzt weiter. Die großen Schlucke von dem vornehmen alten Cognac direkt in den Magen, das fühlt sich besser an.

»Du tanzt richtig hübsch!«

Pelle lächelt aufmunternd vom Fußboden aus, wo er sich mit seiner Zigarre niedergelassen hat. Er sitzt im Schneidersitz an die weiß getünchte Wand gelehnt, das weite Leinenhemd ist halb aufgeknöpft, und die grau behaarte Brust ist zu sehen.

»Ich war drauf und dran, Tänzerin zu werden ...«

Karin tanzt und tanzt.

»Aber das war mir dann zu tough ... Und ich war zu neugierig auf andere Sachen ...«

Sie wirbelt lachend ein paar Pirouetten hin.

»Stattdessen habe ich angefangen zu schreiben. Ich habe

Bücher gelesen, Theaterstücke angeschaut und darüber geschrieben.«

Karin lässt sich behände neben Pelle auf den Boden sinken und gießt sich den letzten Rest Cognac ein. Sie legt ihre Hand sanft auf Pelles Oberschenkel, und als er zusammenzuckt, sieht sie ihm geradewegs in die Augen.

»Du bist verdammt attraktiv, weißt du das eigentlich?«

»Oha. Ja, danke.«

Karin dreht sich katzenhaft um und verschränkt die Beine zum Schneidersitz, genau wie Pelle.

Alex geht in die zweite Etage hinauf. Der weiche Samtläufer lässt seine Schritte völlig geräuschlos sein. Das Zimmer von Jens ist wahrscheinlich von der Treppe aus das dritte, oder?

Er macht auf gut Glück mal eine der Türen auf und schaut in einen riesigen, völlig leeren Saal, nicht ein einziges Möbelstück steht da, die großen Fenster gehen auf den See hinaus. Okay, hier ist es nicht.

Noch eine Tür. Ein kleineres Zimmer. Überall große Haufen mit Klamotten. Kleider, Anzüge, Militäruniformen, Hüte, Decken, Kissen. Was macht er eigentlich gerade? Warum ist er hier unterwegs? Er wollte nach Maja suchen, das ist das Einzige, woran er denken kann. Nach Maja suchen. Und was wird er mit ihr machen, wenn er sie gefunden hat? Keine Ahnung. Trotzdem hat er da so ein Gefühl im Körper, das ihm nicht gefällt. Er ist ganz einfach eifersüchtig, und zwar volles Programm. So eine Eifersucht, die er nicht wirklich stoppen kann, von der man weiß, dass sie ungesund und falsch ist, und man denkt: Mach das nicht, aber man muss es dann doch machen. Aber auch komisch, dass er überhaupt nicht eifersüchtig auf Pelle ist, mit dem sie immerhin verheiratet ist. Als wäre Pelle nur ein alter Sack, mit dem sie sowieso nicht schläft.

Aber als sie vorhin zu Jens hinaufging, da ist irgendwas passiert. Na ja, und schließlich hat er an sie gedacht, als er ausprobieren sollte, ob er schwul ist. Das war es, was ihn ... ja, da hat

154

er an Maja gedacht. Er hat die Augen zugemacht und sie vor sich gesehen. Wie sie auf ihn zukam, das lange, glatte Haar offen und ganz nackt unter einem ihrer großen Herrenhemden. Sie hat dieses freundliche Lächeln auf den Lippen gehabt, das ihm sofort durch und durch geht. Sie haben geredet und gelacht, und dann hat sie ihn geküsst. Ihre Lippen waren weich und warm. Sie hat sich über ihn gebeugt, sodass ihre Haare wie ein Zelt über ihre Gesichter fielen, und dann kam er in sie hinein, und er war dabei überhaupt nicht nervös oder unbeholfen, es hat sofort funktioniert.

Das sind seine Phantasien gewesen. Und sie hat an ihn gedacht, und auch bei ihr hat das funktioniert. Alex konnte an nichts anderes denken, es war so, als würden sie zusammengehören. Er sah Maja überall und spürte sie und wollte sie ganz und gar haben. Er hatte nicht einmal Angst! Die ganze Furcht, die ihm die … ja, die gewöhnlichen Mädchen einflößten und die dazu führte, dass er sich wie ein verdammter Versager vorkam und einfach nur abhauen wollte, die gab es nicht mit Maja.

Alex macht die letzte der Türen auf diesem Flur vorsichtig einen Spaltbreit auf. Und da liegen sie im Bett. Jens und Maja.

Pelle lacht etwas peinlich berührt und nimmt einen Zug von seiner Zigarre. Karin versucht gierig, noch einen Schluck von dem Cognac zu trinken, doch der ist offensichtlich alle.

»Mehr Cognac solltest du vielleicht nicht trinken, meine Liebe.«

Pelle schiebt sich an die Wand zurück, Karin rückt nach.

Jetzt berühren sich ihre Nasen fast, ihr nach Cognac, Zigarre und Knoblauch riechender Atem vermischt sich. Karin wendet den Blick nicht ab.

»Soll ich für dich tanzen?«

»Äh, doch, kannst du ruhig machen, aber Maja …«

»Bitte sehr. Der Tanz hier ist nur für dich.«

»Okay.«

Trotz des vielen Alkohols gelingt es Karin, sich graziös zu erheben. Mit wiegenden Hüften geht sie zum Plattenspieler. Vorsichtig nimmt sie die Zappa-Platte vom Plattenteller, schiebt sie in die Hülle und stellt sie zu den anderen Platten. Dann blättert sie nachdenklich den Stapel durch und holt schließlich mit einem wiedererkennenden Lächeln »Giselle« von Adolphe Adam heraus.

»Dieses Ballett habe ich tatsächlich früher mal getanzt. Es handelt von einem armen Bauernmädchen, das Giselle heißt. Sie liebt das Tanzen, obwohl sie ein schwaches Herz hat, und außerdem ist sie noch in den Adligen Albrecht verliebt. Es ist ein Ballett über unerwiderte Liebe und Betrug.«

»Oha, spannend.«

Pelle lächelt etwas verunsichert. Karin legt den Tonarm auf die Platte, es kratzt ein wenig, und dann kommt die Musik. Geigen, Fagotte, Flöten und Klarinetten ertönen und lassen Karin kreisen, und plötzlich hat sie eine ganz andere Haltung in Rücken, Beinen und Füßen. Sie hüpft, sie schwebt, sie wirbelt herum und lässt los. Pelle applaudiert höflich. Karin tanzt immer weiter, obwohl ihr der Schweiß an Rücken, Armen, Brust und Stirn hinunterläuft. Sie ist Giselle im Schloss. Pelle ist Albrecht und ...

Karin dreht sich in der Luft und landet direkt vor Pelle. Sie keucht, und er bläst den Zigarrenrauch zur Seite. Karin packt seine Hände.

»Komm mit und schlaf mit mir. Hol mich hier raus, Pelle.«

In der Küche trocknet Josefin das letzte Geschirr ab. Bald ist es elf Uhr. Aus dem Speisesaal dröhnt klassische Musik, und Karin tanzt wie eine Besessene. Josefin hat sie gesehen, als sie hineingehen wollte, um noch mehr Geschirr zu holen, aber dann ist sie doch in der Türöffnung stehen geblieben, weil es sich irgendwie privat anfühlte.

Seltsam, obwohl das Schloss so groß ist, sieht und fühlt man doch alles. So als könne man hier nichts verbergen, als wären die Wände durchsichtig und man könnte alles sehen. Josefin denkt an die vielen Gelegenheiten, bei denen sie Maja und Pelle geholfen hat. Wie sie mit Einkaufslisten und Sonderwünschen durch den halben Ort gerannt ist und dass sie immer alles gespürt hat. Sie hat Pelles Wünsche gespürt, seine Visionen zum Leben auf dieser Insel. Mit der schönen, begabten, jungen Frau, mit dem Schloss, den Ateliers, dem guten Essen, den teuren Weinen und mit den Freunden, die sie so oft mit dem Boot zur Insel gebracht hat. Und Maja, die immer gleichermaßen freundlich ist, aber nicht zufrieden. Ihr Frust verbreitet sich wie Wellen über den See.

Josefin führt ihre Teetasse zum Mund, überlegt es sich aber auf halbem Wege anders, denn der Tee ist kalt geworden, und da gießt sie ihn lieber weg.

»Alex, warte …«

Josefin wirft einen raschen Blick aus dem kleinen Küchenfenster über der Spüle, von dem aus man den Schlosshof überblicken kann. Sie sieht Alex den Weg hinunter zum Arboretum und zur Landzunge eilen, Maja dicht hinter ihm. Josefin stellt sich auf Zehenspitzen, um das Grün überblicken zu können, in dem Maja und Alex jetzt verschwinden. Doch das Gestrüpp schließt sich hinter seinen Besuchern, einmal ging die Blättertür auf, ließ die beiden hinein, und nun ist sie wieder zu.

Josefin starrt aus dem Fenster und denkt nach. Ach, genau! Das Gespräch, das sie an Karins Handy angenommen hat! Das klang ganz so, als wäre es etwas Wichtiges, was mit ihrem Vater zu tun hätte. Josefin nimmt die Schürze ab, hängt sie an den Haken und geht in den Speisesaal, um Karin die Nachricht zu überbringen.

26

Karin kann jetzt nicht mehr warten. Sie hat keine Lust auf Umständlichkeiten und Überredungskünste und Verführen. Wenn sie doch endlich zur Sache kommen könnten! Sie lässt sich rittlings auf Pelles überkreuzten Beinen nieder, fährt mit ihren Händen durch sein lockiges Haar und küsst ihn. Sie presst ihre Zunge in seinen halb geöffneten Mund, bohrt ihre Fingernägel in seinen Nacken und drückt ihn mit aller Kraft an sich.

»Karin ...«

Eifrig beginnt sie, an seinen Hemdenknöpfen herumzufummeln, die ganz leicht aus ihren Knopflöchern fallen und sich öffnen. Dann mit den Händen hinein und seinen Bauch, seine Brust und seinen Rücken streicheln.

Pelle packt sie an den Schultern und schiebt sie von sich. Erstaunt wischt Karin sich mit dem Handrücken über den Mund und versucht sich zu beruhigen. Pelle streicht ihr sanft übers Haar.

»Karin, Karin ...«

»Was ist, willst du mich nicht, oder was?«

»Doch, doch. Du bist schön und klug, und du tanzt wie eine Göttin. Meine Liebe, natürlich will ich dich. Aber ich bin mit Maja verheiratet.«

»Ja, und?«

»Ich will sie einfach nicht betrügen.«

»Das wird sie doch nie erfahren.«

»Nein, aber ich weiß davon, und das genügt.«

»Aber du hast Signale ausgesandt. Ich habe es genau gespürt.«

»Also, du bist eine interessante Frau, und ich bin gern mit

dir zusammen, aber ich liebe Maja. Und ich habe sie noch nie betrogen. Diese Signale, die musst du falsch verstanden haben.«

»Nein, habe ich nicht, aber weißt du, dann ist es mir grad egal.«

»Nun sei doch nicht verletzt, Karin. Wenn ich Maja nicht hätte, dann würde ich gern … Fass es bitte nicht falsch auf.«

»Also, ganz ehrlich, ich glaube, ich will auch nicht. Ich weiß nicht, ich … ich wollte, glaube ich, einfach nur ein bisschen Nähe.«

»Komm. Komm her und setz dich neben mich. Komm!«

Pelle öffnet seine starken Arme und klopft auf sein Bein. Karin kriecht zu ihm und legt ihren Kopf auf seinen Oberschenkel. Die Platte ist aus und knackt in der letzten Rille. Knack, knack, knack. Schrapp, schrapp, schrapp.

Pelle streichelt ihr sanft den Kopf. Ihre dunklen Haare sind dick, glänzend und feucht vom Tanzen.

»Es ist alles gut, Karin. Ruh dich einfach ein bisschen aus. Du musst dich ausruhen, du hattest einen anstrengenden Tag.«

Karin schließt die Augen. Und sie verschließt das Loch im Herzen, hört auf, ihre Muskeln anzuspannen, und schläft ein.

Pelle atmet aus. Ein lang gezogener Seufzer. Mein Gott.

»Ähm, ich wollte Karin nur kurz was ausrichten …«

Josefin steckt den Kopf zur Tür herein. Schnell macht Pelle ein Zeichen, dass sie flüstern soll, und zeigt auf Karin.

Josefin wispert: »Es hat jemand vom Krankenhaus in Duvköping angerufen. Offensichtlich liegt Karins Vater im Sterben. Er will, dass sie kommt, aber … ich weiß nicht recht, anscheinend will sie nicht. Aber offenbar ist nicht mehr viel Zeit.«

»Okay. Ich sag es ihr morgen.«

»Gut, dann gehe ich jetzt schlafen.«

»Alles klar. Schlaf gut. Hast du übrigens Maja gesehen?«

»Wen? Nein … nein, keine Ahnung, wo sie ist.«

»Dann gute Nacht.«

Josefin geht leise in ihr Zimmer. Die Dämmerung senkt sich herab, und Pelle sitzt da, mit einer tief schlafenden Karin auf den Knien.

Mensch, wie schnell er geht, ohne auch nur ein bisschen an Tempo zu verlieren. Maja hat nicht vor zu laufen. Und so wird Alex vor ihr immer kleiner und kleiner. Aber sie weiß, dass die Insel bald zu Ende ist. Nicht mehr lange, dann kommt die lange, schmale Halbinsel, die direkt ins Meer hinausführt, und von der kommt er nicht runter. Sie kann also ganz gelassen bleiben, denn er muss umdrehen, und dann werden sie einander sowieso begegnen. Es beginnt zu dämmern, die Vögel sind schon verstummt, und die Abenddüfte schlagen ihr entgegen. Gartenveilchen und griechische Levkojen, die nach Vanille und Banane riechen. Am Seerosenteich quaken die Frösche in einer Art Sinfonie, und Maja spaziert das letzte Stück zur Halbinsel in aller Ruhe.

Alex kommt ihr entgegen, er ist schon umgekehrt. Hinter ihm glüht der rosafarbene Abendhimmel. Die Shorts rascheln an den Beinen, und das blondierte Haar steht in alle Richtungen ab. Er wirft Maja einen raschen Blick zu und geht dann an ihr vorbei, doch sie schafft es gerade noch, sein Handgelenk zu packen.

»Alex, bleib stehen.«

»Warum sollte ich?«

»Weil ich es sage!«

Alex versucht, seine Hand wieder an sich zu ziehen, doch Maja lässt ihn nicht los, denn jetzt wird sie langsam wütend. Sie packt Alex mit beiden Händen und hält ihn ganz fest.

»Jetzt bist du mir eine Erklärung schuldig, ich kapiere nämlich gar nichts, und es war ein verdammter langer Tag, und meine Geduld ist langsam am Ende. Was ist eigentlich los hier? Warum reißt du Türen auf, knallst sie wieder zu, rennst weg und bist plötzlich so sauer?«

»Was glaubst du denn?«

»Ich habe keine Ahnung! Ich begreife gar nichts. Dieser ganze Tag ist ein einziges Durcheinander. Und was ist mit dir los? Warum stehen wir hier im Wald und schreien uns an? Warum?«

Alex sieht Maja an. Da steht sie vor ihm in einem dieser Herrenhemden, den viel zu großen Jeans, barfuß, und das lange, blonde Haar wie eine wilde Explosion um sie herum. Die grünen Augen blitzen, und der Brustkorb hebt und senkt sich. Sie lässt sein Handgelenk los, aber sie stehen sich immer noch gegenüber.

Ringsherum ist alles still. Abgesehen von den Fröschen, dem sanften Plätschern des Wassers und dem hohen Gras, das sanft hin- und herwiegt. Keiner von beiden senkt den Blick. Sie stehen einfach da im Halbdunkel und warten. Auf etwas. Auf jemanden.

»Tut mir leid, dass ich dich anschreie, Alex, aber ich bin völlig fertig.«

»Was habt ihr da im Zimmer gemacht?«

»Jens und ich? Ich habe ihn getröstet.«

»So sah das aber nicht aus.«

»Ach nein? Wie sah es denn aus?«

»Als ob ihr ... Ich weiß nicht.«

»Also, Alex, jetzt mach mal halblang. Ich habe einen wirklich traurigen Menschen getröstet. Und du öffnest eine Tür, siehst zwei Menschen, die sich umarmen, und ziehst daraus eine Menge Schlussfolgerungen!«

»Ich hab gesehen, was ich gesehen habe.«

»Nein, das hast du nicht. Du hast gesehen, was du zu sehen *glaubtest*, das ist ein himmelweiter Unterschied. Und außerdem, was geht dich das eigentlich an?«

»Ich bin doch nicht blöd.«

»Das hab ich auch nicht behauptet. Aber ich verstehe deine Reaktion nicht. Warum bist du denn so wütend? Hab ich irgendwas verpasst?«

Die Schultern von Alex sacken ein wenig herab. Ein Seufzen ist zu hören, aber keine Antwort. Maja spürt, wie es in ihrem Körper zu pieksen beginnt, winzig kleine Nadelstiche der Wut. Was für ein beschissener Tag! Und jetzt auch noch so was! Ein eifersüchtiges pubertierendes Monster, das Ansprüche an sie stellt! Verdammt noch mal!

»Also, ganz ehrlich, mit solchen Teenagersperenzien kann ich nicht umgehen. Geh schlafen, das werde ich jetzt auch tun.«

Maja macht kehrt und geht zum Schloss zurück. Schweigen. Nur noch das Sirren des Grases ist zu hören. Es riecht nach den nächtlich duftenden Blumen, die im Halbdunkel leuchten. Maja geht mit raschen Schritten zum Schloss hinauf. Alex lässt sich ins Gras sinken und legt die Hände auf die Augen.

»Verdammte Scheiße. Ich bin so blöd«, murmelt er.

Die Nacht senkt sich herab, bringt aber keine Abkühlung. Die Lüfte, die sich zaghaft bewegen, sind warm. Diese ewige, unendliche Wärme, die so weit entfernt von Schatten und Regen ist.

Karin schläft wie eine Tote im Speisesaal, sie schnarcht laut, und in ihrem Kopf kreisen chaotische Träume. Pelle hat sie allein gelassen, nachdem er anstelle seines warmen Beines ein Kissen unter ihren Kopf gelegt und sie mit einem Betttuch zugedeckt hat. Abgesehen von ein paar Grillen, die sich vor dem Fenster vergnügen, ist es ganz still, nur in Karins Zimmer liegt das Handy voller verpasster Anrufe und Nachrichten auf der Mobilbox.

Pelle sitzt im nördlichen Atelier und trinkt Wein. Er hat einen Zigarillo im Mundwinkel, ein Weinglas in der einen Hand und den Hammer in der anderen. Sein Blick ruht auf der Skulptur, seiner unmöglichen Kreation, für die es keine Rettung mehr gibt. Soll er den ganzen Schrott einfach kurz und klein schlagen? Oder soll er ... In diesem Moment beginnt ein ganz neuer Gedanke, in seinem Kopf Bilder zu malen, aber der ist dreist. Verrückt. Aber vielleicht möglich.

Maja liegt allein in dem großen Bett. Pelles Seite ist trostlos leer, und Maja schläft unruhig. Im Schlaf sucht sie nach Pelle, wacht auf, sie will ihn umarmen, will getröstet werden, weiß nicht so recht, warum, aber sie will einfach nur ... Trost. Vielleicht, weil die Schwimmschule aus dem Ruder läuft. Dann schläft sie wieder ein und sieht Alex im Wald, er hält ein kindlich nacktes schlagendes Herz in den Händen. Sie hätte niemals dieses Spiel mit ihm spielen und ihn aus der Reserve locken sollen. Warum hat sie das nur gemacht? Was ist bloß passiert? Sie hat onaniert, dabei an ihn gedacht und es ihm dann erzählt. Klar, dass er das in den falschen Hals kriegt und das als Einladung betrachtet. So ein unsicherer junger Typ. Maja wälzt sich in ihren verschwitzten Betttüchern und denkt an Alex.

Jens hat sich in seinem Bett vergraben und weint. Leise schluchzend liegt er in dem nur vom Mond erleuchteten Zimmer und spürt, wie sich eine große Trauer gleich einer dicken Decke über ihn senkt. Die alte, schmuddelige Decke der Einsamkeit. Wenn man um eine Umarmung betteln muss und wenn der einzige Mensch, mit dem man als Junge befreundet war, einen als Erwachsener anspuckt.

Alex hat 728 Liegestütze gemacht. Und wenn er bei achthundert angekommen ist, wird er wieder zu den Situps übergehen, und das alles so lange, bis er vornüberfällt. Bis er einschläft. Bis dieses entsetzliche Gefühl von Scham sich legt und er wieder er selbst ist. Dann wird er aufhören, aber erst dann.

Josefin schläft tief und fest. Der nächste Tag wird lang, das weiß sie. Und in ein paar Tagen kommen auch noch die ganzen Gäste zum Maskenball, und bis dahin muss der Tanzboden aufgestellt werden, das gegrillte Schwein muss vorbereitet werden, und außerdem muss sie unten am Wasser das Gras auf der alten Naturbühne mähen.

27

Knusper, knusper, Knäuschen. Käsescheiben werden gehobelt. Jemand beißt in ein Stück Paprika. Ein kleiner Löffel Honig wird im Tee versenkt, warme Milch wird in den Kaffee gegossen. Geklapper, Schmatzen.

Alex, Maja und Jens essen schweigend. Vor allem Alex schweigt. Unter den Schweigsamsten der Schweigsamen ist Alex der Allerschweigsamste, wenn das überhaupt möglich ist. Auch Karin sagt nichts, nur ihr schwerer Atem geht seufzend durch den Raum. Sie hat einen entsetzlichen Kater, und es ist ihr dermaßen übel, dass nichts sie mehr retten kann. Obwohl sie sich gekämmt hat, stehen ihr die Haare vom Kopf ab, und ihr Körper bebt vom Schüttelfrost, den sie zu verbergen sucht.

Pelle ist verschwunden, Maja weiß nicht, wohin. Sie weiß nur, dass er, als sie ihn zuletzt sah, mit Karin auf dem Schoß im Speisesaal saß und ihr übers Haar strich und ihr irgendwas zuflüsterte. Und dass er dabei so innig und sanft aussah wie mit Maja schon lange nicht mehr.

Alex nimmt sich eine Handvoll Kirschtomaten und wirft sie sich eine nach der anderen in den Mund, ohne Maja anzuschauen.

»Also, das klingelt schon den ganzen Morgen, es muss was Wichtiges sein.«

Josefin hält Karins klingelndes Mobiltelefon in der Hand und sieht die Tischgesellschaft fragend an.

»Das ist meins, ich nehm es.«

Karin nimmt mit zitternder Hand das Telefon, verdammt, sie hätte vor dem Runtergehen ein Glas Wein trinken sollen, dann wäre ihr dieses Zittern erspart geblieben. Es ist so demütigend, zwischen all den anderen dazusitzen und zu zittern und bloß noch brechen zu wollen.

»Ja, hallo?« Karin schluckt, um ihre Übelkeit zu verringern.

»Hier ist Nadja Berg.«

»Nadja, wer?«

»Nadja Berg. Ich soll die Fotos zu deinem Artikel machen!«

Karin schluckt wieder. Die anderen sitzen schweigend da und hören zu.

»Eigentlich sollte doch Claes die Fotos machen, das hatten Maggan und ich schon entschieden.«

»Nein, Claes hat Urlaub, also mache ich es. Du kannst mit Maggan reden, wenn du irgendwelche Fragen hast, ich habe nur deine Nummer gekriegt und wollte jetzt mal fragen, wann es denn passen würde.«

»Passen?«

»Ja, wann ich kommen und fotografieren kann.«

»Ich weiß nicht ...«

»Ich wäre auch gerne dabei, wenn ihr eure Schwimmübungen macht, wäre das okay? Was meinst du?«

»Weiß nicht recht ... Also, diese Schwimmschule, keine Ahnung, ob ...«

»Maggan hat gesagt, dass sie den Fokus auf der Schwimmschule haben will, und dann wäre das doch gut, oder?«

Den Fokus auf der Schwimmschule. Welche Schwimmschule denn? Gibt es die überhaupt noch? Soll diese Nadja doch kommen, wann sie will, das ist Karin so egal wie nur was.

»Komm, wann du willst.«

»Super, dann tauche ich so in drei Tagen mal auf. Ciao.«

Nach dem Telefonat ist es erst mal ganz ruhig am Tisch, bis Maja irgendwann das Schweigen bricht: »Ich habe so ein Talent, dass alles, was ich anfange ... schiefläuft. Ich kann niemals etwas planen, immer kommt alles anders, als ich gedacht habe. Und wenn dieser Schwimmkurs ... also, wenn der auch schiefgeht, ich glaube, dann gebe ich auf. Dann weiß ich nicht, was ich noch anfangen soll.«

Schweigen. Karin schlürft an ihrem Kaffee, Alex kaut konzentriert seine Kirschtomaten, Jens zupft nervös an seinem Hemd.

»Ich kann dir helfen«, sagt Jens, den Blick auf den Fußboden gerichtet. Maja sieht auf.

»Wie das?«

»Wir bringen Karin und Alex gemeinsam das Schwimmen bei.«

»Aber du hast für diesen Kurs Geld bezahlt, damit ich dir beibringe, wie man … Jedenfalls nicht, damit du hier Lehrer bist, das geht nicht, das kann … Das musst du wirklich nicht.«

»Klar, aber ich will es. Du brauchst Hilfe, und ich habe sowieso frei und nichts anderes zu tun. Dafür hätte ich gern mehr Zeit für euren schönen Garten und würde gern auch ein paar Pflanzen mitnehmen, wenn du nichts dagegen hast.«

»Gut, Jens. Du bist echt in Ordnung. Und du kannst so viele Pflanzen oder Bäume mitnehmen, wie du willst.«

»Danke. Ich kann Alex helfen, und du übernimmst Karin. Dann wird die Sache effektiv.«

»Nein, ich glaube, wir machen es umgekehrt. Ich nehme Alex, und du Karin.«

»Ich will aber lieber Jens haben«, sagt Alex undeutlich wegen der Tomaten in seinem Mund. Karin nippt vorsichtig am Kaffee, und Jens schaut unsicher von einem zum andern.

»Ich glaube, ich würde auch am liebsten mit Alex arbeiten«, meint er.

»Und genau deshalb machen wir es umgekehrt. Du, Jens, wirst Karin das Schwimmen beibringen.«

»Vergiss es«, sagt Karin, ohne den Blick vom Kaffee zu heben.

»Nein, Karin. Ich habe keine Ahnung, was zwischen Jens und dir vorgefallen ist, aber mein Bauch sagt mir, dass ihr zusammenarbeiten solltet. Und mein Bauch ist da ziemlich zuverlässig, der lügt fast nie. Jens, du hilfst Karin, und du, Alex, kommst mit mir.«

Karin und Jens sitzen am Beckenrand und lassen ihre Füße im warmen Wasser baumeln.

»Nur dass du es weißt, ich kann nicht mit dir reden.«

Karin wirft Jens einen Blick zu und trinkt den letzten Rest aus ihrer dritten Tasse Kaffee an diesem Morgen.

»Okay. Ich will auch nicht reden. Jetzt nicht mehr.«

»Du bringst mir Schwimmen bei, und danach kehren wir jeder in sein eigenes Leben zurück. Wo soll ich am besten diese verdammten Beinübungen machen?«

»Ich persönlich glaube, dass wir jetzt nicht mehr an Land üben müssen. Du solltest ins Wasser, Karin.«

»Ich hasse das Wasser, und das weißt du auch.«

»Genau deshalb. Aber jetzt bist du erwachsen, und ich bin ja hier.«

»Papa hat mich nicht gesehen. Er hat gedacht, ich habe Spaß gemacht. Hat mit seinen beschissenen Kumpels rumgesessen und hat auf mich gezeigt und sich einen abgelacht.«

»Ich weiß. Aber ich werde nicht lachen.«

»Ich mach es nicht.«

»Doch. Im flachen Wasser, mit Schwimmhilfen und einer Stange, an der du dich festhalten kannst, während ich neben dir stehe.«

»Nein. Ich will an Land üben. Schluss und aus.«

»Dann üb doch an Land, verdammt noch mal!«

Jens erhebt sich, schiebt die nackten Füße in die Sandalen und geht wutschnaubend zum Apfelhain.

Karin bleibt zurück. Schnell zieht sie die Zehen aus dem Wasser und krabbelt ein Stück vom Pool weg, dann legt sie sich auf eine der Matratzen und beginnt wie wild mit dem Trockenschwimmen.

28

Jens lässt sich auf einem Bett aus Sommerblumen in einer Wiese nieder, die direkt am Ufer liegt. Ein Stückchen entfernt stehen vier Damhirsche und käuen gemeinsam wieder, über ihm segeln die Seeadler zwischen den Wolken. Menschen. Was soll man mit denen bloß anfangen? Frauen. Karin. Jetzt wird er endlich aufgeben, jetzt muss sie allein zurechtkommen, und zwar in jeder Hinsicht. Er wird sie loslassen. Er wird sie alle loslassen.

Karin war das erste Mädchen, das er küssen durfte. Im feuchten Gewächshaus zwischen Tomaten, Zucchini, Mangold und Schnittbohnen bat sie ihn plötzlich um einen Kuss. Darauf war er nicht vorbereitet gewesen, und ihre schnelle Zunge war geradezu in seinen Mund eingebrochen. Hitzig. Immer so hitzig. Sie zog sich den Pullover aus und wollte, dass er sie berührte, aber er wusste nicht, wie, und, ganz ehrlich gesagt, auch nicht, warum.

Sie waren erst zwölf Jahre alt, Karin hatte schon richtige kleine Brüste, er selbst hatte noch gar nichts außer seinem Gewächshaus. Er berührte ihre Brüste, ganz vorsichtig. Fester, verlangte sie. Da streichelte er sie ein wenig fester, aber ihre Brüste sahen so zerbrechlich aus, als ob sie viel lieber sanft gestreichelt werden wollten. Am Ende hatte Karin geseufzt, den Pullover wieder angezogen und war mit dem Rad zu Patrik Svensson gefahren, der zwei Höfe weiter wohnte. Der wollte mehr als nur Grapschen, und das kriegte er auch. Bei Karin durfte jeder ran.

Jens war es immer schwergefallen, ihren Stimmungsschwankungen zu folgen. Bis sie elf waren, las sie viel und wollte am liebsten mit ihm allein sein, doch dann passierte etwas. Sie war nie zu Hause, kam nie zur Ruhe und wurde irgendwie seltsam. Als sie beide fünfzehn waren, wollte sie ihm seine Unschuld nehmen. In der Nacht war sie betrunken zu ihm nach Hause gekommen, hatte ihn in die Scheune gelotst und dann vor ihm gestrippt. Sie hatte eine Art Ballett getanzt und gleichzeitig ein Kleidungsstück nach dem anderen abgeworfen. Jens war daraufhin in Tränen ausgebrochen, und Karin war mit dem Moped zwei Höfe weiter zu Patrik Svensson gefahren.

Dann kam Agneta vom Nachbarhof. Sie machte ein halbes Jahr lang gute Miene und wohnte sogar eine Zeit lang mit im Haus. Sie las Klatschzeitungen, trank Kaffee und rauchte draußen auf der Veranda Marlboro light. Nein, er war nicht verliebt, nicht im Geringsten, aber sie war freundlich, warm und sehr gefügig. Er selbst verbrachte die meiste Zeit draußen in den Gewächshäusern, und so kam sie irgendwann mit diesem Patrik Svensson zusammen. Inzwischen haben sie zwei Kinder zusammen und scheinen recht glücklich. So kann's gehen.

Aber jetzt wird Jens loslassen. Dieser ganze missratene Schwimmkurs ist ein großes Zeichen Gottes, dass es an der Zeit ist, das Projekt Frauen ad acta zu legen. Jens schließt die Augen, hält die Nase in die Sonne, und der Duft des Wiesenlieschgrases steht ihm wie ein unsichtbarer Heiligenschein um den Kopf.

Maja schließt die Ateliertür hinter ihnen. Alex tigert unruhig umher.

»Setz dich hin.«

Erstaunt sieht Alex sie an – ihre Stimme klang etwas sehr heftig.

»Ich wollte nicht so streng sein, aber setz dich doch.«

Alex bleibt stehen.

»Okay, dann setze ich mich eben.«

Maja lässt sich auf dem Eisbärenfell nieder.

»Also, wegen gestern ...«

»Vergiss es«, unterbricht Alex sie und sieht demonstrativ aus dem Fenster.

»Nein, das kann ich nicht, ich habe nämlich die ganze Nacht darüber nachgedacht. Du bist verletzt, das habe ich wirklich nicht gewollt.«

»Verletzt? Was glaubst du denn? Dass ich in dich verliebt bin, oder was? Dann hast du mich total falsch verstanden.«

»Wenn du meinst.«

»Fangen wir jetzt mit den Übungen an? Ich hab einiges für diesen Kurs bezahlt.«

»Klar, natürlich.«

Maja steht auf. Es ist nicht ganz so gelaufen, wie sie es sich vorgestellt hat. Was immer sie sich vorgestellt hat, als sie die Tür so sorgfältig hinter sich und Alex geschlossen hat.

»Wir machen eine Vertrauensübung. Du musst lernen, loszulassen.«

»Whatever. Bring mir nur bitte schnell Schwimmen bei.«

»Du bekommst eine Binde über die Augen, und ich führe dich wie einen Blinden durch den Raum. Dabei musst du mir einfach vertrauen. Entspann dich, und versuch mal, an nichts zu denken. Mach nur, was ich sage.«

»Gut, dann hol die verdammte Binde, und dann legen wir los.«

»Er hat mich ertrinken lassen.«

Jens öffnet die Augen und sieht zunächst mal alles verschwommen. Anscheinend ist er eingeschlafen. Da sitzt Karin, ein Stück von ihm entfernt im Bademantel mitten auf der Wiese.

»Er hat sich einfach noch ein Bier aufgemacht und gelacht, während ich am Steg um mein Leben gekämpft habe. Eigentlich wollte ich mir nur die Fische ansehen, dabei bin ich reingefallen. Das Wasser war nicht kalt, sondern warm oder zumindest lauwarm. Ich habe versucht, mich an die Oberfläche zu kämpfen, ich schrie, strampelte, winkte. Und dann hörte ich, wie sie lachten. Vielleicht haben sie mich gesehen, vielleicht auch nicht, ich weiß es nicht. Plötzlich spürte ich einen der Pfosten vom Steg, und an dem habe ich mich festgeklammert. Der war so glitschig und eklig. Ich musste an Schlangen denken, ich war überzeugt davon, dass es dort Schlangen gab. Aber ich hielt mich so lange fest, bis Anita kam und mich holte. Sie kam auf den Steg, um eine zu rauchen, und da sah sie mich da unten im Wasser.«

Jens liegt noch im Gras. Er hat die Augen wieder geschlossen.

»Du kannst dir gar nicht vorstellen, was bei mir zu Hause los war. Unter der Woche ging es ja noch, da war er bei der Arbeit, und natürlich hat er abends getrunken, aber immerhin herrschte eine gewisse Ordnung. Aber die Wochenenden ... Und die Ferien. Wenn er die ganze Zeit zu Hause war und mit seinen verdammten Saufkumpanen betrunken in der Wohnung lag, wusste ich gar nicht, wohin. Den Sommer über war ja die ganze Stadt wie ausgestorben, alle anderen waren in ihren Sommerhäusern oder machten tolle Ausflüge. Nur ich saß allein auf dem Marktplatz rum. So war es immer in den Ferien. Erst habe ich ständig gelesen, um der Realität zu entkommen, aber das funktionierte auf Dauer nicht. Als ich älter wurde, fühlte ich im ganzen Körper diesen Schmerz, und ich war so allein. Eigentlich hatte ich nur meinen Körper, und den habe ich an einen nach dem anderen verliehen, das hat den Schmerz ein bisschen betäubt. Beim ersten Mal war ich erst dreizehn.«

Jens wehrt sich gegen den Reflex, sich die Ohren zuzuhalten, die Hände ganz fest auf die Ohren zu pressen, sodass nichts von dem, was Karin sagt, eindringen kann. Er will nicht hören, wie sie sich selbst an alle weggegeben hat, wie sie das Schöne, das sie hatte, einfach verplempert hat. Und er will nicht hören, dass er es nicht gesehen oder begriffen hat. Es klingt, als hätte sie auf einem anderen Planeten gelebt.

»Ich habe mich auch geprügelt, wusstest du das?«

»Nein.«

»Doch. Ich war so wütend, so wahnsinnig wütend. Eigentlich wollte ich meinen Vater schlagen, aber das ging nicht, und deshalb habe ich auf andere eingedroschen.«

Schweigen.

»Jetzt stirbt er.«

»Wer?«

»Kjell. Mein Vater. Er liegt im Krankenhaus von Duvköping und schreit meinen Namen. Die rufen ununterbrochen an, aber ich kann nicht, ich will nicht. Er muss allein sterben, genauso, wie ich allein leben muss. Er soll zur Hölle fahren.«

»Glaubst du nicht, dass es gut wäre, hinzugehen?«

»Nein, stell dir vor, das glaube ich nicht. Und darüber will ich nicht diskutieren.«

Schweigen. Karin stupst Jens mit dem Fuß an.

»Dich habe ich auch einmal geschlagen, erinnerst du dich?«

»Ja.«

»Ich war so wahnsinnig eifersüchtig, oder vielleicht eher neidisch, weil du, wo du doch so verdammt spießig warst, trotzdem Selbstbewusstsein genug hattest, du selbst zu sein. Du hast deine Gewächshäuser gebaut, Pflanzen gezüchtet und Geld verdient, und du warst zufrieden. Ich sah gut aus, hatte eine Menge Typen und war einsam und unzufrieden und traurig und ... Aber ich habe mich dafür entschuldigt, oder?«

»Ich kann mich nicht erinnern.«

»Doch, eines Abends bin ich zu dir gekommen und habe mich entschuldigt und gefragt, ob du mit mir schlafen willst. Aber du hast nur angefangen zu heulen. Jetzt im Nachhinein kann ich verstehen, warum.«

Schweigen. Jens hat die Augen immer noch geschlossen, sein Körper ruht im Gras. Karin stößt ihn noch einmal mit dem Fuß an.

»Lebst du mit jemandem zusammen?«

»Nein.«

»Bist du glücklich?«

»Durchaus. Und du?«

»Wie wirke ich denn?« Karin lacht ein freudloses Lachen und fährt fort: »Ich trinke heimlich. Wenn der Abend kommt, dann brauche ich Alkohol. Es ist fast wie ein Orgasmus, wenn ich endlich das Glas in der Hand halte. Als würde in meiner Brust eine Bombe ticken, die endlich explodieren darf. Und dann kehrt so eine Ruhe ein.«

Jens denkt nach. Atmet tief den Duft der Wiesenblumen ein. Karin steht auf und bürstet den Bademantel ab.

»Wir können jetzt mit den Wasserübungen anfangen. Aber du musst mir versprechen, die ganze Zeit bei mir zu bleiben, ist das klar?«

»Unter einer Bedingung, nämlich dass du nach Duvköping fährst und dich von deinem Vater verabschiedest.«

»Nie im Leben.«

»Dann gibt es auch keinen Schwimmunterricht.«

»Warum sollte ich zu ihm fahren, verdammt noch mal?«

»Du musst ihm verzeihen. Und dir selbst. Sonst wirst du niemals glücklich werden.«

»Haha, der Hobbypsychologe hat gesprochen. Amen.«

»Du entscheidest selbst.«

»Das tue ich, darauf kannst du dich verlassen.«

29

Alex sieht nur rot. Er schließt die Augen unter dem dicht gewebten Schal mit den riesigen roten Blumen, während Maja neben ihm geht und »rechts, links, wieder rechts« sagt: »Jetzt kommt eine Senke, jetzt geht es runter.«

Er macht genau, was sie sagt, nicht mehr und nicht weniger. Ab und zu versucht Maja einen Witz mit ihm zu machen, aber er lacht nicht. Das packt er nicht mehr. Eigentlich packt er gar nichts mehr, er will nur noch nach Hause. Alex will nicht länger auf dieser geisteskranken Insel bleiben. Aber er will auch nicht nach Hause fahren, ohne schwimmen zu können, das wäre so eine verdammte Niederlage, und wenn er jetzt aufgibt, dann wird er es mit dem Schwimmen nie wieder versuchen, das weiß er genau.

»Und jetzt ganz kleine Schritte ... gut, Alex! Au, Vorsicht, eine Wurzel!«

Alex stolpert, aber er spürt, wie Maja ihn, bevor er strauchelt, am Hemd packt. Wie lange geht das hier schon? Eine halbe Stunde?

Verdammt. Warum hat er ihr nur erzählt, dass er noch Jungfrau ist und einsam? Jetzt kann er ihr nichts mehr vorspielen, er kann nicht der Typ sein, der er gerne wäre. So wie er es bei anderen immer macht, denen er vorspielt, dass er ein unkomplizierter, netter Kerl ist, der Sport treibt und mit Mädchen zusammen ist und alles im Griff hat. Maja hat das durchschaut, aber dann war diese Situation, als sie mit Jens im Zimmer gelegen hat und ... Was ist da eigentlich gelaufen? Es kann ihm doch egal sein, wenn sie im Bett liegt und einen anderen umarmt, schließlich ist sie sogar verheiratet. Was macht er hier überhaupt für einen Stress? Warum schert er

sich darum? Scheiß drauf, sie ist doch nur seine olle Schwimmlehrerin.

»Leg dich hin.«

»Was? Einfach so?«

»Ja, vertrau mir, es wird ganz weich sein. Leg dich hin.«

Alex beugt die Knie, tastet mit den Händen und setzt sich
hin. Weicher, trockener, pudriger Sand. Er legt sich vorsichtig
auf den Rücken, streckt die Beine aus und lässt die Arme
neben dem Körper liegen.

Maja steht ganz in seiner Nähe und sieht auf Alex herab.
Völlig hilflos liegt er da, mit ihrem alten Schal über den Augen.
Schön sieht er aus, wie er da am Strand liegt. Die sonnengebräunte Haut spannt über seinen gut trainierten Muskeln,
ein Körper in der Frühsommerblüte. Alles hat ausgeschlagen,
ist schön und farbenfroh, noch nichts ist von harten Herbsten
und langen Wintern beeinträchtigt. Einfach nur Sommer.
Maja setzt sich neben ihn und reißt einen langen Grashalm
aus.

»Sag mir, wo es am meisten kitzelt.«

»Was?«

»Ich ziehe jetzt einen Grashalm über dein Gesicht, und du
sagst, wo es am meisten kitzelt.«

»Und dann?«

»Und dann erfährst du, was du tun sollst.«

»Was?«

»Ich leg jetzt los.«

Alex spürt, wie die Wärme des Sandes durch die Haut und in
seinen Körper dringt, das kribbelt schön im Gesicht. Er riecht
Majas süßen Atem, und es kitzelt sehr, als sie den Grashalm
über seine Lippen zieht. Alex kann nicht umhin zu kichern.
Und mitten im Kichern wird es ihm klar, verdammt, er weiß es
genau. Da liegt er nun im Sand, mit einem Schal über den
Augen, er sieht nichts, aber er spürt es wie einen Hammer, der
mit aller Kraft in seiner Brust schlägt.

Er ist verliebt. Oder scharf. Oder beides. Da ist so ein Gefühl,

175

das ihn überwältigt, weiß der Geier, was es ist, aber er kann nicht anders, als ihm zu folgen. Er will nur noch den Schal runterreißen, sich die Kleider runterreißen, Maja die Kleider runterreißen und … So was hat er noch nie erlebt. Wirklich noch nie. Verdammt. Alex kann nicht anders, er muss breit grinsen, während Maja ihn weiter mit dem Grashalm kitzelt.

»Wo kitzelt es am meisten?«

»Auf den Lippen.«

»Da steht Maja.«

»Wie, steht?«

»Ich habe jeder Stelle, an der ich dich gekitzelt habe, einen Namen gegeben. Der Name der Lippen ist Maja.«

Karin verspürt das Bedürfnis, sich eine Flasche Wein reinzuziehen. Raus mit dem Korken und dann rein damit. Sie muss irgendwie runterkommen.

Mit raschen Schritten durchquert sie die Wiesen und Klippen. Die Luft sirrt vor Hitze, und weit entfernt erahnt sie das rosa Schloss, das auf dem grün leuchtenden Hügel thront. Sie hat Jens einfach im Gras zurückgelassen, soll er doch zum Teufel fahren mit seiner selbstzufriedenen Art. Ob sie vielleicht lieber am Ufer zurückgehen sollte? Hat sie den Mut? Karin macht einen Schritt nach rechts und schaut zum Uferstreifen hinüber, doch, das könnte gehen. Der weiche Sandstrand ist mindestens fünf Meter breit, und wenn sie nicht will, dann müssen ihre Füße das Wasser nicht einmal berühren. So soll es sein – ein Spaziergang am Ufer.

Sie versucht, langsamer zu gehen, tief zu atmen und sich aufzurichten. Ihr Vater. Immer wieder taucht er auf. Jetzt ganz ruhig, Karin, du bist deinem Vater überhaupt nichts schuldig, gar nichts. Er war ein beschissener Vater, und jetzt stirbt er. Was hat das mit ihr zu tun? Wenn sie wieder am Schloss ist, wird sie sich ein paar Gläser Wein reinziehen und dann diese Krankenschwestern anrufen und ihnen mal erklären, was Sache ist. Der Mann, der da liegt und ihren Namen schreit, der kann von ihr aus so lange schreien, bis er stirbt. Umgekehrt war es ja nicht anders. Sie hat geschrien und geschrien, und er ist nicht gekommen. Jetzt darf er selbst dran glauben.

Verzeihen! Von wegen! Dieser Jens hat wirklich zu viele Krankenhausserien geschaut. Natürlich könnte sie hingehen, ihm verzeihen, so tun, als wäre sie die nette Tochter, ihm beim Sterben zusehen und dann tschüs. Kein Problem. Aber sie will das nicht! Sie will nicht verzeihen. Nun würde Dipl.-Psych. Jens natürlich sagen: »Und wenn dein Vater sich jetzt bei dir entschuldigen will und deshalb möchte, dass du kommst?« Klar, aber das hätte er einfach machen müssen, ehe er zwischen Himmel und Hölle schwebte.

Plötzlich hört Karin Gekicher. Weiter unten am Seeufer wird gekichert. Ihre Gedanken verstummen, sie schleicht vorsichtig weiter, klettert über Strandveilchen und wilden Lein, immer dem Kichern nach, und schaut am Ende über ein paar hohe Brombeerbüsche hinweg, die direkt am Ufer stehen. Dahinter liegen Maja und Alex. Alex auf dem Rücken mit irgendeinem komischen geblümten Teil über dem Kopf, Maja neben ihm, im Bikini, die Haare offen. Maja beugt sich lächelnd über Alex. Er lächelt auch. Was machen die da eigentlich? Karin tritt einen Schritt weiter ins Brombeergestrüpp.

Alex liegt schweigend auf dem Rücken, die Augenbinde hat er noch um. Maja sitzt ebenso still neben ihm. Sie atmen im selben Takt, und man hört nur ihren Atem und das Rascheln des dichten Laubwerks. Dann spürt Alex, wie sich seine Hand bewegt. Er kann sie nicht sehen, sondern spürt nur, wie sie sich bewegt, und er kann oder will sie nicht aufhalten. Alles ist rot, er sieht nichts, aber seine Hand spürt Majas Oberschenkel, der ganz sonnenwarm und samtweich ist. Die Hand wagt kaum, sie richtig zu berühren, nur fast. Der Atem wird schwerer. Er schluckt. Sie schluckt. Seine Hand streichelt federleicht weiter, an der Hüfte entlang, die Taille, nach innen, den Bauch. Sie atmet schwer, der Bauch hebt und senkt sich. Alex schluckt wieder. Dann lässt er die Hand ihre Brust berühren. In seiner Handfläche fühlt er durch den dünnen Stoff ihres Bikinis die harte Knospe der kleinen Brustwarze.

Maja schluckt. Sie sieht, wie die braune Hand den Linien ihres Körpers folgt. Die Hand will sie anfassen, will sie haben, neugierig, hungrig und unendlich scheu zugleich. Maja versucht, ihre Gedanken zu ordnen, sie versucht die klugen Gedanken zu denken, die freundlich, aber entschlossen Alex' Hand beiseiteschieben und dieses dämliche Blindekuh-Spiel beenden. Aber die Gedanken wollen nicht kommen. Es kommen gar keine Gedanken, sondern nur eine brennende Lust, die unten in den Zehen beginnt, wie wilde Kohlensäure die Beine hinaufsaust und in ihrem pochenden Unterleib Wurzeln schlägt. Sie will nur noch, dass die Hand von Alex sich weiter vortastet. Es ist so ewig lang her, dass sie eine Hand mit einem derart starken Willen auf ihrem Körper gespürt hat. Und deshalb sitzt sie einfach da und atmet.

Alex lässt seine Hand auf ihrer Brust ruhen und befreit sich mit der anderen von der Augenbinde. Dann sieht er sie, wie sie mit roten Wangen und ernster Miene ganz still dasitzt. Ihre Blicke begegnen sich. Seine Hand umgreift ihre Brust etwas fester, umfasst sie. Da beugt sich Maja, ohne zu zögern, über ihn, auf seine leicht geöffneten Lippen zu, die so feucht nur auf sie warten.

Auf einmal ahnt sie etwas im Augenwinkel. Da steht jemand im Brombeergestrüpp. Karin.

30

»Wie geht es ihm?«
»Wer sind Sie? Wir dürfen über den Zustand der Patienten ausschließlich mit den Angehörigen sprechen.«
»Ich bin mit Karin, seiner Tochter, verheiratet. Die ganze Sache ist sehr schwierig für sie, deshalb rufe ich an. Wie geht es ihm?«
»Wie heißen Sie?«
»Äh, Jens, Jens Björg.«
»Okay, Herr Björg, es geht ihm nicht gut. Wie Sie wahrscheinlich wissen, hat er Leberkrebs.«
»Ja, ich weiß.«
»Und es geht nur noch um Tage. Als er zu uns in die Klinik kam, war es bereits zu spät, deshalb ist alles, was wir noch für ihn tun können, seine Schmerzen und seine Angst zu lindern. Manchmal ist er halb bei Bewusstsein, und dann ruft er nach Karin, also nach Ihrer Frau.«
»Was ruft er denn?«
»Er hat große Panik. Es würde ihm sicher viel bedeuten, wenn er sie sehen könnte. Ich kann mir vorstellen, dass er dann loslassen könnte, und das wäre gut für ihn, davon bin ich überzeugt.«
»Für seine Tochter, also meine Frau, wäre es sicher auch gut, wenn sie ihn sehen würde, aber sie will nicht.«
»Ja, so ist das manchmal. Der Tod ist eine schwere Angelegenheit.«
»Sie haben doch Erfahrung mit so etwas. Wie könnte ich sie denn dazu bewegen hinzufahren? Was meinen Sie?«
»Bringen Sie sie her, halten Sie ihre Hand. Das hilft meistens.«

Jens dankt für das Gespräch und legt auf. Er sitzt auf der Halbinsel und schaut über das Wasser. Auf einmal bemerkt er ein Boot, das langsam auf die Insel zutuckert. Und er wählt eine neue Nummer.

»Außerdem ist es sehr wichtig, auch die Mund-zu-Mund-Methode zu beherrschen. Geradezu lebensnotwendig. Und die stabile Seitenlage! Einen Moment, ich zeige es dir!«

Ohne Vorwarnung klettert Maja von Alex' erwartungsvollem Körper und dreht ihn herum. Sie verdreht ihm Arme, Beine und Kopf, sodass er auf der Seite liegt.

»Wenn du Wasser in der Lunge hattest, dann kommt es spätestens jetzt raus. So, das war's. Hallo, Karin, sag mal, was stehst du denn im Gebüsch rum?«

Alex legt sich, so schnell er kann, auf den Bauch, um seine frisch entzündete Freude zu verbergen, die mit dem plötzlichen Wetterwechsel nicht so richtig mitgekommen ist. Karin schaut die beiden ein wenig dämlich an.

»Komm her, das kann ich dir auch gleich zeigen, das sind wichtige Sachen.«

Maja klopft sich die sandigen Knie ab und bedeutet Karin, aus dem Gebüsch hervorzukommen. Alex nickt eifrig und murmelt, wie toll das mit der stabilen Seitenlage doch sei.

Die Brombeerdornen kratzen über Karins nackte Haut, während sie rückwärts aus dem Gestrüpp geht. Nicht im Traum waren die zwei dabei, irgendwelche Lebensrettungsübungen abzuhalten, nie im Leben. Aber wenn jemand einen Lebensretter braucht, dann Karin.

»Rette mich«, sagt sie.

»Na klar.« Maja versucht, enthusiastisch zu klingen. »Leg dich her, du kannst den Schal als Unterlage nehmen, Moment.«

Maja breitet den roten Schal im Sand aus, und kaum hat sie ihn hingelegt, da liegt Karin auch schon darauf, stocksteif und mit den Kratzern von den Brombeeren wie kleine rote Ausrufezeichen auf der Haut.

»Erst muss man herausfinden, ob die Person noch einen Puls hat.«

Maja drückt sanft zwei Finger an Karins Hals. Karin schließt die Augen. Nein, meine Liebe, da wirst du keinen Puls finden, ich bin schon lange tot.

»Wenn ich keinen Puls spüre, dann muss ich eine Herz-Lungen-Massage durchführen. Dazu lege ich meine Hände über deinen Brustkorb, genau da, wo die Rippen zusammenkommen, und dann drücke ich. Zweimal pro Sekunde.«

»Dann drück mal.«

»Aber das tut richtig weh.«

»Drück!«

»Okay, okay.«

Maja drückt. Karin liegt wie tot da.

»Wenn du dreißigmal gedrückt hast, ist es Zeit für die Beatmung.«

»Mach das, genauso wie bei Alex.«

Maja wirft Alex einen Blick zu und dreht Karins Kopf in den Nacken, streicht ihr sanft über die Stirn und kneift ihr dann die Nase zusammen. Und dann atmet sie. Sie bedeckt Karins Mund mit ihren Lippen und bläst ihren Atem und ihren Sauerstoff in Karin hinein. Das macht sie zweimal, und dann drückt sie weitere dreißig Male ihren Brustkorb.

»So, das wär's, jetzt hast du überlebt.«

Das glaubst du vielleicht, dass das so einfach ist. Nur ein bisschen pusten und drücken, und dann fängt ein Mensch schon an zu leben. Karin hat die Augen immer noch geschlossen.

»Wo steckt eigentlich Jens? Wolltet ihr nicht zusammen üben?«

»Daraus wird nichts. Tut mir leid, dass ihr zwei bei euren kleinen Übungen jetzt nicht allein sein könnt.«

Pelle hört, wie sie im Pool üben. Es plätschert, er hört Stimmen, Überredungskünste, Gequengel und aufmunternde Komplimente. In der Küche hantiert Josefin herum, ein ganzes verflixtes Schwein hat sie da drinnen, das über dem Feuer gebraten werden soll. Channa, Pugh, Pedro, Mads und Fatima – bald werden sie kommen. Und dann noch diese Fotografin von »Dagens Nyheter«. Wie soll er das bloß hinkriegen? Channa wird gleich in sein Atelier gestürzt kommen. Normalerweise findet dort der Ausklang der Feste statt. Immer. Doch das wird diesmal nicht gehen. Ins Atelier darf *niemand* hinein.

Pelle starrt seine Skulptur an. Nein, das Ding ist wie ein Selbstporträt. Das Selbstporträt eines Mannes, der Platz einnimmt, der verdammt protzig und groß aussieht, aber im Grunde nur Platz einnimmt. Eigentlich hat er überhaupt nichts zu geben. Er ist nichts als ein selbstverliebter, müder alter Sack, der eine Rolle von sich selbst spielt. Und jetzt hat er dieses Ich auch noch in Stein gehauen.

Er hat dreihunderttausend Euro vom Kulturamt der Stadt München genommen und verpulvert. Puff. Das Geld ist längst verbraucht, es steckt in den Wänden des Schlosses und in all den ausgetrunkenen Champagnerflaschen, die sie in den letzten Jahren so großzügig spendiert haben. Nein, die Deutschen werden niemals eine Skulptur bekommen. Es sei denn, sie kaufen auch noch das ganze Schloss dazu.

Er vermisst Maja. Sie ist so nah, aber er kann sich ihr nicht zuwenden. Er wagt es nicht, wagt nicht, ihr zu erzählen, wie es wirklich um ihn steht, was er will und wünscht und braucht. Wenn sie sich abends ins Bett legen und sie ihn bittet. Wenn sie ihn anbettelt, dass er sich ihr zuwenden soll, dass er mit ihr schlafen soll. Er kann es nicht. Am besten wäre es wahrscheinlich, das ganze Schloss anzuzünden, mitsamt der Skulptur und dem ganzen verdammten Scheiß.

Peng!

Was? Was war das denn?

Peng. Und wieder *peng*.

Gewehrschüsse. Da schießt jemand. Mein Gott!

»Jetzt nehme ich mal deine Beine. Spürst du die Bewegung? Versuch mal weiterzumachen.«

Maja hält Karins Beine fest. Karin hält die Stange vor Panik so fest umklammert, dass ihre Fingerknöchel ganz weiß sind, sie trägt eine Schwimmweste, dabei ist es nur einen Meter bis zum Grund.

»Ich stehe genau neben dir, probier es mal allein. Ich stehe direkt neben dir.«

Karin strampelt unrhythmisch und heftig im Wasser. Maja versucht mit ruhigen Händen, ihre Bewegungen unter Kontrolle zu bringen.

»Stell es dir so vor, als würdest du durchs Wasser tanzen.«

Gleich nebenan treibt Alex mit den Händen an der Stange. Er hat keine Schwimmweste an und befindet sich im etwas tieferen Wasser, kann aber mit den Zehen den Boden berühren.

»Maja, kannst du mir helfen?«

»Karin, ich gehe jetzt mal kurz zu Alex, bin aber immer noch ganz in der Nähe. Okay?«

»Nein, nicht okay!«

»Doch.«

Maja streicht über Karins strampelnde Waden und schwimmt in ein paar Zügen zu Alex hinüber. Er lächelt sie an und strahlt. Diese weißen Zähne, die Wassertropfen in seinen Wimpern, die Hoffnungen und Wünsche und ...

»Ich gehe immer nur unter. Warum?«

»Weil du nicht ordentlich atmest. Du brauchst viel Luft in den Lungen, warte, ich helfe dir. Halt dich mal an der Stange fest, und jetzt raus mit den Beinen. Gut.«

Sie spürt seinen Körper, der unter Wasser ganz weich ist. Und dann dieser einladende Blick. Er will, dass sie ihn anfasst. Aus ihrem Mund purzeln irgendwelche Worte, sie hört sich selbst von Luft, Kraft, geradem Rücken reden, während sie seinen Bauch streichelt, an dem sie ihn hält. Sie spürt die Muskeln unter ihren Händen spielen und lässt ihre Finger vorsichtig unter den Bund der Badehose gleiten. Sie drückt sich fest, ganz fest an ihn.

Peng!

Was zum Teufel ist das?

Peng, peng!

»*Hilfe!* Ich kann nicht ... Warte, ich ...«

Karin strampelt, winkt und schreit voller Panik im Wasser. Was zum Teufel ist da los?

»Wer schießt denn hier? Was ist los?«

Pelle kommt auf die Terrasse gerannt, wo Maja sitzt und Karin umarmt, die aus dem Wasser gestiegen ist und vor Entsetzen zittert. Neben ihnen steht mit bleicher Miene Alex.

»Keine Ahnung! Wer sollte denn hierherkommen und schießen?«

Peng!

Pelle sieht sich nervös um, doch es ist still, nichts ist zu hören außer dem Echo des Schusses. Er läuft barfuß hin und her und versucht zu hören, woher die Schüsse kommen.

»Es kommt von der Landzunge, die Schüsse kommen von der Landzunge! Ich hole das Fernglas!«

Karins Atem hat sich beruhigt, Maja streicht ihr über den Rücken und spürt die Hand von Alex auf ihrem eigenen. Pelle kommt wieder auf die Terrasse gestolpert und kämpft mit dem Fernglas. Dann späht er zur Landzunge hinunter.

»Kannst du was erkennen?«

»Nein, nichts. Obwohl, warte ... Da draußen auf der Landzunge liegt jemand.«

»Was soll das heißen? Jemand?«

»Ich sage doch, auf der Landzunge liegt jemand! Mein Gott! Sollen wir die Polizei anrufen, oder was macht man da? Was sollen wir nur tun?«

»Wo ist Jens? Und wo Josefin?«

»Ich weiß es doch auch nicht ... im Haus jedenfalls nicht.«

»Wir gehen hin. Jetzt sofort. Alex, du bleibst hier bei Karin. Komm, Pelle.«

31

Das Herz schlägt ohrenbetäubend laut in Majas Brust, so wie in Filmen, wenn jemand in Gefahr ist, alles still, keine Musik, sondern nur dieses laute Pochen. Dadonk, dadonk, dadonk. Sie geht eilig, ohne einen Gedanken an Pelle zu verschwenden, der hinter ihr Schritt zu halten versucht. Das Gras peitscht gegen ihre Waden, während sie über die Wiesen schießt, sie nimmt die Abkürzung entlang der Gleise und am Steinbruch vorbei. Den Blick hat sie fest auf die Schienen gerichtet, sie hetzt vorwärts, schlittert den Hügel hinunter auf die Landzunge zu, und jetzt kann sie es erahnen: Ganz hinten liegt ein Körper. Sie geht noch schneller, ist es Jens? Sie rennt, rutscht auf den Steinen aus, springt wieder auf und ist schließlich angekommen.

Es ist nicht Jens. Es ist nicht Josefin. Es ist ... ein Hirsch. Ein großer toter Damhirsch.

»Ein ganz ordentlicher Brocken, was?«

Maja dreht sich um. Hinter ihr steht ein Mann in Jeans, kariertem Hemd und braunen Sandalen, der ihr vage bekannt vorkommt. Er hat ein Gewehr in der Hand, und ein Stück hinter ihm steht Josefin.

»Ich glaube, zum Maskenball wird es nicht nur gegrilltes Schwein geben, sondern auch Hirschbraten«, sagt sie.

Pelle, Maja und Josefin sitzen nebeneinander und schwitzen gemeinsam auf den glatt geschliffenen Steinen, während Erland Johnsson ihnen einen ewig langen Vortrag über die Bedeutung der Tierjagd hält und wie die Hirsche die ganze Insel komplett übernehmen würden, wenn nicht jemand käme und sie davon abhielte. Zwar sei gerade keine Jagdsaison, aber was der Jagdverband nicht wisse, das mache den Jagdverband nicht heiß, und es sei typisch Stadtbewohner, sich über so was aufzuregen.

Bei dieser Gelegenheit leitet er gleich zum Thema Wölfe über. Sie hätten doch letzten Winter vereinbart, sie abzuschießen, und hinten an der kleinen Bucht lägen übrigens noch drei Hirsche. Wenn sie das Hirschfleisch nicht wollten, dann nehme er es gerne mit. »Hahaha, und ihr habt gedacht, da wäre ein wild gewordener Mörder auf der Insel unterwegs, was?«, meint er grinsend und erklärt, dass er im Herbst wiederkommen werde, und zwar zusammen mit ein paar anderen Jägern, denn so könne das hier ja nicht weitergehen. »Prima, dann hätten wir das ja auch geklärt«, fasst er zusammen.

»Wie konntest du nur vergessen, dass dieser Erland kommen wollte?« Diesmal geht Pelle vorneweg.

»Wie hätte ich mich daran erinnern sollen? Warum hast du denn nicht daran gedacht?«

»Weil er es mit dir ausgemacht hatte!«

»Und ich hatte dir davon erzählt. Jetzt schieb nicht mir die Schuld zu, Pelle, es ist nichts Gefährliches passiert, und beim Fest gibt es Hirschbraten.«

»Nichts Gefährliches passiert? Du bist gut. Da oben sitzt Karin und zittert wie Espenlaub, und wir haben gedacht, dass jemand ums Leben gekommen sei.«

»Karin? Die beruhigt sich schon wieder.«

»Sie ist deine Schülerin! Wie kannst du nur so kaltherzig sein, wenn sie da oben sitzt und Angst hat?«

»Und warum ist dir das eigentlich so wahnsinnig wichtig? Wäre es denn genauso schlimm gewesen, wenn ich jetzt dasäße und zitterte?«

»Jetzt mach mal halblang.«

»Danke, genau dasselbe wollte ich gerade zu dir sagen.«

Josefin hat unten im Apfelhain eine große Feuerstelle gebaut, hat Baumstämme aus Treibholz hingeschleppt, auf denen man sitzen kann, einen überdimensionalen drehbaren Grillspieß für das Schwein konstruiert und die rosa-lila Fahnen aufgehängt, die Maja einmal für ein Karnevalsfest genäht hat. Jens hilft ihr, den Tanzboden aufzubauen – eine wunderbare Konstruktion, die sich beim Aufklappen in einen bezaubernden Tanzpalast verwandelt. Da hat sich ein geschickter Tischler aus dem 19. Jahrhundert verwirklicht. Entlang der Dachleisten sitzen Haken für Laternen, ein rot-weißes Zelttuch dient als Himmel, und überall gibt es schlau konstruierte ausklappbare Abstellflächen für Gläser und Flaschen.

»Danke, Jens!«

»Das war gar nicht schwer, es ist ja schon alles fertig, man muss es nur ausklappen.«

»Trotzdem schön, sehr schön. Die Laternen hängen ganz hinten im rechten Seitenflügel des Schlosses, die holen wir später.«

Josefin nickt zum Schloss hinüber und legt derweil ein paar Lammfelle über die Baumstämme am Feuerplatz. Jens ruckelt noch ein letztes Mal an dem Tanzboden, um zu prüfen, ob er auch fest steht, dann lässt er sich auf einem der Lammfelle nieder und wischt sich mit dem Handrücken den Schweiß von der Stirn. Josefin sieht ihn an.

»Wie wäre es mit einem kalten Bier?« Auch ihr läuft der Schweiß in Strömen herunter, das T-Shirt ist völlig durchgeschwitzt. »Ich würde auch eins nehmen.«

»In dem Fall sehr gern.«

Josefin läuft zum Schloss hinauf. Trotz der Wärme, die gar nicht aufhören will, geht sie mit leichten Schritten. Am Himmel ist keine Wolke zu sehen, kein einziges kühles Lüftchen weht, da ist nichts als diese drückende Hitze, und das, obwohl es schon bald Abend wird.

Jens läuft der Schweiß in die Augen, und er reibt sich das Gesicht. Sein lockiges Haar ist noch krauser als sonst, und die weißen Teile des Oberkörpers werden langsam braun. Die selektive Arbeiterbräune verschwindet nach und nach in der Sonne. Vom Pool ist ein Platschen zu hören. Das ist Karin, die sich wahrscheinlich krampfhaft an der Stange festhält. Sie ist so ängstlich, so stur und ängstlich. Nein, er wird nicht sofort nach Hause fahren. Bald, aber noch nicht sofort.

»So!«

Eine kalte Bierflasche landet in seiner Hand, Josefin setzt sich neben ihn auf den Baumstamm und trinkt mit großen Schlucken aus ihrer beschlagenen Flasche. Jens drückt das kühle Glas erst noch ein wenig gegen seine Stirn.

»Weißt du was, ihr habt wirklich eine Goldgrube hier auf der Insel.«

»Halt, halt, lass mich mal außen vor, ich arbeite hier nur. Das ist die Insel von Pelle und Maja.«

»Egal. All die Pflanzen und der Garten. Das ist wie ein Museum zu einer Flora, die es gar nicht mehr gibt. Wenn sich aber niemand darum kümmert, dann wird es bald weg sein. Das Unkraut verschlingt schon vieles, die Trauben erdrücken sich gegenseitig, genau wie die Äpfel und Birnen, ganz zu schweigen von dem Arboretum. Da gibt es inzwischen schon mehr Unterholz als Laubbäume. Es tut richtig weh, das zu sehen, wirklich. Wenn man dieser Insel nicht hilft, dann ist das fast so, als würde man jemanden umbringen. Genauso, wie man Damhirsche schießen muss, muss man auch Pflanzen roden.«

»Da bin ich ganz deiner Meinung. Ich habe auch schon versucht, Pelle und Maja dazu zu bringen, die Sache in Angriff zu nehmen, hab ihnen meine Hilfe angeboten und so, aber ... Ich glaube, die haben genug mit sich selbst zu tun.«

»Kennst du sie gut?«

»Ja und nein. Wahrscheinlich wissen sie nicht, wie gut ich sie tatsächlich kenne. Wenn man bei Leuten zu Hause arbeitet, dann sieht man ihre Gewohnheiten und wie sie reden und so, ja, man lernt sie kennen.«

Jens nickt und nimmt einen Schluck Bier. Dann sitzen die beiden schweigend nebeneinander, sehen über das stille Wasser und lassen das kalte Getränk ihr Inneres kühlen. Jens sieht verstohlen zu Josefin hinüber. Sie ist so jung und tatkräftig, an ihrer Arbeitshose hängt ein Hammer, in den Taschen stecken Nägel, und eine Zange schaut heraus. Sie hat Sommersprossen auf den Wangen und den Schultern, das braune Haar ist oben auf dem Kopf zu einem zerzausten Knoten gedreht.

»Und was hast du mit deinem Leben vor?«

Josefin zuckt über die plötzliche Frage zusammen. Und ehrlich gesagt ist er selbst etwas erstaunt über seine Impulsivität.

»Was ich vorhabe? Tja, was habe ich vor? Ich will mich nicht langweilen, will nicht still sitzen und auf irgendwas warten. Jetzt arbeite ich fast den ganzen Sommer und verdiene Geld, von dem ich verreisen will. Und du? Was hast du mit deinem Leben vor?«

»Ich will Liebe. Wenn ich ehrlich bin, will ich nichts anderes, und lügen will ich auch nicht mehr.«

Wieder zuckt er erstaunt zusammen. Wie ehrlich er geantwortet hat! Seltsam.

»Was für eine Liebe?«

»Das weiß ich wohl noch nicht so richtig. Das muss ich noch herausfinden.«

Drei Zimmer weiter liegt er nackt in seinem Bett. Vielleicht hat er die Fenster geöffnet und keine Decke über sich. Nackt auf der Decke. Ja, so liegt er da. Der Brustkorb hebt und senkt sich, seine glatte, schöne Brust, und ...

»Wie ist es heute gelaufen? Mit dem Schwimmen?«

»Wie?«

Maja sieht zu Pelle, der dicht bei ihr liegt. Seine Locken ruhen auf dem Kissen, und er hat eine Hand auf ihren Bauch gelegt. Draußen ist es immer noch nicht dunkel, ein leicht rosafarbener Schimmer schlängelt sich durch die hauchdünnen Nachtgardinen.

»Ach, ganz gut.«

»Hat Karin sich wieder erholt?«

»Ja. Ich habe sie sogar noch mal in den Pool gekriegt.«

»Tut mir leid, dass ich dich angefahren habe wegen der Sache mit den Damhirschen. Wir hatten es beide vergessen, es war falsch von mir, dir die Schuld zuzuschieben. Meine wunderbare Frau.«

»Schon okay.«

»Ich musste an Jens und Karin denken und was unten auf dem Steg passiert ist. Habt ihr mal darüber geredet?«

»Nein.«

»Warum nicht?«

Was für eine sanfte Stimme er hat. Warum klingt er so freundlich? Und warum liegt er so dicht neben ihr?

»Es hat sich nicht ergeben. Irgendwie hab ich das Gefühl, als müssten die beiden das, wenn überhaupt, selbst klären.«

»Und was ist mit Jens?«

»Ich weiß nicht recht. Er hat gesagt, dass er vielleicht in ein paar Tagen nach Hause fährt. Er möchte sich die Insel noch etwas genauer ansehen, und da er den Kurs bezahlt hat, ist das natürlich völlig in Ordnung.«

Stille.

»Ich liebe dich, Maja.«

Schweigend starrt Maja hinaus auf den rosafarbenen Himmel. Drei Zimmer weiter. Nur drei Zimmer weiter.

Eine Hand auf der Brust. Pelle streichelt sie.

»Darf ich ein bisschen unter deine Decke krabbeln?«

»Nein.«

»Wieso nicht? Ich möchte gern mit dir schlafen.«

»Ich will aber nicht. Ich bin keine Maschine, die die ganze Zeit will, falls du das denkst. Du hast jetzt bald ein Jahr lang Nein gesagt, jetzt bin ich es, die Nein sagt. Schlaf stattdessen mit Karin, wenn du das nicht schon getan hast.«

»Jetzt hör aber auf. Und was soll das heißen, ein Jahr? Ich habe nicht ein Jahr lang Nein gesagt.«

»Das vielleicht nicht, aber du hast auch nicht Ja gesagt.«

»Aber jetzt will ich.«

»Du willst überhaupt nicht. Du tust nur so, um mich bei Laune zu halten. Wenn du wirklich wolltest, dann würdest du nicht daliegen und mich um Erlaubnis fragen, sondern du würdest dir einfach holen, was du brauchst.«

»Natürlich will ich.«

»Nein.«

»Stimmt, du hast recht, jetzt will ich nicht mehr.«

Pelle wird plötzlich klar, dass er immer noch seine Hand auf Majas Brust hat. Rasch zieht er sie zurück und lässt sie unter seiner eigenen Decke liegen. Unter seiner ganz und gar eigenen Decke, fest ans Herz gedrückt. Da drin tut es weh, nicht nur, weil seine Frau neben ihm liegt und eigentlich doch gar nicht da ist, sondern es tut auch irgendwie körperlich weh. Er hat Schmerzen.

Maja dreht sich zur Wand. Soll sie einfach aufstehen und drei Zimmer weiter gehen? Darf man das?

Sie hört Pelles Atem: oberflächlich, hektisch und rasselnd. Scheiße, Scheiße, Scheiße. Eigentlich will sie sich einfach nur umdrehen, ihre Arme ausbreiten und Pelle reinlassen, ihn umarmen, ihm über das krause Haar streichen, ihm zuflüstern, dass alles gut wird. Wir zwei gehören zusammen, wir werden immer zusammengehören. Bald sind meine Schüler weg, und dann sind wir wieder allein. Du und ich und diese verfluchte Stille. Du und ich und diese Schwierigkeiten, einander zu begegnen. Ich mit meiner missratenen Karriere und du mit deinen großartigen Erfolgen. Ich mit nichts und du mit allem.

Alex. Du bist nur drei Zimmer entfernt.

Maja schließt die Augen.

Pelle starrt auf die Wand, und plötzlich kommt ihm eine Idee, die eine Lösung für alles sein könnte. Eine Lösung für ihn, für seine Skulptur und vielleicht ja auch für die Liebe. Aber dazu braucht er Hilfe.

32

»Heute Abend ist Maskenball!«
Maja, Karin, Alex, Jens und Josefin sehen zu Pelle hoch, der sich vom Frühstückstisch erhoben hat. Meine Güte, sieht er fertig aus! Die Tränensäcke unter den Augen gehen ins Bläuliche. Mit seinem wirren Haar erinnert er an einen Kakadu.

»Unser alljährliches Event, und ich finde es besonders spannend, diesmal so viele neue Gesichter dabeizuhaben. Das ganze Schloss ist voller Kleider, ihr müsst nur ein bisschen herumwühlen und euch etwas aussuchen. In dem kleinen Herrenzimmer oben auf dem Dachboden gibt es sogar Perücken, und ... das ist immer ein Riesenspaß.«

Alle kauen schweigend auf ihren Frühstücksbrötchen herum und scheppern verlegen mit ihren Kaffeetassen. Pelle räuspert sich und steckt sich eine Himbeere in den Mund.

»Sehr gut! Ich halte dich jetzt unterm Rücken fest, und dann sehen wir mal, ob du dich traust.«

Maja streckt ihre Hände aus und legt sie fest unter Karins bebenden Rücken. Karin klammert sich mit den Händen an der Stange fest und liegt ausgestreckt da, den Bauch nach oben. Das Wasser gluckert bedrohlich unter ihrem Rücken.

»Jetzt lass mal die Stange los, Karin.«
»Nein.«
»Doch, lass sie los. Vertrau mir.«
»Nein!«
»Doch! Lass los!«

Karin lässt los, aber sie entspannt sich nicht. Ihr Körper ist steif wie eine Leiche und schaukelt kantig gegen Majas Hände. Nein, so geht das nicht.

»Fass die Stange wieder an. Jetzt.«

Maja schließt die Augen. Zum Teufel, die Sache läuft mir aus dem Ruder, denkt sie. Der ganze Kurs läuft mir aus dem Ruder. Die Wogen schlagen über mir zusammen, wie habe ich nur glauben können, dass das funktionieren würde?

Maja sieht Karins Angst und ihre Verschlossenheit. Jetzt sollte sie ihre Hand nehmen, sie auf die Liege packen, ihre Füße massieren und ihre Waden streicheln. Sie sollte mit ihr tanzen, sie etwas weich machen und diese verkrampften Glieder in formbare, furchtlose Kraftpakete verwandeln.

Sie spürt den Blick von Alex durch die Haut. Aber das Einzige, was ich will, das Einzige, woran ich denke, ist, wie ich es schaffen könnte, mit einem neunzehnjährigen Jungspund zusammen zu sein. Ich will mich mit ihm irgendwo einschließen, seine Waden massieren, ihm diese lächerlichen Shorts ausziehen und einfach nur schreien. Ich will seine Hände auf meinem Körper spüren, und zwar nicht mehr weich, sondern hart. Dabei war es doch so eine gute Idee, dass Jens Karin das Schwimmen beibringen könnte, aber irgendwie will er nicht. Und er muss auch nicht, schließlich hat Karin dafür bezahlt, dass Maja ihr hilft und niemand anders.

Mein Gott, was macht sie hier eigentlich gerade? Fühlt es sich so an, wenn einem alles entgleitet und man verrückt wird? Jetzt reiß dich mal zusammen, Maja. Reiß dich zusammen. Und sieh zu, dass du die Situation in den Griff kriegst. Sei mal erwachsen.

»Alex, du kannst jetzt eine Weile an Land üben, ich muss ein bisschen mit Karin reden.«

»Mensch, das wird gut, richtig gut sogar.«

Pelle wirft den letzten Schwung Kleider über das drei Meter lange Sofa, auf dessen teakglänzenden Armlehnen Kandelaber thronen. Den ganzen Tag lang hat er aus den verschiedenen Ecken des Schlosses Kleider, Schuhe und Perücken eingesammelt und sie in die Bibliothek gebracht.

Heute ist ein großer Tag. Seine Freunde kommen, es wird tolles Essen geben und ein Fest. Jetzt kann er seine Lieblingsrolle spielen und das Gefühl verdrängen, dass er eigentlich etwas ganz anderes ist, was er nicht sein will.

Die Köpfe mit den Perücken stehen in einer Reihe an der Wand entlang. Eine dramatischer und phantasievoller als die andere.

»Man sollte sie vielleicht ein wenig abstauben, sehe ich gerade ...«

Pelle pustet über eine Perücke hinweg, in deren Meer von weiß gepudertem Haar ein kleines, aber protziges Segelboot befestigt ist, und es wirbelt hundert Jahre alter Staub durch die Luft. Märchenstaub.

Verdammt, die Pfefferminzbonbons überdecken den Alkoholgeruch nicht. Karin merkt, dass sie nach altem Suff stinkt und nach ein paar frischen Gläsern Wein, die sie morgens in ihrem Zimmer gekippt hat. Hier ist einfach zu viel los, zu viele Gefühle, zu viel Druck, zu viel Seltsames. Und dann noch dieser Maskenball heute Abend. Karin hasst Verkleiden, und jetzt soll sie sich in eklige alte Kleider zwängen und spielen. Karin kann nicht spielen, jedenfalls nicht so. Sie will nach Hause, und zwar sofort.

Und überall schleicht Jens herum, zupft an Blättern und Knospen und schaut sie nicht an. Wenn sie im Wasser liegt, steigt die Panik in ihr auf. Die Zehen reichen bis auf den Grund, ihre Hand ist an der Stange, Maja steht direkt neben ihr, und trotzdem kommt diese wahnwitzige Panik angerollt.

Heute wird auch noch die Fotografin auf die Insel kommen. Sie kennt diese Nadja noch gar nicht. Verdammt, die Bilder müssen schön werden. Sie will nach Hause, und zwar sofort. Nichts anderes.

Karin hält die Stange fest, kämpft mit den Beinen gegen das Wasser an und sieht zu Alex und Maja hinüber, die gerade eine ausgesprochen merkwürdige Übung absolvieren.

Ich darf! Ich darf! Meine Hand gleitet unter ihre Bikinihose, ich fühle ihre Pobacken. Sie sind ganz weich. Und sie lacht nur und erzählt mir, dass ich irgendwelche bescheuerten Bewegungen machen soll, während sie ihre Hand auf meine Oberschenkel legt und aufwärts streichelt, Richtung ... Komisch, ich hab überhaupt keine Angst vor gar nichts. Vielleicht darf ich heute Abend mal spüren, wie es sich da drinnen anfühlt. In Maja. Ich sehe, dass sie es will. Sie presst ihre Brust an meinen Rücken. Komisch, aber irgendwie habe ich mich noch nie gelassener gefühlt. Ich will nicht abhauen, nicht trainieren, ich will einfach nur *es*. Nichts anderes.

Alex schließt die Augen und senkt den Kopf unter Wasser. Sogar da fühlt er sich sicher. Mit Majas Händen, die eine in seinem Nacken und die andere an seinem Kreuzbein.

Das Schwein in der Schubkarre ist auf dem Weg zum Grill, die Kartoffeln sind geschrubbt, der Champagner ist kalt gestellt, der Rotwein gelüftet, das Hirschfleisch ist in Wein mariniert und bereit für die Glut, der riesige Esstisch ist in den Apfelhain hinausgetragen worden, die Laternen hängen in den Bäumen und über dem Tanzboden, und in einer Stunde müssen die Gäste am Marktplatz in Duvköping abgeholt werden.

Bis dahin sind die Perücken abgestaubt, Kleider und Anzüge gelüftet, die Betten in den neuen Gästezimmern frisch bezogen, auf den Nachttischen werden kleine Blumensträuße stehen, die alte Freilichtbühne hinten im Apfelhain wird von Laub und Ästen befreit und für die Musikauftritte bereit sein.

Puh. Josefin bläst in die Glut. Das lässt sich gut an.

Pelle ist verschwunden. Er ist nicht tot, aber er ist auch nicht anwesend. Er ist einfach nur weg. Sie liegen am Strand, Alex und sie, an derselben Stelle wie neulich. Es ist dieselbe Uhrzeit, Alex liegt da und hat die Hand auf ihrer Brust. Doch diesmal steht keine Karin im Gebüsch, diesmal sind sie allein.

Maja beugt sich vor, und sie küssen sich. Alex' Lippen

schmecken nach frischem grünem Apfel. Er öffnet sie und streckt seine Zungenspitze heraus. Oh Gott. Wie kann eine Zunge so gut schmecken? Maja nimmt Alex' Hände und ...

»Willst du nicht duschen, ehe die anderen kommen?«, erkundigt sich Pelle etwas bissig, während er an Maja vorbeigeht, die im Liegestuhl sanft vor sich hinträumt.

33

»Willkommen! Hallo, Mads, du hast dir ja die Haare geschnitten! Warte, Fatima, ich nehme die Tasche!«

Pelle rennt eifrig auf dem Steg hin und her. Channa trägt keine Schwimmweste und raucht Selbstgedrehte, und wegen der hochhackigen roten Lackschuhe fällt es ihr schwer, aus dem Boot zu steigen, aber Pelle packt ihre Hände und verhilft ihr doch noch zu einer einigermaßen eleganten Landung auf dem Steg. Sie hat groß gelocktes, blauschwarzes Haar mit knallroten Strähnchen, rauchig geschminkte Augen, und ihr lautes kehliges Lachen kann wunderbar sein, wenn man in der richtigen Stimmung ist, ansonsten verursacht es auch schon mal Magenkrämpfe. Das ist Channa. Sie ist so alt wie Pelle, kümmert sich aber ebenso wenig wie er um ihr Alter. Der rote, steife Unterrock steht ab wie ein Tutu, und ihre Brüste ruhen nicht in einem BH, sondern prangen unter einem hauchdünnen, ockergelben Hemd.

»Verdammt, ist das schön, hier zu sein. Aber du siehst total fertig aus, Pelle, wie geht es dir denn?«

»Gut, alles prima.«

Sie tätschelt ihm aufmunternd die Wange. Pugh und Mads wälzen Verstärker, Schlagzeug, Trompeten, Bierkisten und eine riesige Obstschale mit Weintrauben auf den Steg.

»Die Schüssel ist von mir, ich hab mit ein paar neuen Glasuren rumprobiert und hatte das Gefühl, dass genau diese zu dir passen könnte. Also, zu euch, wollte ich sagen. Vielleicht in dem mintgrünen Raum bei der Bibliothek? Was meinst du?«

»Wunderschön!«

Pelle streichelt über die vanilleweichen Kanten der Schüssel und umarmt Channa ganz fest.

Schwarze Jeans, Lederweste, T-Shirt, Armband und Halskette aus Leder, Boots, zerschlissene Turnschuhe. Pugh trägt die Haare im Nacken etwas länger, oben auf dem Kopf sind sie schon etwas dünner, Mads hat den ganzen Kopf frisch rasiert, aber ansonsten sehen sie alle genauso aus wie 1969, damals, als sie sich auf Gotland kennenlernten. Dieser ewige Sommer, der erste, den Pelle im Haus verbrachte, das er und seine Exfrau für wenig Geld gekauft hatten und das neben der Kommune von Pugh, Channa und Mads lag. Mit der Band spielten sie in der alten Scheune, die Kinder schliefen nur jede zweite Nacht in ihren eigenen Betten, es gab ewig lange Abendessen, Liebe, zerfleischenden Streit, Scheidungen und neue Lieben. Sommer, die kamen und gingen und ihrer aller Leben veränderten. Sommer, die es so nicht mehr gibt. Eine Zeit, die vergangen ist.

Herzliche Umarmungen. Nicht diese Rücken klopfenden Machoumarmungen, sondern ausgiebige, bei denen man nicht zu früh loslässt. Pelle gibt Mads einen kleinen Kuss auf den Mund und gratuliert ihm zu der neuen Frisur.

»Vielleicht ist es für dich auch an der Zeit, Pelle. Oder kämpfst du unbeirrt weiter?«

»Äh, ich glaube, ich kämpfe noch weiter. Hier vorn hab ich ja immer noch ein bisschen zu bieten.«

Ein dröhnendes Lachen, und Pelle fährt sich mit der Hand durch die schon ein bisschen schütter gewordene Tolle auf dem Kopf.

Da ist Pedro, ein sehr viel jüngerer Freund von Channa. Vielleicht ihr Liebhaber, vielleicht ein Praktikant oder ein Künstler oder ein Groupie, vielleicht auch nur ein guter Freund. Er ist schmal, von bleicher Schönheit, mit seinen roten Lippen erinnert er an einen Dandy aus dem England der Nachkriegszeit, das glänzende dunkle Haar seitlich gescheitelt, Shorts mit Bügelfalte, karierter Pullover und darunter ein kurzärmeliges weißes Hemd. Weicher und feuchtkalter Handschlag, aber Pelle hat keine Lust auf kühles Händeschütteln, sondern umarmt Pedro kräftig, auch wenn sie einander noch nie zuvor begegnet sind.

Nun sitzt nur noch Fatima im Boot. Sie zieht die Schwimmweste aus und legt sie ordentlich in die Steuerkabine. Ihr rotes Haar ist in einem Kranz um den Kopf hochgesteckt und mit rosa Rosen geschmückt, und unter dem violetten Kleid kann man ihre weiße, sommersprossige Haut erahnen. Ihr großer, fülliger Körper ist kräftig und geschmeidig, und das breite Lächeln mit der Lücke zwischen den Vorderzähnen ist sprühend und ansteckend wie immer.

Das ist Fatima, die Exfrau von Pugh. Die beiden sind seit über zwanzig Jahren getrennt, sind aber immer noch die besten Freunde. Damals auf Gotland, Ende der Achtzigerjahre, ging die Ehe den Bach runter. Pugh hatte was mit einer jungen Theaterstudentin aus Visby am Laufen, während Fatima Windeln wechselte, Apfelmus kochte und das große Haus am Meer putzte. Pugh flog raus, denn es war nicht die erste Theaterstudentin, aber dass es garantiert die letzte sein würde, zumindest während ihrer Ehe, dafür wollte Fatima sorgen. Also musste Pugh in die Scheune ziehen, während Fatima und die Kinder weiterhin im Haus wohnten. Und so ist es noch heute, Fatima im Haus, Pugh in der Scheune. Dazwischen ein Abhang mit Wiese, Eichen, ein paar blökenden Schafen und einem toten Traktor. Die Kinder sind in alle Welt verstreut, und es herrscht Ruhe und eine seltsame Form der Harmonie.

Der Steg wird von Farben, Gelächter und Taschen überschüttet. Man umarmt sich, gibt Küsschen, Gitarrenkästen und riesige getöpferte Schüsseln werden unter den Arm geklemmt und davongeschleppt, und am Ende bleibt nur noch Nadja von der Sonntagsbeilage der »Dagens Nyheter« auf dem Steg stehen und fotografiert das ganze Gefolge, während die Freunde in der Nachmittagssonne lachend zum Schloss hinaufziehen.

Maja sieht sie kommen. Ihr kommt es vor, als hätte man eine Zeitmaschine in Gang gesetzt und 1976 eine Vollbremsung hingelegt. Meine Güte, 1976, da war Maja noch nicht mal schulreif. Aber jetzt lächelt sie. Umarmt einen nach dem anderen, Channa bekommt eine besonders herzliche Umarmung wegen der Schüssel, und Mads hat sich die Haare geschnitten, wie cool, und Pugh sieht braun gebrannt und gesund aus. Und da ist Fatima, lass dich mal drücken, sie riecht nach weißem Moschus. Wie schön es hier ist! Ja, voriges Mal war es Herbst und dunkel, und wer ist das? Aha, Pedro, schön, dich kennenzulernen, ein Freund von Channa, herzlich willkommen.

Gerüche und Düfte, Schweiß und Rauch umwabern Channa, der weiße Moschus umgibt Fatima, Pedro steht in einer Wolke von elegantem Rasierwasser, Pugh riecht wie immer nach Leder und alten Jeans, und Mads hat sich mit seinem aufdringlichen Patschuliöl eingerieben.

Nadja hält mit ihrer Kamera Abstand und sendet gar keine Geruchssignale aus. Sie lächelt schüchtern mit ihrer riesigen schwarzen Brille, den engen Acne-Jeans und einem T-Shirt, das so aussieht, als sei es ein ganz gewöhnliches T-Shirt, aber wahrscheinlich an die achthundert Kronen gekostet hat.

Maja riecht nach Chlor. Sie begrüßt die Gäste in Bikini und mit nassem Haar, an dem sie hektisch herumzupft. Ihre Hände riechen nach Alex, aber außer ihr bemerkt ihn niemand, den ganz schwachen Geruch von Alex.

»Das hier sind unsere Freunde!«

Maja zeigt auf die Neuankömmlinge.

»Und das sind meine Schwimmschüler!«

Maja dreht sich zu Alex und Karin um, die in Badebekleidung am Beckenrand stehen.

»Die Perücke mit dem ganzen Obst drauf ist meine!«

Fatima stürzt sich auf eine rosafarbene Kreation mit üppigen Weintrauben, Ananas, Kirschen und Erdbeeren aus verblichenem Stoff.

»Uh, igitt, die stinkt! Aber du musst ein neues Versteck aufgetan haben, so viele waren es letztes Jahr doch nicht.«

Fatima rümpft die Nase und niest, während sie die riesige Perücke auf ihren Kopf zieht.

Ihre Begeisterung wirkt ansteckend auf die anderen in der Bibliothek. Das lange Sofa, die durchgesessenen Sessel mit dem verschlissenen Eichblattbezug und weiter hinten das von Bücherregalen und Gemälden umgebene Lesesofa – alle sind sie mit Kleidungsstücken behängt. Raschelnde Seidenstoffe, weiß gekräuselte Spitzen, gestärktes Leinen, strenge Korsetts und Anzüge, Goldknöpfe und Krawatten.

Pugh mag nicht so recht in die muffig riechenden Kleider steigen und beschränkt sich auf eine Perücke mit einem langen geflochtenen Zopf und dazu ein Monokel. Natürlich findet Channa einen alten Frack, einen Zylinder und ein Paar blank polierte Lackstiefel, die sie anzieht, ehe sie sich mit ihrem Kajalstift einen eleganten Chaplin-Bart auf die Oberlippe malt. Sie lacht ihr heiseres, lautes Lachen und hilft Pedro, das Korsett zuzuknöpfen, in das er geschlüpft ist. Es ist weinrot mit schwarzer Spitze und hat Tausende von kleinen Häkchen, die geschlossen werden müssen, um die schönsten Formen zu erzwingen. In den Ausschnitt hat er zwei Schürzen gestopft, die eine üppige Büste erzeugen. Mads grinst breit und versucht, Ordnung in die Schleifen eines großen bestickten Hemdes zu bringen, zu dem ein weißer Anzug in schon modernerem Stil gehört.

»Mehr Champagner, schöne Josefin!«, ruft Pelle mit dem Zigarillo im Mund. Er macht sich nicht die Mühe, das gekrauste Hemd über der Brust zuzubinden, und lässt sein lockiges, dichtes Haar frei herausschauen. Dazu trägt er eine Hose, die im Zickzack über dem Gemächt zugeknöpft wird – wahrscheinlich handelt es sich um eine lange Unterhose aus dem Jahr 1880. Auf dem Kopf sitzt eine Nachtmütze in blauer Seide, und über den Schultern hängt ein passender Morgenrock. Rasch kippt er den restlichen Champagner und wirft Fatima, die einen Prinzessinnentraum in Rosa mit himmlischem Dekolleté entdeckt hat, einen Handkuss zu. Ihr großer, weißer, sommersprossiger Busen hebt sich wie ein aufgehender Hefeteig über den mit breiter Spitze besetzten Seidenrändern.

»Das! Genau das musst du nehmen, Karin! Es kommt gar nichts anderes infrage!«

Pelle zeigt mit dem Zigarillo auf Karin, die es bisher nur bis zu den Unterkleidern geschafft hat. Ein schleierartiges, meergrünes Unterkleid, weit und lang. Karin nimmt einen großen Schluck Champagner und zeigt auf Nadja: »Mach jetzt bitte keine Bilder. Das hat doch nichts mit dem Schwimmkurs zu tun.«

»Aber ihr seht alle so toll aus! Das wird in der Zeitung einfach märchenhaft rauskommen. Stell dir das Cover vor! Pelle und du in diesen Kreationen! Setz dich doch mal neben ihn.«

»Ja, Karin, komm her! Du siehst betörend aus, nimm Platz!«

Pelle sitzt in einem Meer aus Kleidern und Perücken auf dem langen Sofa und klopft auf sein Knie. Was soll's, ist doch egal. Es wird sowieso keinen Artikel geben, Karin spürt es genau. Es wird keinen Artikel geben. Sie kann doch nicht schreiben, dass sie sich nicht zu schwimmen traut, dass sie den Mann ihrer Schwimmlehrerin anbaggert, aber einen Korb bekommt. Wie sie Wein trinkt, um die innere Unruhe zu betäuben, nein, nie im Leben. Es wird keinen Artikel geben, die Sonntagsbeilage kann ihr gestohlen bleiben. Auf dem Weg zum Sofa nimmt Karin eine Flasche Champagner mit, dann setzt sie sich auf Pelles Schoß, trinkt direkt aus der Flasche und hört, wie Nadja ruft: »Gut, sehr cool, nimm noch einen Schluck, sieh Pelle an, ja, wirf ihm noch mal diesen Blick zu, ihr seht großartig aus, toll, Pelle, leg die Hand dahin, nein, etwas höher, genau so, wartet mal, könnt ihr die Lampe in die andere Richtung drehen, zünde doch stattdessen die Kerzen in dem Leuchter da an, perfekt, das hier wird richtig geil, jetzt haben wir es, danke!«

Karin steht auf, nimmt noch einen Schluck aus der Flasche, greift nach einer schwarzen Perücke, auf der sich ein paar Schlangen winden, und geht auf die Terrasse hinaus.

Maja sieht Alex unverwandt in die Augen, während sie sich anzieht, und er schaut zurück. Ein himbeerroter Gehrock, dazu eine passende rote Weste mit Goldornamenten, ein weißes Hemd mit langen Ärmeln, die unter dem Gehrock herausschauen, eine grüne Hose, die direkt unter den Knien endet und am Bündchen geknöpft ist.

Während sich Alex langsam die Weste zuknöpft, lässt er Maja keinen Moment aus den Augen. Gerade zieht sie sich ein langes taubenblaues Cape über das weiße Unterkleid, dessen sinnliches Seidenfutter auf ihrer nackten Haut ruht. Als das Cape zugeknöpft ist, hebt Maja ganz leicht ihren Rock und zieht sich den Slip aus. Sehr diskret, aber Alex sieht es. Kann man eine schönere Einladung bekommen?

Jens zieht sich in seinem Zimmer um. Er lässt das lockige, dunkle Haar wild über dem strengen Anzug flattern. Kerzengerade steht er vor dem Spiegel und sieht sich in die grünen Augen. Gott, wie albern er sich vorkommt. Maja hat ihn dazu genötigt. Erst wollte er sich ja drücken, in sein Zimmer gehen und eine Migräne oder was auch immer vortäuschen, denn er will sich nicht verkleiden. Aber Maja hat ihn auf dem Weg nach oben bemerkt und gefragt, ob er den Mr.-Darcy-Anzug anziehen wird, in dem sie ihn schon einmal gesehen hat. Er hat versucht, sich rauszureden, aber Maja hat einfach weitergesprochen, wie schön er doch ausgesehen habe und dass er sich jetzt umziehen solle, um dann herunterzukommen und sich zu zeigen. Warum in aller Welt sollte er sich den anderen zeigen? Damit alle was zu lachen kriegen? Sorgfältig knöpft er den obersten Knopf der Hose zu, als es an der Tür klopft.

»Herein, Tür ist offen.«

Maja schiebt die Tür auf. Ihr Cape schleift auf dem Boden, und die Perücke mit den Rad schlagenden Pfauen hängt ein wenig schief.

»Wollte nur nachsehen, ob du auch nicht eingeschlafen bist. Es gibt jetzt Essen.«

»Ich komme mir albern vor.«

»Glaub mir, du wirst der Schönste auf dem Fest sein. Jetzt komm.«

Arm in Arm schlendern sie mit den raschelnden eleganten Kleidern die Wiese hinunter zum Wasser. Dort ist ein Tisch mit großen, weißen Leintüchern, glänzendem Porzellan und Kristallgläsern gedeckt. Karin und Alex sitzen wie zwei seltsame, schweigende Vögel etwas abseits der Gesellschaft, während die anderen lautstark Platz nehmen, Mads hat eine Laute dabei, auf der er zupft.

»Da sind wir!«, ruft Maja.

Alle Blicke richten sich auf sie und Jens. Da kommen sie, da kommen sie. Jens würde am liebsten die Augen schließen, um die abschätzigen Blicke, das Flüstern und das höhnische Lachen gar nicht bemerken zu müssen. Verkleidet, lächerlich gemacht, er hört sie schon flüstern, dieses Gemurmel, jemand räuspert sich, nein, er hätte einfach in seinem Zimmer bleiben sollen.

»Jens.«

Jens antwortet nicht, tut, als hätte er es nicht gehört.

»Jens! Verdammt, du bist der Schönste, den dieser Maskenball hier je erlebt hat. Wo hattest du dich denn versteckt?«

Pelle hat sich in seiner Nachtmütze und dem seidigen Morgenrock erhoben und geht jetzt mit Zigarillo im Mund und Champagnerglas in der Hand über das Gras zu Jens. Dann breitet er die Arme aus und drückt ihn lang und fest.

»Ich finde, das hat einen Applaus verdient. Der Wettstreit ist eindeutig entschieden. Der Schönste des heutigen Abends ist: Mr. Darcy!«

Alle klatschen, einige pfeifen sogar. Ein wenig abseits der Gruppe sitzt Karin und ist innerlich fassungslos vor Erstaunen.

Niemand sitzt am gedeckten Tisch, denn warum sollte man am Tisch sitzen, wenn der Boden so weich und trocken ist?

Die ganze Gesellschaft liegt auf dem Abhang zum Wasser hin und genießt das gebratene Schwein, das marinierte Hirschfleisch und den Wein. Das Fleisch ist saftig und schmeckt herrlich nach Orange und Thymian, mit glitschigen Fingern umfasst man die Weingläser und leert sie schnell.

Channa ermutigt Jens, doch mehr von dem Rotwein zu trinken, Pedro findet das eine gute Idee, und Jens trinkt und trinkt und trinkt. Er spürt, wie seine Wangen rot erblühen, er streckt den Rücken, und der Wind, der in seinen dunklen Locken spielt, ist frisch und freundlich. Fühlt es sich so an, beliebt und schön und umschwärmt zu sein? Das hat Jens noch nie in seinem ganzen Leben erlebt. Noch niemals.

Channa hat ihren Arm um seinen Hals gelegt, Fatima hat ihren Kopf in seinem Schoß und kichert so süß, und dann ist da noch Pedro, der ihn einfach nur anlächelt. Jens lächelt zurück.

Alex und Maja sehen einander an, sie sind nüchtern, still und entschlossen. Das klebrige, verwischte Gefühl der Betrunkenheit hat sich in ihnen nicht breitgemacht. Alex hat keinen Tropfen getrunken und Maja auch nicht, denn sie erinnert sich gut an das, was Alex über betrunkene Leute gesagt hat. Also hat sie laut und deutlich Nein zum Wein gesagt und Wasser getrunken. Was an diesem Abend geschieht, das soll ohne Zutun von Alkohol geschehen.

Pelle, seine Freunde und Jens liegen etwas weiter weg auf der Wiese. Pugh hat eine Gitarre ausgepackt, und sie singen, reden und lachen. Karin, Alex und Maja liegen in der Nähe der Glut. Karin wirkt in sich gekehrt und still und knabbert an einem Stück Hirschfleisch.

Auch Alex und Maja sind still, aber nicht nach innen gekehrt, nein, ganz im Gegenteil. Ihre Fühler zeigen nach außen, aufeinander zu. Maja trinkt, dann trinkt auch Alex. Maja beißt ein Stück vom Fleisch ab, Alex tut dasselbe. Maja leckt sich die Finger ab, einen nach dem anderen, Alex folgt ihren Bewegungen mit dem Blick und spürt das drängende Verlangen in sich, ihr

Finger zu sein. Sie lächelt und schiebt den Rock ein klein wenig hoch und lehnt sich zurück, als würde sie das Gesicht genießerisch der Sonne zuwenden, allerdings ist die Sonne schon untergegangen. Er kriegt kaum mehr Luft und versucht, tief durchzuatmen.

»Ich muss mal aufs Klo.«

Karin steht auf, wirft Alex und Maja einen müden Blick zu und geht langsam zum Schloss hinauf.

Alex und Maja sehen sich an. Jetzt wird es ernst. Nun gilt es. Die restliche Gesellschaft ist vollauf mit sich beschäftigt. Ein letzter Blick, dann stehen sie auf und gehen.

34

»Du hast schöne Hände.«
»Was, ich? Nein, die sind ganz und gar nicht schön, sondern grob von der Arbeit.«
»Ich kann aus der Hand lesen.«
»Und wofür?«
»Wofür? Natürlich um in die Zukunft zu sehen. Darf ich dir aus der Hand lesen?«
»Ich weiß ja nicht...«
»Doch! Komm!«
Pedro nimmt die Hand von Jens, legt sie in seine und streichelt die Fingerspitzen des anderen.
»Du hast kräftige Finger, was darauf hinweist, dass du stark und ein wenig langsam bist. Das sind gute Eigenschaften.«
»Aha.«
»Und dein Daumen zeigt ein wenig nach innen, siehst du? Das deutet auf Schüchternheit hin. Bist du schüchtern?«
»Doch, das könnte man sagen.«
Jens kann nicht umhin zu lachen. Der Wein, die anderen, die singen, und Pedro in seinem Korsett mit den rot bemalten Lippen, das ist alles so merkwürdig.
»Nun, dann schauen wir uns mal die Berge an.«
»Die Berge?«
»Ja, die kleinen Erhebungen dort, wo deine Finger anfangen. Hier...«
Pedro führt Jens' Hand an seinen Mund und pustet leicht über seine Finger. Und merkwürdigerweise lässt Jens das zu, denn merkwürdigerweise liegt Jens auf einer Wiese an einem lauen See, trägt elegante Kleidung aus dem 19. Jahrhundert, die Haare offen und lockig und hat ein Weinglas in der einen

Hand und einen Mann im Korsett an der anderen. Merkwürdigerweise denkt er gerade überhaupt nicht an seine Perennen, seinen Hund, seine Eltern oder seine Rechnungen. Er ist einfach nur da, auf der Wiese und nirgends sonst.

»Da unterhalb des Daumens hast du einen sehr kräftigen Venusberg, mein Freund. Du weißt ja wohl, was das bedeutet, oder?«

»Nein.«

»Der steht für starke Sexualität. Besitzt du die, Jens?«

Jens schluckt, lässt seine Hand aber weiter in der von Pedro liegen.

»Aber du bist ja auch schüchtern. Oha, hier siehst du den Mondberg, unterhalb deines kleinen Fingers. Der ist auch sehr ausgeprägt, weißt du, warum?«

»Nein.«

»Du hast Phantasie und bist kreativ. Du hast alles, was sich ein Mann wie ich wünscht. Du bist ein eleganter Gärtnermeister, der kräftig ist, ein wenig schüchtern, aber viel sexuelle Lust verspürt und Phantasie hat ...«

Pedro lässt Jens nicht aus den Augen und packt seine große Hand ein wenig fester.

Karin sieht alles. Exakt alles. Trotz Wein, Cognac, Whisky, Bier sieht sie das Leben jetzt messerscharf. Mads schiebt sie abseits vom Tanzboden über das trockene Gras. Pugh, Channa und Pelle singen irgendeinen Song, den außer ihnen niemand kennt. Ein skurriler Anblick in ihren weißen Perücken, und dazu Pelle in der langen Unterhose und dem weiten, bis zum Bauchnabel aufgeknöpften Nachthemd. Die Laternen um den winzigen Tanzboden herum erleuchten die Julinacht.

Jetzt tanzen nur noch Jens und Pedro, eng umschlungen auf dem knarrenden Holzboden unter dem strahlenden Deckenhimmel. Karin rümpft die Nase. Nur gut, wenn Jens hier sein wahres Ich findet und schwul wird. Irgendwie war er doch schon immer eine kleine Schwuchtel mit seinen Blumen,

Jens, der noch bei Mami wohnt. Klar ist er schwul! Dass sie das nicht viel früher begriffen hat! Umso besser für ihn, wenn er einen kleinen schwächlichen Jungen gefunden hat, der ihn umschwärmen kann. Der kann ihm das Frühstück ans Bett bringen, und sie können zwischen all den verfluchten Stauden wohnen. Wie schön für Jens, als Schwuler nach Hause zurückkehren zu können, viel Spaß!

Karin schielt wieder zu Jens und Pedro hinüber. Sie tanzen eng, Pedro führt, Jens lacht und lässt sich führen. Pedro flüstert ihm etwas ins Ohr, was mag es nur sein? Jens sieht schüchtern, aber glücklich aus. Er schaut zu Boden, tanzt unsicher, aber hat ein Lächeln auf den Lippen. Eigentlich sieht er fröhlich aus in seinem Mr.-Darcy-Anzug und mit dem dunklen Haar, das vom Tanzen und von der Hitze noch mehr Locken bekommen hat.

Warum tut es weh, das zu sehen? Warum tut es so verdammt weh, Jens in den Armen eines anderen zu sehen? Als er mit Maja den Abhang herunterkam, da konnte Karin ihren Augen nicht trauen – Jens sah aus wie ein völlig anderer Mensch. Vielleicht sieht er jetzt so aus wie der, der er schon immer war, und Karin hat es nur noch nie gesehen. Es war, als wäre sein gutes Herz plötzlich von außen zu sehen. Als würde er zum allerersten Mal Kleider tragen, die seiner würdig sind.

»Hey, und jetzt was Langsames! Hört ihr, wir wollen noch was Langsames! Stimmt doch, Karin, oder?«

Mads ruft der Hausband zu, Pelle am Schlagzeug, Fatima mit der Geige, und Pugh, der immer noch die Gitarre vorm Bauch hat, stimmt sogleich »Norwegian Wood« an.

»Perfekt!«

Karin spürt die Arme von Mads um ihre Taille, als er sie auf die Tanzfläche schleppt und Jens und Pedro fröhlich zur Seite knufft. Jetzt gerade findet sie, dass er sie ein klein wenig zu fest um die Hüften hält. Unter normalen Umständen wäre sie sehr dankbar für solche Arme, da hätte sie sich hineingekuschelt und sich selbst einfach mal einen Augenblick lang vergessen.

Jens und Pedro, Wange an Wange, Pedros Hände auf Jens' Hintern. Pedros Hände, die versuchen, das Band von Jens' Hemd aufzuknoten, und die sehnsüchtig sein lockiges Haar streicheln. Pedros Hände, die Jens über die nicht ganz glatt rasierten Wangen streichen. Und Jens kichert schüchtern und weiß nicht so recht, wie er sich verhalten soll.

Karin schließt die Augen. Was geht sie das an? Was geht es sie an, was eine blöde alte Schwuchtel aus ihrem früheren Leben hier macht? Warum steht sie überhaupt hier rum? Sie, die schicke Karin, die Schlaue, die Schnelle, die Stilsichere, die alle Möglichkeiten hat. Warum steht sie hier und tanzt mit einem besoffenen Sechzigjährigen in Lederweste? Warum ist sie die ganze Zeit so verdammt traurig? Warum ist sie so einsam? Sie könnte doch alles haben, aber genau genommen hat sie gar nichts. Wofür lebt sie eigentlich? Karin versucht, auf einen einzigen guten Grund zu kommen, aber es will ihr keiner einfallen, nein, ihr fällt nichts ein, wofür es sich zu leben lohnt.

Hand in Hand rennen sie in das Labyrinth aus Hainbuche. Maja beeilt sich, sie läuft so schnell, dass ihr der Schweiß ausbricht. Aber Alex schafft es immer, sie einzuholen, er nimmt ihre Hände und fängt sie ein. Und wenn er sie gerade küssen will, windet sie sich wieder los und rennt weiter. Sie lachen laut. Jetzt rennt sie so, dass der Kies hinter ihr nur so aufspritzt. Dabei sieht sie über ihre Schulter, wie Alex fluchend die engen Stiefel mit den aufgestickten Rosen von den Füßen schleudert, sich die rote Jacke herunterreißt und im Laufen das Hemd gleich hinterherwirft. Dann nimmt er die Jagd in Unterhemd und der kurzen, eng anliegenden Hose wieder auf.

Sie rennen durch den Duft von Bergkuckucksblume und Geißblatt, der wie eine Parfümwolke in der Nacht hängt. Jetzt ist Alex schnell, ohne die Stiefel ist er nicht aufzuhalten. Maja kreischt entzückt und albern. Sie merkt schon jetzt, dass sie nicht mehr wird aufhören können zu kichern. Jetzt ist sie wie diese Frauen, für die sie sonst immer nur ein müdes Lächeln übrig hat, die kichern, sich aufreizend durchs Haar fahren und sich zum Affen machen. Aber es ist ihr egal, vollkommen egal. Sie lässt ihr Cape im Laufen fallen und schleudert die hochhackigen koketten Stoffschuhe von den Füßen. Laut keuchend zögert sie an einer Abzweigung im Labyrinth, sie schnauft und schnauft und biegt dann nach links ab. Eine Sackgasse! Verdammt. Juchu! Rings um sie ist nur eine dunkle hohe Hainbuchenhecke, nichts sonst. Nur sie und die Hainbuche.

Ihr Herz pocht laut, der Schweiß läuft in Strömen, und sie atmet laut, während sie auf ihren Spielkameraden wartet. Jetzt spielt sie, und genau das hat ihr so gefehlt. Das Spiel und das Spielen.

»Ha! Jetzt hab ich dich!«

Alex kommt vor ihr zum Stehen. Er grinst breit und atmet: ein, aus, ein, aus. Das Geißblatt duftet, der Kies knirscht, und Alex nähert sich ihr langsam.

»Dann komm und nimm mich.«

Maja packt ihr Kleid und zieht es sich über den Kopf.

Karin versucht, aufs Schloss zuzugehen, ohne zu schwanken. Muss mich ein bisschen ausruhen, allein sein, die Gedanken ordnen. Die Marmortreppe fühlt sich an ihren nackten Füßen kühl an, und die brennenden Kerzen der Kristalllüster erzeugen ein schönes Licht. Die gigantische Flügeltür steht weit offen, und Karin betritt die Eingangshalle.

Aus der Mädchenkammer ist ein klapperndes Geräusch zu hören, da schreibt jemand auf einem Computer. Wer könnte das sein? Karin schiebt die Tür leise auf und entdeckt Nadja, die Fotografin, die gerade die Fotos von der Kamera auf den Rechner zieht. Karin sieht sich selbst in voller Größe auf dem Bildschirm, wie sie leicht betrunken bei Pelle auf dem Schoß sitzt. Pelle wirkt fast ein wenig unangenehm mit seinem aufgedunsenen Gesicht, dem aufgeknöpften Hemd und einer

Perücke, unter der seine wirren grauen Haarsträhnen herausschauen. Und sie selbst sieht unglücklich aus, obwohl sie
lächelt und einen Schmollmund macht. Verdammt, was sieht
sie unglücklich aus. Man möchte weinen bei dem Anblick.

»Die kannst du gleich löschen.«

»Was?«

Nadja schaut vom Bildschirm auf und rückt die große Brille
zurecht.

»Die kannst du gleich löschen. Es wird keinen Artikel
geben.«

»Nicht? Jetzt kapier ich grad gar nichts.«

»Du kannst deine hässliche Brille einpacken und die Biege
machen, einfach abhauen. Ruf ein Bootstaxi oder was auch
immer, die Rechnung kannst du mir schicken. Hauptsache, du
haust ab.«

»Aber ...«

Karin hebt nur die Hand, macht auf dem Absatz kehrt und
geht wieder hinaus durch die wunderschöne Flügeltür, die
kühle Marmortreppe hinunter und über den knirschenden
Kies Richtung Wasser.

Pelle geht es gut, verdammt gut geht es ihm. Das Atelier ist verschwunden, dieser Dinosaurier von Skulptur, die er geschaffen hat, ist verschwunden, die Angst um Maja ist verschwunden, alles verschwunden. Er tanzt einfach nur. Das sonnendürre
Gras schneidet in seine Fußsohlen, der Schweiß läuft, die
Haare kleben ihm am Kopf, und der Wein ist ihm schon über
das weiße Hemd und die Brust getropft. Das Herz da drinnen
schmerzt ein wenig, aber nicht mehr so stark und heftig. Es
schmerzt wie in Watte gepackt.

Mads ist vorhin ins Schloss gelaufen und hat die riesigen
Lautsprecher hin und her gewuchtet, um sie am Ende in die
großen Fenster des Speisesaals zu stellen. Jetzt dröhnt die hei-
sere Stimme von Patti Smith über den Vänersee. Es ist wie früher. Oder nein, nicht ganz. Channa ist wie immer, aber alle

anderen sind älter geworden. Sie halten durch und singen und trinken und tun dabei, als wäre alles wie früher. Doch in Wirklichkeit sind sie müde, alt und müde. Bald sind sie alle Rentner, zumindest was das Alter angeht.

Pelle schließt die Augen und sieht seine Kinder, als sie noch klein waren. Flachsköpfe mit braun gebrannten kleinen Körpern, die nachts zu ihm gekrochen kommen, wenn sie schlecht geträumt haben. Sie klammern sich an ihn, und er ist für sie da. Damals war er für sie da, jetzt nicht mehr, schon lange nicht mehr. Nein, nichts ist mehr wie früher. Außer Channa natürlich.

Die Hitze wirkt sogar nachts noch drückend. Channa hat den Frack abgeworfen und tanzt jetzt in Unterhose und mit einer Zigarette im Mundwinkel wild herum. Mads, Pugh und Fatima stehen in Badeanzügen da und beraten umständlich über eine mögliche Nachtbadeaktion, betrachten derweil Channa und lachen über ihren unerschütterlichen Enthusiasmus.

Pelle lässt sich schwer ins Gras fallen. Das Universum über ihm dreht sich, und in seiner inneren Welt rotiert es ebenfalls, wenn auch etwas ruhiger. Er muss sich zusammenreißen, von jetzt an muss er sich zusammenreißen. Er muss mit Maja reden und ihr erklären, wie sehr er sie liebt und dass ... dass all die Schwierigkeiten mit ihrem Sexleben nicht ihre Schuld sind. Muss ihr sagen, dass er will, aber nicht richtig kann. Verdammt, er kriegt einfach keinen mehr hoch! Klar, dass man sich da nicht unbedingt sexy vorkommt. Verdammt, das ist unmännlich und abtörnend. Wie soll er ihr noch in die Augen sehen können, wenn er nicht mal mit ihr schlafen kann?

Irgendwie hat es mit der Skulptur zu tun. Die ist immer mehr gewachsen und hat das ganze Atelier ausgefüllt, und dann hat sie jegliche Form, Raffinesse und jedes Gefühl verloren und war am Ende nur noch widerlich und tot. Und da ist es passiert, da hat sein Schwanz ihm die Zusammenarbeit aufgekündigt. Als wäre er ebenfalls tot. Meine Güte, was hat er sich bemüht, um ihn wenigstens ein klein bisschen hochzubekommen, doch dann ist er wieder verschwunden und hat sich versteckt. Hoffnungslos.

Und das mit Maja, die doch so jung, lebhaft und liebeshungrig ist. Er spürt das, und er weiß es, aber wenn sie sich ihm mit diesem Blick nähert, dann geht gar nichts mehr. Da wird er fast wütend auf sie und auf sich selbst und auf alles. Er hat es nicht geschafft, ihr davon zu erzählen, denn die Scham darüber, dass er nicht funktioniert, ist schlimmer als sein komisches Verhalten, deshalb hat er sich für die Flucht entschieden. Er hat angefangen manisch zu kochen, hat sich im Atelier eingeschlossen und an dem Monster gearbeitet, hat von komischen Dingen geredet, Rechnungen bezahlt – was auch immer, nur um nicht mit seiner Frau schlafen zu müssen.

Und bald wird er auch keine Arbeit mehr haben, aber dafür mindestens drei Millionen Kronen Schulden, denn die Leute in München werden ihr Geld zurückfordern, so viel steht fest. Dicklicher Mittsechziger mit Schulden in Millionenhöhe und einem Potenzproblem fragt sich, warum es mit seiner Frau nicht mehr rund läuft. Antworten bitte an Kennwort »Bald auch noch Glatzkopf«.

Warum hat er ihr nicht einfach die Wahrheit gesagt, dass er impotent ist und irgendwelche Pillen braucht? Prozac. Nein, das war die falsche. Wie heißt denn dieses Scharfmacherzeug? Auch egal. Morgen wird er mit Maja reden und ihr alles erzählen. Vielleicht sollte er sie zu einer Reise einladen? Wie wäre es mit Stockholm? Sie könnte ihre Freunde sehen, das fehlt ihr nämlich. Vielleicht würde sein bester Freund auch mal wieder bereitstehen, wenn er nicht mehr in der Nähe des Riesenelefanten im Atelier sein muss. So wird er es machen.

Pelle erhebt sich schwerfällig, reckt sich und bewundert den schönen Anblick von Pugh, Mads und Fatima beim Baden. Sie schwimmen plaudernd in dem glatten, nachtschwarzen Wasser. Channa wirbelt immer noch mit einer Flasche Wein im Arm auf dem Tanzboden herum.

Jetzt wird sich alles wenden, Pelle spürt es. Er wird das Ruder herumreißen. Wenn er alles genau so sagt, wie es ist, dann wird sich das Blatt wenden, und dann kann er vielleicht wieder sexuell und schöpferisch tätig sein.

Aber erst muss er sich erleichtern. Verschwitzt schwankt er auf das Labyrinth aus Hainbuchen zu.

Karin sitzt am Seeufer. In der Ferne hört sie Patti Smith singen. Das Wasser ist still, und im Mondschein sieht es samtig und freundlich aus.

Der grüne Unterrock klebt an ihrem verschwitzten Leib. Nein, sie will nicht mehr. Diese Erkenntnis verschafft ihr plötzlich eine völlig neue Ruhe. So, als würde das Herz endlich anfangen, in einem anderen Takt zu schlagen, und als würde das Gehirn aufhören, sich wie verrückt zu drehen. Als könnte sie endlich atmen.

Sie hat ihre Tochter Simone, aber wenn man ehrlich ist, dann hat sie auch die nicht. Karin hat immer nur das Beste für Simone gewollt, und Simone ihrerseits ist vor den ewigen Ermahnungen ihrer Mutter geflohen. Lass die Schule nicht schleifen! Trink keinen Alkohol! Geh nicht mit jedem ins Bett! Gib acht auf dich! Werd nicht zu dick! Iss in Maßen! Immer Stil bewahren! Lies Bücher! Beweg dich!

Sie hat sie wegen allem und jedem ermahnt, während sie gar nicht gut für sich selbst gesorgt hat. Karin hat heimlich getrunken und zur Selbstbestätigung mit Männern geschlafen. Nach einem zu gehaltvollen Dessert hat sie sich den Finger in den Hals gesteckt. Simone hat das alles gewusst, aber sie ist ohnehin ganz anders.

Ihre Tochter hat nie getrunken und seit ihrem fünfzehnten Lebensjahr einen festen Freund. Sie ist gesund und rein und ehrgeizig, ohne dass es zu viel wäre. Eine Traumtochter, an der Karin doch nur herumgemäkelt hat. Immer hat sie gemeckert, sowie ihr Bauch mal ein bisschen runder war, anstatt ihn rund sein zu lassen und sich über das Selbstbewusstsein ihrer Tochter zu freuen.

Sie ist eine verdammt beschissene Mutter gewesen. Immer hat sie an ihre eigenen Eltern gedacht und alles anders machen wollen, aber dazu hat ihr das richtige Handwerkszeug gefehlt. Sie hatte immer nur einen Hammer, kein feines Schmirgelpapier oder Schraubendreher. Da war immer nur der verdammte Hammer.

Klar telefonieren sie manchmal miteinander, und klar treffen sie sich manchmal. Aber Simone hält die Hand hoch wie ein Stoppschild: Bis hierher und nicht weiter, Mama.

Und jetzt stirbt auch noch Karins Vater. Vielleicht ist er auch schon gegangen. Und wo sind die Freunde? In gewisser Weise sind die auch schon tot. Sie leben in einem anderen Universum als Karin. Das war von Anfang an schon so. Was auch immer sie tut, ihr Universum dreht sich gegen den Uhrzeigersinn. Dann wird sie komisch und unangenehm, und keiner hält es mehr mit ihr aus. Außer Jens. Keiner hat es so mit ihr ausgehalten wie Jens. Ist das nicht seltsam? Ein bescheuerter alter Klassenkamerad ist der Einzige, der ihr wirklich nahesteht, der Einzige, der ihr immer eine Hand gereicht hat, die sie manchmal sogar anzunehmen wagte. Jens, den sie im Stich gelassen hat.

Es ist am besten für alle, für Simone, für sie selbst und … tja, wer sonst sollte sich schon darum scheren? Niemand. Niemand schert sich um sie, nicht einmal sie selbst. Karin steht auf und watet in das seichte Wasser hinaus. Ihr Herz schlägt ruhig und bestimmt.

35

»Also, ich weiß ja nicht ...«
»Entspann dich, leg dich einfach nur hin, und lass locker. Du musst nichts tun.«

Pedro breitet das Lammfell, das er vom Grillplatz mitgebracht hat, auf dem alten feuchten Fliesenboden in der Orangerie aus. Die Weinranken haben hier überhandgenommen und klettern über zerbrochene Fensterscheiben, Fußboden und Decke. Die Luft ist schwer vom süßen Weintraubenduft, der sich mit dem Geruch von feuchter Erde mischt.

»Lass dich nieder, mein schöner Jens.«

Jens setzt sich gehorsam auf das weiche Fell und streicht über die türkisfarbenen Fliesen mit den schon vor Jahrhunderten abgeplatzten Stellen.

Pedro pflückt mit eleganter Geste eine Rebe Mourvèdre, hebt sie hoch und beißt eine Frucht ab. Er kaut und schluckt, dann reicht er Jens die Rebe und setzt sich ihm gegenüber.

Jens schließt die Augen und kaut. Er erlebt den Geschmack von Brombeeren und Pflaumen in der süßen Traube. Es herrscht eine magische Stimmung.

»Darf ich dich küssen?«
»Was?«
Jens reißt die Augen auf und starrt Pedro an.
»Ich habe gefragt, ob ich dich küssen darf.«
»Was? Nein. Nein, ich glaub nicht.«
»Warum denn nicht?«
»Weil ... weil ich langsam bin ...«
»Wir können uns langsam küssen.«

Pedro beugt sich vor und lässt seine Lippen unendlich langsam die von Jens berühren. Der zuckt blitzschnell zurück.

»Ich kann das nicht so schnell, und außerdem bin ich …«

»Nicht verknallt in mich?«

»Es hat nichts mit dir zu tun, ich … Es ist mehr so, dass ich mit einer anderen Sache noch nicht ganz im Reinen bin.«

»Mit einer anderen Sache?«

»Ja, oder … Ich weiß nicht, ich kann das nicht so gut erklären.«

»Jetzt bin ich aber neugierig. Was ist denn das für eine Sache?«

Pedro setzt sich auf und ist ganz offensichtlich bereit, ihm zuzuhören.

»Eigentlich ist es ein Mensch. Da gibt es noch einen anderen Menschen, mit dem ich nicht richtig im Reinen bin.«

»Ah, ich verstehe. Du willst also sagen, dass ich das mit dem Kuss besser vergessen soll?«

Pedro hat einen Hundeblick aufgelegt und tut so, als sei er verletzt. Dann lacht er, um der ganzen Geschichte die Dramatik zu nehmen, und macht eine abwehrende Handbewegung. Jens lacht etwas verschüchtert und wischt sich die verschwitzten Hände am Oberschenkel ab.

»Ich fürchte, ja. Aber … du bist nett, daran liegt es nicht.«

»Kein Problem für mich. Möchtest du noch eine Traube?«

»Ja, bitte.«

Pedro reicht Jens eine Handvoll Trauben. Sie stecken sich die Früchte in den Mund und sitzen nun schweigend und gemächlich kauend nebeneinander im Mondschein, der durch die Scheiben sickert. Pedro sieht Jens an.

»Als Gärtnermeister und so weißt du doch bestimmt viel über Trauben, oder?«

»Ja, einiges.«

»Kannst du mir nicht davon erzählen, während ich mich hierher lege und dir zuhöre? Von den verschiedenen Sorten und wie man sie gießen muss und so?«

Jens lacht.

»Gut, wenn du das möchtest.«

Pedro legt seinen Kopf sanft in Jens' Schoß, schließt die Augen und lauscht der ruhigen Stimme von Jens, der inbrünstig über den richtigen pH-Wert des Bodens, über Rebschnitt und Erziehungsformen spricht.

Jetzt tut er es! Jetzt tut er es! Und wie er es tut! Es ist so schön! Wahnsinn!

»Maja. *Maja!* Ich liebe dich! Kapierst du? Ich liebe dich! Wow, ist das schön!«

Mit eifrigen Händen hält Alex Maja um die Taille gefasst. Er liegt mit dem Rücken auf dem Kies und sieht zu der Frau hoch, die ihn wie eine Besessene reitet. Der Schweiß läuft ihr über den nackten Körper, und sie lacht. Als sie sich vorhin das Kleid abgestreift und sich auf ihn gestürzt hat, ihm die Hosen hinuntergerissen und sich an ihn gepresst hat, da ist Alex gleich gekommen. Es war überhaupt nicht aufzuhalten. So wie wenn man den Lichtschalter drückt und die Lampe sofort angeht. Aber es gab nichts, wofür er sich schämen musste, keine Angst, sondern nur Gelächter und jede Menge Küsse und Streicheln, die Hand zwischen ihren Beinen, es war feucht und absolut samtweich, und ja, dann hat Maja ihn in den Kies gedrückt und ihn hereingelassen. So richtig. Ihr Schweiß tropft auf ihn herunter, in den Mund und in die Augen. Es ist so heiß. Die Sommernacht ist so unendlich stickig, feucht und nass. Der Duft des Geißblatts umschwebt sie wie kräftiges Räucherwerk.

Ein Traum. Es ist wie im Traum. Das kann doch nicht Realität sein. Ihre weiche Haut unter seinen Händen, wohin er auch immer fasst. Alex kann gar nicht aufhören zu fühlen, er will alles erspüren, einfach nur daliegen, während ihm der Kies den Rücken massiert, und er fühlt all die Haut.

Maja schreit laut auf, als sie kommt. Die kleinen Steine scheuern an ihren Knien, sie sitzt auf Alex und heult den Mond an. Alex kann nicht anders, als sie anzuschauen. Was für eine Frau. Wie soll er sie mit nach Hause nehmen? Passt die ins Eigenheim seiner Eltern? Es fällt ihm schwer, sich das vorzustellen. Sie ist zu phantastisch für Eigenheime und Eltern. Sie ist einfach total phantastisch.

Das Wasser ist fast so lau wie die Nacht. Karins Herz schlägt ruhig, so ruhig, als hätte es Monate oder Jahre nicht geschlagen. Sie ist von dem, was sie tut, überzeugt. Keine Angst mehr, kein Alkohol, keine Tränen, keine Einsamkeit. Ihre Tochter wird sich keine Gedanken machen müssen, sondern kann ihr eigenes Leben leben. Ganz zu schweigen von dem Exmann, der die nächtlichen Anrufe von Karin hasst. Der hat jetzt auch seine Ruhe. Sie gibt ihnen allen ihre Leben zurück.

Die Wohnung. Plötzlich muss sie an die Wohnung denken. Es grämt sie ein wenig, dass Simone nicht mit im Mietvertrag steht und sie deshalb nicht übernehmen kann. Aber Simone wollte schon immer unabhängig sein, wollte keine Almosen oder zur Dankbarkeit verpflichtet sein. Jetzt wird sie keine Schuldgefühle mehr haben müssen.

Karin hat keine Angst vor dem Wasser, das ihre Haut wie ein sanfter Atem streichelt. So weit wie jetzt war sie noch nie im Wasser, nicht seit dem einen Mal am Steg. Damals, als ihr Vater sie nicht sehen wollte. Papa. Vielleicht stirbt er in diesem Moment. Vielleicht liegt er da und merkt, dass ihm der Sauerstoff ausgeht, spürt, wie die Krankenschwestern seine Hand etwas fester nehmen und sagen: »Gehen Sie nur, lassen Sie los, kämpfen Sie nicht dagegen an.« Aber Karin und ihr Vater werden sich nicht begegnen, denn er wird niemals in den Himmel kommen. Aber sie vielleicht auch nicht. Vielleicht begegnen sie einander in der Hölle. Ach was, es gibt keinen Gott, und es gibt keine Hölle. Aber es gibt ein Ende, eine dunkle, stille Ewigkeit. Und die kommt jetzt.

Der Sand kitzelt ein wenig zwischen ihren Zehen, sie lässt die Handflächen auf der stillen Wasseroberfläche ruhen. In der Ferne Lachen und Musik. Karin geht vorwärts. Ihr Gesicht ist ganz entspannt.

36

Pelle schwankt. Er ist richtig betrunken. Auf seinem Weg ins Labyrinth muss er sich an Tischen, Stühlen, Bäumen und Büschen abstützen. Pelle ist gern im Labyrinth, unter den dichten Hainbuchen herrscht Ruhe und eine satte Stille, und dann und wann kommt eine der hübschen gusseisernen Bänke vorbei, auf denen man seinen Gedanken nachhängen kann.

Vom See unten ertönt Lachen. Pelle, Mads, Channa, Fatima, Pugh. Sie sind Freunde, richtige Freunde. Oder nicht? Sind die Freunde wirklich da, wenn man sie braucht, oder kommen sie nur, wenn eine Party angesagt ist und wenn Pelle sie einlädt, in sein Schloss, zu Champagner und gebratenem Schwein? Würden sie auch kommen, wenn er ein einsamer Glatzkopf mit Millionenschulden wäre? Doch, das würden sie. Natürlich würden das. Teufel auch, in seinem besoffenen Kopf dreht sich alles.

Pelle stolpert ins Labyrinth, er hört seine eigenen schwankenden Schritte auf dem Kies und seinen keuchenden Atem. Verdammt, das Herz tut doch irgendwie weh. Zum Glück ist da eine Bank. Pelle legt die Hand auf das schnell pochende, auf Hochtouren laufende Herz und lässt sich nieder. Er versucht, ruhig zu atmen, schließt die Augen, wendet das Gesicht dem lauen Nachthimmel zu und ...

Was ist das? Er öffnet die Augen, macht einen langen Hals und lauscht in die Hecke hinein. Da kichert jemand. Wer könnte das sein? Moment mal ... sollten das Pugh und Fatima sein? Es ist höchste Zeit, dass die beiden wieder zueinanderfinden. Pelle erhebt sich und geht dem Kichern nach. Er kennt sich aus im Labyrinth, hier kennt er jede Ecke. Das Lachen

kommt aus der Sackgasse, dahinten in Richtung Seerosenteich.

Nee, erst muss er sich erleichtern. Er zupft an den Schnüren
der altmodischen Hose, meine Güte, gehen die schwer auf.
Pelle zerrt so lange daran herum, bis die alten Bänder nachge-
ben und zerreißen. Die Erleichterung ist groß, als er endlich
seine volle Blase leert. Zärtlich hält er seinen Penis und lallt
ihm zu: »Wir zwei werden wieder Freunde sein, du und ich.
Was meinst du? Nee, diese Skulptur ist mir scheißegal. Die
soll bleiben, wo sie ist. Vielleicht zünde ich die ganze Bruchbude einfach an. Ich kann nicht mehr. Na klar, ich werde mit
Maja reden und ihr alles erklären. Danach willst du ja vielleicht
wieder zum Leben erwachen. Wäre echt nett, okay?«

Pelle bettet ihn wieder zwischen zerrissene Schnüre, Bänder und Hosenladen und schaukelt über den Kies in Richtung
Sackgasse. Pugh und Fatima – das wäre höchste Zeit. Schließlich hat keiner von beiden jemand Neues gefunden, ihre Liebe
war einfach zu groß, nichts und niemand konnte sich damit
messen. Und das ist ihr Problem.

Pelle freut sich über die Vorstellung, dass Pugh wieder aus
der Scheune ausziehen und bei Fatima einziehen darf, auch
wenn er es sich in der Scheune wirklich gemütlich gemacht
hat. Dass die zwei wieder zusammengefunden haben, ist wie
ein Zeichen, dass auch er und Maja eine Chance haben.
Immerhin haben sie beide einander noch nicht verletzt, sie
haben ein reines Gewissen, wenn Pelle nur seine Sachen mal
in Ordnung bringen könnte ...

Jetzt ist das Lachen ganz nah. Obwohl er betrunken ist, gelingt es ihm, ganz leise näher zu schleichen. Er versucht, nicht
zu laut zu hicksen, und hält sich die Hand vor den Mund,
damit sein Kichern nicht zu hören ist. Meine Güte, die beiden
haben echt Spaß. Dann schaut er hinter der Hecke hervor und
sieht ...

Nicht Pugh und Fatima. Es ist Maja, seine Frau, die Liebe
seines Lebens, seine beste Freundin. Sie liegt nackt auf dem

Kies, die Haare wie einen Heiligenschein um ihren Kopf ausgebreitet. Ganz offen und glücklich liegt sie da und lacht glockenhell. Zu ihren Füßen sitzt Alexander. Er hat ein Unterhemd an, und die grünen Hosen hängen ziehharmonikaartig um seine Waden. Er knabbert an Majas Zehen, er kitzelt sie, knabbert weiter. Majas Lachen klingt wie Kristalle, die aneinanderschlagen. Jetzt packt sie Alexanders dickes, blondes Haar und zieht ihn zu sich hinauf. Sie breitet ihre Beine auseinander, und er gleitet zwischen ihnen hinein. Ihre Lippen begegnen sich, und das Lachen verstummt. Alles verstummt.

Josefin gähnt heftig. Sie wandert in der Dämmerung durch das trockene Gras zum Wasser hinunter, sammelt Flaschen, Müll und Dosen und steckt sie in einen Plastiksack. Hinter dem Horizont des Festlandes kann man, obwohl es erst zwei Uhr nachts ist, schon die Sonne erahnen.

Die verwirrte Fotografin hat am Ende noch ein Bootstaxi zu fassen gekriegt und ist abgereist. Ja, ja. Ein neuer, heißer Tag zieht herauf, wird es denn niemals regnen? In der Ferne hört sie fröhliches Kreischen. Es ist Channa, die auf der Rutsche in den Pool saust. Mads, Pugh und Fatima sitzen in Bademänteln auf den Liegestühlen und sehen kichernd zu. Mit dem Eifer der Betrunkenen versucht Channa, sie dazu zu bringen, es ihr nachzutun, aber nein, sie wollen nicht und bemühen sich, ihr etwas von schmerzenden Hüften und schwachen Herzen zu erzählen, aber Channa hört gar nicht zu, sie ist schon wieder unterwegs zu einer neuen Rutschpartie.

Josefin greift mit den Zehen eine zerknüllte Zigarettenschachtel, nimmt sie in die Hand und wirft sie in die Tüte. Rasselnde, nervige Musik tönt aus den Lautsprechern und lässt Vögel, Damhirsche und alles Kleingetier aus der Umgebung des Schlosses fliehen. Sogar die Himbeeren sehen aus, als würden sie leiden. Müde schaut Josefin über den Picknickplatz, wo Schweinefleisch, Salat, Oliven, Hirschbraten und Trauben gegessen und enorme Mengen an Champagner getrunken wurden. Silberteller, Kristallgläser, Perücken, Schuhe und schöne Porzellanschüsseln liegen durcheinander, Leinenservietten mit Rotweinflecken sind bis zum See hinunter verstreut. Am besten holt sie gleich die Schubkarre.

»Ich möchte für immer hier liegen bleiben.«

Alex hat seinen Kopf auf Majas nackte Brust gelegt. Sie hat das schöne Cape im Gras ausgebreitet, und sie liegen nackt auf dem kühlen Seidenstoff. Die Sonne geht langsam auf, und die neu erwachten Strahlen tasten sich durch die Hainbuchen. Sanft streichelt Alex Majas Bauch, lässt seine Finger ihren Weg zur Brust finden und kleine, neugierige Kreise um die Warzenhöfe beschreiben.

»Wirst du Pelle davon erzählen?«

»Nein. Wir sagen nichts.«

»Aber was dann? Wirst du ihn anlügen?«

»Ganz ehrlich, ich glaube nicht, dass es ihn überhaupt interessiert. Er ist vollauf mit sich und seiner Skulptur beschäftigt.« Maja dreht sich zu Alex um. »Ich weiß nicht, ob er mich noch liebt. Vielleicht liebe ich ihn auch nicht mehr. Das ist hart und ...«

»Aber dann kannst du es ihm doch genauso gut sagen.«

»Nein, das schafft nur Probleme. Und du musst schwimmen lernen! Du bist mein kleiner Schwimmschüler, vergiss das ja nicht.«

Maja kneift Alex leicht in die Seite.

»Ich will aber nicht schwimmen! Ich will viel lieber so was mit dir machen, die ganze Zeit.«

Alex presst sich fest an Maja, und seine Hände umfassen, ohne zu zögern, ihre kühlen Pobacken.

»Das merke ich.«

»Sollen wir noch mal?«

»Ich glaube, ich muss zum Haus zurück, die fragen sich bestimmt schon, wo wir sind.«

»Shit, was hast du für schöne Brüste.«

Alex gibt jeder Brust einen Kuss.

»Und der Bauch! Der ist einfach perfekt.«

Der Bauch kriegt auch einen Kuss.

»Und deine Beine, Knie, Füße, Zehen! Ich werde dich mitnehmen, ist dir das klar? Verdammt, ich werde dich einfach klauen!«

»Haha, du wirst schwimmen lernen, und zwar richtig!«

»Nein, ich nehme dich mit nach Hause. Ich werde nach Hause schwimmen, das sag ich dir, und zwar mit dir auf dem Rücken. Aber erst werde ich noch ...«

Maja lacht laut und lässt zu, dass Alex sie in die Fersen beißt. Er ist so jung, keine einzige Falte, das blondierte Haar und dann diese Muskeln. Wie ein Typ aus diesen Vorabendserien, die sie doch immer so ekelhaft fand. Und nun liegt er da und leckt ihre Zehen. Splitterfasernackt. Ihr ist es total egal. Pelle, die Kunst, das Leben, das Schloss, die Träume und Hoffnungen, alles ist in Umzugskisten gepackt. Und zwar schon lange. Die werden erst wieder geöffnet, wenn Maja weiß, wohin sie ziehen wird.

Sie können durchaus noch eine Nummer schieben. Oder sieben. Gierig packt sie das dicke Haar von Alex und zieht ihn nach oben zu ihrem Mund.

Jens zieht vorsichtig die Tür zur verwilderten und verwunschenen Orangerie hinter sich zu. Da drinnen liegt Pedro, umrankt von freundlichen Weinreben auf dem Lammfell, und schläft. Jens atmet tief ein und zieht die klare Luft der Morgendämmerung in seine Lungen. Er ist ein wenig wacklig auf den Beinen. Was ist an diesem Abend eigentlich geschehen? Er hat mit einem Mann getanzt. Wenn seine Mutter ihn gesehen hätte! Aber das hat sie nicht. Mütter sehen eben auch nicht alles. Zum Glück.

Die hohen Stiefel sind warm, und die Haut unter der eng anliegenden weißen, hochgeknöpften Hose juckt. Ein Bad, ein einsames schönes Bad, wäre jetzt genau das Richtige. Mit seinem verschwitzten Körper durch das laue, stille Wasser pflügen. Jens muss sich ganz schön anstrengen, um die engen Stiefel von den Füßen zu kriegen. Er stellt sie ordentlich an die Tür zur Orangerie und geht barfuß zu dem etwas abgelegenen einsamen Uferstreifen, den er kürzlich entdeckt hat.

Sie steht ganz gerade im Wasser. Nur der Kopf schaut noch heraus. Wenn ihre Füße den Kontakt zu dem weichen Sandboden verlieren, wird sie sofort untergehen. Sie steht Auge in Auge mit dem Sonnenaufgang. Die Sonne geht auf, sie selbst geht unter. Das Licht blendet sie fast, und obwohl es nur einige wenige, dünne Strahlen sind, die sie treffen, wärmen sie doch ihre Wangen.

Simone. So viel Angst hat sie gehabt, dass sie das Kind nicht richtig würde lieben können, dass sie ihr keine gute Mutter würde sein können. Immer hat sie über all die spießigen Elternzeitschriften gespottet und hat sie heimlich doch gelesen, so wie ein Teenager Pornos liest. Sie hat insgeheim das Muttersein studiert: wie man seine Wickeltasche packen muss, wie Bäuerchen, Ins-Bett-Bringen, In-den-Schlaf-Wiegen, Singen, Rumtollen und Spielen auszusehen haben. Das Essen in winzig kleine Portionen aufteilen und im Eiswürfelbehälter einfrieren und, falls das Kind Hunger hat, schnell auftauen. Das glückliche Gefühl, das eigene Kind an der Brust zu haben. Glückliche Promimütter, die von ihren Kindern erzählen und wie seit der Geburt ihrer Kinder das Leben einen Sinn bekommen hat.

Karins Leben hat seinen Sinn verloren. Simone hat ihm keinen Sinn geben können, ein bisschen vielleicht, aber kein Ganzes. Im Grunde hat Simone ihr nur Angst gemacht, sie würde zu viel und zu lange arbeiten. Und Karin liebt ihre Arbeit, mehr als das Mutterdasein. Als sie beim Kulturradio arbeitete, konnte sie ganze Nächte damit verbringen, Reportagen zusammenzuschneiden, Musikeinblendungen zu hinterlegen, Stimmungen zu kreieren, Worte einzuspielen. Sie war gut, verdammt gut, in ihrem Beruf und verdammt schlecht als Mutter.

Jetzt ist die Lust an der Arbeit auch verschwunden, nichts ist mehr übrig davon. Sie will nicht mehr die Bücher von anderen Leuten lesen, will die Ergüsse, das Leben, die Gefühle und Beziehungen anderer nicht mehr rezensieren. Sie hat keine Lust, Pelle über seine Kunst zu befragen, der ist ihr völlig egal. Es ist doch alles nur eine Fassade. Seine Frau fickt kleine Jungs, und sie spürt den Geruch der Angst, die er vor seiner aktuellen künstlerischen Arbeit hat. Das hat alles nichts mit der Realität zu tun, und sie will nicht länger lügen. Sie will keinen einzigen Artikel mehr über die freie, herrliche Kunst schreiben. Sie will nie wieder irgendwelche Lügengeschichten über alle ihre Freunde und die aufregenden Reisen erzählen. Keine Lügen mehr. Lügen waren das Einzige, was sie hatte, daran hat sie sich festgehalten. Und jetzt lässt sie los.

Karin hebt die Füße vom Sandboden und lässt sich ins Wasser sinken, das sie warm umfängt.

37

Pelle stolpert zurück, als hätte ihm jemand einen Schlag in die Magengrube versetzt, dann erbricht er, dass es nur so auf den Kies spritzt. Oh Gott, das Herz. Es ist stehen geblieben. Jedenfalls fühlt es sich so an. Ihr Lachen verstummt, jetzt ist nur noch schweres Atmen und das Rutschen auf Kies zu hören.

Pelle geht einfach zum Schloss hinauf. Er weint nicht, er geht nur. Füße auf Kies, Gras und Marmor. Er sieht die offene Tür, die schönen lindgrünen Flügeltüren, die sich zur Eingangshalle hin öffnen. Die lang gestreckte Halle mit dem Fußboden aus Steinplatten, in die große Kreuze als Relief eingelassen sind, die den Teufel fernhalten sollen. Aber wie kann man den Teufel fernhalten, wenn er im eigenen Haus wohnt?

Pelle sieht Josefin hin und her laufen, von der Küche durch die Eingangshalle und in die Kammer. Küche, Halle, Kammer. Sie trägt Tüten, Teller, Kandelaber und noch mehr Tüten.

Sie haben dagelegen, Maja und er, dieser ... verdammte Junge, in demselben Labyrinth, in dem Pelle und Maja an jenem Oktobertag vor einigen Jahren herumgingen und beschlossen, die Insel zu kaufen. Sie saßen auf einer Bank in den Irrgängen, hielten einander an den Händen und entschieden, dass sie hierherziehen würden. Eifrig haben sie die Ateliers und das Schlafzimmer geplant. Oder war es gar nicht so? War vielleicht nur er eifrig gewesen? Hat Maja einfach mitgemacht? Eigentlich wollte sie niemals hierherziehen, sie hatte die Einsamkeit geahnt. Aber Pelle hatte geglaubt, sie hätten einander, da ist man doch nie einsam.

»Sag mal, Pelle, was ist los mit dir?«

Josefin schiebt eine Tür mit dem Fuß auf und sieht fragend in Pelles bleiches Gesicht, wie er in seiner kaputten Hose dasitzt, die Hand aufs Herz gepresst. Pelle antwortet nicht, sondern starrt Josefin nur an.

»Soll ich dir nach oben helfen?«

Pelle antwortet immer noch nicht, und so lässt Josefin die Tüten einfach auf den Boden fallen, packt Pelles Arm und stützt ihn auf dem Weg die breite Treppe hinauf. Sein Körper ist schwer, als wären seine Muskeln und der Wille abgeschaltet und er nur noch eine massive Körperhülle. Sie schaffen es die Treppe hinauf, den langen Flur hinunter und in das warme Schlafzimmer.

Fürsorglich geleitet Josefin Pelle in das große Bett, hebt seine Beine hoch und legt ein zusätzliches Kissen unter seinen verschwitzten Nacken. Sie feuchtet ein Handtuch an und wischt ihm das Gesicht ab, deckt ihn mit den raschelnden Tüchern zu, öffnet das Fenster und wünscht ihm eine gute Nacht.

Pelle starrt ins Nichts, als Josefin die Tür hinter sich geschlossen hat. Er hört ihren leichten Schritt durch den Flur und die Treppe hinunter, dann wieder das Klappern in der Küche.

Pelle steht wieder auf und schleppt sich zum Fenster, das zum Labyrinth weist. Das Labyrinth, dieses Dickicht von Gängen, aus denen man fast nicht wieder herausfindet. Die Hand liegt fest auf dem Herzen. Keine tiefen Schnitte von Messern oder Äxten, keine einzige Verletzung ist zu sehen, und doch hat er das Gefühl, als habe man ihn geschlachtet.

Jens macht kräftige, lange Schwimmzüge, wie ein Pfeil schießt er durch das Wasser. Die Sonne taucht langsam auf und beleuchtet die Welt in der Tiefe. Beim Schilf kann Jens einen Fischschwarm erahnen, der verschwindet, sobald er sich nähert. Steine, bedeckt von grünem sich wiegendem Seegras, etwas entfernt eine Ringelnatter, die an Land huscht. Wie angenehm, allein zu sein und die Stille und Ruhe der Einsamkeit zu genießen. Kein Tanz, kein Gesang, keine Menschen.

Vielleicht sollte er um die Landzunge herum und in die

nächste Bucht schwimmen, das ist nicht weit. Es ist windstill, das Wasser ist lau, und den Alkohol, der vorhin noch in seinem Körper zirkulierte, spürt er fast nicht mehr. Doch, das wird er tun. Seine Schwimmzüge sind ausladend und sicher, das lange Seegras streicht ihm um die Beine, und er spürt die angenehme Kühle am Kopf, wenn er unter Wasser schwimmt.

Moment mal. Was ist das dahinten, etwa hundert Meter entfernt? Jens kneift die Augen unter Wasser zusammen. Vielleicht ein Seehund? Gibt es denn Seehunde im Süßwasser? Nein, natürlich nicht. Aber es ist etwas Großes. Jens schwimmt langsamer, um das Tier nicht zu verjagen, das dahinten wie träumerisch im Wasser schwebt. Das ist kein Tier, das ist …

Ein Mensch, der in einem grünen durchsichtigen Kleid schwerelos unter der Wasseroberfläche treibt. Karin.

»Was hast du gedacht, als du mich zum ersten Mal gesehen hast?«

Maja und Alex sitzen sich gegenüber auf einer der hübsch verschnörkelten Bänke im Labyrinth. Ihre Kleider sind etwas entfernt auf dem Kies verstreut. Alex hält inne, die Hände auf Majas Oberschenkeln, und denkt nach.

»Ich glaube, ich habe gar nichts gedacht. Jedenfalls nicht direkt. Ich war mehr darauf fokussiert, schnell schwimmen zu lernen und dann hier wegzukommen. Doch, ich habe mich echt gefragt, wie ich das überleben sollte.«

»Aber wann hast du angefangen, an mich zu denken?«

»Das war, nachdem wir getanzt hatten, da in deinem Malerzimmer. Ich weiß ja nicht, was da passiert ist, aber du bist eben nicht so wie die anderen.«

»Das ist niemand.«

»Doch, es gibt ziemlich viele, die sind so wie die anderen.«

»Vielleicht versuchen sie auch nur, so wie die anderen zu sein.«

»Klar, das meine ich ja auch.«

»Wie auch immer die anderen sein mögen. Man hat doch

eine bestimmte Vorstellung davon, wie die anderen sind. Jeder von uns läuft herum und denkt darüber nach. Jetzt bin ich nicht wie die anderen. Ich muss mehr wie die anderen sein, so wie ich bin, ist es doch nicht normal. Aber in Wirklichkeit ist jeder von uns in den Augen der anderen ein anderer.«

»Da komme ich nicht mehr mit, ist ja auch egal, jedenfalls hab ich mich da wohl ein bisschen in dich verliebt. Mit dir zusammen habe ich mich einfach nicht so komisch gefühlt.«

»Du bist auch nicht komisch. Niemand ist komisch. Alle sind normal.«

Alex lacht und kneift Maja in den Oberschenkel.

»Jetzt hör aber auf! Natürlich bist du komisch, Maja, und deine Kumpel hier, die sind echt endkomisch.«

»Das sind sie gar nicht.«

»Komm, gib es doch zu! Sieh sie dir doch mal an, natürlich sind die komisch! Stell dir vor, wie die Leute glotzen würden, wenn du diese Channa auf den Marktplatz von Duvköping setzen würdest, die ist doch voll abgefahren. Und Pelle ist auch komisch! Und Karin und Jens sowieso. Josefin ist die Einzige, die normal ist.«

»Aber wenn Josefin die einzig Normale ist, dann ist doch wohl sie diejenige, die komisch ist, oder?«

Ein schiefes Lächeln huscht über Majas Lippen, Alex denkt nach.

»Äh, du verstehst aber schon, was ich meine, oder?«, fragt er dann.

»Klar, aber ich bin anderer Ansicht. Niemand ist komisch. Oder alle sind es.«

Schweigen. Vogelgezwitscher. Alex' Hände streicheln sanft über Majas Oberschenkel und spielen mit ihren Schamhaaren.

»Musst du dahin zurückgehen? Können wir nicht hier schlafen?«

Alex richtet sich auf, stößt Maja ein wenig an, dass sie weiter nach innen rutscht, und dann legt er sich direkt neben sie. Er kriecht in ihre warmen, offenen Arme und spürt ihre Finger, die seinen Kopf streicheln, und einen leichten Kuss auf der Stirn.

»Das würde ich gern, wirklich. Aber ich muss in meinem Bett schlafen. Wenn Pelle ... na, du weißt schon. Und außerdem müssen wir morgen weiter schwimmen üben. Du sollst schließlich die Stange mal loslassen! Und du wirst es schaffen, Alex, du bist schon nah dran.«

»Wie wird es morgen?«

»Was denn?«

»Mit uns? Wie sollen wir uns verhalten?«

»Wie immer.«

»Und dann?«

Maja küsst Alex noch einmal auf die Stirn. Schweigend denkt sie nach. Nein, sie denkt überhaupt nicht, das Gehirn springt nicht an, nur der Bauch antwortet.

»Dann hole ich dich.«

»Wie das?«

»Weiß noch nicht genau, vielleicht, wenn die anderen Pause machen. Ich glaube, dann solltest du noch etwas zusätzlich üben, findest du nicht auch?«

»Doch, ich muss tierisch viel zusätzlich üben.«

»Genau!«

Sie küssen sich, und Maja spürt, wie sich Alex an sie presst. Lachend schubst sie ihn von der Bank.

»Komm, lass uns gehen.«

Sie schleichen auf dem Kies herum, um ihre Kleider einzusammeln. Alex reckt seinen braun gebrannten Körper zum dämmernden Himmel und gähnt zufrieden. Maja knöpft das Cape über ihren nackten Körper und gibt Alex ihre Hand, die dieser sanft küsst und zu sich zieht. Die ganze Maja zieht er in einem langsamen Kuss an sich. Maja im Cape, Alex nackt.

»Das fühlt sich richtig scheiße an, dass du gleich neben Pelle liegen wirst. Eigentlich sollte ich bei dir liegen.«

»Ich will auch bei dir liegen.«

Schweigen.

»Aber es ist nun mal so. Komm.«

Sie gehen Hand in Hand, Majas Kopf ruht auf Alex' Schulter. Die Kleider hat er über dem Arm hängen, nur die Hose hat er nachlässig hochgezogen und den Hosenladen auch nicht richtig zugeknöpft. Was zum Teufel mache ich hier eigentlich?, fragt Maja sich wieder und wieder und will doch die warme Hand von Alex nicht loslassen.

Jetzt sieht er sie. Sie stehen am Rand des Labyrinths und flüstern. Sie lassen sich los und treten aus den Irrgängen, als wäre nichts gewesen. Channa schläft mit einem Badelaken als Decke auf einem der Liegestühle, im dichten Brombeergestrüpp röhren ein paar Damhirsche, und Pelle wacht mit der Hand auf dem Herzen an seinem Fenster. Ganz deutlich kann er sehen, wie Maja und Alex sich zuwinken und jeder in seine Richtung geht. Doch nach ein paar Metern überlegen sie es sich anders und geben sich noch einen letzten Kuss. Er sieht, wie Maja schwankend durch den Haupteingang geht, während Alex die französische Glastür auf der Rückseite des Hauses nimmt. Er sieht, wie Maja und Alex sich, ehe sie sich aus den Augen verlieren, noch einmal umdrehen, um sich ein letztes Gutenacht zuzuwinken. Er sieht, wie seine Frau dem jungen Mann am Pool einen letzten Handkuss zuwirft.

38

Das ist Karin, die da im Wasser treibt! Sie kann doch nicht schwimmen! Sie hat doch Todesängste, wenn es um Wasser geht! Was macht sie bloß hier? Jens spannt alle Muskeln an, die er in seinem Körper hat. Er macht längere Schwimmzüge, nutzt alle Kraft, die da ist, er muss voran und schiebt das Wasser zur Seite. Er muss zu ihr, sie lebt nicht, sie ist tot. Ist sie wirklich tot? Das grüne, durchsichtige Unterkleid umschwebt sie wie bei einem koketten Tanz. Es mischt sich mit dem haselnussfarbenen Haar. Der Kopf hängt schlaff auf ihrer Brust.

Jens hat das Gefühl, gegen eine schwere Strömung anschwimmen zu müssen. Es ist wie in einem Albtraum, in dem man alle Kräfte mobilisiert, die einem zur Verfügung stehen, so laut schreit, wie man kann, und trotzdem nicht vorankommt. Es ist so still unter dem Wasser, kein Laut, nur Stille, obwohl alles so dramatisch ist.

Es dröhnt und pocht in Jens' Kopf, er muss hoch und Luft holen. Schnell. Hoch, atmen, tief Luft holen, wieder runter. Unter Wasser ist er schneller, muss schnell sein, jetzt ganz nah, noch näher. Da! Jens packt Karins kühlen Arm und reißt sie an sich. Trotz des Wasserauftriebs ist sie schwer. Jens legt sich auf den Rücken und schwimmt an Land, dabei hält er ihren schlaffen Körper im eisernen Griff und drückt sie an seine Brust. Ihr Kopf kippt nach vorn, er schlägt ihn zurück, ja, er packt sie hart an, er will Leben in sie schütteln.

»Gleich sind wir an Land, Karin. Nur noch kurz. Gleich sind wir an Land. Ich werde dir helfen. Karin! Hörst du mich? Ich werde dir helfen. Ich werde dich nie verlassen.«

Er redet die ganze Zeit. Er schwimmt, hält sie ganz fest und redet. Sie ist so schwer, so furchtbar schwer. Jetzt hat er Grund unter den Füßen. Rauf, sie muss rauf. Jens stellt sich auf den Sandboden, hakt seine Arme unter Karins Achseln und rennt den menschenleeren Strand hinauf. Ihre Füße schlagen auf die Dünen, an der Wasserlinie lässt er sie mit einem Schlag fallen. Allein. Er ist ganz allein. Was soll er tun?

Jetzt ist Eile geboten, vielleicht ist es schon zu spät. Die Lungen. Wasser in der Lunge. Das muss raus. Rasch setzt sich Jens hinter Karin, hebt sie hoch und drückt auf den Brustkorb. Nichts geschieht. Fester drücken. Keine Reaktion. Aber sie darf doch nicht tot sein! Voller Panik reißt Jens den leblosen Körper hoch, hält sie um den Bauch und springt auf und nieder. Er schreit und springt, er umklammert sie und drückt, schreit noch lauter. Im Wald raschelt und knackt es von Tieren, die vor dem lauten Schreien fliehen.

»Leeeben! Du sollst nicht sterben! Nicht jetzt! Los, Karin! Komm zurück! *Karin!*«

Maja schleicht auf Zehenspitzen in das rosa-grüne Schlafzimmer. Ihre Haut ist noch nass von der schnellen Dusche, das Fenster steht einen Spaltbreit offen, Pelle atmet schwer.

Vorsichtig hebt sie die raschelnde Decke und kriecht darunter. Das Betttuch ist schön kühl. Sie betrachtet Pelles lockiges Haar auf dem Kissen. Sie streckt die Hand aus, um ihn zu streicheln, zieht sie aber schnell wieder zurück. In ihrem Kopf dreht sich alles, als würde sie im Tassenkarussell auf dem Jahrmarkt sitzen. Sie sieht die Menschen, die entlang des Zaunes stehen und lächeln, winken und Fotos machen. Die Gesichter sind verwischt. Sie selbst sitzt in der kreiselnden Kaffeetasse, und ihr ist ein bisschen übel.

Schlechtes Gewissen. Pelles krauses Haar auf dem Kissen. Ihr Magen verkrampft sich. Pelle, der nur ihr Bestes will, der sie liebt, der sie in einem Schloss mit Atelier wohnen lässt, wovon andere Künstler nicht einmal zu träumen wagen. Der ihr Kaninchen in Senfsoße kocht, wenn sie schlecht drauf ist.

Früher, in ihrer ersten gemeinsamen Wohnung, haben sie

zusammen Filme angeschaut, in dem großen Bett, mit zwei Kissen und nur einer Decke. Immer unter derselben Decke. Damals konnten sie nie begreifen, warum es Leute gibt, die zwei Decken brauchen. Sie lagen zusammen unter der Decke, vor sich zwei Schachteln mit frittierten Krabben in süßsaurer Soße vom Chinagrill. Eintauchen, essen, abbeißen, eintauchen, essen. Sie haben Woody Allen gesehen, diesen Film, in dem er mit einer entsetzlich viel jüngeren Frau zusammen ist und mit ihr im Bett liegt, sie essen chinesisches Essen, schauen einen Film an, und er versucht, sie zu überreden, doch mit jemand anders auszugehen, weil sie so jung ist, und als sie es schließlich tut, wird er wahnsinnig vor Eifersucht und will sie zurückhaben.

Maja und Pelle essen ihre Krabben und lachen, sie witzeln herum, dass der Film ja von ihnen handele, wie sie im Bett liegen, ein alter Kerl und ein junges Mädchen, und chinesisch essen und einen Film anschauen, der von einem alten Kerl und einem jungen Mädchen handelt, die chinesisch essen und sich gerade einen Film anschauen.

Maja hat versprochen, Pelle niemals zu verlassen, und Pelle hat versprochen, sie niemals zur Untreue zu überreden. Und dann haben sie die Pappschachteln auf den Boden geworfen, sich geküsst und von der Zukunft geträumt. Sie haben sich vorgestellt, dass sie zusammen Großes erschaffen würden, mit ihrer Kunst und mit ihren Körpern.

Oje, es zieht im Bauch. Sie möchte einfach ihre Decke anheben und mit unter die von Pelle kriechen. Sie sollten wieder unter derselben Decke liegen. Zusammen.

Es ist nicht mehr dasselbe, schon lange nicht mehr. Wenn sie die Hand ausstreckt, ist Pelle nicht da. Er backt lieber ein Kaninchen, als sie zu umarmen. Dabei ist ihr Essen völlig gleichgültig! Er drückt sich, das ist es. Wenn sie ihn streichelt, fängt er an zu husten, irgendwie sind meine Mandeln ein bisschen dick, nicht, dass du dich ansteckst, mein Herz. Dabei bin ich doch schon krank! Ich habe die Pest! Du willst mich nicht haben, so ist es und nicht anders. Ich liebe dich und deinen Körper. Jedenfalls habe ich das getan. Als du mich noch liebtest.

Im vergangenen Jahr hat Pelle sie auf jede erdenkliche Weise abgewiesen. Oder geht das schon mehrere Jahre so? Sie weiß es nicht mehr genau. Es ist alles ein einziges Durcheinander aus unterschiedlichen subtilen Ablehnungen. Er will sie nicht mehr, und er will auch nicht darüber reden. Was hat sie nicht alles versucht, sie hat gekämpft und sich gesehnt. Es ist Pelles Schuld.

Und dann kommt Alex daher und will sie haben, und zwar so sehr, dass sie einfach nicht widerstehen kann. Eine Umarmung, in die sie flüchten kann, ein warmer Körper, mit dem sie sich verbinden kann. Jemand, der sie schön findet. Sie ist ausgehungert, und Alex ist wie ein Korb frisch gebackener Hefeschnecken mit Vanille und Butter. Mensch, wie haben sie es miteinander getrieben, das war schon fast unwirklich. Sie fühlte sich so frei, keine Angst, keine Trauer, nur reine, schiere Lust.

In ihrem Bauch zieht es hinunter bis zu ihrem Schoß, der eigentlich erschöpft sein müsste, der eigentlich schlafen müsste, aber der so lange geschlafen hat, dass er jetzt nur noch wach sein will. Pelle atmet tief, richtig tief. Maja setzt sich geschmeidig im Bett auf, schlägt die Decke zurück und läuft lautlos in Alex' Zimmer. Bald wird sie wohl wirklich verrückt.

Würgen. Ein Würgen. Ein Husten! Sie hustet! Jens hört auf, wie verrückt herumzuspringen, und drückt Karin noch ein paarmal etwas sanfter auf den Brustkorb. Wieder Husten. Und Wasser. Karin öffnet den Mund ganz weit, und das warme Wasser schießt einfach heraus. Es läuft über Karins Körper und die Beine von Jens. Ihr kühler Leib in seinen Armen ist immer noch schlaff, aber sie hustet!

Jens lacht los, genauso laut, wie er zuvor geschrien hat, lacht er jetzt. Dann sinkt er auf den Sand, immer noch mit

Karin im Arm, er hält ihr zärtlich die Stirn und streichelt ihr den Rücken.

»Gut, Karin, gut so. Raus damit. Alles muss raus.«

Wieder ein Räuspern, jetzt schwächer. Atmen. Jens hört, wie sie Luft holt. Kleine, zaghafte Atemzüge.

Sie atmet. Das Kleid klebt an ihren braunen Armen und dem Bauch. Immer im Wechsel entspannt sie sich und ver- krampft sich wieder. Ihre Muskeln bewegen sich unkontrol- liert, spannen sich an, werden wieder locker. Wie in Krämpfen. Jens umarmt sie einfach nur, nicht einen Millimeter lässt er sie los.

»Ich bin da. Du bist nicht allein.«

Karin hustet. Jens umarmt sie.

»Es brennt im Hals.«

»Kann ich mir denken.«

»Ich bin so schrecklich traurig.«

»Du bist nicht allein.«

»Es tut so weh!«

Die Tränen laufen Karin über die Wangen. Ganz still fließen sie bis zum Kinn, und dann tropfen sie auf die schon nasse Brust. Jens hält sie fest. Und so sitzen die beiden da, ganz genau so. Sie weint, und er umarmt sie, da, auf dem kleinen Naturstrand, während der Mond untergeht und die Sonne her- vorschaut.

39

Pelle rührt in dem kochenden Nudelwasser. Er hat sich entschieden und eine Lösung für alle seine Sorgen gefunden. Nicht wirklich für alle, aber doch fast. Gleich ist es elf Uhr, und er wird keine Miene verziehen. Der Stolz ist das Einzige, was ihm noch geblieben ist, alles andere hat er verloren. Pelle läutet die golden glänzende Frühstücksglocke, deren Klang zwischen den Wänden des schlafenden Schlosses widerhallt.

»Frühstück!«

Er ruft laut zur breiten Treppe und den Schlafzimmern hinauf. Josefin war heute schon früh auf, mit blauen Schatten unter den Augen, und hat angefangen, Kaffee zu kochen, Brötchen aufzutauen und Tomaten zu schneiden, doch da hat Pelle ihr befohlen, marsch wieder ins Bett zu verschwinden und den ganzen Tag freizunehmen. Und sie hat seiner Anordnung augenblicklich und ohne zu murren Folge geleistet und ist sofort wieder im Bett verschwunden. Pelle wollte allein im Speisesaal sitzen und darüber nachdenken, was zum Teufel er machen soll.

Da oben hört man den Fußboden knarren. Alex ist als Erster unten. Verdammt, was hat er für einen starken Körper, überall Muskeln, sonnengebräunt, die Gesundheit in Person. Zum Kotzen. Pelle tut so, als müsste er gähnen und sich die Augen reiben, um den Würgereflex und die Seelenqual wegzudrücken, die sich über diesen ekligen pubertären Kerl ergießen möchten.

Alex weiß nicht so recht, wie er sich verhalten soll. Ist er etwa der Erste? Ganz allein mit Pelle? Wo ist bloß Josefin? Verdammt. Pelle steht da und wippt in seinen marokkanischen

239

Pantoffeln hin und her, während er eine Riesenmenge Nudeln in einen Durchschlag schüttet und künstlich gähnt.

»Ich hol mir nur noch eben einen Pullover ...«, stottert Alex und rennt die Treppe wieder hoch.

»Mach das.«

Pelle antwortet, ohne sich umzudrehen. Etwa eine Stunde später war sie wieder zurückgekommen. Hatte sich verschwitzt neben ihn ins Bett gelegt und gelauscht, ob er immer noch richtig schlief. Das tat er nicht, sondern war hellwach. Er lag zur Wand gedreht, die Augen weit offen, und atmete so schwer, wie er nur konnte. So hörte er, wie seine Frau wieder ins Bett kroch und so tief einschlief, wie es nur ein völlig zufriedengestellter Mensch tun kann. In dem Moment fing er an, über eine Lösung nachzudenken, und spürte, dass es wirklich an der Zeit war, zu tun, worüber er zuvor immer nur phantasiert hatte.

»Guten Morgen, schöner Mann!«

Channa kommt in die Küche geschlurft, umarmt Pelle von hinten und legt ihr Kinn auf seine breite Schulter.

»Oh, Nudeln, wie wunderbar ... Ich rauche nur schnell eine, dann helfe ich dir, den Tisch zu decken. Und vielen Dank für die Party gestern, sie war wie immer großartig.«

»Sobald du auftauchst, wird jede Party großartig, das hat mit mir nichts zu tun.«

»Küsschen.«

»Rauch du nur in aller Ruhe, ich decke solange den Tisch.«

Channa wickelt wollüstig den Morgenmantel um sich und geht in Richtung Garten. Pelle verspürt eine seltsame Energie, er hat die ganze Nacht nicht geschlafen und ist trotzdem fit. Er schüttet die Nudeln in die riesige Schüssel, die er von Channa bekommen hat. Dann holt er Parmesan, Pinienkerne, Parmaschinken und Basilikum aus dem Kühlschrank. Er zupft, hackt und streut alles über die Nudeln, dazu massenhaft schwarzen Pfeffer. Dann marschiert er auf die Rückseite des Schlosses hinaus und stellt die Nudeln auf den Granittisch, um wieder hineinzugehen und Besteck, Teller und Eiswasser zu holen.

Mads, Pugh und Fatima kommen die Treppe hinunter. Fatima hat einen rot gepunkteten Badeanzug an, die anderen die üblichen schwarzen Jeans mit einem aufgeknöpften Holzfällerhemd darüber. Sie umarmen einander, lachen und danken für den Abend, dann lachen sie noch mal über die Sache mit der Rutschbahn und Channa. Wollt ihr vielleicht ein Glas Wein? Ja, warum denn nicht, schließlich müssen sie erst am Nachmittag los.

Da betritt Pedro die Küche, er ist frisch geduscht, hat die Haare mit Wasser gekämmt und trägt frisch gebügelte weiße Shorts, Hosenträger und einen weißen Tennispullover.

»Guten Morgen, Casanova. Wo ist denn dein neuer Lover?«, ruft Channa ihm mit einer Zigarette zwischen den Fingern von der Balkontür aus zu.

»Ist nichts draus geworden.«

»Och, wie schade. Wo ist er denn?«

Channa setzt sich auf einen der Caféstühle, die um den Tisch stehen, nimmt Pedro an der Hand und zieht ihn auf den Stuhl neben sich. Sie tätschelt ihm aufmunternd die Wange.

»Oder ist das vielleicht auch total egal, wo er ist?«

»Zu Tisch, meine Freunde, Jens ist erwachsen, er kann für sich selbst sorgen. Jetzt wird gegessen!«

Pelle stellt krachend den Stapel Teller auf den Tisch. Da kommt Alex zum zweiten Mal an diesem Morgen die Treppe herunter, diesmal hat er ein weißes T-Shirt an. Er bleibt am Tisch stehen und sieht sich nervös um. Maja, Karin, Jens und Josefin sind nicht da. Er weiß nicht so recht, was er machen oder sagen soll, und so steht er da und sieht von einem zum andern. Channa kneift ihn in die Seite.

»Jetzt steh doch nicht so rum, komm, setz dich her! Willst du Rotwein oder Weißwein?«

»Was? Nein, danke, nur ein Wasser.«

Gehorsam lässt sich Alex neben Channa nieder. Und da kommt Maja. Plötzlich steht sie in der Terrassentür, das lange Haar fließt über ihre Schultern. Sie lächelt breit und mit glitzernden Augen. Das Hemd, das sie trägt, ist riesig und ein wenig runtergerutscht, die dünne Schlafanzughose, die mindestens vier Nummern zu groß sein muss, hängt auf den Hüften. Und Alex will einfach nur den Stuhl zurückschubsen, Maja hochheben und ...

»Hallo zusammen. Wie geht es euch?«

»Gut!«, rufen alle außer Pelle und erheben ihre Gläser in Majas Richtung.

»Wo ist meine Schwimmtruppe?«

»Immerhin ist dein Lieblingsschüler schon hier.«

Pelle zeigt mit dem Messer auf Alex. Nicht verbittert sein, er wollte nicht verbittert sein. Jetzt schön still sein und aufhören, mit dem Messer auf Leute zu zeigen.

»Und wo sind die anderen?«

Maja versucht so zu tun, als hätte sie Pelles Kommentar nicht wahrgenommen. Sie schaut mit zusammengekniffenen Augen in die Runde, die Sonne brennt genauso heiß wie immer, eigentlich sogar noch heißer.

»Die schlafen wahrscheinlich noch, lass sie doch. Meine Güte, gestern war Party, da reicht es, wenn ihr heute Nachmittag trainiert. So gründlich muss man doch nicht sein. Jetzt setz dich mal, und nimm was von Pelles Pasta.«

Channa zeigt auf den leeren Stuhl neben Alex. Maja setzt sich und holt tief Luft. Es riecht nach Alex, und sie sitzt da und saugt den Geruch ein, während sie gleich die Nudeln essen wird, die ihr Mann gekocht hat. Mein Gott. Es kneift gleichzeitig im Bauch und im Schoß vor Schmerz und vor Feuer. Ihre Knie streichen ganz leicht an Alex vorbei. Oh Gott.

Es wird gegessen und mit Geschirr geklappert, auf den Tellern werden Nudeln verteilt, Channa macht Witze und prostet allen zu, Alex reibt seinen Ellenbogen an Majas, ganz sanft reiben sie aneinander. Maja führt eine Gabel mit Nudeln zum Mund, und die ist voller ... Parmaschinken. Maja isst so ziemlich alles außer Parmaschinken, irgendwas hat sie gegen diese salzige, zähe Konsistenz. Sie wirft Pelle einen Blick zu und ver-

sucht dann, den Schinken so anmutig wie möglich auszuspucken.

»Supergut, aber schade, dass da Schinken drin ist. Du weißt
doch, dass …«

»Aber du bist nun mal nicht die Einzige hier. Es sitzen noch
mehr Leute um den Tisch, und die mögen Parmaschinken,
oder?«

Oh ja, jetzt schwärmen alle von den Nudeln mit dem lecke-
ren Parmaschinken. Die alte Gang, Pelles alte Gang, redet,
raucht und hat Parmaschinken zwischen den Zähnen. Ist das
wunderbar mit dem Parmaschinken, tu ruhig noch mehr rein,
Pelle! Sie muss hier weg. Wo steckt eigentlich Karin? Als Maja
sie gestern sah, war sie ziemlich zu, wahrscheinlich schläft sie
ihren Rausch aus. Das wird bestimmt noch ein paar Stunden
in Anspruch nehmen. Maja will weg, zusammen mit Alex, weg
von diesen grölenden Leuten.

»Heute werden wir im richtigen Wasser schwimmen,
glaubst du, dass du das kannst?«

Alex nickt eifrig.

»Wenn Karin auftaucht, dann sagt ihr doch bitte, dass ich
am späten Nachmittag mit ihr üben werde. Jetzt trainiere ich
erst mal mit Alex im Vänersee.«

Karin und Jens liegen nebeneinander im Sand, Karin in ihrem
grünen Unterkleid, das langsam trocknet, und Jens nackt und
etwas verlegen auf dem Bauch. Karin räuspert sich entschlossen.

»Erzähl nichts den anderen, versprich mir das, es darf niemand etwas wissen.«

»Okay. Ich verspreche es.«

Sie schweigen. Die Sonne hat den Sand bereits aufgewärmt,
und sie liegen bequem da.

»Bist du jetzt traurig?«

»Wieso meinst du das?«

»Weil ich dich … rausgeholt habe.«

»Weiß nicht. Eigentlich fühle ich mich eher … leer.«

Wieder Schweigen.

»Ich habe keine Freunde, das war gelogen. Ich lüge ständig. Na ja, natürlich habe ich Freunde, durchaus, aber … Nein, siehst du, jetzt versuche ich schon wieder, mich rauszureden und es nach etwas klingen zu lassen, was es gar nicht ist. Ich habe keine richtigen Freunde, nicht einen einzigen. Weil das nämlich nicht geht, ich kann das nicht. Nicht einmal meine Tochter kennt mich. Niemand kennt mich.«

»Ich kenne dich.«

»Das glaubst du nur.«

»Nein, ich kenne dich.«

»Wie war es mit diesem Pedro heute Nacht?«

»Wie meinst du das?«

»Siehst du! Da bin ich wieder, Karin, wie sie leibt und lebt. Neidisch. Eifersüchtig! Kannst du dir vorstellen, dass ich eifersüchtig war, als ich dich gestern mit dieser kleinen Tunte gesehen habe? Ich war so verdammt eifersüchtig, weil du Liebe kriegst, obwohl du hässlich und dumm bist, aber ich nicht, wo ich doch hübsch und klug bin.«

»Ich bin nicht hässlich und dumm.«

Karin blickt beschämt in den Sand.

»Ich weiß. Das bist du nicht. Ich weiß auch nicht, warum ich das sage. Wahrscheinlich, um dich niederzumachen. Das ist so mies.«

»Aber ich bin doch schon unten.«

»Nein, du bist auf dem Weg nach oben, ich merke es genau. Ich bin schon unten, und zwar ganz unten. Wie war es denn nun mit Pedro?«

»Da war nichts.«

»Warum denn nicht, es sah aber …«

Karin beißt sich auf die Zunge, um nicht etwas Ironisches oder Gemeines zu sagen.

»Es sah nett aus, als ihr zusammen getanzt habt.«

»Vielleicht, aber ich … ich wollte nicht.«

»Weil du nicht schwul bist, oder warum?«

»Nein, deshalb nicht.«

»Bist du denn schwul?«

»Nein, aber was interessiert dich das?«

»Stimmt, es interessiert mich natürlich gar nicht. Ich hab nur gedacht, ihr saht aus, als wärt ihr einander so nah, und dann ist doch nichts daraus geworden, hattest du Angst oder so?«

»Ich hatte keine Angst. Oder doch, vielleicht ein bisschen. Aber es lag nicht daran, dass er ein Mann ist, sondern daran, dass ich in solchen Situationen immer Angst kriege. Aber ich wollte nicht, ich muss erst noch was klären.«

»Was denn?«

»Eine Sache eben.«

Schweigen. Karin legt ihr sandiges Gesicht auf ihren Arm.

»Hilf mir, Jens, ich brauche Hilfe. Hilf mir, ein anderes Leben anzufangen.«

40

Maja steht unter dem dichten Laub an den Stamm einer Birke gelehnt und hat Alex auf sich, in sich, bei sich. Beide atmen schwer und erschöpft.

Sie haben sich kaum beherrschen können, haben sich schnell für das Essen bedankt, haben ruhig und freundlich Handtücher, Badesachen, Auftriebhilfen, Schwimmbretter, eine Flasche Wasser eingepackt. Tschüs, in ein paar Stunden sind wir zurück, ja, wir machen jetzt die Beinübungen, die sind besonders wichtig, viel Spaß in der Sonne. Sie hören geduldig Pelle zu, der ausführlich von einem Picknick redet, das sie unten am Steg machen werden, ach, das klingt nett, und bis später, jetzt gehen wir los. Und dann gehen sie, ein Stück voneinander entfernt, den Weg runter, weg vom Schloss. Sie sagen nichts, beeilen sich bloß, schneller und schneller, am Ende laufen sie fast, dann rennen sie mit voller Kraft, schreien, rennen, und ganz draußen auf der Halbinsel werfen sie die Kleider von sich.

»Gibt es dich wirklich?«

Alex neigt den Kopf, sodass ihre Blicke sich treffen. Maja lächelt und nickt, ja, es gibt sie wirklich. Jetzt im Moment fühlt es sich tatsächlich so an, als würde es sie geben. Sie hat die Arme um seinen Hals gelegt und wird hochgehoben, er nimmt sie, leicht wie eine Feder, und geht mit ihr zu den weißen, weichen Steinen an der Wasserlinie. Dann steht er da mit Maja auf dem Arm und spürt, wie das Wasser des Vänersees sanft seine Füße streichelt.

»Maja, ich liebe dich.«

Maja schweigt. Als Antwort streichelt sie seinen sonnenheißen Rücken und umarmt ihn besonders fest.

»Glaubst du mir nicht? Aber es ist so. Ich liebe dich! Können wir nicht abhauen? Nach Stockholm oder so?«

»Nach Stockholm?«

»Ja, oder ich weiß nicht, irgendwas. Ich kann überallhin abhauen. Wohin willst du?«

»Du bist so süß, Alex. Aber warum sollten wir abhauen?«

»Weil ich nicht weiß, wie wir es sonst anstellen sollen. Wir können schließlich nicht in Duvköping wohnen, wo meine Kumpel sind und meine Eltern und alles ...«

»Auf keinen Fall.«

»Und hier auch nicht.«

»Auf keinen Fall.«

»Wo sollen wir dann wohnen?«

»Irgendwo, wo ich wieder anfangen kann zu malen.«

»Und wo wäre das?«

»Keine Ahnung, aber hier jedenfalls nicht. Wahrscheinlich wäre es weit weg.«

»Liebst du mich denn?«

»Hör mal, mein Lieber, das sind so große Worte. Müssen wir sie jetzt sagen?«

Alex legt Maja auf den Steinen ab, bleibt selbst aber stehen und sieht auf sie herab. Maja streichelt seine Wade.

»Jetzt sei nicht beleidigt, ich meinte nur ...«

»Dafür kannst du was erleben!«

Alex packt Maja unter den Achseln, dreht sie ein paarmal im Kreis und rennt mit ihr ins Wasser. Als ihm das Wasser bis zur Taille reicht, wirft er sie von sich. Prustend taucht Maja aus dem Wasser wieder auf und streicht sich das lange Haar zurück.

»Komm, jetzt wird geschwommen. Und zwar du ganz allein.«

»Ich hab Hunger.«

»Ich auch.«

Karin betrachtet den nackten Körper von Jens und ihr

eigenes zerknittertes, durchsichtiges Unterkleid. Jens lächelt schüchtern.

»Ich sollte wohl zurückschwimmen und meine Kleider holen.«

Karin erwidert sein Lächeln, nicht großartig zwar, aber doch ein wenig. So viel sie kann. Jens steht auf und wischt sich den Sand ab, während Karin nachdenklich auf ihren Fingernägeln kaut.

»Jens, du bist nicht hässlich und dumm. Es war so blöd von mir, das zu sagen, das kann man gar nicht entschuldigen.«

»Du hast das schon so oft zu mir gesagt, und ...«

»Nein! Ich will nichts mehr hören.«

Karin hält sich die Ohren zu.

»Ich schäme mich. Ich war so gemein, so verdammt gemein. Gestern, als ich im Wasser stand und vorhatte ...«

»... als du vorhattest, dich umzubringen ...«

»... da habe ich plötzlich so einen inneren Frieden verspürt, weil ich wusste, dass ich nicht mehr würde lügen müssen und nicht mehr so zwanghaft fies sein. Das hat einen ungeheuren Frieden in mir erzeugt.«

»Du musst nicht sterben, um mit dem Lügen aufzuhören.«

»Nein.«

»Du musst einfach nur aufhören. Mir musst du nichts erklären, hör einfach auf zu lügen.«

»Okay.«

»Wirst du dann jetzt aufhören damit?«

Karin streicht mit den Händen über ihr sandiges, verknittertes Kleid.

»Ich werde es versuchen.«

»Mit mir ist auch etwas geschehen.«

»Was denn?«

»Ich weiß nicht genau, es ist so, als würde ich nicht mehr unter Druck stehen, jemanden finden zu müssen. Als wäre ich damit zufrieden, nur ich selbst zu sein. Das ist okay. Ich bin mit meiner eigenen Gesellschaft ganz zufrieden, ich bin in Ordnung.«

»Ja, das bist du, Jens. Du bist in Ordnung.«

41

»Gut, Alex! Großartig! Immer so weiter, nicht nachlassen!«
Maja hält Alex unter dem Bauch, aber sie merkt, dass er ohne ihr Zutun leichter wird.

Sie schwimmen in der geschützten Bucht, fast am anderen Ende von Hjortholmen. Wie ein U verläuft sie zwischen den Klippen, ein U aus Sand, Brombeergestrüpp und Birken. An diesem Punkt der Insel hat man den Eindruck, als wäre man weit von Schweden und dem Vänersee entfernt, in dieser Bucht fühlt man sich einer anderen, geheimen Welt verbunden.

Die Sonne brennt auf Majas Haut, die perlenden Wassertropfen sind sofort weggetrocknet. Vorsichtig lässt sie ihre Hände unter Alex' Bauch ein wenig sinken und lässt ihn seine Flügel ausprobieren. Und ja ... er hat Auftrieb! Mit einem Mal vermag Alex alle seine Muskeln zu steuern, er spannt sie nicht nur zu einem einzigen harten Bogen an, sondern er steuert sie in aller Ruhe. Sie hat es gespürt und schon an seinem Blick gesehen, dass er jetzt, genau jetzt, so weit ist. Ohne etwas zu sagen, lässt sie ihre Hände noch weiter sinken, und er schwimmt. Völlig allein.

»Du hältst mich doch, oder?«, ruft Alex beunruhigt.

»Natürlich, ich halte dich, schwimm du nur. Versuch mal, den Kopf einzutauchen.«

Maja geht neben Alex her, der atemlos schwimmt, den Kopf eintaucht, dann weiterschwimmt, wacklig zwar, aber in einer sicheren Linie vorwärts. Sie eilt auf Zehenspitzen neben ihm her, und ein Glücksrausch schießt pulsierende Feuerwerksraketen durch ihren Körper. Sie taugt doch etwas! Er kann schwimmen! Sie, Maja, hat einem Patienten das Schwimmen beigebracht! Pardon, einem Schüler natürlich.

»Ich glaube, du kannst bald den Freischwimmer machen!«

»Den Freischwimmer?«

»Bestimmt.«

Maja schwimmt neben ihm, lächelt breit, kriegt Wasser in den Mund, spuckt aus, lächelt noch mehr. Alex sieht zu ihr hinüber, während er mit Beinen und Armen kämpft.

»Schwimme ich?«

Maja nickt lächelnd.

»Ganz ruhig atmen, ruhige Schwimmzüge, jetzt nicht lockerlassen, Alex.«

»Der Freischwimmer! Ich mache den Freischwimmer! Ich schwimme!«

»Wow! Da sind ja die beiden Vermissten!«

Channa klatscht in die Hände und winkt fröhlich. Sie liegt unter einem Sonnenschirm am Pool, raucht und liest »Zehn kleine Negerlein« von Agatha Christie in einer zerfledderten Ausgabe, die sie in der alten Schlossbibliothek gefunden hat. Mads und Pugh sitzen am Granittisch und spielen Schach, Pelle und Fatima ruhen auf ein paar Matratzen im Schatten der Apfelbäume. Sie massieren sich gegenseitig die Füße, während Pedro daneben döst.

Karin greift sich schnell ein Handtuch, das über dem Stuhl hängt, und reicht es Jens, der es sich dankbar umbindet.

»Pedro hat dich vermisst, Jens.«

Channa lächelt freundlich, legt das Buch zur Seite und nimmt einen langen Zug von der Zigarette.

»Tut mir leid, dass ich einfach abgehauen bin, aber ...«

»Er ist mir draußen begegnet, als ich schwimmen ... schwimmen geübt habe, und ich brauchte Hilfe. Ich war ... traurig. Jens hat mich gerettet.«

Karin sieht verstohlen zu Jens hinüber. Das war keine Lüge, sondern die Wahrheit. In gewisser Weise.

»Channa macht doch nur Witze mit dir, Jens, mit mir ist alles in Ordnung. Ich habe da drin sehr gut geschlafen.«

Pedro macht eine abwehrende Geste.

»Ich habe eine Idee«, sagt Pelle und mustert seine Freunde. »Könntet ihr mir vielleicht helfen, ein bisschen Ordnung zu schaffen? Nicht viel, es geht nur um das vertrocknete Gestrüpp und die Äste, die auf dem Hof herumliegen. Am besten werfen wir das alles auf einen großen Haufen hinter dem Schloss. Darum kann ich mich dann später kümmern. Das geht schnell, eine Viertelstunde vielleicht, wenn ihr mir helft.«

»Interessierst du dich neuerdings für Gartenarbeit?« Channa sieht erstaunt über den Rand ihrer Sonnenbrille.

»Das könnte man so sagen.«

Alex kann überhaupt nicht aufhören. Wie ein Kind schwimmt er vor und zurück, vor und zurück durch die Bucht. Er ist unermüdlich in seiner Sturheit, die nur konzentrierte Sportler aufweisen. Er versucht, auf dem Bauch zu schwimmen, dann auf dem Rücken, und genießt es, völlig ohne Gewicht zu sein. Alles fühlt sich so leicht an!

Maja steht am Ufer in der Sonne und passt auf wie ein Luchs. Sie ist stolz. Einer ihrer Schüler kann schwimmen! Und sie hat das geschafft! Sie ist nicht vollkommen nutzlos, sie kann durchaus Sachen hinkriegen.

Dann überfällt sie das andere. Es ist, als bekäme sie eine schallende Ohrfeige auf die eine Wange, nachdem die andere gerade gestreichelt worden ist. Sie hat wirklich mit ihm geschlafen. Mit ihrem Schüler. Und nun hat er daraus, dass er sie befriedigt hat, Vertrauen und Selbstbewusstsein gewonnen und wagt selbst, sich hinzugeben. Vielleicht kann er deshalb bald den Freischwimmer machen. Aber sie kann doch nicht mit allen ihren Schülern schlafen, das geht einfach nicht.

Pelle. Sie war Pelle untreu, besser gesagt: Sie *ist* Pelle untreu. Im Moment sitzt er noch da oben mit seinen Freunden, ist guter Dinge und glaubt, es sei ein rundum schönes Wochenende. Er ahnt nicht, dass seine Frau, während er im Schatten liegt, mit einem neunzehnjährigen Jungspund herumvögelt.

Und der Grünschnabel liebt sie auch noch und will mit ihr abhauen. Mein Gott.

Maja winkt Alex zu, der begeistert auf dem Rücken schwimmt und mit den Beinen strampelt. Manchmal verliert er seinen Mittelpunkt, muss sich einen Moment lang hinstellen und nachdenken, und dann schwimmt er weiter.

Was soll sie damit nur anfangen? Abhauen – das ist so unglaublich pubertär. Was denkt sich Alex eigentlich? Sie beide in einem Amischlitten, mit flatternden Haaren und auf dem Weg ins Abenteuer? Easy Rider? Aber das Leben ist nun mal kein Roadmovie, in dem man einfach abhauen kann. Wenn Maja mit Alex abhauen würde, dann würde Pelle ganz allein hier im Schloss bleiben. Bei diesem Gedanken fühlt sie einen schneidenden Schmerz im Bauch, meine Güte, tut das weh. Maja muss sich vorbeugen, ihre eigenen Zehen packen und den Bauch zusammendrücken. Dann streckt sie sich wieder, nein, der Schmerz ist noch da.

Da ist ein Mann, dem sie auf keinen Fall wehtun will, ein Mann, von dem sie nicht richtig weiß, ob sie ihn noch liebt, der aber doch ein Teil von ihr ist. Er ist so etwas wie ihre Beine oder ihre Arme oder zumindest ein Bein und ein Arm. Was gibt das, wenn man vor einem Bein und einem Arm abhaut? Dann hinkt man und muss zudem lernen, alles mit einer Hand zu erledigen.

Aber *wenn* sie einfach abhauen könnte, dann würde sie es jetzt, in diesem Moment, tun. Sie könnte Pelle in sicherer Gesellschaft bei seinen Freunden zurücklassen und mit Alex zusammen das Boot nehmen und davontuckern. Mit dem Wind in den Haaren könnten sie zur erstbesten Stelle am Festland fahren, das Boot dort zurücklassen, ein Auto mieten und abhauen. Tagelang Sex haben, nächtelang Auto fahren, bis sie einen Platz finden, der sich irgendwie richtig anfühlt. Vielleicht bis nach Spanien und dann nach Nordafrika oder Marokko übersetzen und dort ein Haus mieten. Alex könnte in irgendeinem Touristenort sofort Arbeit finden, so gut aussehend und jung und fit, wie er ist, und außerdem hat er ja schon in der Bootsbranche gearbeitet. Maja kann solange in dem schönen Haus sein, mitten im Getümmel, aber doch nahe am Meer und der Einsamkeit, und malen. Seit ein paar Tagen hat sie so ein seltsames Jucken in den Fingern. Sie hat nicht richtig verstanden, was es ist, aber jetzt wird es ihr klar. Es ist die Lust, zu leben und zu malen, und die war ziemlich lange verschwunden.

Wieder winkt Maja Alex zu. Verdammt, sie muss die Sache mit Alex beenden. Das ist so falsch, wie etwas nur sein kann.

Josefin streckt sich im Bett und gähnt, die Sonne hat das Zimmer richtig aufgewärmt. Sie schaut auf die Uhr – meine Güte, fünf nach eins! Hat sie wirklich so lange geschlafen? Und hat sie das richtig in Erinnerung, dass Pelle heute zu ihr gesagt hat, sie solle einen Tag freinehmen? Vorsichtig massiert sie ihre steifen Schultern, setzt sich auf, schlägt die Decke zurück und öffnet die weißen Gardinen einen Spalt.

Sie schaut über den Schlosshof, wo Pedro, Fatima, Mads, Pugh, Channa und Pelle auf den großen Rasenflächen herumwandern und trockene Zweige einsammeln. Mads hat sogar einen Rechen dabei, mit dem er herumscharrt. Pelle zeigt in verschiedene Richtungen, und die anderen schaufeln Reisig, Gras und Äste auf einen großen Haufen direkt am rechten Schlossflügel. Was will Pelle denn ausgerechnet da mit einem großen Haufen Reisig? Hat er vielleicht irgendeine Inspiration gehabt?

Josefin rollt ihre Schultern vor und zurück, schiebt die Beine über die Bettkante und überlegt, was sie an diesem freien Tag machen wird.

42

Jens trägt das Tablett mit Teekanne, belegten Broten, frisch gepresstem Saft und Erdbeeren zum Bootssteg hinunter, hinter ihm schlendert Karin im Bademantel mit zwei schön bestickten Kissen auf dem Arm. Josefin kam in dem Moment in die Küche, als sie dastanden und auf der Jagd nach einem späten Frühstück Tüten und Gläser herumschoben, und den Anblick konnte Josefin dann doch nicht ertragen, also hat sie sie rausgeschickt und schnell ein Tablett hergerichtet.

Karin wirft die Kissen auf den Steg, Jens setzt sich auf das eine und stellt das Tablett neben sich ab. Kein Lüftchen weht, da ist nur diese schicksalsschwangere Hitze, die kein Ende nehmen will. Karin lässt sich auf dem anderen Kissen nieder, dreht das dunkle Haar zu einem Knoten auf und nimmt sich eine Erdbeere. So sitzen sie nebeneinander, kauen gemächlich und strecken die Beine auf dem sonnenwarmen Steg aus. Das Wasser schlägt glucksend an das Holz des Stegs und die Plicht des Bootes.

»Eigentlich würde ich gar nicht hier sitzen.«

Karin kaut auf der Erdbeere und schaut über das ruhige glitzernde Wasser.

»Eigentlich wäre ich tot. Wenn du mich nicht gefunden hättest.«

Sie sieht Jens in die Augen.

»Ist dir das klar? Du hast mich gerettet. Vielleicht wäre ich lieber tot, aber irgendwie... ist es trotzdem schön, hier zu sein. Jetzt kann ich versuchen, den ganzen Mist anzupacken.«

Jens nickt und beißt von seinem Brot ab. Der dänische Käse verbindet sich angenehm mit dem bitteren Geschmack der Orangenmarmelade.

255

»Damals, als wir noch jung waren, hast du mir einen Brief geschrieben, bevor du abgehauen bist.«

Karin setzt sich in den Schneidersitz und wickelt sich fester in den Bademantel.

Jens fährt fort: »Erinnerst du dich?«

»Ja.«

»Du hast geschrieben, dass du mich liebst, dass wir aber nie zusammen sein könnten, weil ich hässlich und dumm sei, und das sei unter deiner Würde.«

»Ach ja, mein Gott ...«

Karin legt bekümmert das Gesicht in die Hände und kneift die Augen zusammen.

»Du hast es für selbstverständlich genommen, dass ich dich liebte und dass ich dich haben wollte.«

»Ich schäme mich heute noch dafür.«

»Aber so war es gar nicht. Am Ende hatte ich fast Angst vor dir, und damals, als du dir die Kleider vom Leib gerissen hast und ...«

»Ganz ehrlich, ich will am liebsten gar nichts mehr davon hören, Jens. Was soll ich sagen, ich war ... nein, ich *bin* ein so kaputter Mensch. Niemand hat mich je geliebt, wirklich niemand. Ich habe es ganz und gar nicht für selbstverständlich genommen, dass du mich liebst, ich war vielmehr überzeugt davon, dass du es nicht tust, und deshalb habe ich das so geschrieben. Ach, ich weiß nicht. Ich wollte dich verletzen, wollte, dass es dir genauso geht wie mir. Es ist so lange her, ich weiß es gar nicht mehr so genau. Aber ich erinnere mich, dass ich dich geliebt habe. Wenn ich mir nun schon Mühe gebe, ehrlich zu sein, kann ich das auch zugeben.«

Karin steht auf und geht nervös auf dem Steg auf und ab und kratzt sich am Kopf. Jens sieht ihr erstaunt nach.

»Wie bitte?«

»Ja, ich habe dich geliebt, Jens. Hast du das nicht begriffen?«

»Wie hätte ich das begreifen können?«

»Stimmt, das war auch nicht leicht zu begreifen. Aber jetzt weißt du es.«

Jens beißt von seinem Brot ab. Er denkt nach, kaut und sieht dann verstohlen zu Karin, die immer noch unruhig auf und ab wandert. Dann fasst er sich ein Herz.

»Ich war verliebt in dich, Karin. Du hattest etwas Besonderes an dir, du warst so anders als ich und meine Familie. Du warst wild und … verletzlich. Ich weiß nicht mehr genau, wie es war, aber bevor du mich zu oft verletzt hattest, war ich wirklich … zutiefst verliebt in dich.«

»Ist das dein Ernst?«

Karin bleibt stehen und sieht Jens misstrauisch an. Sie weicht seinem Blick aus und setzt sich ein Stück entfernt auf die Bank, verschränkt Arme und Beine und schließt die Augen vor der Sonne. Jens muss mit etwas lauterer Stimme reden.

»Ja. Es war so. Deshalb hat mir dieser Brief von dir so wehgetan. Weil da drinstand, dass du mich auch liebtest, dass es aber nicht ginge, weil ich so …«

Karin winkt abwehrend.

»Bitte sag es nicht. Was wäre wohl gewesen, wenn ich mich getraut hätte zu sagen, wie es wirklich war, nämlich, dass ich einfach Angst hatte, zurückgewiesen zu werden? Ich liebte deine Ruhe und deine Geduld. Ich konnte so verrückt sein, wie ich wollte, du hast mir immer Ruhe gegeben. In deinem Gewächshaus zu sitzen, während du mit dieser Sprühflasche rumgespritzt und kleine Blättchen abgewischt hast und solche Sachen, ja, da ging es mir gut.«

»Ich weiß, dass ich es genossen habe, wenn du da warst. Du hast dann vor dich hingeredet und dir Geschichten ausgedacht und … Das war schön, ja, so habe ich es auch in Erinnerung. Ich konnte ganz still vor mich hinarbeiten, und du konntest deine Phantasie schweifen lassen.«

Karin hat die Augen immer noch geschlossen. Jens nimmt einen Schluck Saft und sieht sie zärtlich an.

»Du warst oft sehr wütend. Davor hatte ich Angst.«

»Das bin ich immer noch. Ich habe hier drinnen eine Wahnsinnswut.«

Karin klopft sich selbst mit der Faust gegen das Brustbein, hat die Augen aber immer noch geschlossen.

»Wie ein wilder Vulkan, der einfach nur ausbrechen will. Wie hätte ich es sonst schaffen können, so hart zu arbeiten, so viel zu trainieren, mich insgeheim kaputt zu saufen und trotzdem noch die hübsche Fassade zu erhalten? Ich bin einfach so wütend! Ich hatte ein verdammtes Scheißleben, und ich habe alles getan, um es zu verbergen.«

Nun steht sie wieder auf und beginnt mit diesem unseligen Wandern über den Steg.

»Jetzt übertreibst du, du hattest doch kein Scheißleben.«

»Doch, das hatte ich, Jens, so war es einfach. Niemand liebt mich, ich glaube, nicht einmal meine Tochter. Mein Exmann hasst mich. Und mein Vater, auf den bin ich am allerwütendsten. Meine Mutter war schließlich krank im Kopf, die konnte nichts dafür, aber er! Mama und ich waren ihm einfach egal, er hat zugeschaut, wie sie unterging, und hat dann meine Rettung versoffen. Er hätte mich retten können! Aber er hat die Gelegenheit verpasst. Ich war so klein. Wenn ich Bilder von Simone sehe, als sie in dem Alter war, mit den schmalen Beinen, den rutschenden Strümpfen und den zerzausten Haaren, dann muss ich daran denken. So klein war ich, als ich in meinem Zimmer mit der dreckigen Bettwäsche lag, während die Wohnung von besoffenen Menschen bevölkert war. Da war niemand, den man hätte umarmen können. Niemand.«

»Du musst ihn sehen.«

Jens steht auf, bürstet sich die Krümel von den nackten Beinen und stellt sich vor Karin hin, die mit gesenktem Blick weiterredet.

»Er ist schon tot.«

»Nein, er lebt noch.«

Karin sieht auf. »Woher weißt du das?«

»Weil ich angerufen und gefragt habe.«

»Du hast da angerufen und gefragt? Warum denn das?«

»Weil mir das nicht egal ist.«

»Aber das musst du ja gemacht haben, ehe du … mich gerettet hast.«

»Stimmt.«

»Soll das heißen, dass du im Krankenhaus angerufen hast?«

»Ja.«

Erneutes Schweigen. Sie stehen sich gegenüber. Karin in ihrem weißen Bademantel und barfuß, Jens in seinen etwas zu hoch gezogenen Shorts, einem grünen T-Shirt und Sandalen. Ein Stück entfernt raschelt es zwischen den Birken. Jens und Karin drehen sich um. Dort steht ein träger Damhirsch und knabbert frische Birkenblätter. Das Tier macht desinteressiert kehrt und spaziert weiter in Richtung Brombeergestrüpp.

Jens sieht wieder Karin an und redet weiter: »Ich will dir helfen. Du musst ihn sehen, du musst dich verabschieden und dann weitergehen. Dabei musst du ihm gar nicht verzeihen, Karin, das ist nicht nötig. Aber vielleicht kannst du ihm erzählen, was du empfindest und was er mit dir gemacht hat.«

»Das kann ich nicht, Jens.«

»Doch.«

»Ganz ehrlich: nein. Da geh ich lieber wieder ins Wasser. Ich habe mir selbst versprochen, dass ich ihn nie wieder werde sehen müssen.«

»Aber er will dich sehen. Vielleicht will er sich entschuldigen.«

»Dann kann er seine Entschuldigung ins Universum schreien.«

Zögernd streckt Jens seine Hand aus und nimmt die von Karin. Sie lässt ihn.

»Wovor hast du Angst?«

Karin beugt sich vor, immer noch mit Jens' Hand in ihrer, und nimmt eine Erdbeere, die sie sich in den Mund wirft.

»Vor allem. Alles in meinem Leben war so hässlich. Und jetzt soll ich in so ein schreckliches Krankenzimmer gehen, das nach Tod und Krankheit stinkt, und soll meinen hässlichen, ekligen Vater daliegen und in seiner Einsamkeit sterben sehen. In ihm sehe ich mich, wie ich sterben werde. Einsam und hässlich. Einen hässlichen Tod sterben, der stinkt, und niemand, gar niemand ist da, der sich um einen kümmert.«

Jens streckt ihr seine andere Hand hin und hält jetzt Karins beide Hände. So stehen sie da, und abgesehen von dem Rascheln des Damhirsches im Brombeergestrüpp ist es ganz still. Jens lächelt.

»Du wirst hingehen, das ist einfach so. Es wird nicht so sein, wie du denkst. Und ich gehe mit dir.«

43

»Er hat es geschafft! Alex kann schwimmen!«
Alex und Maja betreten den Schlosshof, wo die anderen herumlaufen und trockenes Reisig sammeln. Channa lässt alles fallen und fängt an zu applaudieren, und die anderen tun es ihr nach. Alle außer Pelle.

Josefin kommt hinzu, fragt neugierig, was passiert sei, und fängt dann auch fröhlich an zu klatschen.

Alex verbeugt sich verlegen und klatscht dann seinerseits in Majas Richtung als Dankeschön. Es tropft immer noch aus seinen nassen Haaren auf die braun gebrannten Schultern. Maja streichelt ein paar Tropfen weg, besinnt sich dann und zuckt mit der Hand zurück.

»Herzlichen Glückwunsch.«

Pelle streckt Alex seine geäderte, große Hand mit den weißen Flecken entgegen, und der ergreift sie mit seiner jungen, sehnigen Hand. Pelle lässt nicht los, und so stehen sie Hand in Hand da.

»Und? Wie ist es vonstattengegangen, als du es gelernt hast? Erzähl.«

Immer noch Hand in Hand, Alex ist verunsichert.

»Och, na ja, wir haben da unten am Ufer geübt. Ich dachte, Maja würde mich unter dem Bauch festhalten, aber das hat sie nicht gemacht.«

»Und wo hat sie festgehalten?«

»Ga... gar nicht. Ich bin ganz von selbst geschwommen, aber ich dachte, sie würde mich festhalten.«

»Das sollten wir feiern! Wie wäre es mit einer Torte und etwas Saft, das wäre doch das Richtige für dich, oder? Eine kleine Festtorte für den neuen kleinen Schwimmer.«

Alex befreit seine Hand aus Pelles Griff und schaut nervös zu Maja hinüber.

»Ich gehe rauf und ziehe mich um.«

Rasch schlängelt er sich an Josefin vorbei durch die Tür zum Saal.

»Das wäre jetzt nicht unbedingt nötig gewesen.«

Channa schüttelt eine Zigarette aus der Schachtel und tätschelt Pelle die Schulter.

»Was denn?«

»Ihn so bloßzustellen.«

»Wieso bloßstellen? Er ist doch ein Kind, dann sollte man mit Saft anstoßen.«

»Du weißt sehr gut, was ich meine.«

Channa nimmt einen Zug, sieht aufmunternd zu Maja und streckt ihr die Hände hin.

»Herzlichen Glückwunsch auch an dich, das muss sich wunderbar anfühlen, wenn man so einen Erfolg hat.«

Maja will gerade anfangen zu berichten, als Pelle sie unterbricht und sich direkt an sie wendet. Er steht da und fühlt sich wie ein unglaublich alter Mann mit schrumpeliger Haut, grauem schütterem Haar, einem schlaffen Schwanz und jeder Menge totem Reisig vor den Füßen. Und dagegen Maja mit ihrem sehnigen, schmalen Körper, dem immer noch nassen Bikini, den rot erblühten Wangen und leicht aufgeworfenen Lippen.

»Ganz ehrlich, was findest du nur an diesem verdammten Chipsfresser?«

»Was meinst du?«

»Du weißt genau, was ich meine.«

»Nein, das weiß ich gar nicht. Und was soll das heißen, Chipsfresser?«

»Das ist er doch! Ein Chipsfresser. Ein kleiner Junge, der Chips isst und Computer spielt! Ein Kind. Er ist ein Kind, Maja. Ein Kind!«

Channa überlegt kurz, aber dann mischt sie sich ein und

umarmt Pelle. Sie umfasst seinen zitternden Körper, legt ihre Hände auf seine verschwitzten Wangen, und Pelle steht ganz still. Channa hat den einen Arm um Pelle gelegt und streichelt gleichzeitig Majas Hand und lacht freundlich.

»So, jetzt beruhigen wir uns alle ein bisschen. Bist du eifersüchtig? Ehrlich? Weil Maja ihm hilft? Klar hat er einen tollen Körper und ist jung, aber komm, Pelle, mach mal halblang, darauf muss man doch nicht eifersüchtig sein. Wie du schon sagtest, er ist doch nur ein Kind, und du bist ein Mann, aber dann benimm dich bitte auch wie einer. Komm, wir sammeln mal das Reisig fertig ein, und dann trinken wir unten am Steg ein Glas Roséwein, okay? Und dir noch mal herzlichen Glückwunsch, Maja, das war richtig gute Arbeit.«

Maja steht da und schluckt und schluckt. Er kann es nicht wissen. Pelle kann nicht wissen, was geschehen ist. Sie waren völlig allein, es war niemand in der Nähe, das geht gar nicht. Er muss sich über irgendwas anderes ärgern. Er kann es nicht wissen. Maja holt tief Luft und schaut hinter Pelle her, der Hand in Hand mit Channa zum Reisighaufen schlendert.

»Ach, hier seid ihr!«, ruft Maja schon von Weitem und winkt Jens und Karin zu. Jens winkt zurück, Karin lächelt erschöpft.

»Alex kann schwimmen! Ihr hättet ihn sehen sollen, er konnte gar nicht wieder aufhören, er ist geschwommen und geschwommen ... Meine Güte, Karin, du siehst blass aus.«

Maja unterbricht sich und sieht Karin an, deren sonst so sonnengebräunte Haut bleich und durchsichtig wirkt. Ihre Augen sind glanzlos, und ihr Körper sieht so zerbrechlich aus, wie sie da zusammengekauert auf dem Steg sitzt.

Karin versucht zu lächeln. »Wie schön für ihn. Da kann er ja gleich nach Hause fahren.«

»Öh, nein ... er muss schon noch bleiben und etwas an der Feinmotorik arbeiten. Ich will ihn nicht zu früh gehen lassen.«

»Nein, schon klar.«

Karin nimmt einen Schluck von ihrem inzwischen völlig kalten Tee. Maja lächelt nervös und fährt sich mit den Händen durchs Haar. Keiner kann es wissen. Ganz ruhig bleiben. Was Freundliches sagen.

»Hattet ihr einen schönen Abend gestern?«

Karin trinkt weiterhin kalten Tee. »Doch, es war nett.«

Jens taucht die Zehenspitzen in das warme Wasser und betrachtet Karin und versucht herauszufinden, wie sie sich wohl fühlt. Maja fängt an, sich nervös die Haare zu flechten.

»Und du, Jens? Pedro und du, ihr saht so aus, als hättet ihr Spaß. Er ist ein netter Typ. Obwohl, ich kenne ihn ja nicht, aber er scheint nett zu sein. Und du bist ja auch nett und …«

»Es ist aber nichts zwischen uns.«

Karin sieht zu Jens hinüber, und Maja sieht zu Karin. Schweigen.

»So habe ich das auch nicht gemeint, ich dachte nur … Und du, Karin? Wie hat es dir gefallen? Ich habe dich kaum gesehen.«

»Nein, ich wollte ein bisschen allein sein, deshalb habe ich mich nach dem Tanzen zurückgezogen.«

»Du siehst sehr müde aus.«

»Ich bin müde.«

»Meinst du, dass du heute ein bisschen trainieren kannst?«

»Nein. Ich weiß nicht, ob ich überhaupt noch will.«

»Aber natürlich willst du!«

»Warum denn?«

»Weil du nicht aufgeben solltest. Du wirst es schaffen, ich verspreche es dir.«

Maja beugt sich hinunter und legt die Hände auf Karins magere Schultern. Demonstrativ schüttelt Karin die Schultern, und Maja nimmt die Hände sofort weg.

»Nein, ich werde es nicht schaffen.«

»*Ich* werde es ihr beibringen.«

Jens sagt das in einem so bestimmten Ton, dass Karin und Maja in ihren Bewegungen erstarren. Ja, sogar Jens erstarrt vor seiner eigenen Stimme, die völlig ohne Vorwarnung einen solchen Raum eingenommen hat.

»Maja, du kannst Alex bei der Feinmotorik helfen, und ich kümmere mich um Karin.«

»Aber ...«

»Nein, ich mache das, weil ich es will. Du brauchst kein schlechtes Gewissen zu haben, lass mich einfach machen.«

»Klar, also wenn das für dich okay ist, Karin, eben wolltest du ja nicht, aber ...«

Karin streckt den Rücken durch, wie ein Soldat, der in den Krieg zieht, obwohl er Todesangst hat.

»Aber ich will jetzt. Ich will, dass Jens es mir beibringt.«

Maja steht auf und betrachtet die beiden komischen Vögel, die da auf dem Steg hocken. Was sind das nur für seltsame Menschen?

44

Maja blickt durch die großen Balkontüren auf den Schlosshof hinunter. Von hier oben kann sie sehen, wie das Laub in den Baumkronen von der immerwährenden Hitze gelb wird. Es sieht aus wie Herbst, obwohl es noch nicht mal Ende Juli ist. Auf dem Hof kann sie die Gäste erkennen. Sie zählt, ja, alle sind da. Pelle, Mads, Channa, Fatima, Pugh und Pedro, hinten am Steg kann sie Karin und Jens erahnen, und Josefin ist in der Küche, das weiß sie. Jetzt kann absolut niemand sie sehen, niemand kann wissen, was sie tut, alle sind mit sich selbst beschäftigt.

Schnell dreht sie sich um und eilt zu Alex' Zimmer. Sie klopft, und Alex macht sofort auf. Er ist frisch geduscht, das weiße T-Shirt hängt lässig über den hellen Shorts.

»Weiß er was?« Alex fährt sich nervös mit der Hand durchs Haar.

»Nein, kann er nicht, das war sicher nur ein Zufall. Darf ich reinkommen?«

»Klar!«

Alex nimmt ihre Hand und zieht sie zu dem großen, nicht gemachten Bett. Sie werfen sich nebeneinander, dass die Plumeaus seufzen. Sanft streicht Alex über Majas Haar, küsst ihre Fingerspitzen und lächelt unsicher. Er nähert sich ihrem Mund und küsst ihn. Maja kichert.

»Mein Gott, mit dir komme ich mir vor wie vierzehn.«

»Wieso das denn?«

»Weil du mich so oft küsst.«

»Willst du es denn nicht?«

»Doch! Es ist herrlich! Mehr Küsse, bitte! Manchmal hat man das Gefühl, als würden Leute über dreißig das völlig einstellen, und ich bin wahrscheinlich auch so eine, die nur so schnell wie möglich ans Ziel will. Küss mich noch mehr!«

Majas Kopf liegt auf der Matratze, sie ignoriert das Ziehen im Bauch und schließt die Augen. Sie spürt die feuchten Lippen von Alex auf ihren. Gierig packt sie seinen Nacken und zieht ihn fester an sich, während er sie loslässt, aufhört, sie zu küssen, und sie anschaut.

»Ich bin ja nicht so gut im Reden, aber irgendwas hast du mit mir gemacht. Ich bin irgendwie … glücklich.«

»Wie schön.«

»Doch, klar. Aber bist du auch glücklich, oder wie sagt man?«

»Können wir uns nicht noch mehr küssen?«

»Klar, aber ich würde gern noch ein bisschen reden …«

»Nein, nicht jetzt. Nicht reden. Ich will nicht reden.«

Maja zieht sich das Bikinoberteil aus und führt Alex' Hände zu ihren Brüsten, während sie sich gleichzeitig noch ein paar Küsse erschleicht.

Jens schläft in seinem weißen Schlafzimmer mit den Putten über den großartigen Flügeltüren und den begehbaren Kleiderschränken. Er schläft tief und schwer nach der anstrengenden Nacht, diesen Schlaf, der schwarz ist und völlig unbeeinträchtigt von dem, was um einen herum geschieht. Es spielt nicht die geringste Rolle, dass die Sonne hereinscheint und es mitten am Tag ist. Jens schläft.

Karin liegt in ihrem Zimmer und versucht, zu schlafen, während die großen Porträts auf sie herunterstarren. Die Damen auf den Bildern wenden den Blick nicht von ihr, ganz gleich, wie sie sich bewegt, sie wird angestarrt. Zwischendurch gelingt es ihr manchmal, ein wenig wegzudämmern, doch trotz des Schlafmangels gewinnt die Müdigkeit nicht die Oberhand. Immer wieder wacht sie mit rasendem Herzschlag auf, dann hämmert und klopft es nur so in der Brust. Ein lautloses Angstgehämmer, das Druck macht.

Nein, so wird das nichts, sie kann nicht schlafen. Die Sonne scheint durch die dünnen Gardinen, alle Stimmen von draußen klingen ihr in den Ohren, und dann das Wasser, sie muss immer an das Wasser denken. Sie ist geschwebt, hat aufgehört zu atmen und war ganz dicht davor, einfach zu verschwinden. Und sie könnte es wieder tun, dieses Gefühl der Einsamkeit hat wieder von ihr Besitz ergriffen, es ist in ihr, bei ihr, und es erstickt sie. Sie spürt den Schmerz.

Wein! Ganz hinten im Kleiderschrank hat sie noch Wein. Sie muss sich betäuben, muss das Herz dazu bringen, etwas ruhiger zu schlagen, sie muss schlafen. Jens wird sie zu Papa bringen. Die reinste Hölle. Der Schweiß rinnt ihr von der Stirn und in die Augen, sie wischt ihn mit der Handfläche ab, aber es kommt immer mehr, er läuft einfach unkontrolliert.

Raus aus dem Bett. Karin wühlt im Schrank, findet schließlich die Flasche, Schraubverschluss, sehr gut, denkt sie. Das wohlbekannte Knirschen, als der Verschluss sich von der Flasche löst, der säuerliche und hypnotische Duft des Weins, der plötzlich aufsteigt. Karin holt tief Luft. Jetzt wird sie sich beruhigen, nur ein paar Schlucke, dann wird Ruhe eintreten. Karin führt die Flasche zum Mund und berührt mit den Lippen das kühle Glas.

Dann hält sie inne. Genau in dem Moment. Ihre Hände zittern. Wenn sie jetzt ein paar Schlucke Wein tränke, dann würden sie aufhören zu zittern, dann wären sie ganz still und ruhig. Verdammt. Karin schraubt die Flasche wieder zu und legt sie zurück in den Schrank. Sie atmet schwer und denkt kurz nach.

Im nächsten Augenblick verlässt sie das Zimmer, in Unterhose und Nachthemd reißt sie die Tür auf und geht mit entschlossenen Schritten über den roten Samtteppich und öffnet die Tür zu Jens' Zimmer. Nein, sie klopft nicht, sie bittet nicht um Erlaubnis, sie geht einfach hinein.

Jens liegt in einem hellblauen Hemd und Shorts mitten auf dem Bett. Hässliche Altherrenshorts sind das, wie Rentner sie im Billigversand kaufen. Zwei Kissen hat er unter dem Kopf, sein Mund steht offen, und man hört ein deutliches Schnarchen. Karin zögert nicht, Altherrenshorts und Schnarchen sind ihr egal. Wie ein Kind, das schlecht geträumt hat, kriecht sie ins Bett und schmiegt sich an den warmen, schlafenden Körper von Jens. Sie saugt seinen Geruch ein, der genauso ist wie immer. Er ist schwer zu beschreiben, aber Jens riecht wie ein frischer Wind, der kurz vorbeiweht. Nicht nach Parfüm, nicht nach Blumen, nichts als dieser frische Wind.

Karin schließt die Augen, legt einen Arm um den zuverlässigen, tief schlafenden Bauch von Jens und schläft augenblicklich selbst ein. Kein Herzrasen mehr.

45

»Nein, jetzt frage ich, und du antwortest, okay?«
»Okay.«

Sie liegen nackt auf dem zerknitterten, verschwitzten Betttuch in Alex' Zimmer. Alle Fenster zum Schlosshof sind geöffnet, wo Pelle und die anderen immer noch lachend und fluchend trockenes Reisig zusammentragen.

»Dein ... Lieblingsessen?«, fragt Alex eifrig.

»Mein Lieblingsessen? Haha, das willst du wissen?«

Maja dreht sich auf den Rücken, winkt Alex mit ihren braunen Zehen zu und sieht zur Decke.

»Ich esse gern Moules frites.«

»Muhl was?«

»Das sind Muscheln, die man in Weißwein kocht, und dann isst man Pommes frites dazu.«

»Pommes, die mag ich auch! Am besten mit Fleisch dazu. Und Mayonnaise! Dein Lieblingsfilm?«

Alex stützt sich auf die Ellenbogen, Maja lacht leise über seine Pommes-frites-Begeisterung.

»Schwer zu sagen, es gibt so viele. Sag du zuerst.«

»›Tom und Jerry‹ find ich echt gut.«

»Aber ... ist das nicht eine Kinderserie?«

Alex gibt Maja einen sanften Klaps auf die Hüfte.

»He, das war ein Witz, okay? Locker bleiben! Nein, aber mir gefällt ein Film, der gerade im Kino läuft, der mit Will Smith, wo am Ende fast alles gesprengt wird, da sind wirklich abgefahrene Szenen dabei, wo der einfach nur noch losballert, da gibt es nämlich irgendwelche Weltraumwesen, die ...«

»Pssst ...«

Maja legt den Finger auf den Mund und versucht, Alex zum

Schweigen zu bringen, denn draußen direkt vor dem Fenster steht ihr Mann. Ihr Mann. Autsch, der Bauch, jetzt zieht es wieder.

Alex knufft Maja und flüstert: »Jetzt sag du, welchen Film du magst.«

»›Shine – Der Weg ins Licht‹. Hast du den gesehen?«

»›Shine‹? Ist das der mit Jack Nicholson, der verrückt wird und alle Leute in einem Hotel umbringt? Der ist echt krass.«

»Nein, das ist ›Shining‹. ›Shine‹ handelt von einem Jungen, der von seinem Vater so misshandelt und unterdrückt worden ist, dass er am Ende verrückt wird, und zwar richtig. Aber er ist ein Naturtalent, was klassische Musik und Klavierspielen betrifft. Er kann einfach alles spielen. Und eine Frau verliebt sich in ihn, obwohl er verrückt ist. Das ist ein schöner Film.«

»Aber er ist doch verrückt. Ist sie auch so ein bisschen neben der Spur?«

»Nein, sie ist wohlhabend, schön und erfolgreich. Aber sie verliebt sich in ihn, trotz aller Unmöglichkeiten.«

»So wie wir!«

Alex küsst Maja unendlich sanft auf die Wange, dann weiter den Hals hinunter bis zu den Schultern. Maja hört Pelle unten im Garten reden. Sie hat einen Mann. Sie ist verheiratet. Und sie liegt hier … mit einem Jungen, einem Grünschnabel. Mit einem Jungspund, dessen Herz wild in alle Richtungen schlägt und der so jung ist, dass er den Unterschied zwischen der großen Liebe und ein bisschen gutem Sex nicht kennt. Maja ist älter und klüger. Nein, sie ist dümmer, aber sie sollte eigentlich klüger sein. Sie sollte stopp sagen, bremsen. Sie muss die Bremse einlegen, sonst geht alles zum Teufel, und zwar richtig.

»Ich muss jetzt gehen.«

Schnell steht sie auf.

Es ist ein großer Haufen geworden, sicher drei Meter hoch, aus knochentrockenem Reisig, Laub und Ästen. Pelle wischt sich mit dem Hemdärmel den Schweiß von der Stirn, hinter ihm baden die Freunde unter fröhlichem Rufen im See. Jetzt tut ihm auch der Bauch weh, nicht nur das Herz, sondern auch der Bauch. Es zieht und reißt. Die Tränen wollen raus, aber er wird nicht weinen. Er erinnert sich noch, wie es war, als Fatima Pugh verlassen hat. Erst saß Pelle auf dem Sofa, und sein ganzes Hemd war durchnässt von Fatimas Tränen. Und zwei Stunden später hat er mit Pugh in der Scheune Tee getrunken und musste ihm andauernd die Rolle Haushaltspapier reichen, weil Pugh so heulen musste. Nein, Pelle wird nicht weinen, er wird nicht erzählen, was er weiß. Er wird einfach nur tun, was er sich ausgedacht hat.

Im Grunde hat er die ganze Zeit gewusst, dass Maja ihn verlassen würde. Ganz hinten in seinem Reptilienhirn hat er es gewusst, dass eine so schöne und wilde Frau weitergehen wird. Das muss er akzeptieren, es hat keinen Sinn, sich zu grämen. Sie wird schon ihre Strafe bekommen, spätestens, wenn dieser Chipsfresser sie in ein paar Jahren verlässt, weil er nach London geht, um zu jobben. Vielleicht will sie dann ja zurückkommen, wenn sie sich ein wenig ausgetobt hat. Aber was würde sie dann erwarten? Ein impotenter alter Sack mit dem Gerichtsvollzieher als engstem Freund? Nein danke, es ist schon am besten so, wie er es sich ausgedacht hat. In jeder Hinsicht. Am besten verfolgt er einfach seinen Plan.

Maja steht in der Küche und garniert die Torte mit Himbeeren, Blaubeeren und Duftwicken. Die Sahne ist ein bisschen fest geworden, fast wie Butter, aber egal, das wird keiner merken. Die Torte wird schön, Blumen und Beeren stellen ein rauschendes Meer dar, mit der Sahne als Schaumkronen. Eine Torte für Alex, der schwimmen gelernt hat.

Der liegt, den ganzen Körper mit ihren Gerüchen und ihrem Schweiß bedeckt, oben in seinem Zimmer. Wenn sie die Torte gegessen haben, wird sie mit ihm reden. Sie wird Schluss machen und versuchen, das Leben mit Pelle wieder zu kitten. Sie wird versuchen, ihm die Hand zu reichen. Alex ist nur eine Form von Flucht, eine wunderbare, aber völlig falsche Flucht.

»Die Sahne ist ja viel zu fest!« Pelle taucht mit dem Finger in der Sahneschüssel hinter ihr auf. »Im Grunde ist das schon Butter.«

»Nein, das stimmt nicht.«

»Natürlich! Probier doch selbst mal!«

Maja nimmt ein wenig auf den Finger und merkt, dass es nach Butter schmeckt.

»Die ist perfekt. Genau so soll Sahne sein, wenn man Torte macht, die darf nicht zu flüssig sein.«

»Blödsinn, du merkst doch genau, dass die nach Butter schmeckt. Gib's zu.«

»Ich kann nichts zugeben, was ich nicht finde. Die Sahne ist perfekt. Und warum kommst du überhaupt her und fängst Streit an? Und was ist das für ein Haufen Reisig da draußen, seit wann interessierst du dich für Gartenarbeit?«

»Gib doch einfach zu, dass die Sahne nach Butter schmeckt.«

Pelle reißt wütend die Schüssel an sich und stellt sie auf den Kopf. Kein Fitzelchen Sahne tropft hinaus, alles hart wie Butter. Der Zorn schießt wie Kohlensäure von den Zehen nach oben durch Majas Körper.

»Weißt du was, es ist mir scheißegal, ob die Sahne nach Butter schmeckt oder nicht. Ich mag es so, und dann darf ich das so machen. Schluss! Warum streitest du mit mir herum? Du kommst einfach rein und meckerst über die Sahne, kannst du nicht stattdessen mal sehen, was ich mache? Ich mache eine verdammt schöne Torte für meinen Schüler, der heute schwimmen gelernt hat! Ich mache endlich mal was, begreifst du das? *Ich bin kreativ!*«

Pelle steht schweigend da, Maja schreit ihm direkt ins Gesicht.

»Ich habe diesen verdammten Schwimmkurs angefangen, ich habe den Pool geschrubbt, und jetzt habe ich endlich einem von ihnen das Schwimmen beigebracht, und da kommst du hier rein und maulst über die verdammte Sahne. Was ist denn los mit dir?«

Maja reißt sich die Schürze runter und wirft sie auf die Kücheninsel. Pelle öffnet ein paar Knöpfe von seinem großen Hemd, es ist eins von denen, die Maja sich so oft geliehen hat. Immer hat sie Pelles Kleider ausgeliehen. Aber jetzt steht sie in der Küche in ihrem eigenen geblümten Sommerkleid.

»Du fragst, was mit mir los ist? Ich würde gern wissen, was mit dir los ist!«

»Und was ist mit mir?«

»Wie kannst du nur dastehen und Sahne verteidigen, die Butter ist? Kannst du nicht einfach zugeben, dass du die Sahne zu Butter geschlagen hast? Ist das denn so schwer?«

»Soll das heißen, dass du hier stehst und mit mir um die verdammte Sahne streitest? *Lass die Sahne, verdammt noch mal!*«

Pelle verschränkt die Arme. »Niemals.«

»Du willst damit sagen, dass es in diesem Streit um die Sahne geht und um nichts anderes?«

»Genau. Das ist eine Sache des Prinzips.«

»Dann bist du also glücklich, wenn ich einfach zugebe, dass die Sahne nach Butter schmeckt?«

»Ja, im Grunde schon.«

»Okay! Okay! Sie schmeckt nach Butter! Butter, Butter, Butter! Die Sahne schmeckt nach Butter, und es ist meine Schuld! Sie ist einfach zu hart geworden. Entschuldigung!«

Maja nimmt die ganze Torte mitsamt Beeren, Wicken und Sahne und wirft sie mit voller Kraft ins Spülbecken. Es macht blurp, und ein paar Blaubeeren landen am Fenster über der Spüle.

»Gut.«

Pelle macht auf dem Absatz kehrt und pantoffelt aus der

Küche und auf die Veranda hinaus. Er fasst sich mit der Hand ans Herz. Verdammt, verdammt, verdammt.

Maja setzt sich an den kleinen Tisch in der Küche und legt das Gesicht in die Hände. Soll er doch zur Hölle fahren!

Jens wacht mit einem Ruck auf. Da ist jemand im Zimmer! In seinem Bett! Rasch setzt er sich auf und sieht Karin. Sie liegt tief schlafend eng an ihn geschmiegt, und in ihrer Faust hält sie immer noch einen seiner Hemdzipfel.

Vorsichtig legt er sich wieder hin, nimmt ein Stück von dem dünnen Betttuch und breitet es über Karins nackte Beine. Eigentlich ist er ausgeschlafen, und sein ganzer Körper bettelt um Bewegung. Trotzdem legt er sich wieder hin, den einen Arm um Karins Bauch und die Nase in ihrem Nacken. Tagelang könnte er so daliegen, bis sie aufwacht. Er wird sich keinen Millimeter rühren, ehe sie aufwacht. Sie wird nie wieder allein sein.

46

»Pssst, du musst flüstern.«
»Aber hier kann uns doch wohl keiner hören, oder?«
»Nein, aber trotzdem, es ist alles so ... Ach, ich weiß nicht, es ist am besten, wenn wir flüstern, glaube ich.«

Alex und Maja sitzen ganz am Ende des steinigen Piers, der mit weißen, glatten Steinen wie eine immer schmaler werdende Zunge in den Vänersee hinausragt. Zu Pelle hat sie gesagt, dass sie nur einen kleinen Spaziergang machen wolle, obwohl ihm das doch ohnehin egal ist. Eine halbe Stunde später hat Alex seinerseits erklärt, dass er eine Runde um die Insel joggen werde, als ob sich darum jemand scheren würde. Und jetzt sitzen sie hier, ganz weit draußen. Maja flicht ihre langen Haare, denn sie weiß nicht recht, was sie mit sich anfangen soll, wenn Alex sie mit diesem gierigen Blick anschaut. Sie spürt seine Hände auf ihrem Rücken und wie er sich näher an sie drückt.

»Alex, du musst mir jetzt mal gut zuhören.«
»Okay.«

Alex streichelt weiterhin ihren Rücken und scheint nicht wirklich auf all die wichtigen Dinge konzentriert, die Maja ihm zu sagen hat.

»Also. Ich weiß nicht, was ich für dich empfinde und was die ganze Sache bedeuten soll. Ich erkenne mich selbst nicht wieder. Ich weiß nicht, was mit mir los ist.«

»Aber du findest mich hübsch, gib es zu.«

Alex beugt sich vor und fährt mit der Nase über Majas Brust.

»Das hat damit nichts zu tun. Ich ...«

Nun küsst Alex Majas Schultern und versucht gleichzeitig, das Band von ihrem Bikini aufzumachen. Ohne größeren Widerstand zu leisten, redet Maja weiter.

»Ich bin mit Pelle verheiratet, und du bist sehr, sehr jung, und die Sache ist die ...«

»Das meinst du also.«

Endlich! Das Bikiniband ist auf. Alex legt seine Hände auf ihre nackten Brüste. Maja versucht, weiterzureden.

»Man kann die Augen nicht davor verschließen, und ...«

Ohne die Hände von ihren Brüsten zu nehmen, erhebt Alex plötzlich die Stimme: »So, jetzt will ich mal was sagen, und du hörst zu. Ich bin erst neunzehn Jahre alt, wie wir alle wissen, und du wirst ja nicht müde, das zu betonen. Aber wie alt warst du eigentlich, als du Pelle kennengelernt hast? Du warst tierisch jung, oder? Und er war uralt. Also, was spielt das Alter für eine Rolle, ist doch egal!«

»Aber wir waren uns trotzdem so ähnlich, wir hatten dieselben Interessen und ...«

»Ja, aber das ist mir egal. Ganz ehrlich.«

Maja verstummt, und Alex nimmt die Hände von ihren Brüsten.

»Weißt du, was ich heute Nacht gemacht habe, ehe du zu mir kamst? Da hab ich wie ein verdammter Idiot vor deiner Tür gestanden.«

»Nein.«

»Doch! Ich hatte Sehnsucht nach dir.«

Verdammt. Maja flucht leise vor sich hin. Verdammt, verdammt, verdammt. Warum kann sie nicht einfach sagen: Es ist Schluss. Die Sache hat gerade erst angefangen, und jetzt ist Schluss. Klappe zu, Affe tot.

Aber warum sollte sie eigentlich jetzt Schluss machen? In ein paar Tagen, wenn der ganze Kurs vorbei ist und Alex zu Mama, Papa, Training, Kumpels zurückfährt, ist doch sowieso Schluss. Und Maja bleibt mit Pelle allein auf der Insel. Dann kann sie dasitzen, mit ihrem schlechten Gewissen, einer kaputten Beziehung und ... Alex unterbricht sie in ihren Gedanken.

»Du hast mir meine Unschuld geraubt. Man darf einem Jungen nicht die Unschuld nehmen und ihn dann einfach sitzen lassen.«

Alex tut sehr ernsthaft, und Maja muss lachen.

»Ist das so?«

»Ja, da gibt es ein Gesetz. Sonst kommt die Polizei und holt dich.«

Maja lächelt, und so sitzen sie wie zwei kleine Vögel nebeneinander am Ufer auf den warmen Steinen, wo das Wasser an ihren sandigen Zehen leckt und die Möwen in einiger Entfernung über alles Mögliche schwatzen.

»Verdammt.«

Mit einem müden Lachen lehnt sich Maja zurück und lässt den Rücken sanft auf den sonnenwarmen Steinen landen. Sie streckt die Beine aus, hält sich die Hände vor die Augen und denkt an den Zettel, den sie vor einiger Zeit geschrieben hat:

1. *Die Lust am Schaffen wiederfinden*
2. *Vielleicht auch ein bisschen Geld damit verdienen*
3. *Mehr spielen*
4. *Spüren, dass ich mein Leben lebe*
5. *Scheiß drauf*

Im Moment spielt sie, und zwar im allerhöchsten Maße, und es ist so wunderbar, dass sie nicht einmal ein schlechtes Gewissen hat. Geld verdienen? Na ja, nicht direkt. Aber es hat angefangen, ihr in den Fingern zu jucken, sie empfindet eine Art von Lust am Schaffen. Diese Torte mit Blumen und Beeren, die ein Meer bildeten, war das erste Eigene, was sie seit Langem geschaffen hat.

Alex hat irgendetwas in ihr in Gang gesetzt, etwas Wildes, das ihr das Gefühl gibt, ihr eigenes Leben zu leben. Jetzt ist *sie* es, die bestimmt, ja, das ist der Anfang ihres eigenen Lebens. Sie hat gewählt. Auch wenn sie falsch und verlogen sein mag, so ist es doch ihre Entscheidung.

Vorsichtig spreizt sie ihre Beine und spürt gleich Alex' Hand dazwischen, während zwei Damhirsche ruhig dastehen und etwas Wasser aus dem See trinken.

47

Auf Hjortholmen, mitten im Vänersee, thront das Schloss im Sonnenuntergang. Alex liegt wach und zufrieden in seinem Zimmer, er hat den Laptop auf dem Bauch und sieht zum vierundzwanzigsten Mal »Men in Black 2«. Karin schläft im Arm von Jens, der hellwach und hungrig ist, aber sich keinen Millimeter rührt, den tiefsten Schlaf ihres Lebens. Allerdings spricht er sehr leise in sein Handy und vergewissert sich bei jemandem am anderen Ende der Leitung, dass alles geregelt ist.

Die Freunde sind nach Hause gefahren. Gegen zweiundzwanzig Uhr gab es Umarmungen, Küsschen, Küsschen, Zigarettenrauch und Winken auf dem Steg, denn sie wollten noch alle den Elf-Uhr-Zug nach Stockholm erwischen. Josefin liegt hellwach im Bett, Lampe und Radio eingeschaltet. Nach einem Tag voller Freizeit ist sie ruhelos. In der Sonne herumzuliegen entspricht nicht gerade ihrer Vorstellung von Glück, und sie freut sich darauf, am nächsten Tag wieder zupacken zu können.

Pelle und Maja liegen in ihrem gemeinsamen Bett. Keiner von ihnen schläft. Pelle flattert zwischen Schlafen und Wachen hin und her, und zwar nicht, weil er sich nicht müde fühlt, sondern weil er mehrere Tage lang nicht richtig geschlafen hat und der Körper jetzt einfach aufgibt. Maja schläft überhaupt nicht. Sie denkt über das nach, was sie vor ein paar Stunden zu Alex gesagt hat, was ihn so überglücklich gemacht hat, dass er zu hüpfen begonnen hat. Der süße, kleine Alex. Sie werden zusammen zum Duvsund fahren, offiziell, um das Schwimmen in tieferem Wasser zu üben, inoffiziell, um ... um den Zauber zu brechen. Sie will mit Alex wegfahren, ein bisschen mehr

Zeit mit ihm verbringen, um dann einzusehen, wie jung er ist, wie wenig sie füreinander geschaffen sind und wie sinnlos die ganze Sache ist. Sie will sich satt lieben und dann Schluss machen, denn so hält sie es nicht lange aus.

Pelle reißt Maja mit einem Husten aus ihren Gedanken. Pelle. Da ist er. Maja lässt ihren Blick über seinen Rücken wandern, den er ihr zugewandt hat. Wie oft hat sie nicht hinter diesem breiten Rücken gelegen, ihre kleinen Arme um ihn geschlungen und sich festgeklammert wie ein Koalabär. Und ebenso viele Male hat Pelle sich umgedreht, den rastlosen Koalabären in die Arme genommen, sie langsam geschaukelt, liebevolle Worte in ihre Koalaohren geflüstert und sie in seiner Wärme schlafen lassen. Mit zögerlichem Sehnen streckt Maja die Hand aus und legt sie sanft auf Pelles Rücken. Die Hand hebt und senkt sich von seinem Atem.

Am Fenster klappert es, ein Flügel springt auf. Maja steht auf und geht auf Zehenspitzen zum Fenster, spürt den ersten kühlen Wind seit über einem Monat. Sie schließt die Augen und lässt die Kühle um ihren Körper wirbeln und ihn abkühlen.

Um das Schloss herum frischt es auf. Die Stille ist vorbei, jetzt weht es. Das Laub raschelt, das Gras neigt sich unter dem kräftigen Luftzug, und draußen auf dem Wasser ahnt man kleine weiße Schaumkronen. Kein Zweifel, ein Wetterumschlag kündigt sich an.

48

Die Sonne scheint, aber draußen weht es heftig. Die Windstöße lassen die Verandatür klappern, und Josefin hat schöne Steine auf das Tischtuch gelegt, damit es nicht davongepustet wird. Das Frühstück ist bereit, es gibt selbst gemachte Dickmilch mit Zimt und Zucker, frisch gemahlenen Kaffee, gut gereiften Käse, Beeren und ein eigens für diesen Morgen gebackenes Brot mit Rosinen und Apfelstückchen.

»Wie schön, dass du wieder da bist.«

Dankbar nickt Pelle mit vor Müdigkeit geschwollenen Augen Josefin zu, die gerade das saftige Brot aufschneidet. Sie lächelt breit, legt eine Scheibe auf Pelles Teller und reicht ihm die Butter dazu.

»Wie schön, nicht mehr freihaben zu müssen.«

Karin sitzt in einem Jogginganzug schweigend da. Sie hat die Hände um eine Tasse geschlossen, ihre Haare wehen im Wind und landen andauernd in ihrem Mund.

»Möchtest du nicht auch ein Brot?«

Jens hält ihr ein Stück von dem dampfenden Brot hin. Karin schüttelt den Kopf.

»Etwas von den Beeren vielleicht? Oder von der Dickmilch?«

Karin schüttelt wieder den Kopf.

»Ich kann nichts essen. Du weißt ja, warum.«

»Dann mache ich uns ein paar Brote für unterwegs. Hinterher wirst du hungrig sein, das verspreche ich dir. Und dann sollst du mir nicht irgendwelche trockenen Krankenhaussandwiches essen müssen.«

Jens nimmt zwei große Brotscheiben, bestreicht sie mit Butter und legt ein paar Scheiben geräucherten Schinken und etwas Paprika darauf.

»Was macht ihr im Krankenhaus?«, fragt Alex, der mit gutem Appetit isst, sich eine halbe Brotscheibe auf einmal in den Mund schiebt, Saft hinterherschickt und dann noch eine halbe Tomate verschlingt.

Karin schluckt, sieht Jens an und schluckt noch einmal.

»Wir werden meinen ... meinen Vater besuchen.«

»Echt? Liegt der hier im Krankenhaus? In Duvköping?«

»Ja.«

»Was hat er denn?«

»Er stirbt.«

Die Brotkrümel stieben nur so, als Alex mit vollem Mund erwidert: »Ach, Scheiße.«

Maja sitzt zwischen Alex und Pelle. Sie spürt die Wärme von Alex' Körper und die frostige Kälte von Pelle. Zurzeit würde sich kein Koalabär an ihm festklammern können, und es würden keine warmen Worte in der Dunkelheit geflüstert werden. Karin auf der gegenüberliegenden Seite des Tisches sieht blass und winzig aus in dem zu großen Jogginganzug. Er kann nicht von ihr sein. Maja würde gern etwas Kluges oder Freundliches zu ihr sagen, irgendwas über Krankheit und Tod, aber sie bringt nichts heraus. Sie nickt Karin, die auch nicht sonderlich empfänglich zu sein scheint, nur mitfühlend zu.

Um den Tisch kehrt Schweigen ein, der Wind lässt Haare flattern, das Tischtuch schlagen und die trockenen Blätter der großen Bäume rascheln. Alex ist der Einzige, der eine irgendwie geartete Energie oder sogar Freude verströmt. Er verspeist noch eine halbe Tomate.

»Üben wir heute bei dieser Insel, Maja?«

Maja zuckt zusammen.

»Ja, genau«, sagt sie dann. »Alex und ich werden drüben im Duvsund trainieren, da gibt es ein paar tolle Klippen, die wie Naturtreppen ins tiefe Wasser führen. Er muss jetzt in tiefem Wasser üben. Das ist wichtig.«

»Aber der Wind wird immer stärker, wollt ihr wirklich raus auf den See und schwimmen üben?«

Josefin stapelt das schmutzige Geschirr auf ein Tablett und weist mit dem Kopf auf das unruhige Wasser. Maja beißt nervös ins Apfelbrot, dreht sich um und blickt über den See.

»Ach, das ist kein Problem. Die Sonne scheint doch, und es ist warm, das geht schon.«

Josefin zuckt mit den Schultern und gießt Jens noch etwas Kaffee ein.

»Ich werde Jens und Karin nach dem Frühstück ans Festland bringen und bei der Gelegenheit noch ein bisschen einkaufen. Für alle, die hierbleiben, steht ein Mittagessen im Kühlschrank. Jens, wollt ihr eine Thermoskanne Kaffee mitnehmen?«

Jens nickt Josefin dankbar zu, die mit dem schweren Tablett in die Küche geht.

»Ja, dann werde ich wohl als Einziger hierbleiben«, seufzt Pelle und nimmt einen Schluck von seinem Kaffee.

Alex ist wie besessen. Er will los, und zwar *jetzt!* Hier herumsitzen und mit Pelle, Jens und dieser hysterischen Karin rumlabern, nein danke. Er will Maja an der Hand nehmen, in dieses Boot hüpfen und einfach nur los. Seit sie ihm gestern von der Tour erzählt hat, hat er einen Dauerständer. Einen ganzen Tag nur zu zweit, vielleicht sogar eine Nacht. Sie hat gesagt, dass sie vielleicht dort übernachten.

Eine ganze Nacht. Gestern Abend, nachdem Maja gegangen war, hat er sich ganz nackt vor dem großen Goldspiegel aufgebaut. So was hat er noch nie gemacht, jedenfalls nicht so. Aber jetzt stand er einfach da, mit einem richtigen Ständer, und es hat sich einfach nur gut angefühlt. Verdammt gut. Er hat gespürt, dass er verdammt gut ist. Und dann ist er ganz nah an den Spiegel getreten, hat sich selbst in die Augen gesehen und gegrüßt. Mein lieber Alex, verdammt, du bist gut. Du kannst poppen, du kannst schwimmen, du kannst alles. Du bist nicht aufzuhalten.

Und jetzt will er einfach nur mit Maja in dieses Boot und

weg. Wow, er hat so viel Energie, da muss er sich gleich noch eine halbe Tomate reindrücken.

Karin starrt schweigend in ihre Tasse, als wollte sie sie hypnotisieren. Ihr Gesicht ist ganz weiß. Sie ist noch nicht bereit für diese Sache, nichts in ihr ist bereit. Sie spürt, wie alle Farbe ihren Körper verlassen hat, auch das Blut, und nun sitzt nur noch ein leerer Körper am Frühstückstisch. Sie schließt die Augen und hört die Stimme von Jens, der mit Josefin spricht und sie um etwas Frischhaltefolie bittet, um die Butterbrote einzupacken.

Sie muss daran denken, wie sie heute Nacht geschlafen haben, die sanfte Stimme von Jens, als sie aufgewacht ist, und wie er ihr seinen Jogginganzug geliehen und gefragt hat, wie es ihr geht.

Karin öffnet die Augen und spürt sogleich den Wind, der sie austrocknet. In der Entfernung hört sie das unruhige Stampfen der Damhirsche, die, aufgeschreckt von dem Wetterumschwung, am Ufer hin und her laufen.

Jens packt das Essen in eine Tasche. Josefin steht auf und spricht davon, dass sie das Boot fertig machen werde und dass es nun an der Zeit sei, aufzubrechen. Aber Karin kann sich nicht bewegen. Sie versucht, ihre Beine zu heben, aber es geht nicht, sie ist völlig erstarrt, sie kann sich wirklich nicht bewegen.

»Jens.«

Jens sieht von dem Rucksack auf, den er fast fertig gepackt hat.

»Ich kann mich nicht bewegen.«

»Gar nicht?«

»Nein. Ich kann mich nicht bewegen. Ich kann nicht zu Papa fahren.«

»Doch, das kannst du. Ich werde dich tragen.«

Josefin kommt mit den Schwimmwesten. Vorsichtig streift Jens Karin eine der Westen über, knöpft sie fürsorglich zu und zieht alle Gurte fest. Dann setzt er seinen Rucksack auf, krempelt die Ärmel hoch und hebt Karin vom Stuhl, drückt sie an seinen Körper und schwankt zum Steg hinunter. Karin spürt, wie ihr Kopf an Jens' Brust ruht, wenn er schaukelt, dann wackelt auch ihr Kopf. Und sie spürt Tränen, warme Tränen, die ihr die Wangen hinunterlaufen.

49

»Wir ziehen jetzt mal los.«
Maja lehnt sich an den breiten Türrahmen und schaut in die Bibliothek hinein.
»Ja, ja, bis später dann.«
Pelle liegt mit der Zeitung von gestern auf der Chaiselongue und blättert demonstrativ, während er antwortet. Die Fensterscheiben vibrieren von dem stürmischen Wind. Schweigen. Man hört nichts als den Wind. Maja wartet noch in der Tür, plötzlich fällt es ihr schwer zu gehen. Sie nähert sich auf Zehenspitzen der Chaiselongue und bleibt stehen. Pelle liest, zögernd setzt Maja sich auf den Rand des Sofas. Sie möchte die Hand auf Pelles Brust legen, hält aber inne, als sie sein Maurerhemd berührt. Pelle blättert ungerührt in der alten Zeitung. Ängstlich hebt Maja wieder die Hand und legt sie jetzt oberhalb von Pelles Brust ab.
»Liebst du mich wirklich?«
Pelle sieht sie nicht an, er blättert, während das Fenster klappert. »Warum fragst du das?«
Maja schluckt.
»Tust du es?«
»Maja ...«
Endlich lässt Pelle die Zeitung sinken, doch nur, um sie mit einem müden Blick zu bedenken. Maja spürt einen Kloß im Hals. Hier liegt Pelle in der unbeschreiblich schönen Bibliothek. All die verstaubten, edlen Bücher, der große gewebte Teppich in den verschiedensten Grüntönen, das Fenster, das auf den Vänersee weist, der in diesem Moment unendlich wirkt. Und dann Pelle, der ganz nah bei ihr ist und den sie doch nicht erreichen kann.

»Ich muss es aber wissen. Jetzt. Bedeute ich dir etwas? Oder bin ich nur eine nette Galionsfigur?«

»Wovon redest du?«

»Ich rede von unserem Leben! Hier! Ich habe das Gefühl, als wäre ich nur eine Statistin in einem Theaterstück über dein phantastisches Leben. Oder ein Hund. Ich kriege Futter, ein Dach über dem Kopf und werde hinter den Ohren gekrault. Aber ich will mehr! Ich brauche mehr. Und ich will wissen: Was bedeute ich dir? Und ich will es jetzt wissen.«

Pelle sieht aus dem Fenster. Er reibt sich mit der großen Hand über das Gesicht und massiert seinen Nasenrücken.

»Du bedeutest ...«

Er hält inne. Du bedeutest mir alles, will er sagen. Du bist meine Sonne, mein Meer, mein Frühstück, mein Abendessen, mein Herz, meine Lunge, meine Augen, meine geheimnisvolle Katze, meine warme Decke, mein frisches Trinkwasser. Du bist keine Statistin. Du bist ein ganz eigenes Stück, das in einem ganz eigenen Theater gespielt wird. Du bist ein spannender Akt, von dem ich mich nicht losreißen kann, auch nicht, wenn er erschöpfend und anstrengend sein mag, weil er so intelligent und gut geschrieben ist. Und schön. Schön auf eine wehmütige und aufmüpfige Weise, nicht einschmeichelnd süß, niemals kitschig. Nicht einmal, wenn du auf offener Bühne mit anderen schläfst, höre ich auf, dich zu lieben.

»Ich weiß nicht, was du mir bedeutest, Maja. Ich spüre es nicht mehr.«

Dann schließt er die Augen und reibt sich wieder den Nasenrücken.

»Liebst du mich?«

Maja fixiert Pelle mit ihrem Blick. Sie will sehen, wie er es sagt. Sie will wissen, was Sache ist. Sie will wissen, ob sie ihn jetzt loslassen und auf diese Insel hinausfahren oder ob sie zu Hause bleiben soll. Wenn er sagt, dass er sie liebt, dann bleibt sie. Dann wird sie kämpfen.

»Ich ... ich glaube nicht.«

Ich liebe dich. Ich liebe dich. Ich liebe dich. Aber du betrügst mich mit einem jungen Mann. Nachts schleichst du zu ihm und kommst mit einem frisch geduschten Körper zurück. Du willst meinen Körper nicht mehr, und das verstehe ich sogar. Du hast den honigsüßen Geschmack von etwas frisch Aufgeblühtem entdeckt, warum solltest du dann altes Roggenbrot essen wollen?

»Dann weiß ich Bescheid.«

Maja erhebt sich von der Chaiselongue und geht mit entschlossenen Schritten über die knarrenden Bodendielen. Die Tränen brennen ihr unter den Augenlidern, und die Unterlippe zittert heftig.

»Tschüs.«

Sie dreht sich nicht um, denn sie will Pelle die Tränen nicht zeigen, die ihr aus den Augen schießen. Pelle lässt sich die Zeitung schwer aufs Gesicht fallen. Nun ist sie gegangen.

»Hast du geweint?«

Alex betrachtet Majas rot geschwollene Augen.

»Ja, ein wenig.«

»Komm her, mein Mädchen.«

Alex breitet die Arme aus, und Maja kriecht hinein, so wie sie es so viele Male bei Pelle getan hat. Bei Pelle mit seiner breiten, behaarten Brust und den ewigen Leinenhemden, dem Geruch nach Zigarillos und Metall. Alex duftet nach Rasierwasser, obwohl er keinen Bart hat. Und die Kapuzenjacke, die er anhat, ist weich zu ihrer Haut. Sie lässt sich umarmen, und Alex sagt nichts, sondern hält sie einfach nur.

»So, jetzt bin ich so weit.«

Maja versucht zu lachen und wirft ihr Täschchen mit dem Handtuch und ein paar Broten in den kleinen Kahn.

»Ich auch!«

Alex zeigt stolz auf seine Reisetasche, die schon im Boot wartet.

»Hey, was hast du denn alles eingepackt?«

Maja sieht erstaunt auf die große Tasche.

»Na ja, ich dachte, wir bleiben vielleicht über Nacht!«

Maja weiß nicht so recht, was sie darauf antworten soll. Im Grunde weiß sie überhaupt nicht, was sie machen soll, und deshalb schiebt sie das Boot vom Ufer. Das ist schon mal ein Anfang.

»Nein, nein, setz du dich ins Boot, ich schiebe. Me Tarzan, you Jane, weißt du.«

Alex packt Maja um die Taille und hebt sie ins Boot.

Der See ist ziemlich unruhig. Nachdem er monatelang still dagelegen hat, scheint das Wasser ganz eifrig darauf aus zu sein, sich endlich wieder bewegen zu dürfen. Alex stößt das Boot problemlos vom Ufer ab, schwingt sich über die Reling und nimmt im Vorschiff Platz. Schweigend sitzen sie nebeneinander. Maja ist ernst, Alex hat ein Lachen in der Kehle.

»Jetzt, Maja, jetzt fahren wir.«

Maja lächelt ihm müde zu und startet den Außenborder.

Mit dem Rücken zum Schloss tuckern sie durch die Wellen.

Pelle sieht sie aus dem Fenster der Bibliothek. Sieht, wie sie sich am Ufer lange umarmen, dann ins Boot klettern und in der Ferne verschwinden. Er sieht alles, die Hand aufs Herz gepresst. Meine Güte, wie es da drinnen rattert. Aber es ist besser, jetzt einen Schnitt zu machen. Das letzte bisschen Stolz, das ihm noch bleibt, will er sich bewahren.

Er sieht seine Frau und Alexander über den See entschwinden. Dann schwankt er durch den Speisesaal, das Atelier und die Küche in das kleine Arbeitszimmer auf der anderen Seite des windumtosten Schlosses. Dort holt er sein Fernglas, das über dem weißen Schreibtisch mit den blattgoldverzierten Beinen an einem Nagel hängt. Nun kann er aus der anderen Richtung über den Vänersee blicken. Nein, Josefin und die anderen sind nicht zu sehen, sie sind bereits verschwunden, genau wie Alexander und Maja. Er ist jetzt ganz allein auf der Insel.

Schnell hängt er das Fernglas wieder an den Nagel, eilt die Treppe hinunter und hinaus auf den Schlosshof. Dann holt er die Streichholzschachtel vom Gasherd in der Küche und geht wieder hinaus.

„Bist du bereit?"

Karin schüttelt erschöpft den Kopf. Die Fahrt über das Wasser hat ihr ein bisschen Kraft gegeben, aber doch nicht genug, um aufzustehen. Die ganze Fahrt hat sie wie ein Sitzsack auf Jens' Schoß gelegen, und er hat derweil ruhig und gleichförmig über ihr Haar gestrichen.

Karin starrt die hellgelben Wände mit schlecht gerahmter, bedeutungsloser Kunst an. Wartezimmer. Krankenhaus. Der Geruch von Krankheit, Tod und Desinfektionsmittel. Nein, sie ist nicht bereit und wird es auch nie sein.

»Warte kurz. Ich muss was regeln, okay? Bleib einfach hier sitzen.«

Karin nickt müde und sieht, wie Jens zu einer Krankenschwester geht, mit ihr spricht und dann in einem der Zimmer verschwindet. Ihr erster Reflex ist, wegzurennen, aus dem Krankenhaus, keine Ahnung, wohin, einfach nur weg, weg, das ist die Hauptsache. Aber die Beine tragen sie nicht, nichts trägt mehr. Sie sitzt auf einem fusseligen Zweiersofa, vor ihr auf dem Tisch liegen ein paar Farbstifte und Papier. Da hat wohl ein Kind gesessen und Schweinchen oder was auch immer gezeichnet. Karin nimmt sich ein Blatt Papier und einen Stift und schreibt ganz oben »Papa« hin. Sie kaut ein wenig auf dem Stift herum und schreibt dann eilig, während das Papier auf ihrem Bein herumrutscht:

»Papa, du hast mein Leben zerstört. Du hattest die Möglichkeit, mich zu retten, aber du hast sie nicht ergriffen. Stattdessen hast du zum Alkohol gegriffen. Wieder und wieder und wieder. Und du hast dich jedes Mal, wenn du zum Alkohol gegriffen hast, einen großen Schritt von mir entfernt. Irgendwann sind es ziemlich viele Schritte geworden. Am Ende gab es dich gar nicht mehr. Ich konnte dich nicht sehen, und du hast mich auch nicht gesehen. Ich hasse dich für das, was du getan hast, und für das, was du nicht getan hast. Jetzt sitze ich hier und versuche, mich an etwas Gutes zu erinnern, was wir gemeinsam erlebt haben, und sei es auch noch so klein, aber es fällt mir nichts ein. Jetzt denke ich hauptsächlich daran, dass ich auch allein bin, mit einer Tochter, die mich nicht haben will. Die sich auch allein fühlt. Genau wie ich. Also hast du nicht nur mich zu einem einsamen Menschen gemacht, sondern auch noch deine Enkelin, der du nie begegnet bist. Ich trinke auch. Zur Betäubung, genau wie du. Ein paar Schlucke, und schon wird das Kalte warm. Mit dem einzigen Unterschied, dass ich in coolen Clubs getrunken habe und du in hässlichen Kneipen. Nun liegst du hier und willst, dass man dir verzeiht. Aber ich kann dir nicht verzeihen. Das ist einfach so ...«

»Karin? Sollen wir jetzt reingehen?«

»Was?«

»Sollen wir reingehen?«

Karin seufzt. Sie denkt nach. Liest den Brief noch einmal. Streicht die Passage, dass sie allein ist. Denn das ist sie nicht mehr. Sie hat einen Freund. Sie hat Jens. Dann nickt sie, faltet das Stück Papier zusammen und versucht, sich aus dem fusseligen Sofa zu erheben. Es geht immer noch nicht, sie sitzt fest.

»Kannst du mich tragen?«

Jens antwortet nicht, sondern geht zu ihr, legt seine starken Arme um sie und hebt sie hoch. Karin lehnt den Kopf an seine Brust und kapituliert. Okay, jetzt gehen wir.

Pelle stellt sich neben den großen Haufen, der direkt an der Ecke des Schlosses, genau vor seinem Atelier thront. Um ihn herum ist alles knochentrocken. Der Reisighaufen, das Gras, die Apfelbäume, die Himbeer- und Brombeerbüsche, das Labyrinth, die Trauben in der Orangerie, das Schloss. Alles ist trocken. Ein ganzer Monat ohne den kleinsten Regentropfen, ausschließlich brennende Sonne, die jedes Atom Wasser aus der Erde verdunstet hat.

Pelle tritt ein wenig zurück, stellt sich an den Pool und sieht zum Schloss hinauf. Wie viele Träume hatte er nicht von Majas und seinem Leben hier gehabt. Sie würden eines dieser glücklichen Künstlerpaare werden, jeder würde auf seine Weise kreativ sein. Sie würden mit ihren Freunden, der Natur und den Tieren auf der Insel leben und Neues erschaffen.

Doch als sie hierherzogen, ging alles in die Brüche. Maja war künstlerisch nicht mehr produktiv, ihre Freunde kamen nie, denn sie hatten keine Zeit. Dann die Einsamkeit und das Schweigen. Sie haben aufgehört, miteinander zu schlafen. Oder besser gesagt, er hat aufgehört, Maja hat weitergekämpft. Und ihre Ateliers … Maja hat in ihrem hauptsächlich geschlafen. Und er? Er hat in seinem den reinen Wahnsinn angestellt. Gruselig.

Das Schloss ist richtig gut versichert, wegen der Kunst und all der kulturellen Werte. Pelle wird viel Geld bekommen, wenn es abbrennt, mindestens fünf Millionen Kronen. Für fünf Millionen kann er die Schulden an München zurückzahlen, dann ist er in der Hinsicht schon mal aus dem Schneider.

Ein letztes Mal schaut Pelle über die rosa verputzte Fassade, die lindgrünen Fensterrahmen, das Birnenspalier, das sich an der Schlossmauer entlangrankt, den Apfelhain, die Kletterrosen, den Granittisch, die Walnussbäume und die Damhirsche, die am Ende des Apfelhains grasen.

Dann zündet er ein Streichholz an, schützt es vor dem heftigen Wind und legt es ganz zuunterst in den Reisighaufen, der sofort Feuer fängt.

Alex hat seinen Arm um Maja gelegt. Sie schreien, um sich über Wind und Motorengeräusch hinweg verständigen zu können.

»*Ist es noch weit?*«, will Alex wissen.

Maja nickt. »*Wir sind doch gerade erst gestartet!*«

»*Was? Dir ist schon langweilig?*«

Maja lacht und winkt abwehrend mit der Hand. Bei dem Geräuschpegel kann man sich ja nur missverstehen.

Der Wind peitscht ihr entgegen, das ist schön. Das Boot schlägt in den Wellen, und es kitzelt im Bauch, wenn sie in ein Wellental krachen. Die Gischt spritzt in Majas Gesicht.

Alex sitzt neben ihr und betrachtet ihr Profil. Die gerade Nase, die dunklen Augenbrauen, die Lippen. Die so überirdisch weichen Lippen, die ihn so gerne küssen. Ja, das hat sie schließlich gesagt! Sie wollte mehr küssen, sie hat gesagt, dass er sie gut küssen würde. Er kann küssen.

»*Ich liebe dich.*«

»*Was? Nein, es ist noch ein ganz schönes Stück!*«

»*Ich liebe dich.*«

Maja wendet sich Alex zu und begegnet seinem glücklichen Blick. Sie stellt den Motor aus, und ohne sein Gebrumme ist es plötzlich ziemlich still. Das Boot schaukelt auf den sich auftürmenden Wellen. Maja betrachtet Alex, die braunen Augen und das helle Haar, sonnengebräunte Haut, weiße Zähne. Er lächelt und sieht Maja an, die nicht so richtig weiß, was sie machen soll. Und er lächelt einfach weiter, voller Erwartungen und Hoffnungen.

»Ich liebe dich, Maja.«

»Das ist schön, Alex.«

»Ja, aber ich tue es wirklich. Und jetzt habe ich nachgedacht.«

Maja streicht ihm über die weiche Wange. Herzchen. Liebes Herzchen.

Er beugt sich vor und umarmt sie, flüstert in ihr Ohr: »Ich hab jetzt schon einen ganzen Tag einen Dauerständer, verstehst du? Aber ich habe ihn nicht angerührt, denn ich dachte, dass du ihn ...«

»Verdammt ... Was ist denn das?«

»Das ist nur mein Schwanz, der Hallo sagen möchte.«

Alex drückt sich enger an Maja, nimmt ihre Hand und legt sie über seine Hose, aber Maja springt im Boot auf und sieht zurück Richtung Hjortholmen.

»Mein Gott ... Es brennt!«

51

Jens hält Karin ganz fest, und obwohl sie richtig schwer ist, würde er sie nie im Leben loslassen. Um das Gleichgewicht nicht zu verlieren, lehnt er sich leicht an die hellgelbe Wand des Krankenhausflures.

»Jetzt gehen wir hinein, und es wird nicht hässlich sein, und es wird auch nicht übel riechen. Alles wird schön sein, hab keine Angst.«

Karin klammert sich mit den Armen an Jens' Hals.

»Wie kann es denn schön sein?«

»Vertrau mir.«

»Du darfst mich da drinnen nicht allein lassen.«

Eine Putzfrau kommt mit ihrem Wagen vorbei und blickt erstaunt zu dem Mann, der eine Frau trägt. Karin zerrt ein Blatt Papier aus der Tasche der Kapuzenjacke.

»Ich habe einen Brief dabei, den ich vorlesen werde.«

Sie hält Jens das zerknitterte Papier vors Gesicht.

»Okay.«

»Und wenn ich den vorgelesen habe, dann gehen wir wieder raus.«

»Okay.«

»Und dann muss ich nie wieder hierherkommen.«

»Nie wieder. Sollen wir jetzt gehen?«

Karin nickt stumm. Seit der Bootsfahrt stehen Jens die lockigen Haare noch mehr vom Kopf ab. Karin ist bleich im Gesicht. Jens trägt sie über den grünen Linoleumfußboden den Flur entlang, vorbei an schief hängenden Häkelbildern mit maritimen Motiven, vertrockneten Blumensträußen und einer Pinnwand mit Dankeschönpostkarten. Dann sind sie da, Zimmer Nummer sieben.

Karin schließt die Augen und schluckt hörbar, als Jens die Tür mit dem Fuß aufstößt. Zwanzig Jahre ist es her, seit sie ihren Vater zum letzten Mal gesehen hat. Zwanzig Jahre, das ist ein halbes Leben. Und das Seltsame ist, dass Karin, obwohl sie ihren Vater hasst und für das, was er ihr angetan hat, verabscheut, nicht sehen will, wie er im Krankenhauselend liegt und auf den Tod wartet. Sie will ihn nicht in den verwaschenen Hemden des Landeskrankenhauses daliegen sehen, in dem kahlen Zimmer, im Geruch von Handdesinfektionsmittel und dem Gestank der Einsamkeit. Nein, sie will die Augen nicht aufmachen, sie will nicht hinschauen.

Hinter ihnen schließt sich die Tür mit einem zögerlichen Quietschen. Stille. Es ist eine kompakte Stille, die nur von dem dumpfen Surren der Ventilatoren und dem leichten Rasseln von jemandem durchbrochen wird, der mit dem Atmen kämpft. Karin hält die Luft an, sie will nicht atmen, will den Gestank des Todes nicht spüren. Verzweifelt versucht sie, alle ihre Öffnungen zu verschließen, die Nase, die Augen, die Kehle. Aber jetzt geht es nicht länger, sie braucht Luft, sie muss die üble tote Luft einatmen, also lässt sie schließlich los, bereitet sich auf das Gefühl vor und öffnet Nase und Mund und atmet.

Es riecht nicht nach Handdesinfektionsmittel und Tod, ganz und gar nicht. Es stinkt nicht ... es duftet. Es duftet nach Blumen, nach Zitrone, Vanille, Veilchen, Pfirsich und Mimose. Karin hat die Augen immer noch geschlossen, aber nun holt sie tief Luft, als würde sie ihrer Wahrnehmung nicht recht trauen. Doch, es ist wahr. Das ganze Zimmer duftet nach ... Blumen. Wie kann das denn sein? Und woher kommt das?

Immer noch hält Karin sich krampfhaft an Jens fest. Und nun wagt sie, die Augen zu öffnen. Ganz vorsichtig, um nicht geblendet zu werden und nicht in Ohnmacht zu fallen.

Durch die halb geöffneten Lider kann sie ein Bett erahnen, das in Schleierkraut und Duftveilchen gehüllt ist. Nun macht Karin die Augen ganz auf und kann es kaum begreifen. Überall, einfach überall sind Blumen. Sie befinden sich in wunderschönen, großen Töpfen und ranken sich an Lampen und Fensterrahmen entlang. Himmelsleiter, Maiglöckchen, Bartnelken, Storchschnabel, Lavendel, überall Blumen. Und alles sind mehrjährige Stauden, Perennen. Wie im Märchen von Dornröschen. Kein Krankenhausbettzeug, stattdessen durchsichtige weiße Spitze.

Und dort, zwischen Blumen, Düften und frisch gemangeltem Bettzeug liegt er. Ihr Vater. Seine Haut ist rot und schuppig, das Haar grau, aber immer noch voll und nach hinten gekämmt, die Augen sind geschlossen, der Mund mit der trockenen Zunge steht ein wenig offen. Sein Brustkorb hebt und senkt sich, es rasselt, wenn er atmet. Neben dem Bett steht ein Besuchersessel, der mit einem Quilt in Rosenmuster und einem abgewetzten Lammfell bedeckt ist. Jens setzt Karin vorsichtig auf dem Sessel ab.

»Nein, geh nicht!«

Karin greift nach ihm, und er nimmt gleich ihre Hand und setzt sich auf die Bettkante.

Sie betrachtet ihren Vater, dann Jens und schließlich sich selbst. Und erst jetzt bemerkt sie, dass sie beide noch die Schwimmwesten anhaben.

»Mein Gott, mein Gott, mein Gott, wenn er nur nicht da drinnen im Feuer ist!«

Maja braust, so schnell es geht, zurück nach Hjortholmen. Neben ihr sitzt ein völlig verstummter Alex. Das Boot kracht hart in die Wellen, die sich, vom heftigen Wind aufgepeitscht, hoch auftürmen. Aus dem Nichts ziehen sich dunkle Wolken zusammen und mischen sich mit dem schwarzen Rauch über dem Schloss. Immer wieder schlägt das Boot dröhnend aufs Wasser. Rasch breitet sich der dichte schwarze Rauch am Himmel aus. Funken stieben hoch, spektakuläre Feuerzungen, immer mehr Rauch.

Maja steht im Boot und versucht die Wellen anzuschneiden und gleichzeitig zu steuern.

Alex betrachtet sie. Er sieht, wie sich die Besorgnis in ihrem Gesicht ausbreitet, und ihm wird klar, dass sie sich jetzt ganz weit von dem Abenteuer entfernen, das sie geplant hatten. Plötzlich möchte er weinen, er kneift die Lippen aufeinander und schafft es, die Tränen zurückzudrängen. Mit dem Ärmel seiner Kapuzenjacke wischt er sich die Nase ab und sieht wieder zu Maja.

Sie waren schon so nah dran, und wenn er nicht angefangen hätte, mit ihr zu reden und ihr die Ohren vollzuheulen, wie sehr er sie liebe, dann wären sie einfach weitergefahren, und Maja hätte den Rauch gar nicht gesehen. Dann wären sie jetzt schon auf dem Weg zur Insel, vielleicht wären sie ja schon da und würden auf den Klippen liegen, und ... Aber jetzt fahren sie zurück. Verdammt, jetzt fahren sie zurück. Die Tränen schießen ihm in die Augen, er kann sie nicht zurückhalten.

Maja sieht sie nicht. Sie ist mit ihrem Blick ganz woanders. Alex dreht den Kopf herum, sieht den Rauch aus dem Schloss steigen und weint leise in den Wind hinein.

Pelle schleudert die Pantoffeln von den Füßen, ohne sie ist er schneller. Hinter sich hört er das knisternde Geräusch des Feuers, das sich ausbreitet. Die Flammen haben sofort auf die Birnenspaliere übergegriffen und sind die Wände hinaufgeklettert. Jetzt muss er zusehen, dass er das Kanu ins Wasser bekommt, denn in dieser Trockenheit wird sich das Feuer schnell ausbreiten. Barfuß joggt er zum östlichen Ufer hinunter, wo immer zwei Kanus bereitliegen, die jedoch nie benutzt werden. Das sind Majas und Pelles Kanus, mit denen sie so viel paddeln wollten, aber es ist nie auch nur zu einer einzigen Paddeltour gekommen.

Au! Da ist er wieder, dieser entsetzliche Druck auf der Brust. Pelle verlangsamt sein Tempo und geht, anstatt zu joggen. Er spürt das trockene Gras unter seinen Fußsohlen und muss ein wenig ausruhen. Schwer atmend lehnt er sich an eine Birke. Hinter ihm raschelt es laut, ein Damhirsch flieht vor dem

Feuer, er setzt elegant über Gestrüpp und Büsche. Der ängstliche Ruf des Tieres erhält Antwort von der anderen Seite der Insel, mit einem Mal schallen die heiseren, vor Todesangst zitternden Rufe der Tiere über die Insel.

Der Rauch beißt in der Nase, die Rufe hallen in seinen Ohren. Wie sollen all die schönen Damhirsche nur von der Insel herunterkommen? Was hat er getan? Er tötet die Tiere, er wird sie alle töten. Er muss weg, muss genau wie die Damhirsche fliehen.

Die Hand fest auf die Brust gepresst, versucht Pelle zu den Kanus zu laufen. Vom Himmel segelt schwarzer Ruß. Der Schmerz breitet sich aus, und dann dieses Schreien. Nein, er muss sich ein wenig hinsetzen, auf die grüne Bank am Seerosenteich. Schwer lässt er sich fallen und drückt die Hände auf die Ohren, um die Angst der Tiere nicht zu hören. Der Druck ist noch da, jetzt ist es, als hätte jemand einen schweren Tisch auf seine Brust gelegt und würde ihn auf seinen Körper herunterdrücken. Auf einmal durchfährt es ihn wie Elektrizität, die zum Hals hinauf, über die Schultern und in die Arme hineinschießt. Es sticht und brennt, und Pelle reißt sich das Hemd auf, dass die Knöpfe fliegen. Dann wird alles schwarz.

52

Karin sitzt ganz still da und atmet ruhig. Jens streichelt ihr die Hand. Vom Bett her ertönt rasselnder Atem, den Brief hat sie in der geballten Faust zerknüllt.

Sie muss an all die Anrufe vom Krankenhaus denken, als die Krankenschwestern verzweifelt erzählten, wie ihr Vater dagelegen und ihren Namen geschrien habe und dass er sie vor seinem Tod unbedingt noch einmal sehen wolle. Er muss ein so unendlich schlechtes Gewissen gehabt haben.

Vielleicht hat er im Angesicht des Todes plötzlich in aller Klarheit gesehen, was er getan hat, dass er sein kleines Kind im Stich gelassen hatte. Vielleicht hat er sein Leben wie in einem Film ablaufen sehen, mitsamt den ganzen Szenen, vor denen er bisher die Augen hatte verschließen können. Wie es wohl ist, auf dem Sterbebett zu erkennen, dass man das Schlimmste überhaupt getan hat? Dass man sein eigenes Kind vergessen hat? Dabei hätte fast auch sie selbst es sein können, die hier liegt und nach Simone schreit. Aber Simone wäre gekommen, sie hätte ihr verziehen.

Karin betrachtet ihren Vater. Raue, schuppige Haut und alleingelassen. Kjell. Eigentlich hatte auch er nie eine Chance. Schon sein Vater war Alkoholiker gewesen, hatte in der Eisengießerei gearbeitet, aber an den Wochenenden gesoffen. Einmal war er drei Tage lang verschwunden gewesen, natürlich machte sich seine Mutter Sorgen, doch am Ende war er sternhagelvoll nach Hause gekommen. Alle hatten ihn gefragt, wo er denn gewesen sei, und er hatte geantwortet: »Im Himmel.« Drei Tage lang saufen zu können, das war für ihn das Größte überhaupt.

Kjell fing an seinem dreizehnten Geburtstag an zu saufen,

zusammen mit seinem Vater. Der hatte ihn sogar eingeladen. Für einen schüchternen Jungen ohne Selbstvertrauen funktionierte der Alkohol perfekt, das war so, als würde man Sicherheit und Mut in die Adern pumpen. Erst trank er zusammen mit seinem Vater, dann mit seinen Freunden, und als seine Freunde aufhörten, so viel zu trinken, fand Kjell jüngere Freunde mit einem größeren Hang zur Flasche. Obwohl er gut aussehend und in vielerlei Hinsicht charmant war, blieb natürlich keine vernünftige Frau bei ihm. Nur Karins verrückte Mutter, die blieb, da hatten sich zwei einsame Seelen gefunden, die sich aneinander festklammerten.

Und dann kam Karin, ein Mädchen, so dunkelhaarig wie die Mutter, so schüchtern wie der Vater. Auch da hatte Kjell eigentlich nicht die Spur einer Chance. Karins Großvater kam einigermaßen klar, denn der hatte ja die Großmutter, die spülte, kochte, die leeren Flaschen wegräumte, die schmutzigen Kleider wusch und zumindest eine Fassade aufrechterhielt.

Karins Mutter tat all das nicht, denn sie war vollauf mit ihren Psychosen und Depressionen beschäftigt. Und Karins Vater war vollauf mit sich selbst beschäftigt und mit dem Alkohol, der alles betäubte. Für Karin waren die Bücher die einzige Fluchtmöglichkeit, bis sie Brüste bekam und anfing, ihre Angst mit Sex zu betäuben. Später kamen der Wein und die Arbeit dazu.

Ach, Papa.

Karin drückt Jens' Hand. Durch die Tränen versucht sie, ihren röchelnden Vater anzusehen.

»Ich kann nicht länger böse sein, Papa, das frisst mich von innen auf. Ich bin leer, denn die Wut auf dich hat alles weggefressen. Alles.«

Sie wischt sich mit dem Handrücken die Tränen ab, mit der anderen hält sie Jens' Hand, ganz fest.

»Du bist ... ich ...« Karin verstummt. Jens streicht ihr mit seiner freien Hand über den Rücken. Dann räuspert sie sich und sagt: »Ich verzeihe dir, Papa.«

Ihr Gesicht verzieht sich vor Schmerz. Ihr Atem kommt stoßweise. Sie schließt die Augen, kneift sie ganz fest zu. Dann lässt sie die Tränen fließen, Ströme von Tränen, die in ihrem Innern gewartet haben. Jens lässt ihre Hand nicht los. Rotz, Tränen und Spucke laufen über Karins Schwimmweste, als sie plötzlich die Augen öffnet, zwei rote Augen mitten in dem nassen Gesicht.

»Jetzt brauche ich ... jetzt brauche ich eine Umarmung.«

Jens kniet sich auf den Boden, umarmt Karin und hält sie ganz fest.

Maja hält mit dem Boot direkt auf das Ufer zu. Sie wirft sich über die Reling und steht bis zur Taille im Wasser, doch das merkt sie gar nicht, sondern pflügt durchs Wasser, über den Uferstreifen und hinauf zum Schloss. Alex sieht Maja verschwinden, klettert etwas langsamer an Land und zieht das Boot ein Stück weiter hoch, damit die Wellen es nicht wieder zurückholen können.

»Neeein!«

Atemlos bleibt Maja auf dem Kiesplatz stehen und sieht zu, wie die meterhohen Flammen die Schlosswand emporlecken.

»Pelle! Wo bist du? *Pelle!*«

Auch Alex ist jetzt auf dem Kiesplatz angekommen, er sieht das Feuer, meine Güte, die Flammen lodern sicher fünf Meter hoch. Maja rennt panisch auf dem Kies hin und her und schreit verzweifelt: »Du musst das Feuer löschen, Alex! Du musst es löschen! Ich versuche, Pelle zu finden!«

Alex zeigt auf die riesigen Flammen.

»Das kann ich nicht löschen! Wir müssen die Feuerwehr rufen!«

»Die Feuerwehr? Wie soll die denn herkommen? Hol den Schlauch aus dem Seitenflügel am See, den kannst du auf der anderen Seite des Schlosses anschließen. Ich muss Pelle finden!«

Maja hastet ins Schloss und lässt Alex ratlos stehen. Das

Feuer sprüht und knackt, dazu sind überall die gellenden, panischen Schreie der Damhirsche zu hören. Alex eilt zum Seitenflügel, um den Wasserschlauch zu holen, rutscht auf dem Gras herum, stützt sich im letzten Moment mit der Hand ab und kommt wieder auf die Füße. Er reißt die Tür auf. Verdammt, wie soll er in dem Chaos hier etwas finden? Das Adrenalin pumpt durch seinen Körper, Alex wirft Stühle, Rasenmäher, Bälle, Schwimmwesten und Angeln durcheinander. Nirgends ein verdammter Gartenschlauch. Scheiße!

Schweißnass rast er wieder zum Schloss hinauf. Noch sind die Fensterscheiben nicht zersprungen, das Feuer hat seinen Weg noch nicht ins Gebäude gefunden, aber lange wird es nicht mehr dauern. Die Hitze ist unbeschreiblich, dazu die Schreie der Tiere, die dicken schwarzen Wolken und der Ruß, der wie schwarzer Regen vom Himmel fällt.

Wo ist denn jetzt Maja? Alex rennt ins Hauptgebäude, da ist es jetzt heiß, so richtig heiß.

»Maja! Maja! Du musst hier raus!«

Alex steht im Flur und brüllt in die erste Etage hinauf.

Maja kommt leichenblass die Treppe heruntergelaufen.

»Ich kann ihn nicht finden.«

Es ist, als würde sie Alex gar nicht sehen, sie rennt einfach an ihm vorbei, durch den Flur und wieder zum Schlosshof hinaus.

Alex ruft hinter ihr her: »Ich kann keinen Schlauch finden, ich weiß nicht, wie ...«

Maja antwortet, indem sie auf dem Kies kehrtmacht und wieder ins Schloss läuft und den Putzschrank in der Küche aufreißt.

»Eimer! Wir brauchen Eimer!«

»Aber Eimer helfen doch bei so was nicht. *Maja!* Komm zurück, wir brauchen was ... Verdammt!«

Maja findet einen Eimer, stellt ihn ins Spülbecken und füllt ihn mit Wasser.

»Da ist noch ein Eimer, nimm mal!«

Dann rennt sie wieder raus und kippt das Wasser ins Feuer, das nur desinteressiert schnaubt.

Alex dreht den Hahn ab und läuft zu Maja, die dasteht und ins Feuer starrt, das sich von kleinen Wassereimern nicht beeindrucken lässt. Vorsichtig legt er den Arm um ihre Schultern. Er spürt, wie sie zittern.

»Du kannst das Feuer nicht löschen, Maja. Das geht nicht. Das kannst du nicht. Bleib jetzt hier draußen.«

53

Jens sitzt im Sessel und hält Karin fest. Er spürt eine Welle von Schluchzern durch ihren Körper laufen. Seine Schulter ist total durchnässt. Verstohlen sieht er zu Kjell hinüber. Es rasselt nicht mehr. Er hat aufgehört zu röcheln.

Jens streicht Karin übers Haar und räuspert sich.

»Karin, ich glaube, er ist nicht mehr da.«

»Was?«

»Ich glaube, Kjell ist eben gerade gestorben.«

Karin dreht sich um, wischt die Nase an Jens' durchnässtem Pullover ab und sieht zu ihrem Vater. Das Gesicht ist entspannt, die rot aufgedunsenen Wangen hängen herab, die Augen zucken nicht mehr, der Mund ist schlaff und ruhig. Fragend sieht Karin Jens an.

»Du hast ihm geholfen, Karin.«

»Meinst du?«

Karin betrachtet ihren Vater, während Jens fortfährt.

»Ja. Er hat gehört, was du gesagt hast.«

»Glaubst du?«

»Ganz sicher. Er hat gehört, dass du ihm verzeihst, und da konnte er loslassen.«

Karin wischt sich wieder die Nase ab, diesmal mit ihrem eigenen Pullover.

»Dann ist er also jetzt tot?«

Jens nickt.

»Es ist vorbei?«

»Ja.«

Karin lehnt sich zurück und schläft ein, gegen Jens gelehnt. Und Jens macht es so wie immer. Er wartet. Hellwach sitzt er da und wartet.

»Mein Gott, es verbrennt alles! Das Schloss brennt ab! Und wo ist Pelle? Er ist doch nicht im Haus, oder? Alex? Er wird doch nicht im Haus sein? Alex! Pelle! Pelle!«

»Ich weiß es nicht, Maja. Ich weiß es doch nicht!«

Alex versucht, Maja zu folgen, die verwirrt hin und her rennt. Der Wind tost, die Damhirsche schreien, und die Wellen vom See rauschen. Es ist wahnsinnig laut, der Lärm einer totalen Katastrophe.

Doch dann verstummt der Himmel plötzlich. Die Winde legen sich, das Wasser wird spiegelglatt, die Vögel hören auf zu singen, und die Damhirsche entspannen ihre Kehlen. Alles schweigt.

Maja hält im Laufen inne, bleibt zehn Meter vor dem brennenden Schloss stocksteif stehen und horcht einfach. Man hört nur noch das Knistern des Feuers, sonst gar nichts. Sehr sonderbar. Alex macht ein paar vorsichtige Schritte auf Maja zu und stellt sich dicht neben sie.

Er flüstert: »Was ist denn jetzt?«

Maja sieht sich um und lauscht. »Keine Ahnung.«

Ganz still stehen sie auf dem Schlosshof, blicken zu den Flammen, die am Haus lecken und sich langsam an der Rasenfläche entlangarbeiten.

Peng! Da knallt es. Zwei Fensterscheiben von Pelles Atelier sind von der Hitze gesprungen. *Peng, peng!* Glassplitter stieben bis zum Pool.

»Mein Gott!«

Alex zieht an Majas Schwimmweste, und sie gehen langsam vom Schloss zum Wasser hinunter. Nun herrscht wieder ohrenbetäubende Stille.

Dann kommt ein Donnern, ein lautes Rollen vom Wasser wie ein riesiger brüllender Drache, der auf die Insel zureitet. Alex und Maja halten sich die Ohren zu. *Peng!* Jetzt hat es so geknallt, dass die ganze Insel erzittert und der Boden unter ihnen bebt. Zwischen den Wolken kann man einen grauen Himmel erahnen, da sind hellgelbe Blitze und eine Wand, die

308

sich öffnet. Die Wolken teilen sich, eine Lücke tut sich auf, und Wasser schießt heraus. Es regnet. Aus der Wolkentür wird Wasser geschüttet, das wie Hagel über die Insel hereinbricht. Ein steinharter Regenguss, als hätte jemand einfach nur den Hahn aufgedreht. Pflaumengroße Wassertropfen donnern aus dem Himmelsgewölbe.

Der Regen peitscht so heftig und brutal, dass es wehtut, wenn die Tropfen auf die Haut treffen. Seit Wochen und Monaten hat der Regen sich gesammelt und gewartet, jetzt endlich darf er heraus. Die natureigene Feuerwehr spült Wasser über das Feuer. Und es hört gar nicht auf, der Regen fließt hernieder, immer mehr. Er pladdert auf die trockene Erde, und das Feuer prustet, schnaubt, fasst noch mal zu, kämpft brüllend um sein Leben, kann dem vielen Wasser aber nichts entgegensetzen.

Maja und Alex stehen völlig durchnässt vor dem Schloss und bestaunen das Schauspiel. Der Krieg zwischen Hitze und Kälte, Feuer und Wasser. Es ist finster von Rauch, Nebel und den schwarzen Wolken, die wie ein Verdunkelungsvorhang über ihnen hängen.

Alex schiebt seine Hand in die von Maja und drückt sie. Da dreht sie sich zu ihm um.

»Pelle! Wir müssen ihn finden!«

Hätte das Schloss nicht abbrennen können und Pelle gleich mit? Die niedrigsten Gedanken kreisen in Alex' Kopf. Hätte das Schloss nicht bis auf die Grundmauern herunterbrennen können, und hätte Pelle nicht ums Leben kommen können? Dann hätte es nur noch Maja und ihn gegeben, ohne irgendwelche Unsicherheiten.

Was für miese, hässliche Gedanken. Und doch … Er läuft im strömenden Regen herum und sucht nach ihrem verdammten Mann. Ihm ist kalt, er ist durchnässt und traurig, und dann muss er auch noch nach diesem beschissenen Pelle suchen. Was will sie denn mit dem? Mal ehrlich, die haben doch nichts gemeinsam. Und was wird jetzt aus Alex? Was soll er nur machen? Einfach nach Hause fahren? Und Maja nie wiedersehen? Zum Teufel mit dem blöden Pelle!

Mit zitternden Beinen setzt sich Alex unter einen der Bäume im dichten Arboretum. Der Regen dringt durchs Blattwerk, aber immerhin peitschen die Tropfen nicht so auf der Haut. Unendlich müde legt er den Kopf an die glatte Rinde, streckt seine dreckigen, erdverschmierten Beine aus und schließt die Augen.

Maja ist völlig panisch, sie rennt kreuz und quer durch den Wald, springt über Baumstämme, trampelt Blumen platt, bricht Äste ab – wo könnte er nur sein? Das Schloss war leer, da war kein Mensch. Die Zeitung, die er gelesen hatte, lag noch auf der Chaiselongue in der Bibliothek. Als hätte er sich in Luft aufgelöst, oder in Rauch, so wie das Schloss es fast getan hätte.

Maja bleibt stehen, sie versucht zu denken, versucht, die Gedanken, die wie hysterische Pingpongbälle zwischen den Gehirnwänden hin und her fliegen, zu ordnen. Hin und her fliegen sie und lassen sich unmöglich einfangen. Wohin könnte er gegangen sein? Wenn es im Schloss angefangen hat zu brennen, warum ist er nicht dageblieben, um das Feuer zu löschen? Oder ist er in die Stadt gefahren? Oder ... oder hat er vielleicht das Schloss angezündet? Weil er Maja nicht mehr liebt und keine Zukunft mehr darin sieht und ... Nein. Aber wenn doch? Wie könnte er sich von der Insel weggegeben haben, wo doch alle Boote unterwegs waren?

Maja steht ganz still, der Regen rinnt über ihren kalten Körper. Die Kanus! Er muss zu den Kanus gegangen sein. Wenn er bloß nicht losgepaddelt ist bei dem Wetter! Maja macht kehrt und läuft zu dem kleinen Strand, an dem schon seit einigen Jahren ihre Kanus liegen. Das Wasser spritzt ihr bis zu den Waden hoch, wenn sie läuft. Jetzt kann sie die Bucht und die Kanus sehen, beide Boote sind da. Verdammt, da ist er nicht.

Maja schreit vor Enttäuschung laut auf, macht kehrt und geht wieder in Richtung Schloss.

Röööhr!

Maja dreht sich um. Gleich neben der Parkbank bei den Kanus steht ein Damhirsch und schreit. Er schaut Maja direkt in die Augen und stampft mit den Füßen auf.

»Was willst du?«

Röööhr!

Vorsichtig geht Maja auf das Tier zu, es ist ein Männchen mit mächtigem Geweih. Das rotbraune Fell glänzt von der Nässe, die weißen Flecken sind grau vom Ruß. Der Damhirsch steht ganz still da. Maja schleicht voran. Als sie nur wenige Meter vor ihm steht, macht er abrupt kehrt, läuft durchs Laubwerk und verschwindet.

Neben der Parkbank am Seerosenteich entdeckt sie ihn. Pelle liegt in einer unnatürlichen Stellung da, mit dem Gesicht im Schlamm. Das Hemd ist aufgerissen, und die Beine sind merkwürdig angewinkelt.

54

Im Innern des Hubschraubers dröhnt es. Pelle ist auf einer Trage festgeschnallt und hat Schläuche in der Nase und den Armen, ja eigentlich überall im Körper, eine Menge Schläuche, die durch alle möglichen Öffnungen eindringen und wieder herauskommen. Sein lockiges Haar ist lehmverschmiert.

Eine Krankenschwester streichelt ihn und spricht mit ihm, sie versucht Kontakt zu ihm zu bekommen, aber das scheint nicht so einfach zu sein. Maja hält seine Hand und pult an dem Mörtel, der auf seiner Haut klebt, versucht, das lehmige Haar zu ordnen, und streicht ihm über die Wangen.

Als sie Pelle entdeckt hatte, ging alles ganz schnell. Sie lief zum Schloss zurück, rief den Notarzt und versuchte zu erklären, wo auf der Insel Pelle lag. Sie holte weiße Laken und breitete sie am Ufer aus, damit der Helikopter sie im Rußnebel finden konnte, und noch während des Telefonats machte sich der Rettungshubschrauber auf den Weg, denn es war Eile geboten. Trotzdem dauerte es, bis sie da waren, weil es so regnete. Und Pelle lag einfach nur da, lehmverschmiert mit dem aufgerissenen Hemd. Atmete er überhaupt noch?

Maja nahm ihn fest in den Arm. Er wurde nass vom Regen, und die graue Leinenhose war wie festgeschweißt an seinen dünnen Beinen. Maja konnte nicht aufhören, die Beine zu betrachten, die so einsam aussahen, so verletzlich. Wenn sie gekonnt hätte, hätte sie die Beine umarmt, sie getröstet und ihnen gesagt, dass alles gut werden würde.

Mitten in dem Durcheinander war Josefin auf die Insel zurückgekommen, sie brachte Decken, die sie über sie beide legte, auch über die Beine. Dann saß Maja in dem peitschenden Regen mit Pelle im Arm. Sein krauses Haar breitete sich auf ihrem Bein aus. Sie versuchte, mit ihm über alles Mögliche zu reden, über lustige Dinge, aber es ging nicht, also begann sie zu singen, aber das Einzige, was ihr einfiel, waren Kinderlieder. »Hej, Pippi Langstrumpf«, »Idas Sommerlied«, »Ein Männlein steht im Walde«. Klatschnass.

Der Rettungshubschrauber landete mitten auf dem alten Dampferanleger, Menschen in knallgelben Overalls, die herumliefen, einander etwas zuriefen, Pelle mit kleinen Taschenlampen in die Augen leuchteten, ihn auf einer Trage festschnallten, und Regen, Regen, Regen.

Maja saß noch immer im Schlamm, jemand nahm ihre Hand und sagte, dass sie mitfahren solle, also rannte sie los, duckte sich unter den Rotorblättern durch. Rein, rauf, hoch, festgeschnallt, Ohrenschützer auf. Nehmen Sie seine Hand, er muss spüren, das Sie da sind.

Ganz fest hält sie Pelles Hand, unten sieht sie Hjortholmen verschwinden, sie verlassen das Wasser und fliegen über Duvköping hinweg. Straßen, die die Stadt durchziehen, Autos, die fahren, als sei nichts geschehen, dann die großzügiger verteilten Höfe und Scheunen, Reihenhaussiedlungen, Viertel mit Einfamilienhäusern, die Brücke über den Vänersee, die die Stadt in zwei Teile teilt, die Marina, der Stadtpark, die Stadtmitte und schräg hinter dem Bahnhof das Krankenhaus. Es ist, als würde ihr altes Leben Revue passieren.

Josefin reicht Alex eine Tasse heißen Kamillentee. Sie haben sich die nassen Kleider ausgezogen und trockene angezogen. Alex durfte sich etwas aus Pelles Schrank leihen, weil seine eigenen Klamotten noch draußen im Boot liegen und vermutlich klatschnass sind. In seiner unbändigen Sehnsucht, niemals auf die Insel zurückzukehren, hatte er tatsächlich all seine Sachen eingepackt. Wie idiotisch.

Jetzt sitzt er in einem Holzfällerhemd, einer viel zu großen Strickjacke, Wollsocken und einer Leinenhose in der Küche. Hier ist alles wie immer, als wäre nichts geschehen. Die schönen Schränke, die Kupfertöpfe, die zusammen mit Kellen und Schöpfern von der Decke hängen. In der Nische am Küchenfenster der kleine runde Tisch, zwei Stühle, die Kochbücher auf dem Fensterbrett und der verschnörkelte Kerzenständer von einem befreundeten Künstler, in dem die Kerzen ruhig runterbrennen. Der Regen pladdert inzwischen etwas sanfter an die Scheiben.

Josefin schaut Alex an, der vorsichtig am Tee nippt. Er pustet, versucht zu trinken, verbrennt sich, pustet noch ein wenig.

»Bist du sehr verliebt in sie?«

Alex sieht auf. »Wie bitte?«

»Maja. Bist du sehr verliebt in sie?«

Alex versucht, sich eine gute Antwort einfallen zu lassen, die klug klingt und alles wegradiert, was nicht ...

»Ja.«

Was Besseres ist ihm nicht eingefallen. Vorsichtig pustet er in die Tasse, nur um etwas zu tun zu haben, damit er nicht anfängt zu heulen.

»Das habe ich mir gedacht.«

Schweigend rühren sie in ihren Tassen, was einen hübschen Klang ergibt. Wie ein Glockenspiel.

»Wir wollten zu dieser Insel fahren und ... einfach mal eine Weile allein sein. Aber wir haben es nicht mal halbwegs hin geschafft, da ... Verdammt, jetzt heul ich gleich.«

Verlegen stellt Alex seine Tasse auf den Tisch und verbirgt sein Gesicht im Pulloverärmel. Josefin sagt nichts, sondern steht auf, zieht die dritte Schublade unter der Spüle auf und holt eine Stoffserviette heraus, die sie ihm reicht. Alex schnäuzt sich und drückt die Serviette an seine Augen. Josefin geht zu ihm und setzt sich auf die Stuhlkante, und dann umarmt sie Alex, der ihre ganze Kapuzenjacke nass heult.

Maja sitzt in dem gelben Wartezimmer für Angehörige. Hässliche Plüschsofas, ein Kaffeeautomat, ein paar Stapel alter Zeitschriften und eine Box mit kaputt gespieltem Spielzeug.

Herzinfarkt. Dringende Bypassoperation. Brustkorb aufsägen, Blutgefäße von anderen Regionen des Körpers zum Herzen versetzen, während der Operation wird das Herz abgeschaltet, mit kaltem Wasser runtergekühlt, damit es ohne Blut überlebt ... Pelle. Jetzt liegt er da drinnen mit aufgeschnittenem Brustkorb. Und mit seinen Beinen, seinen armen, einsamen Beinen. Mein Gott.

Wenn er doch davon wusste? Wenn er wusste, dass sie sich nachts zu Alex geschlichen hat? Vielleicht stand er ja draußen vor der Tür und hat ihren lustvollen Schreien gelauscht. Wenn sie es sich recht überlegt, muss er es eigentlich gewusst haben. Pelle war sonst immer die Freundlichkeit in Person, aber seit jener Nacht im Labyrinth war alle Freundlichkeit verschwunden. Pelle wusste es.

Maja denkt an Alex, diesen jungen, liebeshungrigen Mann. Oder besser gesagt, diesen Jungen. Es ist, als hätte sie von einem unwiderstehlichen Vanillekrapfen gegessen, ihn, ohne nachzudenken, genießerisch in sich hineingestopft. Sie hat nicht an Alex gedacht und nicht an Pelle, sondern nur an sich selbst. Und sie hat die ganze Zeit gewusst, dass sie nie mit Alex eine Beziehung anfangen würde. Sie wollte einfach nur ihre Angst betäuben, durch Sex all das Anstrengende loswerden. Es war einfach zu anstrengend gewesen mit Pelle und Hjortholmen und dem Leben überhaupt. Sie hatte das Gefühl, erstickt zu werden. Als dürfte sie nicht in ihrem eigenen Rhythmus atmen. Als hätte Pelle bestimmt, wie sie atmen sollte. Dabei hatte er das gar nicht getan, Maja hatte ihm nicht klargemacht, wie ihre Atemwege funktionierten und wie nicht.

Wenn Pelle überlebt, wenn er das hier packt, wenn sein Herz nicht aufhört zu schlagen und wenn sie seinen Brustkorb wieder ordentlich zusammennähen und er alles überlebt, dann wird Maja ihm sagen, was sie will. Und wenn Pelle sie nicht auf ihrer Reise begleiten will, dann darf er zu Hause bleiben. Aber für sie kommt das nicht infrage.

55

»Danke.« Karin betrachtet Jens, der auf dem Fußboden zwischen zwei großen Töpfen duftendem Lavendel liegt und schläft. »Danke für all die Blumen und dass du das so schön hergerichtet hast.«

Jens schläft weiter, er hört Karin nicht, an der Wand tickt die Uhr, und sie weiß nicht mehr, wie lange sie jetzt schon in diesem Blumenzimmer sitzen. Ihr Vater liegt kalt im Bett. Karin betrachtet ihn ruhig. Es ist vorbei. Sie empfindet es mit ihrem ganzen Körper, dass es jetzt in Ordnung ist. Die wohlriechenden Maiglöckchen stehen auf dem Nachttisch, Karin knipst ein paar Stängel ab und legt sie ihrem Vater auf die Brust. Dann zwängt sie sich aus der Schwimmweste und legt sie über die Maiglöckchen.

»Vielleicht kannst du die dort, wo du hinkommst, gebrauchen, ich will jedenfalls keine Schwimmweste mehr.«

Dann klettert sie über den schlafenden Jens und verlässt das Zimmer. Sie atmet ein paarmal tief ein, wischt sich die feuchten Handflächen an der Jogginghose ab und reibt sich die geschwollenen Augen. Sie holt das Handy raus und wählt die Nummer ihrer Tochter.

Es klingelt.

»Simone.«

»Ich bin's. Karin.«

»Hallo, wie läuft's mit dem Schwimmkurs?«

»Öh, ganz gut. Obwohl, nein, es läuft ganz und gar nicht gut. Aber man kann sagen, dass es irgendwie doch gut läuft.«

»Du klingst komisch. Ist irgendwas passiert?«

Es ist laut im Hintergrund, Karin kann Stimmen und Gläserklirren hören. Anscheinend sitzt Simone in einem Café.

»Dein Großvater ist tot.«

»Aha. Oder ... na ja, ich weiß nicht recht, was ich dazu sagen soll.«

Karin beißt sich auf die Lippe und schluckt.

»Du musst nichts sagen, ich wollte es dir einfach nur erzählen.«

»Bist du jetzt da, oder was?«

»Ja.«

»Warum das denn?«

»Weil ... Das kann ich so auf die Schnelle nicht sagen. Aber ich wollte mich ... wollte mich entschuldigen.«

»Wofür denn? Warte kurz ... Einen Milchkaffee bitte ... nein, viel Milch. Und keinen Zucker! Was hast du gesagt?«

»Ich wollte mich entschuldigen.«

»Jetzt warte mal, ich verstehe dich hier drin so schlecht. Kannst du später noch mal anrufen?«

»Nein, ich muss das jetzt sagen.«

»Okay. Warte kurz, dann gehe ich raus. Moment.«

Karin lässt sich auf den Linoleumfußboden sinken und lehnt sich an die Wand. Sie hört Simone etwas sagen, eine Tür wird geöffnet, und dann verschwindet alles Geklapper und Gerede, und es ist nur das Geräusch von fahrenden und hupenden Autos zu hören.

Da ist Simones Stimme: »So, jetzt höre ich dich.«

»Simone, ich will mich entschuldigen.«

»Wofür denn?«

»Weil ich eine schlechte Mutter war.«

Simone schweigt. Autos, die fahren, Simone, die atmet.

»Weil ich dich so unter Druck gesetzt habe, obwohl du dein Bestes gegeben hast. Weil ich zu viel gearbeitet und dir nicht zugehört habe und weil ich heimlich getrunken und so viel gelogen habe.«

»Inwiefern hast du gelogen?«

»Bei allem, so kommt es mir zumindest vor. Bei allem. Ich war nicht ich selbst, vielleicht habe ich auch nicht gewusst, wer

317

ich bin. Ich habe immer nur gewusst, was ich nicht wollte. Du weißt ja, dass mein Vater die ganze Zeit getrunken hat. Zu Hause war es so schmutzig und das reinste Chaos. Das war das Einzige, was ich wusste: Ich wollte es ordentlich und sauber haben. Und du solltest sauber sein und gut in der Schule und ...«

»Du hast nie gesagt, dass ich etwas gut mache. Zu Papa vielleicht und zu anderen, aber zu mir hast du es nie gesagt, jedenfalls nie direkt.«

»Du bist gut, Simone. Du bist so gut, dass es mir fast Angst macht.«

»Und außerdem hast du gar nicht heimlich getrunken. Ich habe die ganze Zeit gewusst, wie viel du trinkst. Somit war es für mich schon mal kein Geheimnis, zumindest nicht in den letzten Jahren.«

Autsch, das tut weh. Am liebsten würde Karin auflegen. Aber sie bleibt dran.

»In den letzten Tagen bin ich an einen Punkt geraten, an dem ich mir geschworen habe, mit dem Lügen aufzuhören. Und mit dem Trinken auch. Und das will ich dir jetzt sagen, du sollst wissen, dass du mich fragen kannst, was immer du willst, und ich werde ehrlich antworten.«

»Was immer ich will?«

»Was immer du willst.«

»Liebst du mich eigentlich?«

Karin denkt eine Weile nach. Sie hört Simone am anderen Ende atmen. Wie schwer es für sie gewesen sein muss, diese Frage zu stellen, und wie hart, dass ihre Tochter sie stellen muss. Karin beißt sich ganz fest in die Hand, jetzt raus mit den Worten, sag, wie es ist. Sag es ganz genau so, wie es ist. Die Tränen schleichen sich aus den schon völlig verweinten Augen.

»Ich liebe dich mehr als alles auf der Welt, Simone.«

56

Maja liegt auf dem hässlichen Plüschsofa im Wartezimmer. Sie ist so hungrig, aber kann nichts essen, sie ist so müde, aber kann nicht schlafen, sie ist unendlich besorgt und traurig, aber kann nicht weinen. Sie liegt einfach nur mit einer ungelesenen Zeitschrift auf dem Bauch da und glotzt an die hässliche Decke mit den surrenden Ventilatoren.

Manchmal wird die Tür mit einem saugenden Geräusch aufgeschoben, Krankenschwestern kommen herein, Ärzte gehen, neue Angehörige setzen sich mit leerem Blick und einer Illustrierten in der Hand hin.

In einer halben Stunde, hat der Arzt gesagt. In einer halben Stunde kommen sie und sagen, wie es verlaufen ist. Sagen, ob er lebt. Wie zum Teufel soll man eine halbe Stunde aushalten? Ehe man erfährt, wie das Leben in der nächsten Zeit und für den Rest deines Daseins aussehen wird. Was, wenn er stirbt? Was, wenn er an gebrochenem Herzen stirbt? Wie soll ich damit weiterleben ... Und was ist, wenn er überlebt? Wenn er wirklich überlebt? Das wird auch nicht einfach, aber immerhin ist er dann noch da.

Maja dreht sich auf dem kleinen Sofa um, kehrt das Gesicht der Rückenlehne zu, die Zeitschrift fällt zu Boden, die Ventilatoren surren, die Tür geht auf und wieder zu, immer wieder. Man nennt das Zimmer den Warteraum des Todes, und genau das ist es auch. Ein Zimmer, in dem man auf den Tod wartet oder ihn gerade überwunden hat oder es noch nicht weiß.

Etwas weiter entfernt sitzen ein Junge und seine Mutter auf einem Sofa. Der Junge weint, die Mutter versucht, ihn zu trösten, obwohl sie am ganzen Leib zittert. Der Arzt kniet bei dem Kind und fragt, ob es nicht seinen Vater noch einmal ansehen

319

wolle, es werde nicht schrecklich sein, sondern sehr schön, und der Papa sehe gar nicht schlimm aus. Die Mutter beißt die Zähne zusammen, dass es knirscht, ihr Mann stirbt, und der Sohn verliert den Vater. Und das geschieht jetzt. So viel Trauer. Majas Rücken bebt lautlos.

»Wann kommen die denn endlich wieder?«

Alex schaut besorgt auf das Wasser und die Dämmerung, die langsam den regenschweren See einbettet.

»Keine Ahnung. Karin und Jens werden wohl ein Bootstaxi nehmen, und die anderen rufen sicher an, sowie sie Bescheid wissen.«

»Maja müsste wirklich bald anrufen.«

Das Taschentuch ist schon ganz steif vom Rotz, aber er schnäuzt sich trotzdem hinein. Es scheuert, wenn er die Nase abwischt. Jetzt checkt er zum siebzehnten Mal sein Handy, keine Nachrichten, keine Anrufe in Abwesenheit.

Josefin lehnt sich mit einem Seufzer gegen den massiven Tisch im Speisesaal.

»Also, weißt du was, Alex, jetzt hast du stundenlang geheult, und ich bin auch traurig. Wegen Pelle, ich mag ihn nämlich. Aber jetzt müssen wir auch mal was anderes machen und auf andere Gedanken kommen.«

»Zum Beispiel?«

Für einen Moment wendet Alex den Blick vom See ab, während Josefin nachdenkt und dann die Augenbrauen hochzieht.

»Ich weiß nicht recht, vielleicht sollten wir einen Film schauen. Magst du ›Die Simpsons‹?«

Alex' Miene hellt sich auf.

»Soll das ein Witz sein? Ich *liebe* ›Die Simpsons‹. Ich habe die fünf ersten Staffeln komplett dabei.«

Alex schnäuzt sich wieder laut in das steife Taschentuch, und Josefin macht sich auf den Weg in ihr kleines Zimmer, während sie weiterredet: »Und ich habe die letzten drei Staffeln bei mir im Zimmer.«

Alex ruft vom Speisesaal: »Ist das dein Ernst?«

»Na klar.«

Und schon kommt sie lachend mit der DVD-Schachtel zurück.

»Geh und leg dich in mein Bett, ich mach uns ein paar Brote, und dann glotzen wir bis zum Abwinken.«

Josefin geht in die Küche und fängt an, lautstark herumzuhantieren. Sie gießt Milch in einen Topf, streut Kakao und Zucker darüber, schneidet dünne Scheiben Mettwurst und taut Brötchen auf. Alex schiebt sich schwerfällig vom Fenster des Speisesaals weg, lässt den See hinter sich und geht in eine Decke gewickelt in die kleine rosa Schlafkammer von Josefin. Im Bauch fühlt es sich schon etwas wärmer an.

Ein Bauer hat eine Affäre mit einem alten Türsteher begonnen, und eine blonde Fernsehmieze hat sich die Haare dunkel gefärbt, und irgendeine Schlagerqueen hatte deutlich sichtbare Schweißflecken unter den Armen ... Maja schmeißt die Illustrierte auf den Fußboden. Jetzt geht es ihr noch schlechter. Der Ventilator surrt, und manchmal vibrieren die Fensterscheiben, wenn ein besonders schwerer Lastwagen vorbeifährt.

Dreißig Minuten sind um. Und noch mal dreißig. Die Operation dauert länger. Die Mutter und der Junge sind gegangen, der Papa ist gestorben, und sie mussten nach Hause fahren und ihr neues Leben beginnen. Wohin wird Maja fahren? Nach Hause? Wo ist ihr Zuhause?

Jemand drückt die Türklinke hinunter, und die Tür geht langsam auf. Eine Frau in grünem Kittel schaut herein.

»Maja Hannix?«

»Ja?«

Schnell setzt Maja sich auf und betrachtet die Ärztin, die in der Tür steht. Ihr blondes Haar ist hochgesteckt, sie hat eine Menge Stifte in der Brusttasche, eine Schlüsselkette um den Hals, an der neben allen möglichen Schlüsseln auch ein rosa

Schweinchen baumelt, und sie hält eine Krankenakte in der Hand. Maja versucht zu schlucken, obwohl alle Spucke weg ist. Ihr Hals ist trocken und die Stimme heiser.

»Wir denken, es ist gut gelaufen. Erst haben wir versucht...«

»Halt! Sagen Sie einfach das Erste noch einmal bitte.«

Die Ärztin lächelt und fängt noch einmal von vorn an: »Es ist gut gelaufen, und wir haben versucht ...«

Maja setzt sich mit kerzengeradem Rücken hin, ihr Blick ist klar.

»Nein, danke, ich möchte keine weiteren Details, es genügt, was sie gesagt haben. Stimmt das? Alles ist gut gelaufen?«

»Ja. Er wird jetzt noch ein paar Stunden zusätzlichen Sauerstoff benötigen, danach darf er aufwachen. Es wäre schön, wenn Sie dann da sein könnten.«

»Selbstverständlich. Das heißt, er wird es schaffen.«

»Ja, sieht ganz so aus. Aber die ersten Tage sind kritisch und ...«

»Danke! Das genügt.«

Ohne zu zögern, geht Maja zu der Ärztin und umarmt sie lange und fest. Sie spürt den warmen Körper der Frau durch den grünen Stoff und nimmt den Duft von Desinfektionsmittel wahr. Sie lässt gar nicht mehr los.

»Danke.«

57

Josefin und Alex lachen, bis sie Bauchkrämpfe kriegen. Homer Simpson soll Bart und noch ein paar Jungs im Baseball trainieren, und natürlich geht das so richtig in die Hose.

Die beiden liegen in Josefins kleinem Zimmer hinter der Küche, einer gemütlichen winzigen Kammer. Auf dem Bett liegt eine bunte Patchworkdecke, auf Bügeln an der Wand hängen die Kleider, die Josefin im Schloss gefunden hat, und auf der Fensterbank stehen brennende Kerzen. Draußen peitschen Regen und Wind gegen das Schloss, aber drinnen ist es warm.

Neben Josefin steht eine Tasse Schokolade mit geschmolzener Sahne, neben Alex türmt sich ein Haufen Papiertaschentücher. Aber im Moment lacht er. Der Klumpen in seinem Magen ist noch da, aber trotzdem ist Alex auf eine seltsame Weise fröhlich.

Es ist gemütlich, neben Josefin zu liegen und »Die Simpsons« zu schauen. Sie riecht gut, massiert ihm die Schultern und sagt nette Sachen, dass das Leben weitergeht und dass die Zeit alle Wunden heilt und dass man am meisten lernt, wenn das Leben am schwersten ist. Das sind Sachen, die man in diesen Büchern mit Lebensweisheiten lesen kann, wie seine Mutter sie zu Hause auf dem Klo liegen hat.

Und das Seltsame ist, dass er gar keine Angst hat. Er liegt neben einem Mädchen, schaut einen Film, lacht, weint und hat überhaupt keine Angst. Das wäre noch vor zwei Wochen vollkommen unmöglich gewesen. Alex schnäuzt sich noch einmal laut und legt sein Kinn auf die vor Lachen hüpfende Schulter von Josefin.

»Jens, wach auf.«

Jemand streichelt ihm die Wange. Es ist Karin. Karin streichelt ihn. Verschlafen sieht Jens auf.

»Oh, entschuldige, ich bin eingeschlafen, das wollte ich nicht, ich …«

»Das war ganz in Ordnung. Ich habe uns ein Picknick organisiert.«

»Aber wir haben doch unser Essen dabei.«

»Nein, das haben wir nicht. Du musst den Rucksack im Boot vergessen haben.«

Jens denkt nach und stellt fest, dass Karin recht hat. Neben ihm hat sie kleine Papierhandtücher ausgebreitet und alles aufgedeckt, was sie im Krankenhauskiosk finden konnte. Zwei Becher Milchreis, eine große Tüte Orangensaft, ein paar dreieckige Sandwiches mit Thunfisch und zwei Schokoriegel. Karin lacht etwas verlegen.

»Das ist vielleicht nicht das eleganteste Picknick deines Lebens, aber es ist immerhin etwas zu essen.«

»Es sieht wunderbar aus.«

Jens wirft einen Blick zu Karins sehr totem Vater und dann zu Karin.

»Ist das okay für dich, hier drin zu essen?«

»Ja, absolut. Es fühlt sich richtig gut an. Er hat es gut, ich glaube, ich habe ihn noch nie so friedlich gesehen. Und ich esse gern zusammen mit dir und mit ihm hier drinnen.«

»Na gut.«

Jens richtet sich auf und öffnet gierig einen Becher Milchreis. Dann essen sie schweigend nebeneinander in dieser kompakten Stille, die es nur in schallisolierten Krankenhäusern gibt. Der pladdernde Regen erzeugt eine kleine Sinfonie vor dem Fenster. Karin stellt ihren Milchreis weg und nimmt Anlauf.

»Du, Jens?«

»Ja.«

Jens sieht auf, den ganzen Mund voller süßem Milchreis.

»Ich wollte fragen ...«

»Was denn?«

»... hat es dir geschmeckt?«

Jens lacht und schiebt sich noch einen großen Löffel Milchreis in den Mund.

»Doch, schon.«

»Nein, das stimmt nicht.«

Karin lächelt. Jens wirft den leeren Becher in den Papierkorb.

»Na ja, so lecker war es auch wieder nicht. Aber es war trotzdem gut, wenn du verstehst, was ich meine. In gewisser Weise war es das beste Essen, das ich je gegessen habe.«

»Aber das war es nicht, was ich fragen wollte.«

»Ach so?«

Jens nimmt einen großen Bissen von dem schwammigen Thunfischsandwich und spült den klebrigen Geschmack mit etwas Orangensaft herunter. Karin spreizt die Finger und legt sie aufeinander, als würde sie beten. Dann sieht sie Jens direkt in die grünen Augen.

»Ich wollte fragen ... ob du vielleicht ein bisschen mit mir leben willst.«

Jens hält mitten im Kauen inne.

»Ein bisschen mit dir leben?«

»Ja. Ich hab das Gefühl ... Also, ich kann mir nicht vorstellen, jetzt nach diesem Kurs oder wie wir es nennen wollen, ohne dich zu sein. Wenn du in meiner Nähe bist, bin ich ruhig und fühle mich geborgen.«

Jens schluckt einen viel zu großen Bissen herunter, der ihm fast im Hals stecken bleibt.

»Okay. Aber ...«

Karin unterbricht ihn sofort.

»Wenn du nicht willst, dann ist das natürlich völlig in Ordnung! Du musst keine Angst davor haben, Nein zu sagen. Du darfst gerne Nein sagen. Ich werde mir dann nicht das Leben nehmen.«

»Es ist mehr ... also ...«

Jens wischt sich mit einer Serviette aus dem Kiosk den Mund ab. Und dann denkt er nach. Er sitzt eine Weile stumm da und überlegt, was er sagen soll. Gleichzeitig schlägt sein Herz lauter, als wolle es im Ernst des Augenblicks extra Stoff geben, damit das Blut schneller durch Jens' Adern rauscht und ihm große rote Flecken auf die Wangen zaubert.

Dann öffnet er den Mund: »Die Sache ist die, dass ich mit jemandem zusammenleben will, der mich liebt. Voll und ganz. Natürlich kann ich dein Freund sein, ich bin dein Freund. Aber wenn ich mit dir leben soll, dann können wir nicht nur Freunde sein. Ich kann es nicht richtig ausdrücken, das klingt jetzt alles ganz falsch, aber ich will nicht nur ein zuverlässiger Freund für dich sein. Ich will dann auch dein Mann sein.«

Karin hält ihren Milchreis krampfhaft fest, als wäre er eine Rettungsboje mit Erdbeergeschmack.

»Du sagst also, dass du ein bisschen mit mir leben willst, aber nicht nur als ein Freund, sondern als mein Mann. Verstehe ich das richtig?«

»Ja.«

Schweigen. Karin hält ihren Milchreis umklammert, Jens zerdrückt sein Sandwich.

Dann sagt Karin: »Und wenn ich dich frage, ob du mein Mann werden willst, was antwortest du dann?«

»Fragst du mich das?«

»Ja. Das frage ich dich.«

»Wie jetzt?«

»Jens, willst du mein Mann werden?«

Karin sieht zu Boden und rührt nervös in ihrem Milchreisbecher. Jens wischt sich den Mund ab und grinst breit.

»Ja, gerne!«

58

Die Morgensonne scheint durch die heruntergezogenen Jalousien und erzeugt Streifen im kahlen Krankenhauszimmer. Das Fenster ist von dem anhaltenden Regen der Nacht beschlagen.

»Bitte noch etwas Wasser ...«

Vorsichtig reicht Maja Pelle den Strohhalm, und er saugt ganz schwach. Die Haare sind flauschig, eine fürsorgliche Krankenschwester hat Pelles krauses Haar zu einem welligen, weichen Teppich gebürstet. Maja muss lachen. Zum Glück kann er sich selbst nicht sehen, denn er würde es furchtbar finden, welliges Engelshaar zu haben. Pelle lässt den Strohhalm von den Lippen und konzentriert seinen Blick auf Maja.

»Gibt es das Schloss noch?«

Das Sprechen strengt ihn an, ein starker Husten rollt durch seine Kehle.

»Ja. Der Regen hat das Feuer gelöscht.«

Pelle räuspert sich.

»Der Regen?«

»Ja, es hat nur so geschüttet. Ein bisschen regnet es immer noch.«

Pelle versucht den Kopf zu drehen, damit er aus dem Fenster sehen kann. Und so liegt er da, der Kopf ruht schwer auf dem Kissen, und der Blick ist zum Fenster gerichtet.

»Ich habe es angesteckt.«

»Das habe ich mir fast gedacht.«

»Ich kann nicht mehr arbeiten. Es wird keine Skulptur für München geben.«

Maja bleibt der Mund offen stehen.

»Aber ... du hast doch fast ein ganzes Jahr daran gearbeitet!«

»Glaub mir, es ist nur Mist. Ein großer Mist. Nichts, was zu gebrauchen wäre. Autsch ...«

Pelle streckt den Hals, und sofort ist Maja da und schüttelt das Kissen auf.

»Du musst still liegen. Ganz still.«

Pelle lehnt sich zurück und schließt die Augen. Obwohl ihr Mund so trocken ist, schluckt Maja und legt ihre Hand auf die von Pelle. Sie nimmt Anlauf.

»Pelle. Du musst mir jetzt mal zuhören. Fühlst du dich klar im Kopf?«

»Doch, doch.«

Pelle schließt die Augen, aber er zeigt, dass er zuhört. Maja schluckt wieder.

»Ich liebe dich.«

Schweigen.

Pelle flüstert: »Das sagst du nur, weil ich hier liege und du ein schlechtes Gewissen hast, und ... Weißt du, ich habe das schon alles kapiert. Ich habe dich und Alexander gesehen, also denk nicht, dass ...«

»Moment. Warte mal, Pelle. Lass mich erklären.«

Maja schluckt wieder, ihre Kehle ist schrecklich trocken, es schmerzt im Hals, und sie stiehlt sich einen Zug aus Pelles Strohhalm.

»Ich war dir untreu, Pelle, und ich werde das auch nicht auf irgendeine Weise beschönigen. Es hat mich niemand verführt oder genötigt, ich habe es selbst getan. Aber weißt du, ich war nicht glücklich ...«

»Ich auch nicht. Ich wollte dir so viel sagen, ehe ich dich und ihn ...«

Sie schweigen. Die Ventilatoren surren, und draußen auf dem Flur hört man das Gerassel eines Frühstückswagens. Maja streichelt zärtlich Pelles Hand, und er lässt es geschehen.

»Was wolltest du sagen?«

»Du zuerst.«

Maja beugt sich zu Pelles Ohr und spricht leise, aber deutlich: »Doch, ich liebe dich, Pelle. Aber ich muss mein eigenes Leben leben und nicht deinen Traum. Vielleicht war es auch mein Traum, aber es war doch nur ein Traum. Ich kann nicht in einem großen Schloss auf einer Insel leben, das bin ich einfach nicht! Mein Gott, sieh mich doch an, weiter kann man gar nicht von einer Prinzessin entfernt sein. Und ich kann nicht immer auf deine Kosten leben, verstehst du? Ich will mein eigenes Geld verdienen, ich will frei sein. Kannst du mir weiter zuhören?«

Pelle nickt mit halb geschlossenen Augen, und Maja fährt fort.

»Wir verkaufen das Schloss.«

Sie schweigen eine Weile und lauschen auf den frühen Morgen, die dumpf surrenden Krankenhausgeräte, die Stimmen des Pflegepersonals vor der Tür. Pelle schläft fast ein, aber Majas Kopf läuft auf Hochtouren. Jetzt ist sie ganz nah dran, sie spürt es, ganz nah an etwas, das gut ist.

Pelle unterbricht die Stille. Sie beugt sich vor, um zu hören, was er sagt.

»Das Schloss ist doch längst nicht abbezahlt, da bleibt nichts für uns übrig. Deshalb wollte ich die Bruchbude ja anzünden, und meine Skulptur, die niemals nach München reisen wird, gleich mit. Dann hätten wir Geld, denn das Schloss und die ganze Kunst sind doch versichert. Dann muss ich keine Angst mehr vor München haben. Mein Gott, was würden die sagen? Ich bin am Ende, verstehst du? Ich bin total erledigt. Niemand wird mir mehr einen Auftrag geben und …«

»Pelle. Denk nicht mehr daran. Ich kümmere mich drum, glaub mir, ich werde dir helfen. Ruh dich aus, ich werde alles regeln.«

»Scheiße, ich wäre besser gestorben. Ein armer und impotenter alter Sack. Wozu soll der noch gut sein?«

Maja versucht, aufmunternd zu lächeln.

»Es gibt nichts, was ein wenig Therapie und Viagra nicht regeln könnten.«

Pelle grinst etwas schief und schließt die Augen.

»Ich bin ein alter Mann. Vielleicht muss ich das mal begreifen. Therapie und Viagra ... Meinetwegen.«

Seine Atemzüge werden schwerer und schwerer, jetzt schläft er, allerdings mit einer ernsten Falte zwischen den geschlossenen Augen. Seine Hand ruht in der von Maja, und über der Brust hat er eine dreißig Zentimeter lange Narbe.

Karin und Jens schlendern Hand in Hand den Hügel zum Schloss hinauf. Jens dreht sich immer wieder um und schaut, ob sie auch mitkommt und ob wirklich sie es ist, die in seinem Jogginganzug neben ihm geht und seine Hand hält.

Karin lächelt. Nie wieder wird sie diese Hand loslassen. Den Fehler hat sie schon ein paarmal gemacht, nun passiert es ihr nicht noch einmal. Jetzt wird sie nicht mehr im Geld, in der Arbeit, bei prestigeträchtigen Männern oder im Alkohol nach Liebe suchen. Jetzt hat sie die Liebe bei sich, in Jens. So, wie es eigentlich schon immer gewesen wäre, wenn sie nur nicht so lächerlich viel Angst gehabt hätte.

Es ist fünf Uhr morgens, der Regen hat aufgehört, und schwarz thront das Schloss oben auf dem Hügel. Die heruntergebrannten Birnenspaliere hängen wie schlappe Grashalme auf die verbrannte Erde herab. Die Fenster von Pelles Atelier sind nichts als gähnende, schwarze Löcher, und der Pool ist ein einziges Durcheinander aus Glassplittern und Ruß. Hinter den schwarzen Atelierfenstern kann man etwas Großes ahnen, riesig wie ein Berg.

»Was ist das denn da drin? Es sieht ziemlich monströs aus, ich weiß ja nicht ...«

Karin zeigt auf das Atelier, und sie treten an die schwarzen Fensterhöhlen. Es knackt unter ihren Füßen, doch sonst ist kein Laut zu hören, außer dem glücklichen Gezwitscher der Vögel, denen der Regen Würmer und andere gute Dinge aus dem Boden gelockt hat. Vorsichtig steigen Jens und Karin über Gerümpel, verbrannte Birnenäste und zersplitterte Fensterrahmen.

»Wenn nur seine Kunst nicht zerstört worden ist. Er hat doch von seiner Skulptur erzählt, die jetzt dieser Tage nach Deutschland geschickt werden sollte, wenn die nur nicht verbrannt ist. Das wäre eine Katastrophe.«

Sie stehen vorm Atelier, Pelles höchst privatem Gebiet. Jens und Karin sehen sich nachdenklich an. Sollen sie es wagen, hineinzuschauen? Dürfen sie das? Jens nickt stumm, und Karin lehnt sich durch die Fensteröffnung und schlägt sich dabei fast den Kopf an etwas Riesigem, das sich da drinnen vor ihr auftürmt.

»Oho.«

»Allerdings, das kann man sagen.«

Es stinkt nach Feuer, Chemikalien und Feuchtigkeit. Auf der kleinen noch freien Fußbodenfläche liegen Splitter. Doch viel Boden ist nicht zu sehen, denn das ganze Atelier ist von einem Monument ausgefüllt, einer grotesk großen Schöpfung. Die reine Angst in fünf Tonnen. Einhundertzwanzig Kubik Seelenpein.

Karin zögert nicht länger, schwingt sich durch das Fenster und landet auf den knackenden Glassplittern. Mit großen Augen wandert sie einmal um die monströse Skulptur. Sie riecht daran, befühlt sie und streicht mit ihren Händen über die unebenen Seiten, sieht hinauf, kann das Ende jedoch nicht sehen. Das Ding reicht mindestens vier Meter hoch, bis zur Decke. Wie hat er das denn geschafft? Das ist wie ein Haus im Haus.

»Aber … sollte das hier nicht nach München?«

Jetzt hat auch Jens sich in den Saal gequetscht und betrachtet mit großen Augen das riesenhafte Ding. Karin legt den Kopf in den Nacken.

»Aber das geht doch gar nicht. Es sei denn, man würde das ganze Schloss sprengen.«

»Oder es anzünden.«

Jens und Karin sehen sich an.

59

Alex wacht davon auf, dass sein Handy »The Final Countdown« brüllt. Verdammt, wer ruft denn so früh an, wie spät ist es denn? Die tickende Wanduhr zeigt Viertel vor sechs. Neben ihm liegt Josefin tief schlafend in Kapuzenjacke und Strumpfhose. Sie schmatzt ein wenig, dreht sich herum und schiebt die Hände unter ihre Wange.

Auf Alex' Bauch liegt der Laptop und um ihn herum ein paar »Simpsons«-DVDs. Autsch, das tut weh, er muss die ganze Nacht in derselben Stellung gelegen haben. Er versucht, zwischen den ganzen Taschentüchern das Handy zu finden. Taschentücher, Taschentücher, DVD-Schachteln, Teetassen, Taschentücher, und da ist es. Alex schaut aufs Display. Maja. Die Ruhe im Körper ist sofort dahin, das Herz fängt an zu rasen. Donk, donk, donk. Er geht ran.

»Hallo?«

Alex flüstert und hört sein Herz laut pochen.

»Hallo, ich bin's.«

Was soll er sagen? Kein Laut kommt heraus. Er hört Majas ebenfalls flüsternde Stimme.

»Es ist alles gut gegangen. Pelle ist operiert, wir haben geredet, und es scheint ihm gut zu gehen.«

»Okay.«

»Alex.«

Schon wie sie seinen Namen sagt. Alex. Mit einem deutlichen Punkt dahinter. Alex. Das kann nur eins bedeuten, nämlich dass er abgeschossen ist.

»Ich verstehe.«

»Es ist jetzt alles anders.«

Piep, piep. Jemand hat ihm eine SMS geschickt. Seine Zunge

ist immer noch wie gelähmt. Was soll er sagen? Es gibt nichts zu sagen. Gar nichts. Am anderen Ende flüstert Maja weiter.

»Wie geht es dir?«

Alex spürt nach. Wie geht es ihm? Keine Ahnung, nicht die geringste verdammte Ahnung.

»Ich glaube, ich bin traurig.«

»Ich bin auch traurig. Das ist alles mein Fehler, ich hätte nicht ... Ich hätte dich nicht ermutigen sollen, schließlich bin ich erwachsen, und du ...«

Jetzt steigt in Alex der Ärger auf. Immer dieses Gerede, dass er jung und unerfahren ist.

»Moment mal, jetzt reicht's. Was heißt hier dein Fehler, ich bin doch kein dummes Schaf, ich war ja wohl auch dabei. Das waren wir beide. Und jetzt hör endlich auf zu sagen, dass ich ein kleiner Junge bin. Das bin ich nicht. Nicht mehr.«

Josefin schmatzt noch einmal und wirft im Schlaf ihre Hand herum. Sie landet auf Alex' Bauch, und er lässt sie da liegen. Es wird warm und schön unter der Hand, angenehm. Maja flüstert ins Telefon.

»Klar, da hast du recht. Aber ich hab trotzdem das Gefühl, völlig aus der Spur geraten zu sein, meine Güte, ich war schließlich deine Schwimmlehrerin. Aber du sollst wissen, auch wenn jetzt alles anders ist, dann heißt das nicht, dass das, was wir hatten, nichts wert gewesen wäre. Es war sehr viel wert.«

Alex weiß nicht, was er antworten soll. Es gibt einfach nichts zu antworten.

»Du bist in Ordnung, Alex. Du bist ein ganz besonderer Mensch. Stark, nett und ein phantastischer Liebhaber, ein Naturtalent. Vergiss das nie, versprich mir das.«

Alex lacht ein wenig. Er lächelt, während ihm Tränen und Rotz langsam über die Wangen, die Lippen und das Kinn laufen. Er greift sich eines der alten Taschentücher und wischt sich ab. Puh, das scheuert.

Er flüstert ganz leise, um Josefin nicht zu wecken: »Was passiert jetzt?«

333

»Bleib da, wo du bist. Die anderen auch. Ich komme in ein paar Stunden, und dann werde ich euch um etwas bitten.«

»Das heißt, wir sehen uns bald?«

»Ja. Geht es dir einigermaßen gut?«

»Einigermaßen.«

Nach dem Gespräch lässt Alex seinen Kopf wieder auf das Kissen sinken. Die Tränen laufen still vor sich hin. Ach genau, er hat doch gerade eine SMS gekriegt. Er schaut noch mal aufs Handy.

»Denke an dich, wann bist du wieder in der Stadt? Daniella.«

60

Maja steht allein im Atelier und starrt voller Entsetzen auf das absurd riesige Monument, das Pelle nicht hat aufhalten können und das einfach nur grotesk groß geworden ist. Er muss wie ein Wahnsinniger gemauert haben, nach oben, zu den Seiten raus und völlig ohne Grenzen und Sinn. Das hat Pelle ihr alles am Morgen im Krankenhausbett erzählt. Er hat ihr erzählt, wie er seine Lust am Spiel und seine Kreativität verloren hat und damit auch alles andere. In Ermangelung von Seele, Potenz und Selbstwertgefühl hat er die Skulptur einfach nur immer größer und größer gemacht. Und er hat ihr erzählt, wie er sie geliebt hat, aber aus Angst, kein Mann sein zu können, nicht gewagt hat, sich ihr zu nähern. Da hat Maja angefangen zu weinen und gefragt, warum er denn nichts gesagt habe, sie hätten einander doch helfen können, und dann hätte sich keiner von beiden einsam gefühlt. Das konnte Pelle nur damit erklären, dass er sich geschämt hatte, die Erwartungen nicht erfüllen zu können. Als ob das ein Grund wäre, sich zu schämen. Wer erfüllt schon immer alles nach Plan? Na, also.

Verdammt aber auch, wie falsch alles laufen kann, wenn man nicht miteinander redet! Wenn er etwas gesagt und einfach nur erklärt hätte ... Dann hätte es nicht so weit kommen müssen, dass man sein eigenes Haus anzündet, um das Versicherungsgeld zu kassieren, das man braucht, um seine Seele beim Kulturamt der Stadt München freizukaufen.

Maja streicht über die raue Oberfläche des Monsters, lehnt sich dagegen und denkt über Lösungen nach. Erwägt einfach alle Möglichkeiten einer Lösung, die am Ende alle glücklich macht. Die ultimative Lösung.

Die Luft ist so belebend, von der staubigen Hitze und der nach Wasser schreienden Erde ist nichts mehr übrig. Jetzt liegt frische Feuchtigkeit in der Luft. Maja marschiert mit großen, festen Schritten durch das taugetränkte Gras an den Bahnschienen entlang, die über die Insel führen. Von den Bäumen tropft es ihr in den Nacken.

Sie geht zu dem alten Steinbruch, der einer der Gründe war, warum Pelle überhaupt nach Hjortholmen kam. Hinter dem Arboretum, ein Stück in den dichten Wald hinein, liegt der kleine Tagebau. Im Berghügel gibt es ein geheimes Loch, das Granitloch. Sie hat so ein Gefühl im Bauch, als könnte sie im Steinbruch die Lösung finden. Irgendetwas ruft sie.

Maja balanciert auf den Gleisen, die teilweise von Unkraut zugewuchert sind, und geht wie auf einem Hochseil durch den Wald. Im ersten Jahr, als Pelle und sie auf Hjortholmen noch glücklich waren, gingen sie oft zusammen hierher und besahen sich all die Reststeine, die an der Öffnung zum Berg verstreut lagen. Das war der Granit, der vor dreihundert Jahren nicht genutzt werden konnte, weil er die falsche Form und keine Funktion hatte.

Damals. Doch mit offenen Sinnen kann man ihn in alles Mögliche verwandeln, und so waren sie zu dem großen Granittisch gekommen. Pelle fand die große, schön geformte Platte und sägte einen Tisch daraus. Dann mussten sie die Schienen vom Unkraut befreien, eine neue Lore bauen und den Block zum Schloss karren. Das nahm einen ganzen Sommer in Anspruch.

Maja klettert über den Hügel. Er ist weich von all dem Moos, das im Laufe vieler Hundert Jahre so dicht und schön geworden ist. Jetzt steht sie ganz oben, höher geht es nicht. Weit hinten erahnt sie das Schloss, über ihr schwebt ein Seeadlerpaar, und unten zwischen den Steinen raschelt es, da versuchen ein paar Damhirsche etwas ungelenk, sich zwischen den Granitblöcken durchzuschlängeln. Jetzt ist sie ganz nah dran, sie spürt es, jetzt ist sie der Lösung nahe. Intensiv späht sie hinunter zu den Steinblöcken und versucht etwas zu sehen. Sie will genau das finden, wovon sie weiß, dass es dort wartet.

Und dann plötzlich sieht sie es. Direkt an der dunklen Öffnung des Steinbruchs. Es liegt auf der Seite. Ein Sessel. Ja, der Granitblock hat genau die Form eines kleinen, süßen Sessels ohne Armlehnen. Wenn man den nur zurechtschleifen könnte, die Formen etwas weicher machen und vielleicht die niedlichen Beinchen auf irgendeine Weise hervorheben.

Der Stein glitzert, als die ersten Sonnenstrahlen des Morgens ihn erreichen. Maja macht kehrt und läuft zum Schloss zurück.

»Frühstück!«

Maja läutet die Frühstücksglocke so eifrig, dass es im ganzen Schloss widerhallt. Sie ist nicht wirklich gut im Kochen, aber diesmal hat sie sich richtig ins Zeug gelegt, hat Omeletts gebraten, frischen Orangensaft gepresst, Bacon ausgelassen, Josefins selbst gebackenes Brot im Ofen aufgewärmt, hat mit Leinenservietten und dem besten Channa-Porzellan gedeckt und ein paar Kerzen angezündet.

Draußen hat es aufgeklart, die dunklen Wolken sind verflogen und haben einen bestechend klaren, blauen Himmel über Hjortholmen hinterlassen. Blumen, Blätter, Tiere und Gräser richten sich wieder auf. Man kann richtig hören, wie es vor den geöffneten Terrassentüren knackt, zufrieden wächst und blubbert. Die kleinen Vögel singen wie verrückt, und die Damhirsche knabbern fröhlich die saftigen Grashalme.

Aus der oberen Etage hört man ein leichtes Knarren, da werden Türen geöffnet und geschlossen, man spricht leise. Auch aus Josefins Kammer sind Stimmen zu hören. Jetzt gilt es. Maja holt tief Luft und setzt sich auf einen der Stühle, die um den überreichlich gedeckten Tisch im Speisesaal stehen.

Die Teller sind sauber leer gegessen, nur noch ein paar einsame Brötchen und etwas Bacon stehen unberührt auf dem Tisch. Die hohen Fenster zum Vänersee stehen offen, und die durchsichtigen Gardinen flattern romantisch, während die Sonne ganz sanft die breiten Fußbodendielen erwärmt. Maja hat während des Frühstücks ausführlich von Pelles Operation berichtet, dass alles gut gegangen ist und dass er es war, der versucht hat, das Schloss anzuzünden, und warum er es gemacht hat. Keine Lügen, keine Beschönigungen, nichts als die Wahrheit. Wie ein offenes Buch, in das jeder hineinschauen darf.

Jens, Karin und Josefin haben aufmerksam zugehört, Alex, der immer noch Pelles Maurerhemd anhat, war mehr damit beschäftigt, sich unter wehmütigem Schweigen den Bacon einzuverleiben. Jetzt wickelt Maja ihren dünnen Schal ein weiteres Mal um den Hals, schlägt die Beine übereinander und nimmt noch einen Schluck Kaffee.

»Wie ihr euch wahrscheinlich denken könnt, ist der Schwimmkurs aus aktuellem Anlass beendet. Karin, es tut mir furchtbar leid, du wirst dein Geld natürlich zurückbekommen. Alex selbstverständlich auch. Ihr könnt alle euer Geld zurückbekommen.«

Es herrscht Schweigen um den Tisch, nur Alex ist zu hören, der zähen Bacon kaut. Dann sieht Karin auf.

»Ich will das Geld nicht zurückhaben. Nicht, dass ich schwimmen gelernt hätte, aber ... ich habe andere Sachen gelernt.«

»Geht mir genauso.«

Jens legt seine Hand auf die von Karin und lächelt Maja breit an, die erstaunt die Augenbrauen hochzieht. Verlegen blickt Jens auf die Tischplatte. Majas Blick geht zwischen einer verlegenen Karin und einem ebenso verlegenen Jens hin und her.

»Seid ihr jetzt Freunde, oder was?«

Karin lacht leise. »Ja, das könnte man sagen.«

Jens, den Blick immer noch auf den Tisch gerichtet, nickt glücklich. Maja strahlt.

»Wie mich das freut! Wirklich. Das sind wunderbare Neuigkeiten.«

Alex kaut Bacon und tut so, als würde er zu allem nicht so richtig dazugehören. Maja sieht fragend zu ihm hinüber, versucht Blickkontakt aufzunehmen, aber Alex starrt nur auf seinen Bacon. Da steht Josefin resolut auf und fängt an, die leeren Tassen zusammenzuräumen.

»Seid ihr alle fertig mit dem Essen, dann kann ich ja ...«

»Moment noch.«

Maja hebt die Hand und bittet Josefin, sich wieder zu setzen.

»Also. Ich bräuchte eure Hilfe. Das ist natürlich kein Zwang, wenn ihr nicht wollt, ist das völlig in Ordnung, aber ich könnte wirklich alle Kraft und Energie, die ihr habt, gebrauchen. Und es ist eilig. Wahnsinnig eilig, um ehrlich zu sein.«

Die Gruppe hört zu, Alex seufzt fast lautlos.

»Wie ihr wisst, hat Pelle aus München einen Vorschuss über dreihunderttausend Euro bekommen, die er zurückzahlen muss, wenn das Kunstwerk nicht geliefert wird. Nun gut ... das Kunstwerk wird in einer Woche abgeholt. München hat anscheinend schon einen Frachtdienst gebucht, und in sieben Tagen kommt ein Boot, um etwas zu holen, das es nicht gibt.«

»In einer Woche!«

Karin lässt die Kaffeetasse so weit sinken, bis sie mit einem Krachen auf den Tisch schlägt.

»Wie wollt ihr sein Riesenwerk eigentlich aus dem Atelier schaffen? Das geht doch gar nicht.«

Maja zuckt resigniert die Achseln.

»Nein, das geht nicht. Und Pelle will es auch nicht. Er hasst diese Skulptur, und ich kann ihn ehrlich gesagt verstehen. Sie ist nicht ... nicht gut.«

Wieder kehrt Schweigen ein. Der Bacon ist alle, und Alex trommelt mit den Fingern an die Tischkante.

»Aber ich habe eine andere Idee.«

Maja erhebt sich vom Esstisch und geht zu den Terrassentüren, macht sie weit auf und zeigt auf den langen, massiven Granittisch, der auf dem Kiesplatz prangt.

»Der hier könnte doch nach München reisen.«

Alle, die um den Tisch sitzen, ja sogar Alex, recken die Hälse, um zu sehen, was sie meint. Karin sieht sie fragend an.

»Du willst den Tisch wegschicken?«

Maja schüttelt den Kopf.

»Nicht nur den Tisch, sondern auch sieben Stühle.«

»Ach, er hat auch Stühle gemacht?«, erkundigt sich Karin neugierig. Stühle aus Granit um einen Tisch, das ist ... schön, das ist richtig, richtig schön.

Aber Maja lacht etwas wehmütig.

»Nein, er hat natürlich keinen einzigen Stuhl gemacht. Aber die werden wir jetzt machen.«

Schweigen.

»Wie stellst du dir das vor?«, sagt Karin schließlich.

Sie steht auf, tritt zu Maja an die Tür und betrachtet den großartigen blank polierten Granittisch.

Maja fährt mit Feuereifer fort: »Ich habe es mir ganz einfach vorgestellt. Skulpturen im öffentlichen Raum sind immer so feierlich. Ich finde aber, dass Kunst eine Funktion haben sollte! Dieser Tisch wird eine Funktion haben, man kann an ihm sitzen. Stundenlang kann man dasitzen und essen, reden, streiten, nachdenken. Er ist weich wie eine Liebkosung, aber gleichzeitig funktionell und stabil. Wir werden die passenden Stühle zu dem Tisch bauen, und zwar aus Granit hauen.«

»Stühle aus Granit hauen?«

Jetzt taucht auch Jens in der Türöffnung auf und legt den Arm sanft um Karins Taille. Sie tritt vorsichtig einen halben Schritt zurück, bis ihr Rücken an Jens' Brust lehnt.

Maja fährt fort: »Genau. Stühle, auf denen man um den Tisch herum sitzen kann. München soll mitten auf einem seiner Plätze einen eigenen Speisesaal bekommen. Da können

Jung und Alt zusammensitzen, ich glaube, das wäre etwas. Die Leute können sozusagen mitten auf dem Platz picknicken.«

Jens kratzt sich am Kopf.

»Das klingt gut, aber wie … Das ist eine Riesenarbeit, und wir haben noch nie …«

»Ich habe mit einem Typen gesprochen, der Grabsteine macht, Alfons heißt er. Der ist vor vielen Jahren bei Pelle in die Lehre gegangen, und man könnte sagen, dass er Pelle noch etwas schuldet. Wie auch immer, er wird jedenfalls in einer Stunde herkommen und uns zeigen, wie wir das anstellen müssen. Ich weiß, das ist harte Arbeit, und vielleicht wird es auch gar nicht funktionieren, aber ich muss es versuchen. Und wenn ihr mir helfen wollt … Ich werde euch für eure Arbeit natürlich bezahlen!«

Josefin leckt sich etwas Marmelade vom Finger.

»Mich hast du schon bezahlt, also arbeite ich einfach weiter. Dann werde ich eben Granit hauen, anstatt Brot zu backen, das ist doch egal.«

Jens krempelt die Ärmel hoch, als würde er am liebsten gleich anfangen. Sein Blick glitzert abenteuerlustig.

»Ich will auch kein Geld. Aber ich helfe gern.«

Karin geht barfuß über den knirschenden Kies zum Tisch und streicht über seine weiche Oberfläche, dann sieht sie Maja an.

»Wann kommt dieser Grabsteinmensch, in einer Stunde?«

»Ja. Ziemlich genau.«

»Dann räumen wir jetzt das Frühstück ab und machen uns fertig, damit wir gleich loslegen können, wenn er kommt.«

Maja schlägt die Hände zusammen, ja, sie kann überhaupt nicht aufhören, sie zusammenzuschlagen. Am Ende steht sie da und klatscht mit Tränen in den Augen.

»Danke, ihr Lieben. Wie soll ich euch das nur je zurückgeben? Ich weiß nicht … Also, diese Schwimmschule, das war ja die reinste Katastrophe.«

»Kein Problem. Jetzt legen wir los.«

Karin streicht Maja über die Schulter. Jens und Josefin laufen schon zwischen Speisesaal und Küche hin und her, wischen Krümel weg und räumen Essen in den Kühlschrank. Nur Alex sitzt noch allein da und tut so, als würde er den kalten Tee trinken, der in seiner Tasse schwappt. Maja zögert erst, doch als die anderen in der Küche herumwirtschaften, schleicht sie zu Alex. Vorsichtig legt sie ihm die Hand auf die Schulter, geht in die Knie und versucht, seinen widerspenstigen Blick einzufangen.

»Ich weiß nicht, was ich tun soll, Alex. Es tut so weh, dich so traurig zu sehen. Und ich bin doch auch traurig ...«

»So traurig wirkst du aber nicht.«

Aber ich bin es, denkt Maja. Ich bin es. Ich bin so ungeheuer traurig, dass ich dich verletzt habe, dass ich dich ausgenutzt habe, dass ich mit deinen Gefühlen gespielt habe, dass ich mich nicht wie ein erwachsener Mensch benommen habe, sondern nur gierig genommen habe, was ich wollte, um dann die Reste auszuspucken. Es tut mir so leid, so furchtbar leid. Es ist so schlimm, dich mit deinem Liebeskummer zu sehen.

Vorsichtig streichelt Maja Alex' Rücken. Sie spürt seine angespannten Muskeln unter dem Pullover und merkt, wie sich sein Körper verkrampft, weil er nicht loslassen kann.

»Soll ich dir ein Bootstaxi bestellen, damit du nach Hause fahren kannst?«

»Warum das denn?«

Alex blinzelt immer noch den Tisch an, und Maja sieht ihn fragend an.

»Na ja, damit du nicht mehr in meiner Nähe sein musst, und ich würde wirklich verstehen, wenn du nicht an Pelles ...«

Jetzt sieht er auf. Er hebt den Blick vom Tisch und sieht Maja geradewegs in die Augen.

»Ich habe nicht vor, nach Hause zu fahren. Ich will auch in Stein hauen.«

»Wie ...«

»Ich muss in Stein hauen, und zwar wie blöd. Ich werde

einen riesigen verdammten Stuhl aus dem Granit hauen. Aber wenn ich arbeite, will ich dafür bezahlt werden.«

»Einen riesigen verdammten Stuhl? Das klingt gut. Klar wirst du bezahlt, keine Frage.«

»In ein paar Wochen werde ich durchs Mittelmeer segeln, und da brauche ich Geld.«

»Keine Frage. Wenn du arbeitest, kriegst du Lohn. Punkt.«

Alex wirft Maja einen trotzigen Blick zu. Und dann kann er doch nicht umhin, ein bisschen zu lächeln. Maja lächelt vorsichtig zurück.

Und dann steht Maja auf und umarmt Alex ganz fest. Er umarmt sie ein wenig lockerer. Dann küsst sie ihn sanft auf die Wange.

»Komm, Alex, dann hauen wir mal drauflos.«

Alfons steht an den Granittisch gelehnt da. Seine starken, sehnigen Arme leuchten braun in dem blauen Jeanshemd. Er hat rot gelocktes Haar, rote Augenbrauen und Wimpern, und seine hellbraunen Augen betrachten zusammengekniffen die fünf frischgebackenen Steinmetzlehrlinge. Klar wird er das hier für Pelle machen. Als Maja anrief, stand er sofort parat. Allzeit bereit! Für Pelle, der ihm sein Herz und sein Atelier geöffnet hat und den Brunnen seines Wissens über Alfons ausgeschüttet hat, der damals alles gierig aufgesogen hat. Alfons, dieser schüchterne, ängstliche Mensch mit einem Kopf voller Visionen, die er nicht umzusetzen vermochte. Damals hat er all die Angst aus sich herausgehauen. Wenn man Granit zähmen kann, dann zähmt man auch sich selbst. Und so steht er jetzt auf Hjortholmen und hat die große Ehre, Pelle aus der Not seines Lebens zu retten.

»Okay. Jemand dabei, der ein wenig Erfahrung mit Steinmetzarbeit hat?«

Karin hebt zögernd die Hand.

»Na ja, ich habe viele Werke gesehen und auch diesen Skulpturenpark bei Lyon besucht, aber mehr nicht. Ich glaube, ich weiß, wenn etwas stimmt, ich kann sehen, wenn es sich richtig anfühlt.«

Maja macht einen Knopf ihres großen Hemdes auf, es wird allmählich wieder warm.

»Ich habe Pelle ziemlich viel geholfen, als er mit Granit gearbeitet hat. Das war, als wir hergezogen sind. Aber ich habe vor allem das Werkzeug geschliffen, mehr eigentlich nicht. Und ich habe geholfen, den Block aus dem Steinbruch im Wäldchen hierher zu transportieren.«

Alfons hört zu und nickt. Er legt die Hände auf die Tischkante und hievt sich hinauf, setzt sich auf dem Tisch zurecht und schluckt.

»Also, Pelle hat alle Ausrüstung, die wir brauchen, in seinem Atelier und einen Teil im Seitenflügel. Er hat Schleifsteine und Kompressoren. So weit, so gut. Aber man muss ziemlich stark sein, um damit umzugehen. Also, wenn man gut drauf ist, dann kann man nicht länger als höchstens drei Stunden am Tag arbeiten.«

»Ich schaffe mehr«, meldet sich Alex zu Wort.

»Wir können uns mit dem Arbeiten und dem Ausruhen auch abwechseln.«

Jens sieht zu Alex, und der nickt als Antwort.

Alfons denkt weiter nach.

»Gut, aber wenn wir es schaffen wollen ... Wie viele Stühle, hast du gesagt, Maja?«

»Sieben.«

»Also, wenn wir es schaffen wollen, sieben Stühle zu machen, dann müssen wir es schlau anstellen. Und wir müssen schnell sein. Die Blöcke holen wir aus dem Steinbruch. Funktionieren die Bahnschienen noch?«

»Eigentlich schon. Wir müssten nur das Unkraut beseitigen, aber dann dürfte es kein Problem sein.«

»Gut!« Alfons springt vom Tisch herunter, landet schwer mit den Füßen im Kies und klatscht in die Hände. »Okay. Ich glaube, ich weiß, wie wir es machen. Du heißt Josefin, oder?«

344

Josefin nickt.

»Josefin, du solltest dich erst mal in die Küche stellen, für die ganze Woche vorkochen und die Sachen einfrieren. Hinterher kannst du natürlich auch bei uns voll mitarbeiten. Damit fangen wir an: Josefin bunkert Essen, und wir anderen befreien die Schienen vom Unkraut. Genau! Außerdem müssen wir den Pool sauber machen und frisches Wasser einfüllen, das werden wir brauchen. Dafür haben wir maximal drei Stunden, und zwar ab ... jetzt!«

61

Draußen auf dem Kiesplatz dröhnt der gelbe Dieselkompressor wie ein alter Traktor, und er klingt nicht nur wie ein alter Traktor, er sieht auch so aus. Alex steht mit Arbeitshandschuhen, Schutzanzug und Maske vor dem Gesicht da und versucht mit dem schweren Drucklufthammer den Granit zu formen. Der Hammer vibriert so stark, dass er ihm aus den Händen springt, sobald er den Griff etwas lockert. Das ist, als würde man versuchen, ein vierzig Zentimeter langes Wildpferd mit bloßen Händen zu halten. Scheiße, ist das anstrengend. Alex versucht, positiv zu denken, während sein ganzer Körper vor Anspannung zittert: Hinterher wird er von der Sonne gebräunt und durchtrainiert sein und auch noch Geld verdienen. Und nebenbei bezahlt er seine Schuld an Pelle zurück, dessen Frau er sich ausgeliehen hat, ohne vorher um Erlaubnis zu fragen. Die Frau hat er natürlich gefragt, aber Pelle nicht, den verdammten ...

Alex spannt die Muskeln noch etwas fester an und schneidet mit dem rhythmisch zischenden Drucklufthammer grobe Formen in den Granit, um Stuhlbeine aus dem Block herauszuarbeiten. Der Block soll wie ein Lehnstuhl aussehen. Glühend heiße Granitsplitter fliegen um Alex herum.

Alfons steht neben ihm und nickt aufmunternd. Dieser junge Kerl mit dem Hammer ist gut, stark und gründlich, manchmal vielleicht etwas aggressiv, aber das kann auch gut sein, denn dann geht alles schneller, und im Moment steht Schnelligkeit ganz oben auf der Prioritätenliste.

Maja und Alfons wählen am Steinbruch die Blöcke aus. Wenn sie welche finden, die an die Stühle erinnern, die Maja in ihrem Kopf hat, dann transportieren sie mithilfe eines Krans, den Schienen und der Lore die Granitblöcke zum Schloss hinauf, wo Maja auf dem Stein skizziert, wie Alex die Stühle herausfräsen soll. Sie zeichnet mit weißer Wachskreide direkt auf den Granit, und Alex fräst wie besessen. Er formt einen Sprossenstuhl, einen Lesesessel, einen türkischen Polsterschemel, einen Schaukelstuhl. Er muss nicht nachdenken, das macht Maja – er muss nur drauflosarbeiten. Dann ist Jens dran. Der sorgfältige Jens mit seinen Gartenmeisterhänden, die so empfindsam sind wie die Schnurrhaare einer Katze. Jens verfolgt Majas Visionen mit einem Zahneisen und arbeitet das Gewünschte heraus. Maja schaut ihm freundlich über die Schulter.

Direkt vor dem Atelier kommt Karin zum Einsatz. Mit leicht gebeugten Knien über den Block gebeugt, schleift sie die Kanten für die Sitzfläche der Stühle ab. Das ist schwer, die Maschine wiegt ungeheuer viel, und sie schwitzt hinter der Schutzmaske. Aber es ist schön. Es ist schwer, aber schön, die Kanten so sauber zu schleifen, dass sie ganz glatt werden. Sie empfindet es als Erleichterung, mal einfach nur mit dem Körper zu arbeiten und zu spüren, wie die Muskeln auf Hochtouren arbeiten. Niemals lockerlassen, denn dann würde ihr die Maschine ins Bein schneiden. Sich nicht in Gedanken verflüchtigen, denn das könnte geradezu lebensgefährlich sein. Was für ein merkwürdiges Gefühl der Befreiung diese Arbeit in ihr erzeugt.

Dann kommt wieder Maja an die Reihe, diesmal mit gelber Wachskreide. Denn nun nimmt der Stuhl Form an, und es ist Zeit für die Nuancen. Wie kann das Kissen weich und einladend aussehen, obwohl es doch aus Stein ist, wie kann der Lesesessel durchgesessen wirken, obwohl das Material doch steinhart ist? Der Granitblock mit den gelben Markierungen landet dann wieder bei Karin, die dann noch etwas mehr schleifen und wahrscheinlich auch noch mehr schwitzen darf.

Josefin steht im Pool und wartet auf den Block. Das Becken

ist zur Hälfte mit Wasser aus dem See gefüllt. Mit Pelles Kran senkt Alfons die fertigen Stühle ins Wasser, wo Josefin im Bikini steht und sie mit dem Wasserschleifer wunderbar weich poliert, sodass sie am Ende aussehen wie gewachste Autos. Allerdings wird im Gegensatz zum Auto der Granit seine blanke Oberfläche nie verlieren.

Als der Abend kommt und alle anderen in ihren Zimmern so tief schlafen wie nie zuvor, wandert Maja nachdenklich zwischen den Granitstühlen herum, betrachtet noch einmal ihre eigenen Skizzen im Atelier und schleift das Werkzeug, damit es für den nächsten Tag bereit ist. Sie empfindet ein unverbrüchliches Glücksgefühl und keinerlei Zweifel mehr, sie sieht genau, was gemacht werden muss, was stimmt, sie findet die schönsten Blöcke, als würden sie aus ihren tiefsten Verstecken nach ihr rufen. Hallo, Maja, hier liege ich, ein kleiner Schaukelstuhl in spe! Come and take me away!

Ihr Gehirn läuft auf Hochtouren. Ideen graben sich wie kleine Druckluftbohrer in ihren Kopf. Sie ist angefacht.

Josefin hält sich den Bauch und rutscht tiefer in ihren Stuhl, bis sie den Nacken gegen die Rückenlehne stützen kann. In ihren erschöpften Knochen piekst und zuckt es. Die Teller sind leer, die aufgetaute Lasagne aufgegessen.

»Meine Güte, bin ich satt. Und müde!«

»Ich glaube, ich habe noch nie so geschuftet. Glaubst du, dass es gut wird, Maja?«

Jens streckt die Beine auf dem Rokokosofa aus und sieht Maja fragend an, die ihren Kaffee schlürft.

»Ich glaube, es wird phantastisch.«

Maja grinst breit und glücklich. Sie sitzen alle zusammen in der Bibliothek. Im offenen Kamin prasselt ein gemütliches Feuer, die Abendwinde rütteln ein wenig an den Fenstern, und ein paar große Kerzen erhellen den düsteren Saal. Auf dem Fußboden liegen noch ein paar Zimtwecken, eine Kanne mit

Kaffee und ein paar Tassen, die nicht zusammenpassen. Dessert in der Bibliothek. Karin liegt auf dem Fußboden und hat die Füße auf Jens' Schoß. Sie sieht Maja fragend an.

»Wann kommt Pelle zurück?«

»Er kommt nicht zurück.« Maja wird ernst und fährt fort: »Wir werden wegziehen.«

»Ehrlich?«, rufen alle wie aus einem Mund.

Maja stellt ihre Kaffeetasse auf den Boden und erklärt: »Na ja, ich werde nach Italien gehen. Nach Carrara. Ich weiß nicht, aber irgendetwas ist in der letzten Woche mit mir passiert. Da gibt es so ein Steinmetzatelier, und wenn ich Glück habe, kriege ich zum Herbst einen Platz dort. Ich stehe auf Platz fünf der Warteliste, und vor ein paar Tagen habe ich ihnen Bilder von unseren Stühlen gemailt und habe sofort eine Antwort bekommen.«

Maja lächelt mit verlegenem Stolz.

»Dank eurer Hilfe.«

Ein kleiner Applaus ist von den frischgebackenen Steinmetzen zu hören.

Maja fährt fort: »Selbst wenn ich nicht in die Schule reinkommen sollte, werde ich dorthin ziehen und als Lehrling irgendwo arbeiten, denn die haben noch andere große Steinmetzbetriebe.«

Alfons nickt zustimmend. »Carrara ist phantastisch. Es wird dir da bestimmt gefallen.«

»Und was ist mit Pelle?« Josefin beißt von ihrer Zimtschnecke ab.

»Er kann machen, was er will. Ich gehe nach Carrara, das steht fest. Er ist herzlich eingeladen, mich dort zu besuchen, aber … Wir müssen mal sehen, wie das alles für uns weitergeht, also, für uns als Paar. Aber das ist die einzige Lösung. Ich muss mich jetzt mal auf mich selbst konzentrieren, und Pelle kann mitkommen, wenn er kann und will.«

»Und was geschieht mit Hjortholmen?« Karin sieht sich in der schönen Bibliothek um, in der sie sitzen, und macht eine ausladende Geste. »Ihr werdet das hier doch nicht verkaufen?«

Maja lehnt sich an eines der Kissen auf dem Fußboden und streckt ihre müden Füße vor dem Feuer aus.

»Wir wissen noch nicht so ganz, was wir machen werden. Das Feuer hat Spuren hinterlassen, und außerdem ist da noch dieser große … Klumpen in Pelles Atelier. Wahrscheinlich werden wir es billig verkaufen müssen. Mitsamt dem Klumpen und dem Ruß.«

Karin setzt sich auf.

»Nein, tut das nicht. Bitte.«

»Aber wir müssen etwas Geld rausschlagen.«

»Bitte verkauft das Schloss nicht. Näher kann man dem Paradies nicht kommen, finde ich.«

»Das finde ich nicht. Ganz im Gegenteil.«

Karins Kopf ruht auf Jens' Arm. Sie liegen voll bekleidet nebeneinander auf der Tagesdecke in seinem Bett. Schon ganz lange liegen sie da und lassen ihre Gedanken ein wenig umherwandern. Ihre Körper sind schwer und erschöpft von der Arbeit. Durch die bleischwere Müdigkeit schaffen sie es nicht einmal, sich auszuziehen und ins Bett zu kriechen. Sie können nur noch auf der Tagesdecke liegen und nachdenken.

Doch dann gelingt es Karin, sich aufzurichten. Sie sieht Jens mit entschiedenem Blick an.

»Du. Ich habe eine Idee.«

»Echt?«

»Ja, und die ist perfekt.«

»Da bin ich mal gespannt.«

Jens kriecht näher an Karin heran, er verspürt immer noch eine gewisse Scheu, obwohl er sicher ist, dass er ihr nahe kommen darf. Karin legt sich auf die Seite und streicht Jens eine von seinen widerspenstigen braunen Locken aus der Stirn.

»Wir ziehen hierher.«

»Was?«

Jetzt richtet Jens sich auch auf. Karin nimmt seine Hand.

»Genau! Wir lassen alles hinter uns, einfach alles, und fangen hier noch mal von vorn an.«

»Was? Nein ...«

»Warte! Hör mir mal zu. Ich habe alles durchdacht.«

Karin setzt sich im Schneidersitz hin und schiebt die Ärmel von Jens' Jogginganzug, den sie ihm immer noch nicht zurückgegeben hat, hoch.

»Pelle Hannix ist der größte Bildhauer Schwedens, aber es gibt kein eigenes Museum für seine Kunst. Und jetzt hat er sich in gewisser Weise in dem Schloss hier selbst eingemauert. Hjortholmen soll sein Museum werden. Die Leute können mit Booten hierherkommen und die schöne Insel genießen, da kommst du dann ins Bild, aber dazu später. Sie dürfen im Schloss herumwandern, wo wir auch andere Künstler ausstellen, aber Pelles Geist ist noch hier, mit dem Bären unten am Wasser und dem Koloss in seinem Atelier. Das kann wunderbar werden und ...«

»Moment, das klingt gut, aber ich kann doch nicht alle meine Perennen und mein ganzes Leben hinter mir lassen ...«

»Jens. Du kannst deine komplette Staudenzucht behalten, aber lass doch deine Mitarbeiter die täglichen Arbeiten erledigen. Du selbst kannst einmal in der Woche rüberfahren und nachsehen, ob alles rund läuft. Hier hast du die einmalige Chance, dieser Insel ihren ursprünglichen Charme zurückzugeben. Was für eine Herausforderung! Dann können die Touristen der Kunst wegen, aber auch wegen des Schlosses und der Insel selbst mit ihrer ganz besonderen Flora hierherpilgern. Im Sommer wohnen wir hier und kümmern uns um alles, und im Winter machen wir etwas anderes. Ein Teil des Geldes geht natürlich an Pelle und Maja als Miete, aber ...«

»Karin. Das ist zu viel auf einmal für mich, ich bin ein langsamer Mensch. Das muss sich erst mal setzen. Können wir nicht einfach hier liegen und ein wenig ausruhen?«

Karin kriecht zu Jens und nimmt seine Hände.

»Ruh dich aus. Aber das hier ist das beste Abenteuer unseres Lebens, das weiß ich.«

Maja steht am offenen Schlafzimmerfenster und sieht über das nachtstille Wasser der Vänersees. Der Hügel zum Steg hin ist ganz lila vom wilden Lavendel, der gar nicht zu bändigen ist, er wächst einfach drauflos und breitet sich hemmungslos aus. Sie hat diesen genießerischen Lavendel immer gemocht. Unten an der Wasserlinie steht der Bär und wartet, dass jemand ihn abholt, genau wie Maja, die auch so lange gewartet hat.

Sie hat die ganze Zeit darauf gewartet, dass jemand sie retten würde. Im Schmelzwasser und in der Sommerhitze hat der Bär gewartet. Aber tüchtige Frauen retten sich selbst, sie werfen einen langen Zopf vom Turm herunter, seilen sich daran ab, schneiden den Zopf ab und tanzen dann weiter ins Leben hinein. Maja hat ihren Zopf jetzt abgeschnitten, nun ist es an der Zeit zu tanzen. Maja, darf ich bitten? Natürlich! Das kluge Mauerblümchen fordert sich selbst auf, denn dann kommt es auf jeden Fall zum Tanzen.

Maja lacht laut und winkt dem Bären zu, der da unten steht und in die Ferne blickt.

Epilog

Reisetipp in der Sonntagsbeilage der »Dagens Nyheter«

Wir sitzen auf dem Dach des Dampfschiffes und schauen blinzelnd der Insel entgegen, auf die wir zutuckern. Es ist, als würde man eine Reise in die Vergangenheit unternehmen. Sorgfältig gemähte Grashügel, die in einen gepflegten Laubwald übergehen, ein Labyrinth aus dichten, ebenmäßigen Hainbuchen, Damhirsche, Obstbäume, glatte Klippen, kleine Badebuchten mit weißem Sand, Seeadler, die wie aufmerksame Wächter um die Insel segeln, und im Wasser steht ein Bär aus Naturstein, der uns begrüßt. Zehnmal täglich können Kunst- und Naturliebhaber mit dem kleinen, hübschen Dampfschiff von Duvköping aus auf die traumhafte Insel Hjortholmen mitten im Vänersee fahren.

Der Gartenbaumeister Jens Fredman begrüßt uns an dem alten Dampferanlegesteg, bunte Wimpel flattern im Wind, und die Sonne scheint über dem rosafarbenen Schloss, das auf dem höchsten Hügel der Insel thront. Fredman züchtet winterharte Stauden, und er hat sich mit Herz und Seele dem umfangreichen Projekt verschrieben, Hjortholmen wieder zu dem Feuerwerk von Blumen und seltenen Pflanzen zu machen, das die Insel vor dreihundert Jahren war. Er führt uns zum Schloss hinauf und erzählt dabei stolz, aber auch etwas scheu von seiner Arbeit:

»Als Karin und ich herzogen, war die Insel in einem schlechten Zustand. Die Pflanzen wurden vom Unkraut überwuchert und erstickten sich gegenseitig, die Orangerie war größtenteils kaputt, und die Weinreben konnten kaum noch Ertrag bringen, weil sie völlig wild geschossen waren. Ganz zu schweigen vom Arboretum. Es hat allein sechs Monate gedauert, dort etwas Ordnung zu schaffen.«

Ein Stück vom Schloss entfernt bewundere ich die Orangerie mit den sauber polierten Originalfenstern aus dem 18. Jahrhundert. Da drinnen kann ich Orangen, Trauben, Tomaten und Chili erahnen – Früchte und Beeren, die täglich im Café zur Anwendung kommen, das Josefin Dahlström mit sicherer Hand in einem der wunderschönen Seitenflügel des Schlosses betreibt. Im Schlosspark wimmelt es von Besuchern, die neugierig die Ausstellung bewundern. Sieben junge Steinmetze haben ein halbes Jahr lang im Geiste von Pelle Hannix hier arbeiten dürfen. Der Granit stammt aus dem Steinbruch der Insel, und die Kunstwerke wurden über die ganze Insel verteilt aufgestellt.

Diese Mischung wirkt explosiv und interessant, und darüber hinaus ist für alle Generationen etwas dabei. Die Kinder lieben es, in dem großen Schaukelstuhl aus Granit zu schaukeln, der mitten im Apfelhain steht, während sich die Erwachsenen in Hannix' ehemaligem Atelier drängen und sich von der riesenhaften Skulptur in Bewunderung und Erstaunen versetzen lassen, die sein letztes Werk als Bildhauer darstellt.

Pelle Hannix hat sich vom künstlerischen Schaffen mehr und mehr zurückgezogen und den Stab an seine Frau Maja Hannix übergeben, die nach ihrer ersten viel beachteten Installation »Die Familie« für einen großen Platz in der Münchner Innenstadt eine leuchtende Karriere als Bildhauerin begonnen hat.

Karin Björg kümmert sich nicht nur um die sommerlichen Ausstellungen auf Hjortholmen, sondern hat darüber hinaus in einem Seitenflügel am See eine Kunsthalle eröffnet, die ausschließlich auf junge Künstler ausgerichtet ist. Ihr gutes Gespür für die Kunst der Zukunft zieht Investoren aus ganz Europa nach Hjortholmen. Kunst ist Karin Björgs Leidenschaft. Bei unserem Besuch führt sie gerade eine Gruppe deutscher Touristen und Kunstinteressenten über die Insel, durch die Ateliers und die Innenräume des Schlosses. Diese leidenschaftliche Frau steht hinter der ganzen Idee von Hjortholmen.

Jens Fredman legt den Arm um seine geliebte Karin und erzählt nicht ohne Stolz: »Karin war es, die die ganze Vision entworfen hat, was man mit der Insel machen sollte. Alles fing mit einem Schwimmkurs an, den Maja Hannix angeboten hat, als sie immer noch mit ihrer Kunst rang und sich auf andere Weise versorgen musste. Da haben wir uns kennengelernt.«

Karin lächelt Jens herzlich an und nimmt den Faden auf: »Man könnte sagen, dass wir eine Ansammlung verletzter Seelen waren, die in diesem Schwimmkurs gemeinsam stark wurden.«

»Haben Sie denn alle schwimmen gelernt?«, frage ich neugierig.

Karin antwortet ernst: »Nein, das nicht. Aber wir haben gelernt, mutig zu sein und unser Leben anzupacken, und das ist mehr, als jemand von uns zu hoffen gewagt hat.«

Karin küsst Jens auf die Wange und winkt eine weitere Gruppe zu sich.

Uns knurren die Mägen, und Jens Fredman empfiehlt uns die Tomatensuppe von der Tageskarte. Sie ist aus frischen Tomaten aus dem Gewächshaus hergestellt, die im Ofen geröstet und mit frischem Ingwer und Sauerrahm verfeinert wurden.

Hjortholmen ist ein ausgesprochen lebendiges Paradies, ein sinnlicher Ort für Körper, Seele und Auge. Man erreicht Duvköping problemlos mit dem Zug oder dem Auto, und vom Hafen geht einmal stündlich ein Dampfschiff nach Hjortholmen. Und denken Sie daran, vor Ihrer Reise nichts zu essen, denn »Josefins Seitenflügel« ist ein Café, das Sie gar auf keinen Fall verpassen sollten.

Danksagung

Ach, ich möchte all den großzügigen und offenen Menschen, die mir geholfen haben, danken, danken, danken! Ohne sie wäre dieses Buch niemals entstanden – so ist das einfach.

- Jonas Bengtsson in Djupedal, der mich zu sich nach Hause eingeladen, mir seine phantastische Perennenzucht gezeigt und außerdem (mit großer Leidenschaft!) die gesamte Fauna von Hjortholmen aufgemalt hat.
- Hasse und Helen, die offen und ohne Umschweife erzählt haben, wie es ist, als Paar mit einem großen Altersunterschied zusammenzuleben (und die Tatsache, dass Hasse Künstler ist, war auch nicht gerade von Nachteil!).
- Tomas Wikland, der eine Weile seine Arbeit im Schwimmbad geschwänzt hat, um mit erstaunlichem Einfühlungsvermögen über die Schwierigkeiten beim Schwimmenlernen und über Majas Versuche als Schwimmlehrerin nachzudenken.
- Anneli Dufva, die mich dem Kern des Kulturjournalismus ein wenig näher brachte.
- Steinmetz Linus Alfredsson, der am Ende wie ein Sturm hereinfegte und alles auf den Kopf stellte (ich rate jedem zu einem Kurs bei ihm auf Gotland, das ist in jeder Hinsicht erfrischend!).
- Erik Ahrnbom, der sich geduldig mit mir hinsetzte und alle erdenklichen dramaturgischen Wendungen des Buches durchdachte, drehte und wendete.
- Laila Durán, die einen samtweichen Vorhang öffnete und mich in eine Welt voller Kleider aus dem 18. Jahrhundert einlud.

- Anna Hirvi Sigurdsson und Sofia Brattselius Thunfors im Piratförlaget, die mich und mein Buch mit aller nur erdenklichen Großzügigkeit unter ihre Fittiche genommen haben. Mit Geduld, Freude, Ermutigung, Hinweisen, Neugier und noch mehr Geduld haben sie mich auf die richtige Spur gebracht.
- Jenny Grimsgård, die nicht nur verdammt schöne Fotos macht, sondern überhaupt verdammt gut ist.
- Meine liebe Anette, die gelesen, gedacht und gefühlt hat.
- Kajsa Herngren und Paula Hellström, die mir mit allem helfen, was mich in Panik versetzen könnte: Unterlagen, Geld, Verträgen, Ordnung und Sauberkeit. Ich fürchte, ohne euch würde ich auf einer Müllkippe mit ungefähr drei Millionen Steuerschulden leben. Was habe ich doch für ein Glück, dass es euch gibt und dass ihr mich im Griff habt!
- Und zum Schluss ein Dankeschön an die Menschen in meinem Leben, die mir am nächsten stehen und die unentwegt für mich da sind: Agi, Ditte, Nåmi, Saga, Schwiegermutter Britt, Papa Janne, Mama Kerstin und all meine wunderbaren Freunde. Was für ein Luxus, dass ich euch habe! Danke!

Interview mit Emma Hamberg

»Für Wunder ist es nie zu spät« – was für ein Buch ist das?
Es handelt von Maja und Pelle Hannix. Er ist einer der bekanntesten Bildhauer Europas, während sie sich als eher mittelmäßige Künstlerin durchs Leben schlägt. Sie wohnen auf Hjortholmen, einer fiktiven Insel mitten im Vänersee. Ein vergessenes Paradies aus dem 18. Jahrhundert mit einem Sommerschloss, jeder Menge Damwild, einer Orangerie und einem Labyrinth aus Hainbuchen. Aber so schön es dort auch sein mag, in Maja wächst die Panik, weil sie mit ihrer Kunst nicht vorankommt, weil sie sich immer mehr von ihrem Mann entfernt und weil sie sich einsam fühlt. Deshalb beschließt sie, eine Schwimmschule für Erwachsene zu gründen. In einem zweiwöchigen Kurs sollen die Schüler im Pool hinter dem Schloss schwimmen lernen und dabei das wunderschöne Ambiente genießen. Maja träumt von Frauen aus fremden Kulturen und inspirierenden Begegnungen mit vielen interessanten Menschen. Aber es melden sich nur drei Teilnehmer zum Schwimmkurs an: der neunzehnjährige Sportfreak Alex, der melancholische Gärtner Jens und Karin, eine einsame Kulturjournalistin. Es werden zwei Wochen, die das Leben aller Protagonisten total verändern.

Kann man sagen, dass das Buch von Einsamkeit handelt?
Allerdings. Die fünf Menschen, um die es geht, sind eigentlich alle ziemlich einsam. In meinen Büchern geht es immer um dasselbe Grundthema: darum, dass man den magischen Knopf für sein eigenes Leben finden muss und sich auch trauen sollte, ihn zu drücken. Wenn man das getan hat, öffnen

sich die Türen zu einem anstrengenden, aber spannenden Leben voller Herausforderungen.

Die Lebenssituation der fünf Romancharaktere verändert sich im Verlauf von zwei Wochen. Ist das Wunschdenken?
Ich fürchte, schon. In Wirklichkeit würde dieser Prozess vielleicht zwei Jahre dauern statt zwei Wochen. Aber manchmal kann eine Begegnung mit einem anderen Menschen das Leben komplett verändern. Nichts ist mehr wie zuvor. Und alle Menschen in diesem Buch sind sich selbst ein bisschen nähergekommen, wenn sie am Ende die Insel verlassen.

Warum sollte man dieses Buch lesen?
Weil es von Menschen erzählt, die loslassen und die Kontrolle abgeben. Weil es in einer ganz besonderen und ungewöhnlichen Umgebung spielt. Und weil es ganz viel Lebenshoffnung weckt.

PENDO

Elia Barceló
Töchter des Schweigens

Roman. Aus dem Spanischen von Petra Zickmann. 416 Seiten.
Gebunden

Dreißig Jahre lang haben sie nicht darüber gesprochen, haben
sie gehofft, dass die Zeit die Wunden heilt und die Schuld
an Schrecken verliert. Bis eine von ihnen eine verhängnisvolle
Entscheidung trifft und damit ihr Leben verspielt.

Sieben Freundinnen, die Schatten der Vergangenheit und
ein Todesfall, der die Mauern des Schweigens zerbrechen lässt.
Elia Barceló erzählt eine atemberaubende Geschichte von
Liebe, Lügen und Verrat und steigert dabei die Spannung bis
ins beinah Unerträgliche.

»Elia Barceló muss den Vergleich mit den Werken von Carlos Ruiz Zafón nicht scheuen.«
Wiener Zeitung

09/1043/01/R

PIPER

Lionel Shriver
Dieses Leben, das wir haben

Roman. Aus dem Amerikanischen von Monika Schmalz.
542 Seiten. Gebunden

Nachdenken, miteinander reden, die Welt sehen und einfach
nur da sein. Das hat sich Shep für den Rest seines Lebens
vorgenommen. Nach so vielen Jahren will er endlich seinen
Job und die Staus auf dem Brooklyn-Queens-Expressway,
all den Ärger des Alltags hinter sich lassen. Die knappe Mil-
lion Dollar aus dem Verkauf seiner Firma soll diesen Traum
Wirklichkeit werden lassen. Doch da teilt ihm seine Frau
Glynis eine bestürzende Nachricht mit – sie ist schwer
krank, und Shep wird vermutlich all sein Geld brauchen, um
sie nicht für immer zu verlieren.

Mit Präzision und Anteilnahme beschreibt Lionel Shriver
den tiefgreifenden Wandel einer Ehe, in der eine lebensbedroh-
liche Krankheit auch eine Chance für neue Zärtlichkeit,
Nähe und sogar funkelnden Humor bietet. Ein literarischer
Pageturner, dessen Kern nicht zuletzt die tragische Frage
ist: Wie viel ist uns ein Menschenleben wert?

01/1938/01/R

Emma Temple

Der Tanz des Maori

Roman. 480 Seiten.
Piper Taschenbuch

Seltsame Träume plagen Sina, seit sie in Neuseeland angekommen ist: Jede Nacht erscheint ihr ein tanzender Maori. Als sie in einem alten Fotoalbum das Bild einer Frau entdeckt, die ihr bis aufs Haar gleicht, ist sie schockiert: Wer war die mysteriöse Unbekannte, die Anfang des Jahrhunderts hier lebte? Erst, als sich Sina in Brandon verliebt und alle Zeichen gegen ihre Liebe stehen, beginnt sie zu ahnen, dass sie das letzte Glied in einer langen Kette miteinander verbundener Schicksale zu sein scheint ...

Judith Lennox

Das Herz der Nacht

Roman. Aus dem Englischen von
Mechtild Sandberg. 560 Seiten.
Piper Taschenbuch

Eine neue Welt eröffnet sich der jungen Engländerin Kay Garland, als sie in den Dreißigerjahren Gesellschafterin der Millionärstochter Miranda wird. Der Luxus und das mondäne Leben faszinieren sie, doch lernt sie auch die Schattenseiten des Reichtums kennen. Als Kay von Mirandas Vater unvermittelt entlassen wird, muss sie nach England zurückkehren. Miranda hingegen erlebt als Ehefrau eines deutschen Grafen in Ostpreußen den Kriegsausbruch. Die dunklen Zeiten fordern von beiden Freundinnen mutige Entscheidungen ...

»Ein Liebesroman voller Gefühl und Spannung – einfach wunderbar.«
Für Sie

Erin Kaye

Wunderherzen

*Roman. Aus dem Englischen
von Ursula C. Sturm. 512 Seiten.
Piper Taschenbuch*

Schon immer treffen sich Kirsty, Clare, Janice und Patsy regelmäßig in ihrem Lieblingscafé in Ballyfergus. Sie haben gemeinsam geweint, vor Kummer wie vor Glück, unzählige Tassen Tee und ebenso viele Gläser Wein geleert. Doch jetzt wird die Freundschaft auf eine harte Bewährungsprobe gestellt: Die verwitwete Kirsty verliebt sich in den falschen Mann. Patsys Tochter macht ein erschütterndes Geständnis. Janice muss sich ihrer Vergangenheit stellen. Und Clare will ihr Leben endlich selbst in die Hand nehmen ...

»Wunderschön geschrieben – über die Herausforderungen und Bewährungsproben dieser Frauen zu lesen, ist ebenso fesselnd wie bewegend.«
Closer Magazine

Anita Shreve

Der weiße Klang der Wellen

*Roman. Aus dem Amerikanischen
von Angelika Felenda. 347 Seiten.
Piper Taschenbuch*

Im Badezimmer eines luxuriösen kanadischen Hotels betrachtet sich eine schöne, reife Frau im Spiegel. An diesem Abend ist sie völlig unverhofft dem Mann wiederbegegnet, der ihren Lebensweg immer wieder in Gefahr gebracht hat: damals in Kenia, wo sie Thomas eines Tages auf einem sonnigen, staubigen Markt in die Arme gelaufen war. Eine Begegnung, die sich in dem Urwalddorf, in dem sie lebte, fortsetzte. Später in einem heißen Hotelzimmer am Strand, dann auf einem verhängnisvollen Fest ... Ihre allererste Begegnung aber, an der gischtumtosten Küste Neuenglands, war es, die sie, die damals Siebzehnjährige, am entscheidendsten geprägt hat. Vielleicht, weil die beiden seit jenem Abend im Oktober ein schreckliches, trauriges Geheimnis verband?